Deutsche Volkspoesie

DEUTSCHE
VOLKSPOESIE

Die schönsten Reime, Lieder und Balladen

Gesammelt von Walter Hansen

Lechner Verlag

Dieses Buch erschien 1989
im Gustav Lübbe Verlag GmbH,
Bergisch Gladbach unter dem Titel
DAS GROSSE BUCH DER VOLKSPOESIE.

Printed in the European Union.

ISBN 3-85049-441-1

Inhalt

Einleitung

Dieses Buch bietet eine kühne Kombination scheinbar divergenter Werke deutscher Dichtung: Wetterregeln und Goethes Gedicht vom *Heidenröslein*; Zauberformeln und Heinrich Heines Loreley-Ballade *Ich weiß nicht, was soll es bedeuten*; Rätselgedichte und *Das Lied vom guten Kameraden*; Sprichwörter und Bürgers Ballade *Leonore*; Hausinschriften und *Des Sängers Fluch*; Moritaten und *Das jüngere Hildebrandslied*; Abzählreime und *Lützows wilde, verwegene Jagd*; Schnaderhüpferl und *Stille Nacht, heilige Nacht*; Spottreime und *Die Gedanken sind frei*; Jahrmarktsballaden und Schillers *Kindsmörderin*.

Paßt das zusammen?

Durchaus! Denn alle diese Werke haben eines gemeinsam: Sie gehören zur deutschen Volkspoesie.

Volkspoesie wird von der Wissenschaft vornehmlich als Volksdichtung und Volksliteratur bezeichnet. Auf eine gültige Definition konnten sich die Gelehrten bisher nicht einigen. Die Auswahlkriterien sind im Kern klar, im Detail strittig. Letztendlich bleibt die Definition individueller Deutung überlassen.

Johann Gottfried Herder, der erstmals die Begriffe Volksballade, Volksbuch, Volkslied, Volksliteratur und dergleichen für eine zu seiner Zeit längst blühende Poesie prägte, entwickelte die Theorie vom dichtenden Volksgeist. Er glaubte, daß die anonyme Masse des Volkes, ein schöpferisches Kollektiv also, die einzelnen Werke hervorgebracht hätte. Seine Meinung war falsch, sie ist heute längst widerlegt. Nicht das anonyme Kollektiv war es, das ein Kunstwerk schuf, sondern immer nur der einzelne, nicht der dichtende Volksgeist, sondern der Dichter.

Unerheblich ist dabei, ob wir den Dichter kennen oder nicht, ob er ein Schäfer war, der erstmals einen bis in unsere Zeit hinein klingenden Wetterspruch formulierte, ob er ein bäuerlicher Reimeschmied war, ein Jahrmarktssänger, ein Stegreifpoet oder einer der großen deutschen Dichter.

Warum aber spricht man dann von Volksliteratur und Volksdichtung? Wie erklärt sich der Begriff Volkspoesie? Was spielt das Volk, nach dem diese Poesie benannt ist, für eine Rolle?

Das Volk spielt die Rolle des kritischen Kollektivs! Das Volk ist oberste Instanz, die allein entscheidet, was Volkspoesie ist und was nicht. Das Volk trifft aus Sprüchen und Stegreifdichtung, aus Lyrik und Ballade, aus Ernstem und Heiterem, aus Erhabenem und Banalem, aus Schund und Schnulze, aus Pathos und Klassik eben jene Auswahl, die den Begriff der Volkspoesie verdient.

Ein demokratisches Prinzip wird erkennbar: Das Volk wählt seine eigene Poesie.

Volkspoesie ist also eine Dichtung, die dem Fühlen und Denken des Volkes entspricht, die Sorgen und Sehnsüchte des Volkes berührt, die leicht ins Ohr und ins Gemüt geht, die sich leichthin von Mund zu Mund übers ganze deutschsprachige Gebiet verbreitet – eine Dichtung (und darauf kommt's vor allem an), die das Volk zumindest über Generationen hinweg und im Idealfall bis in unsere Zeit hinein als zeitlos und als seine ureigene Poesie empfindet.

Hoch ist denn auch in diesem Buch deutscher Volkspoesie der Anteil heute noch wohlbekannter, zeitloser und sogar als modern empfundener Werke, mögen sie auch vor Jahrhunderten schon entstanden sein. Das Gedicht *Die Gedanken sind frei* beispielsweise, dessen Ursprünge sich bis ins Mittelalter verfolgen lassen und das irgendwann einmal in eine Melodie geschlüpft ist, wird heute von der Italienerin Milva auf der ganzen Welt gesungen – in deutscher Sprache! Louis Armstrong sang in deutscher Sprache die Ballade vom treuen Husar. Und *Muß i denn, muß i denn zum Städtele 'naus* hören wir nicht nur in den Vereinsheimen von Wandervögeln, sondern auch in Diskos, gesungen von Elvis Presley.

Andererseits entdeckte ich bei den Arbeiten für dieses Buch eine erschreckende Vielzahl von Werken, die einst jedes Kind kannte, die indes heute vergessen sind und verschollen: untergegangenes Kulturgut, verklungene Poesie, versunkene Schätze.

Diese Schätze zu heben, zu erhalten und mit den Prunkstücken der unsterblich gewordenen Volkspoesie zu vereinen, war Sinn dieses Bandes – des ersten, wohl längst fälligen Buches dieser Art über die deutsche Volkspoesie. Bekanntes und Wiederentdecktes wird der Leser finden, die deutsche Volkspoesie in ihrer gesamten Vielfalt der gereimten Dichtung, insgesamt mehr als 1000 Sprüche, Rätsel, Inschriften, Vierzeiler, Gedichte und Balladen.

Entgegen der bei Anthologien sonst geübten Gepflogenheit, die Werke chronologisch nach ihren Entstehungszeiten aufzulisten, empfahl sich hier eine Gruppierung nach Sachthemen:

Poesie des Jahrmarkts
Poesie der Rätsel
Poesie der Märchen und Sagen
Poesie der Zaubersprüche
Poesie der Liebenden
Poesie der Schnaderhüpferl
Poesie der Wanderburschen
Poesie der Wettersprüche
Poesie des Jahreslaufs
Poesie der Kalendermacher
Poesie der Natur
Poesie der Sprichwörter
Poesie des Schicksals
Poesie der Kinder
Poesie der Soldaten
Poesie zum Nachdenken
Poesie der Inschriften
Poesie der Heiterkeit

Poesie des Jahrmarkts

Die Poesie des Jahrmarkts ist so alt wie der Jahrmarkt selbst – und den gibt es seit Menschengedenken.

Die Jahrmarktssänger gehörten zum sogenannten fahrenden Volk der Gaukler, Quacksalber, Bärentreiber, Possenreißer, Puppenspieler, Pfeifer, Jongleure, Traumdeuter, Wahrsager und Zauberkünstler, die überall dort auftauchten, wo das Volk zu Handel und Belustigung zusammenströmte. Sie deklamierten oder sangen in marktschreierischer Manier, übertrieben laut, damit sie gehört werden konnten im allgemeinen Radau. Ihre Balladen wurden meist mündlich überliefert, seit dem 15. Jahrhundert auch auf sogenannte Fliegende Blätter gedruckt und gegen Trinkgelder feilgeboten.

Die ersten schriftlich erhaltenen Werke der Jahrmarktspoesie schilderten meist historische Begebenheiten – wie etwa eine fürstliche Mordgeschichte aus dem Jahre 1065: Damals hatte Landgraf Ludwig der Springer von Thüringen den auf Schloß Weißenburg residierenden Pfalzgrafen Friedrich von Sachsen gemeuchelt, um dessen Gemahlin Adelheid ehelichen zu können. Auch die heute noch populäre Ballade *Es liegt ein Schloß in Österreich* überlieferte sicherlich eine wahre Geschichte: das Schicksal eines Knaben, der unschuldig verurteilt und gehenkt wurde.

Typische Jahrmarktsballaden waren auch die Liebesgeschichten zwischen einfachen Mädchen und Soldaten oder hochgestellten Herren, tränenreiche Romanzen, die später zur Drehorgelmusik vorgetragen wurden und die jedes Dienstmädchen kannte, jede Magd, jede Köchin und jedes Soldatenliebchen. Viele dieser Balladen sind heute noch populär: *Mariechen saß weinend im Garten* oder *Es war ein Leutnant von der Garde*.

Zu den auffälligen Gestalten auf Jahrmärkten gehörten seit dem 17. Jahrhundert schwarz gekleidete Männer und Frauen von schäbiger Respektabilität, die ihre Balladen ernsten Blicks vor primitiv gemalten Bildern auf Wachstuchtafeln deklamierten oder sangen. Um das Publikum zu sehen und selbst gesehen zu werden, stiegen sie auf Bänke. Bänkelsänger nannte sie deshalb Johann Christoph Gottsched im Jahre 1730, und die nach ihnen benannten Bänkelballaden erwiesen sich als populäre Beispiele der Jahrmarktspoesie.

Die Bänkelsänger trugen selbstverfaßte oder von anonymen Berufsreimern geschmiedete Moritaten vor, balladeske Grusel- und Greuelgeschichten, aus denen reichlich Blut und Tränen troffen. Meist berichteten sie von sensationellen Begebenheiten, von Mord und allerlei Räubereien, von Familientragödien, Unfällen, gefallenen Mädchen, Ehebruch, Eifersucht, sonderbaren Schicksalen und Scheintoten. Zum Schluß gab's dann meist eine moralische Empfehlung, die gleichsam Pomade war, um die auf haarsträubende Sensation getrimmten Strophen wieder bürgerlich zurechtzustriegeln.

Der erste bekannte Dichter, der zur Feder griff und ebenfalls eine Bänkelballade verfaßte, war Johann Wilhelm Ludwig Gleim (1719–1803), Lyriker der Aufklärung und Gründer des Halleschen Dichterkreises. Er schrieb die schauerliche Geschichte von *Marianne* und animierte damit Dichter von Rang zu ähnlichen Produktionen. Friedrich Schiller beispielsweise lieferte mit seiner *Kindsmörderin* eine ganz im Bänkelstil gehaltene Ballade, die auf Fliegende Blätter gedruckt und auf Jahrmärkten verschleudert wurde. Auch Bürgers *Lenore* deklamierten Bänkelsänger mit heiser geschrienen Stimmen über die Köpfe der Jahrmarktsbesucher hinweg.

Die Bänkelballaden mit ihren drastischen Übertreibungen, ihren Schwarzweißmalereien und ihrem moralisierenden Hautgout waren hart an der Grenze der Volksliteratur, drifteten mitunter auch ins Schmalzige – und forderten gerade deshalb andere Dichter zu Parodien heraus.

Und merkwürdig genug: Diese augenzwinkernden Parodien trafen das Stilgefühl des Volkes viel besser als die ernstgemeinten Bänkelballaden. Sie wurden zunächst nur für ein intellektuelles Publikum veröffentlicht – in *Musenklänge aus Deutschlands Leierkasten* (1849) zum Beispiel –, dann aber auch von Jahrmarktssängern an die Brust genommen und auf Rummelplätzen vorgetragen. *Sabinchen war ein Frauenzimmer* ist eine dieser Parodien, die das Volk auf den Jahrmärkten entzückten und die heute noch gerne gesungen werden.

Poesie der Rätsel

Die Poesie der Rätsel, nachweisbar schon bei den Germanen, Slawen, Griechen und Römern, gehört zur ältesten Literatur der Völker. Aus gutem Grund. Denn Rätsel und Mythen sind verwandt.

Schon Ludwig Uhland hat 1836 erkannt: Mythen sind ... »Runen, Geheimnisse, Geheimreden, sie wollen nach Rätselart gelöst sein« (*Der Mythus von Thor*). Allerdings verrätselten die Mythendichter in ihren scheinbar vordergründigen, konkreten und abenteuerlichen Werken vor allem abstrakte Vorstellungen von Gut und Böse, von Schutz und Schrecken, vom Werden und Vergehen der Welt.

Die Rätseldichter indes verschleiern in irreführenden Umschreibungen vor allem Konkretes aus dem täglichen Leben: Handgreifliches und Sichtbares, das der Schlaumeier enträtseln kann, wenn er nur mit offenen Augen durchs Leben geht und zu kombinieren versteht. Zum Beispiel:

»Erst weiß wie Schnee,
Dann grün wie Klee,
Dann rot wie Blut,
Schmeckt allen Kindern gut.«

Was ist das? Naja, die Kirsche. Wir haben das Rätsel wohl alle in unserer Kindheit gehört. Aber:

»Was ist das für ein armer Tropf,
Der die Stiege 'nauf muß auf dem Kopf?«

Schon etwas schwieriger. Denn wer kennt noch den Schuhnagel, der hier gefragt ist?

Wenn wir heutzutage Rätsel in erster Linie als Familienspaß und Gesellschaftsspiel erleben, so sollten wir nicht vergessen, daß sie zu früheren Zeiten gelegentlich auch über Leben und Tod entschieden. Nach mittelalterlichem Rechtsbrauch nämlich konnte ein zum Tode Verurteilter mitunter seinen Kopf vor dem Henkersschwert retten, wenn er ein sogenanntes Halslöserätsel knackte oder seinem Richter ein unlösbares Rätsel aufgab. Der helle Kopf blieb oben.

Poesie der Märchen und Sagen

Die Poesie der Märchen und Sagen entwikkelte sich ursprünglich aus mündlicher Überlieferung und setzte beim Volk den Glauben an mythische Wesen, an Götter, Dämonen und Märchengestalten, an wunderbare, übersinnliche oder phantastische Ereignisse voraus.

Die Dichter waren unbekannt. Ihre Werke wurden auf den Wegen sogenannter Sagenwanderungen von Ort zu Ort neu interpretiert, lokal bezogen und der Zeit entsprechend umgedeutet.

Heute sind Märchen und Sagen meist in Prosa schriftlich erhalten. Früher indes wurden sie vor allem als Balladen überliefert, weil Stab- oder Endreime als Gedächtnisstützen für den mündlichen Vortrag dienten.

In diesem Buch sind einerseits die Sagen und Märchen früher Volkspoesie in ihren weniger bekannten Reimformen gesammelt, andererseits auch bekannte Balladen, die vor allem seit der Romantik als Neuschöpfungen deutscher Dichter entstanden und sich an ein aufgeklärtes Publikum wandten.

Poesie der Zaubersprüche

Die Poesie der Zaubersprüche war einst typische Gebrauchsdichtung. Sie diente der Abwehr von Krankheiten, schlechter Ernte, bösem Blick und bösem Wort, der Segnung oder Verfluchung, der Beschwörung von Dämonen, der Befreiung aus Fesseln, der Bestrickung, dem Schutz vor Schadenzauber, Schluckauf und Schußverletzungen. Forscher weisen darauf hin, daß Zaubersprüche die ältesten erhaltenen Zeugnisse deutscher Volksdichtung sind (was nichts besagt, da die Schöpfung lange vor der Niederschrift geschehen sein kann und mithin keine Rückschlüsse auf literaturhistorische Rekorde zuläßt). Und zweifellos gab es schon zur heidnischen Frühzeit gewisse Bannformeln, Beschwörungen und Zaubersprüche, die sich bruchstückweise in die Zeit der schriftlichen Aufzeichnung gerettet haben. So wird denn der Zauber dieser Poesie neben orientalischen und christlichen Elementen vor allem von Relikten heidnischer Überlieferung bestimmt. Christliche Bannformeln waren übrigens von der Kirche verboten worden.

Die poetische Wirkung, die beschwörende Kraft, der lautmalerische Effekt und die mitunter einpeitschenden Rhythmen mancher Zaubersprüche liegen in einer der Antriebskräfte dichterischer Tatkraft begründet: im Glauben an Macht und Magie des Wortes. Andererseits entbehren viele volkskundlich durchaus interessanten Bann- und Beschwörungsformeln zwar nicht des Reimes, wohl aber der Poesie.

Die Auswahl in diesem Buch soll die mystische Welt der Wortmagie zeigen und bietet deshalb zusammen mit den klassischen Zaubersprüchen auch jene Werke, die eher zu den Kuriosa als zu den poetischen Leistungen der Volksdichtung gehören.

Poesie der Liebenden

Die Poesie der Liebenden umfaßt die gesamte Palette von Liebeslist und Liebeslust, Liebesleid und Liebesfreud.

Vor allem werden gefühlsmäßige Beziehungen besungen, seien sie nun traurig, enttäuschend, fröhlich oder beglückend. Und wenn es erotisch wird, dann bleiben die Dichter meist augenzwinkernd, lustig und verspielt. Bevorzugte Themen sind dann die vielfältigen Listen, deren Liebende sich bedienen, um ans Ziel zu kommen.

Bei einigen Liebesgedichten und Balladen bot sich zwingend die Zuordnung zu anderen Kapiteln an, so etwa zu der »Poesie des Jahrmarkts«, der »Poesie des Schicksals« oder der »Poesie der Soldaten«.

Poesie der Schnaderhüpferl

Die Poesie der Schnaderhüpferl ist »das überzeugendste Beispiel von eigener Stegreifdichtung« (R. Beitl, in: Oswald A. Erich und Richard Beitl, *Wörterbuch der deutschen Volkskunde*, 1974). Schnaderhüpferl sind Vierzeiler, im alpenländischen Dialekt getextet, zu stereotyp wiederkehrenden Melodien gesungen, kritisch, derb, rotzfrech, schadenfroh und immer lustig. Sie heißen auch Gstanzl, Gsetzl, Bassl, Schelmaliadl, Schlumperliadl oder Gaudigsangl.

Die Gstanzldichter besingen das Leben der Bauern, Handwerker, Jäger, Wildschützen, Bergsteiger, Sennerinnen und Diandln auf dem Lande.

Zeitlos populär blieben die Schnaderhüpferl, solange sie sich mit einfachen Themen befaßten, mit Liebe und Liebelei, Treue und Untreue, Fensterln und Verführungskünsten, Hochzeitsnacht und Kinderkriegen, Saufereien und Raufereien. Wenn sie politische Tagesereignisse aufs Korn nahmen (und dann auch wohl nicht aus dem Stegreif gedichtet wurden), erwiesen sie sich als kurzlebig. Da sie aktuell waren, wurden sie schnell unaktuell. – Kein Fall für die Volkspoesie.

Poesie der Wanderburschen

Die Poesie der Wanderburschen läßt sich auf eine alte Tradition zurückführen: Seit dem Mittelalter bis zum Anfang unseres Jahrhunderts pflegten Handwerksgesellen, meist im Frühjahr, ihre Arbeitsstellen zu verlassen und auf die Wanderschaft zu gehen, von einem Meister zum anderen, bis sie eine neue Werkstatt fanden und auch von dort nach einer Weile wieder weiterzogen. Lehrlinge mußten ebenfalls ihre »Lehr- und Wanderjahre« auf Schusters Rappen verbringen. Und auch Studenten – die fahrenden Scholaren – zogen einst von Universität zu Universität.

Die Volkspoesie der Wanderburschen ist bestimmt von Wanderlust und Abschiedsschmerz, von Heimweh und Wiedersehensfreude. Einige Texte bekannter und unbekannter Dichter blieben mit einprägsamen Melodien populär und gehören zum Liedgut auch der heutigen Wandervögel.

Poesie der Wettersprüche

Die Poesie der Wettersprüche ist uralte Gebrauchsliteratur, gedichtet vom und fürs Volk auf dem Lande, das auf Gedeih und Verderb von der Kenntnis bevorstehender Wetterwechsel abhängig ist. Der Hirte muß beispielsweise wissen, wann er das Vieh rechtzeitig vor Sturm und Blitzschlag in die Stallungen zu treiben hat, der Bauer kann bevorstehenden Regen segensreich für die Aussaat nutzen oder die Ernte gerade noch vor dem Hagel in die Scheune bringen: »Glückselig ist der Bauersmann, der's Wetter recht erkennen kann.«

Besonders in gebirgigen Gegenden hört der Landmann heute noch lieber auf überlieferte Wettersprüche als auf die Wetterprognosen in Rundfunk und Fernsehen. Die Wettersprüche nämlich beziehen sich auf sogenannte kleinräumige Vorgänge in begrenzten, von Wetterscheiden abgeschirmten Gebieten, deren Meteorologie gravierend von der im amtlichen Wetterbericht berücksichtigten »Großwetterlage« abweichen kann.

Solche Wettersprüche sind meteorologisch durchaus begründbar. Abendrot beispielsweise leuchtet nur dann, wenn der trockene Ostwind eine dunstige Tiefdruckzone verlagert und schönes Wetter bringt: »Abendrot, Gutwetterbot«. Regen indes wird unter anderem von Luftfeuchtigkeit angekündigt, die Mücken zum Tiefflug zwingt. Um diese Mücken zu fangen, kommen zwangsläufig auch die Schwalben tief herunter: »Wenn Schwalben den Boden berühren, wirst du bald den Regen spüren.«

Daß »g'studierte« Meteorologen heutzutage im Volksmund als amtliche Wetterfrösche bezeichnet werden, hat seinen guten Grund: »Wenn der Laubfrosch schreit, ist der Regen nicht mehr weit.«

Poesie des Jahreslaufs

Die Poesie des Jahreslaufs ist gewissermaßen eine Perlenkette von Gedichten und Balladen, die sich aus der Terminfolge von Festen und Feiertagen ergibt. Zusätzlich zu den heute noch populären Festtagen wie Neujahr, Dreikönig, Ostern, Pfingsten, Weihnachten und so weiter nutzte das Volk einst jede nur mögliche Gelegenheit zum Feiern, zum Tanzen und Singen, zu Festgottesdiensten und Prozessionen, zu Festschmäusen und Trinkgelagen. Maria Lichtmess beispielsweise gehörte zu den festlich begangenen Gedenktagen, ebenso das Andreasfest, das Fest Mariä Verkündigung, Mitfasten, Georgi, Johanni, Jacobi oder Martini. Dazu kamen örtlich begrenzte Feiertage und wechselnde Jahrmarktstermine.

Bekannte und unbekannte Dichter fühlten sich gefordert, mit Gedichten, Balladen und Volksliedtexten ihre Beiträge zur allgemeinen Festtagsstimmung zu leisten.

Eine besondere Art solcher Poesie war die Legendendichtung über populäre Heilige, über St. Georg beispielsweise, die heilige Maria Magdalena, St. Elisabeth oder St. Katharina, deren Gedenktage zu den Festen des Jahreslaufs zählten.

Je ärmer das Volk war, desto mehr wurde gefeiert. Wieviel Festtage es früher gab, vermögen selbst Experten der Volkskunde nicht annähernd genau abzuschätzen.

Heute sind die Feiertage gesetzlich reglementiert und leicht zu zählen: Rund ein Dutzend finden sich im Kalender.

Poesie der Kalendermacher

Die Poesie der Kalendermacher ist reine Gebrauchsdichtung. Einprägsam gereimt vermitteln sie bewährte Bauernpraktiken wie etwa Terminempfehlungen für bäuerliche Arbeiten, die an sogenannte Lostage – meist Kirchen- oder Heiligenfeste – gebunden sind:

»Bartholomä (24. August) –
Wer Korn hat, der säe,
Wer Gras hat, der mäh,
Wer Hafer hat, der rech,
Wer Äpfel hat, der brech.«

Die Wetterregeln der Kalendermacher unterscheiden sich von den allgemeinen Wettersprüchen insofern, als sie nicht den Wetterwechsel von heute auf morgen – vom Abendrot zum nächsten schönen Tag – vorhersagen, sondern Langzeit-Prognosen mitteilen, die sich aus den Beobachtungen meteorologischer Regelmäßigkeiten im Jahreslauf ergeben:

»Ist's zu Lichtmess' (2. Februar) hell und rein,
Wird ein langer Winter sein.«

In der Tat verheißt gutes Wetter zu Februarbeginn aller Erfahrung nach verzögerte Schneeschmelze und mithin eine Gefährdung der späteren Ernte. Deshalb reimten die Kalendermacher:

»Lieber das Weib auf der Bahr
Als Lichtmess' hell und klar.«

Und die üblicherweise Mitte Mai hereinbrechende Frostperiode dichteten sie den drei Eisheiligen an:

»Pankrazi, Servazi und Bonifazi,
Das sind drei rechte Lumpazi,
Sie holen alle drei
Noch einmal den Frost herbei.«

Wie weit verbreitet und allgemein gültig solche Bauernpraktiken schon zur Frühzeit mündlicher Überlieferungen gewesen sind, zeigt ein Vergleich der Kalender, die zu Beginn des 16. Jahrhunderts wie Pilze aus dem Boden schossen. Mögen diese Kalender auch noch so weit voneinander entfernt gedruckt worden sein, ob in den Alpen oder an der Waterkant, ob in Böhmen oder im Rheinland – überall im deutschsprachigen Gebiet waren fast wortwörtlich genau die gleichen Wettersprüche und Bauernregeln zu lesen.

Poesie der Natur

Die Poesie der Natur hat ihre Wurzeln in mündlicher Überlieferung. Sie ist uralt, erstmals schriftlich nachgewiesen in den Werken antiker Autoren: Theokrit (3. Jahrhundert vor Christus), Vergil oder Tibull. Auf deutschsprachigem Gebiet sproß sie zunächst vereinzelt im Minnesang, etwa in den Werken Walthers von der Vogelweide oder Neidharts von Reuental.

Als Volkspoesie erblühte sie erst in der Klassik und Romantik, im Impressionismus und poetischen Realismus. Die Dichter schrieben, was sie hörten, sahen oder empfanden: vom Rauschen des Bächleins, vom guten, alten Apfelbaum, von Blumen und Tieren, vom Abendrot, vom Mond und von den Sternen, vom Leben der Hirten und Jäger.

In Epochen wie der Aufklärung, dem Naturalismus oder dem Expressionismus welkte die Naturpoesie dann wieder dahin.

Poesie der Sprichwörter

Die Poesie der Sprichwörter ist Lebensphilosophie, von Reimeschmieden gleichsam aus den Fingern geschnalzt, vom Volk tradiert und verbreitet, allgemein verständlich, bildhaft, knapp, belehrend oder beratend, mitunter befehlend, manchmal witzig und sarkastisch. Mögen sich gelegentlich auch sozial- oder epochentypische Merkmale erkennen lassen, so erhebt das Sprichwort doch Anspruch auf Allgemeingültigkeit, ohne an Generationen oder Bevölkerungsschichten gebunden zu sein.

Die moderne Sprichwortforschung hat festgestellt, daß gewisse Lebenserfahrungen und moralische Grundsätze von verschiedenen Völkern gleich empfunden und in ähnlichen Gleichnissen, Assoziationen oder Bildern überliefert wurden. Diese sogenannte internationale Parallelbildung indes betrifft nur die Themen. Das Sprichwort selbst entsteht erst durch die pointierte Formulierung, und die ist vital abhängig vom Sprachgefühl des jeweiligen Volkes.

Poesie des Schicksals

Die Poesie des Schicksals befaßt sich mit Ereignissen, in die ein Mensch ohne eigenes Zutun hineingeworfen wird; die er nicht herausfordern und nicht beeinflussen kann; die ihn durch unabwendbare Schicksalhaftigkeit in eine meist tragische, gelegentlich auch glückbringende Rolle drängen.

Typische Schicksalsthemen der Volkspoesie sind die Geschichten von der entführten und wiedergefundenen Königstochter; von den Eltern, die ihren heimkehrenden Sohn für einen Fremden halten und ermorden; von der Jägerin, die versehentlich ihren Geliebten erschießt; von Unglücksfällen aller Art; von Eifersucht, Treuebruch oder tödlichen Liebeskonflikten, die sich aus Standesunterschieden ergeben.

Die Themen sind weit gestreut, und deshalb sind einige Schicksalsballaden in anderen Kapiteln dieses Buches zu finden, wo sich die Zuordnung stilistisch und thematisch zwingender anbot; etwa in den Kapiteln »Poesie des Jahrmarkts«, »Poesie der Liebenden« oder »Poesie der Soldaten«.

Poesie der Kinder

Die Poesie der Kinder bietet sicherlich die dem Leser am meisten vertrauten Werke der Volksliteratur. Abzählreime beispielsweise, die er selbst als Kind gesprochen hat: »Ich und du, Müllers Kuh ...«; Gebete, die er noch auswendig kennt: »Abends, wenn ich schlafen geh ...«; Wiegenlieder, die ihm gesungen wurden: »Guten Abend, gut' Nacht ...«; Lieder, die er selbst gesungen hat: »Fuchs, du hast die Gans gestohlen ...«; Wortmalereien, die vertraut sind: »Eia popeia, was raschelt im Stroh ...«; Neckverse, die noch im Ohr klingen: »Morgen früh um sechs kommt die alte Hex ...«

Nur wenige der einfach gereimten, oft vertonten Kindergedichte sind in Vergessenheit geraten. Zu ihnen zählen vor allem die einst so populären Lieder, die den Zweck verfolgten, Kinder für den späteren Kriegsdienst zu begeistern: »Wer will unter die Soldaten ...?«

Poesie der Soldaten

Die Poesie der Soldaten zeigt schon durch die Formulierung der Kapitelüberschrift besondere Auswahlkriterien. Wenn Volkspoesie sich mit dem Krieg befaßt, so besingt sie nicht abstrakte Begriffe wie Ehre, Vaterlandsliebe, »den Geist der Zeit« (Arndt) oder die »Freiheit, die ich meine« (Schenkendorff), sondern den Menschen, der aufs Schlachtfeld zieht: den Soldaten, der um Ehre, Vaterland und Freiheit kämpft, der weint und lacht, siegt oder flieht, heimkehrt oder stirbt.

Poesie zum Nachdenken

Die Poesie zum Nachdenken befaßt sich mit Themen wie Schicksal, Treu und Redlichkeit, Glück, Armut oder Sterben – und vermag gerade deshalb besonders deutlich zu zeigen, wie in der Volkspoesie auch abstrakte Begriffe bildhaft, gegenständlich oder personifizierbar vermittelt werden können: Das Schicksal »setzt den Hobel an«. Das Glück »tappt unter die Menge«. Die Gedanken kann »kein Jäger erschießen«. Der Tod zupft am Ärmel und sagt: »Brüderl, kumm ... Mach' keine Umständ', geh!« Und wenn der »Tod mit seinem Pfeil« getroffen hat, dann stehen »die armen Seelen vor dem Himmelstor«.

Poesie der Inschriften

Die Poesie der Inschriften ist eine vergnügliche Lektüre von Spaziergängern und Wirtshausgästen, die an Hauswänden, auf Tellern, Tassen, Gläsern oder Uhren nach gereimten Sprüchen suchen.

Die bekannteste aller Hausinschriften lautet so:

»Grüß Gott, tritt ein.
Bring Glück herein.«

Wir wissen nicht, wer als erster diesen Zweizeiler gereimt hat. Aber wir ahnen, daß er ein Poet von großen Gnaden war. Rhythmus, Reim, Prägnanz und Herzlichkeit sind für diesen Zweck nicht mehr zu überbieten. Millionen stolzer Hausbesitzer haben diesen Vers an ihre Giebel geschrieben. Und ähnlich ist es mit den meisten anderen Inschriften: von unbekannten Reimeschmieden geschaffen, von anderen übernommen – heute noch voller Witz, Klugheit und Klang.

Volkspoesie reinsten Wassers.

Poesie der Heiterkeit

Die Poesie der Heiterkeit wird manches lange nicht gehörte Gaudigedicht wieder in Erinnerung rufen: *Ein Hund kam in die Küche* zum Beispiel; oder: *Dunkel war's, der Mond schien helle*; oder: *Stumpfsinn, Stumpfsinn, du mein Vergnügen*; oder die sogenannten Klapphornverse: *Zwei Knaben gingen durch das Korn.*

Viele Werke lustiger Volkspoesie sind in den Kommersbüchern der Studenten gesammelt; so etwa das Lied vom Zylinderhut, von der Krähwinkler Landwehr, von Noah, vom Doktor Eisenbart, von der schwäb'sche Eisebahne oder – freilich in entschärfter Form – vom Wirtshaus an der Lahn.

Einige Texte wie etwa *An die Geliebte* oder *Jucunde* kennt heute wohl kaum noch jemand, obgleich sie früher zu den beliebtesten Beispielen geistreicher Blödelei gehört haben.

Der Anteil an Volksliedern

Schon bei der Lektüre dieser Einleitung wird dem Leser aufgefallen sein, daß viele der hier zitierten Werke zu den bekannten Volksliedern gehören. In der Tat ist der Anteil an Volksliedern erstaunlich hoch in der deutschen Volkspoesie, genaugenommen der Anteil an Balladen und Gedichten, die irgendwie zu einer Melodie kamen und als Volkslieder so bekannt wurden, daß jeder beim Lesen die dazugehörige Melodie assoziiert.

Die Herkunft der meisten Volkslieder ist dunkel. Wir können nur vermuten, wie sie gesät wurden, wie sie zu sprießen und zu blühen begannen: Irgendwann mag ein Reimeschmied einen Text gedichtet haben, der zu einer Melodie drängte wie die Biene zur Blüte und schließlich in eine bereits bestehende Volksweise schlüpfte. Oder ein Musikant schuf zu dem Text eine Melodie. Oder ein unbekannter Dichter goß seine Reime in eine bestehende Melodie.

Auch bekannte Dichter wie Goethe, Hoffmann von Fallersleben, Uhland, Brentano, Eichendorff u. a. schufen Gedichte und Balladen, die den Volkston auf Anhieb trafen und nach einer Volksliedmelodie verlangten. Das ist kein Zufall. Denn nahezu alle Dichter, die Werke zur Volkspoesie beisteuerten, waren auch Volksliedsammler. Indem sie suchten und sich umhorchten, schulten sie ihr Gehör, schärften sie ihr Gespür, rhythmisierten sie ihre Gedanken – und schließlich floß ihnen in die Feder, was das Volk lesen, hören – und singen wollte. Volksliedhafte Melodien wurden auch von bekannten Musikern komponiert, von Franz Schubert, von Felix Mendelssohn Bartholdy, von Friedrich Reichardt und so weiter, die sich von den Texten inspirieren ließen.

Sie alle, die Volkslieder schufen – die bekannten und unbekannten Dichter, die bekannten und unbekannten Komponisten – waren abhängig vom Urteil des Volkes, das allein darüber entschied, ob Text und Melodie unsterblich wurden oder untergingen. Mitunter empfand das Volk eine kunstsinnig geplante Konstruktion von Text und Melodie als unpassend, als nicht gleichwertig, als morganatische Ehe gewissermaßen – und schon mußte geschieden sein. Gnadenlos vollzog das Volk die Trennung. Es jagte die schwache Komposition aus der Beziehung hinaus, ließ aber den mitreißenden Reim bestehen und schanzte ihm eine bessere Melodie zu. Oder es verwarf einen schwachen Reim und verbündete die gewissermaßen verwitwete Weise mit einem vitalen Text, der irgendwann herausfordernd über den Weg lief.

Das Zersingen: eine Art Volksbegehren

Auf eine Besonderheit muß noch hingewiesen werden, die charakteristisch ist für jede Form der Volksliteratur: das Zersingen.

Dieser von Forschern geprägte Begriff bezieht sich nicht allein auf singbare Volksliedertexte, sondern auch auf Reime ohne Melodie und – wie bei den Volksbüchern – sogar auf Prosa.

Entsprechend dem demokratischen Prinzip, das wir bei Volkspoesie erkannt haben – das Volk wählt seine eigene Poesie –, können wir das Zersingen als eine Art von Volksbegehren verstehen: Volksbegehren ist unter anderem »das Verlangen ..., ein schon verabschiedetes Gesetz ... nur in veränderter Form in Kraft zu setzen« (Reinhard Beck, *Sachwörterbuch der Politik*, 1977).

Auf Literatur übertragen, läßt sich das Zersingen analog interpretieren als das Verlangen des Volkes, eine vom Dichter schon verabschiedete Originalfassung in nur veränderter Form in Kraft zu setzen. Das heißt: Mancher vom Volk einmal gewählte Originaltext wird in Nuancen vorerst noch als fremd, spröd oder eckig empfunden und deshalb verändert, rhythmisiert, variiert, gestrafft und pointiert, von Unklarheiten oder falscher Sentimentalität befreit, sprachlich dem Stilgefühl der Zeit angepaßt, modernisiert oder aktualisiert – mit einem Wort: zersungen.

Bei einigen Werken anonymer Volksdichter können wir das Zersingen von der ersten schriftlichen Aufzeichnung über veränderte Abschriften bis zur populär gewordenen, heute gültigen Fassung verfolgen. Es zeigt sich, daß der erste schriftlich erhaltene Text vom Strom der Zeit nach und nach abgeschliffen und abgeschmirgelt wurde wie ein Kiesel im Fluß. Den Urtext freilich, der fast immer aus mündlicher Überlieferung stammt und vor der ersten Niederschrift liegt, vermögen wir nicht mehr zu rekonstruieren, allenfalls zu erahnen.

Anders ist es bei den Werken berühmter Dichter, die freilich nur selten und zurückhaltend zersungen wurden. Hier können wir den Urtext mit der heute populären Fassung vergleichen und das Zersingen genau belegen, Wort für Wort, wie etwa in Heinrich Heines *Loreley*. Heinrich Heine hat gedichtet:

»Ich weiß nicht, was soll es bedeuten,
Daß ich so traurig bin;
Ein Märchen aus alten Zeiten,
Das kommt mir nicht aus dem Sinn.«

Das Volk, von der ersten Zeile rhythmisiert, stolperte über »Ein Märchen aus alten Zeiten« und begehrte eine zusätzliche Silbe. Irgendein anonymer Dichter zauberte diese Silbe hinzu, das Volk gab seinen Segen, fiel in den neuen Rhythmus ein – und so wurden aus den »alten Zeiten« die »uralten Zeiten« der heute bekannten Fassung.

Beispielhaft ist auch das Zersingen der zweiten Strophe von Ludwig Uhlands *Der gute Kamerad*. Im Originaltext heißt es: »Eine Kugel kam geflogen, gilt's dir oder gilt es mir?« Irgendwer aus dem Volk empfand die Formulierung als zu erhaben und konkretisierte die Bedrohung durch den direkten Bezug zur Kugel: »Eine Kugel kam geflogen, gilt sie dir oder gilt sie mir?« Und in derselben Strophe hat ein unbekannter Dichter den Satz »Er liegt mir vor den Füßen« nach eigenem Gefühl bildhafter gemacht: »Er liegt vor meinen Füßen«. Das Volk griff die neuen Varianten begehrlich auf – und Uhlands Formulierungen sind vergessen. Fast jeder hält die zersungene Fassung für das Original.

Ob solches Zersingen respektlos oder schöpferisch ist, ob es statthaft ist oder nicht, ob es dem Originaltext zum Vorteil oder Nachteil gereicht: Diese Fragen zu stellen wäre müßig.

Hier ist ein Volksentscheid zu respektieren. Das Volk hat verlangt und bekommen, was es will.

Walter Hansen

Poesie des Jahrmarkts

Der treue Husar

Es war einmal ein treuer Husar,
Der liebt sein Mädchen ein ganzes Jahr,
Ein ganzes Jahr und noch viel mehr,
Die Liebe nahm kein Ende mehr.

Der Husar zog in ein fremdes Land,
Unterdessen ward sein Liebchen krank,
Ja krank, ja krank und noch viel mehr,
Die Krankheit nahm kein Ende mehr.

Und als der Husar die Botschaft kriegt,
Daß seine Liebste im Sterben liegt,
Verließ er gleich sein Hab und Gut
Und eilt zu seiner Liebsten zu.

Und als er zum Schatzliebchen kam,
Ganz leise gab sie ihm die Hand,
Die ganze Hand und noch viel mehr,
Die Liebe nahm kein Ende mehr.

»Gut'n Abend, gut'n Abend,
Schatzliebchen mein,
Was tust du hier so ganz allein?«
So ganz allein und noch viel mehr,
Die Liebe nahm kein Ende mehr.

»Guten Abend, guten Abend, mein
feiner Knab.
Mit mir will's gehen ins kühle Grab.«
»Ach nein, ach nein, mein liebes Kind,
Dieweil wir so Verliebte sind.«

Drauf schloß er sie in seinen Arm.
Da war sie kalt und nicht mehr warm:
»Ach Mutter, ach Mutter, geschwind
ein Licht,
Meine Liebste stirbt, man sieht es nicht.

Wo kriegen wir sechs Träger her?
Sechs Bauernbuben, die sind so schwer,
Sechs brave Husaren, die müssen es sein,
Die tragen mein Schatzliebchen heim.

Jetzt muß ich tragen ein schwarzes Kleid,
Das ist für mich ein großes Leid,
Ein großes Leid und noch viel mehr,
Die Trauer nimmt kein Ende mehr.«

Diese auch vom Volk und von Soldaten gern gesungene Jahrmarktsballade ist bis in unsere Tage hinein so populär geblieben, daß sie selbst der Amerikaner Louis Armstrong aufgriff und in deutscher Sprache sang. Wann diese Ballade gedichtet wurde, ist nicht zu ermitteln.

Der Begriff Husar läßt sich bis zum ausgehenden Mittelalter zurückverfolgen: Husaren waren ursprünglich die vom Ungarnkönig Matthias Corvinus (1458–1490) aufgestellten Reitertruppen für schnelle, bewegliche Einsätze. Seit 1688 hatten auch Österreich und Bayern ihre Husarenregimenter. Andere Staaten folgten ihrem Beispiel, so die Preußen unter Friedrich dem Großen. Bis 1919/20 hatte die deutsche Armee 21 Husarenregimenter.

Ritter Ewald und die Minna

In des Gartens düstrer Laube
Saßen abends Hand in Hand
Ritter Ewald neben Minna,
An der Treue fest gebannt.

»Teure Minna«, sprach er tröstend,
»Liebe, laß dein Weinen sein!
Eh die Rosen wieder blühen,
Werd ich wieder bei dir sein.«

Drauf zog er hinaus zum Kampfe
Fürs geliebte Vaterland,
Und er dachte oft an Minna,
Wenn der Mond am Himmel stand.

Und ein Jahr war kaum verflossen,
Als die junge Knospe brach,
Ritter Ewald schlich zum Garten,
Wo er sie zum letzten sprach.

Und was sah er? In der Ferne
Hob ein Grabeshügel sich,
Und in Marmor stand die Inschrift:
»Minna lebt nicht mehr für dich!«

Da stand er betrübt und traurig:
»Ist das hier der Liebe Lohn?
Ich Geliebter bin gekommen,
Finde dich im Grabe schon.«

Drauf zog er hinab ins Kloster,
Legte Schwert und Panzer ab:
Eh die Rosen wieder blühten,
Gruben Mönche ihm sein Grab.

Der Leutnant von der Garde

Sie war ein Mädchen voller Güte,
Und naschen tat sie auch sehr gern,
Bekam so manche Zuckertüte
Von einem hübschen jungen Herrn.
Da rief sie: »Heimat, süße Heimat,
Wann werden wir uns wiedersehn?«

Da kam der Leutnant von der Garde
Und lud sie ein zum Maskenball:
»Bei uns ist heute Maskerade,
Und du sollst meine Tänz'rin sein.«
Da rief sie: »Heimat, süße Heimat,
Wann werden wir uns wiedersehn?«

Vom vielen Tanzen ward sie müde,
Sie legt sich nieder auf ein Bett,
Da kam der Leutnant von der Garde
Und raubte ihr die Unschuld weg.
Da rief sie: »Heimat, süße Heimat,
Wann werden wir uns wiedersehn?«

In Stücke wollte sie sich reißen,
Ins tiefe Wasser wollt sie gehn.
Jedoch der Rhein war zugefroren,
Und keine Öffnung war zu sehn.
Da rief sie: »Heimat, süße Heimat,
Wann werden wir uns wiedersehn?«

Da kam der Leutnant von der Garde
Und sprach zu ihr: »Mein liebes Kind,
Mit dem Ertrinken mußt du warten,
Bis daß die Wasser offen sind.«
Da rief sie: »Heimat, süße Heimat,
Wann werden wir uns wiedersehn?«

Nun hat sie all ihr Glück verloren,
Nun ging sie heim ins Vaterland,
Dort hat sie dann das Kind geboren,
Den Vater hat es nie gekannt.
Da rief sie: »Heimat, süße Heimat,
Wann werden wir uns wiedersehn?«

Mariechen sass weinend im Garten

Mariechen saß weinend im Garten,
Im Grase lag schlummernd ihr Kind.
Mit ihren goldblonden Locken
Spielt' säuselnd der Abendwind.
Sie war so müd und traurig,
So einsam, geisterbleich.
Die dunklen Wolken zogen,
Und Wellen schlug der Teich.

Der Geier steigt über die Berge,
Die Möwe zieht stolz einher.
Es weht ein Wind von ferne,
Schon fallen die Tropfen schwer.
Schwer von Mariens Wangen
Eine heiße Träne rinnt:
Sie hält in ihren Armen
Ein kleines, schlummerndes Kind.

»Hier liegst du so ruhig von Sinnen,
Du armer, verlassener Wurm!
Du träumst von künftigen Sorgen,
Die Bäume bewegt der Sturm.
Dein Vater hat dich verlassen,
Dich und die Mutter dein;
Drum sind wir arme Waisen
Auf dieser Welt allein.

Dein Vater lebt herrlich, in Freuden;
Gott laß es ihm wohl ergehn!
Er gedenkt nicht an uns beide,
Will mich und dich nicht sehn.
Drum wollen wir uns beide
Hier stürzen in die See;
Dann bleiben wir verborgen
Vor Kummer, Ach und Weh!«

Da öffnet das Kind die Augen,
Blickt freundlich sie an und lacht;
Die Mutter, vor Freuden sie weinet,
Drückt's an ihr Herz mit Macht.
»Nein, nein, wir wollen leben,
Wir beide, du und ich!
Dem Vater sei's vergeben:
Wie glücklich machst du mich!«

Eine der beliebtesten Jahrmarkts-balladen, die in verschiedenen mündlich überlieferten Varianten erhalten ist und oft zur Drehorgelmusik gesungen wurde. Die älteste bekannte schriftliche Fassung aus dem Jahre 1832 wird dem Wiener Kammerherrn Joseph Christian Freiherr von Zedlitz (1790–1862) zugeschrieben.

Die erste Zeile lautete: »Marie saß traurig im Garten« und wurde im Laufe der Jahre zu: »Mariechen saß weinend im Garten« zersungen.

Heinrich schlief bei seiner Neuvermählten

Heinrich schlief bei seiner Neuvermählten,
Einer reichen Gräfin an dem Rhein.
Schlangenbisse, die den Falschen quälten,
Ließen ihn nicht ruhig schlafen ein.

Zwölfe schlug's, da drang durch die Gardine
Plötzlich eine weiße, kalte Hand.
Wen erblickt' er? Seine Wilhelmine,
Die im Sterbekleide vor ihm stand.

»Bebe nicht!« sprach sie mit leiser Stimme,
»Ehmals mein Geliebter, bebe nicht!
Ich erscheine nicht vor dir im Grimme,
Deiner neuen Liebe fluch ich nicht.

Zwar der Kummer hat mein junges Leben,
Trauter Heinrich, schmerzlich abgekürzt;
Doch der Himmel hat mir Kraft gegeben,
Daß ich nicht zur Hölle bin gestürzt.

Warum traut' ich deinen falschen Schwüren,
Baute fest auf Redlichkeit und Treu?
Warum ließ ich mich durch Worte rühren,
Die du gabst aus lauter Heuchelei?

Weine nicht, denn eine Welt wie diese
Ist der Tränen, die du weinst, nicht wert;
Lebe froh und glücklich mit Elise,
Welche du zur Gattin hast begehrt.

Lebe froh und glücklich hier auf Erden,
Bis du einst vor Gottes Thron wirst stehn,
Wo du strenger wirst gerichtet werden
Für die Liebe, die du konnt'st verschmähn!«

Diese vom Volk zersungene Ballade wurde durch Jahrmarktssänger außerordentlich populär. Die umständliche und langatmige – und deshalb wohl vergessene – Urfassung stammt von August Katzner (1723–1798), einem Gräflich Degenfeldtschen Hofrat.

Die Frau von Weissenburg

Ich will euch aber singen,
Sing euch ein neues Lied
Von der Frauen von Weißenburg,
Die ihren Herrn verriet.

Sie tät ein Brieflein schreiben
So fern in frembde Land
Zu ihrem Buhlen Friederich,
Auf daß er käm zuhand.

Do ihm die Botschaft kame,
Den Brief er überlas,
Do wurden ihm seine Wangen
Von heißen Zähren naß.

Er sprach zu seinem Knechte:
»Nun sattel uns die Pferd!
Zu der Weißenburg wöllen wir reiten,
Dahin hab ich gut Recht.«

Do sie zu der Weißenburg kamen
Unter das hohe Haus,
Do stund die edle Fraue,
Sach zu eim Fenster aus.

»Ich grüß Euch, edle Fraue!
Wünsch Euch ein guten Tag:
Wo ist Eur edler Herre,
Dem ich zu dienen pflag?«

»Ihr sollet mich nicht melden,
So will ich's Euch wohl sagen:
Er ist gestern so späte
Mit seinen Winden aus jagen.«

Er sprach zu seinem Knechte:
»Sattel uns bald die Pferd!
Zu der Grünbach will ich reiten,
Ist mir wohl Reitens wert.«

Do sie zu der Grünbach kamen
Unter ein Linden grün,
Do hielt der edle Herre
Mit seinen Winden kühn.

»Gott grüß Euch, edler Herre,
Geb Euch ein guten Tag,
Ihr sollt nit länger leben
Denn diesen halben Tag!«

»Soll ich nit länger leben
Denn diesen halben Tag,
So klag ich's Gott vom Himmel,
Der alle Ding vermag.«

Er sprach zu seinem Knechte:
»Spann auf dein Armbrust schnell.
Und scheuß den edlen Herren
Durch seinen Hals und Kehl!«

»Warumb soll ich ihn schießen?
Hat er mir nichts getan;
Das muß er heut genießen,
Der gut fromm Edelmann.«

Ihr Buhl gedacht im Herzen:
»Weh mir hie und auch dort!
Es bringt mir Leid und Schmerzen,
Würd ich stiften das Mord.«

Do tät ihn überwinden
Der Frauen Lieb so groß,
Daß er mit seinen Händen
Unschuldig Blut vergoß.

Er zog aus seiner Scheiden
Ein Messer von Gold so rot
Und stach den edlen Herren
Unter der Linden zu Tod.

Er sprach zu seinem Knechte:
»Nun sattel uns die Pferd!
Zu der Weißenburg wöllen wir reiten,
Dahin haben wir gut Recht.«

»Wöllt Ihr zu der Weißenburg reiten
Und habt dahin gut Recht,
So bitt Euch, edler Herre,
Dingt Euch ein andern Knecht.«

Do er zu der Weißenburg kame,
Unter das hohe Haus,
Do stund die falsche Fraue,
Sach zu einem Laden aus.

»Ich grüß Euch, falsche Fraue,
Wünsch Euch ein guten Tag!
Euer Will, der ist ergangen,
Euer edler Herr ist tot!«

»Ist nun mein Will ergangen,
Mein edler Herr ist tot:
Bitt ich Euch Buhlen Friederich,
Zeigt mir das Botenbrot.«

Er zog aus seiner Scheiden
Ein Messer von Blut so rot:
»Nun schauet, falsche Fraue,
Dies ist das Botenbrot!«

Was zog sie von der Hände?
Von Gold ein Fingerlein:
»Dies traget, Buhle Friederich,
Wohl durch den Willen mein!«

Er nahm dasselbige Fingerlein
In sein schneeweiße Hand;
Er warf es an die Mauren,
Daß es in'n Graben sprang.

»Was soll mir, Frau, Eur Fingerlein?
Ich mag sein doch nit trag;
Wann ich es an tät schauen,
So hätt mein Herz groß Klag.«

Sie wand ihr schneeweiß Hände,
Rauft aus ihr gelbkraus Haar:
Do lag ihr edler Herre
Zu der Grünbach auf der Bahr.

Diese Ballade wurde etwa seit dem 11. Jahrhundert mündlich überliefert und dem Deutsch der jeweiligen Zeit angepaßt. Schriftlich taucht sie im 16. Jahrhundert auf Fliegenden Blättern auf.

Erzählt wird eine historisch verbürgte Mordgeschichte: Landgraf Ludwig der Springer von Thüringen ermordete im Jahre 1065 den auf Schloß Weißenburg residierenden Pfalzgrafen Friedrich von Sachsen, um dessen Gemahlin Adelheid heiraten zu können.

Worterklärung: Winden = Hunde

Es liegt ein Schloss in Österreich

Es liegt ein Schloß in Österreich,
Das ist ganz wohl gebauet
Von Silber und von rotem Gold,
Mit Marmorstein gemauert.

Darinnen liegt ein junger Knab
Auf seinen Hals gefangen,
Wohl vierzig Klaftern unter der Erd
Bei Ottern und bei Schlangen.

Sein Vater kam von Rosenberg
Wohl vor den Turm gegangen:
»Ach Sohne, liebster Sohne mein.
Wie hart liegst du gefangen!«

»Ach Vater, liebster Vater mein,
So hart lieg ich gefangen,
Wohl vierzig Klafter tief unter der Erd
Bei Ottern und bei Schlangen.«

Sein Vater zu dem Herren ging,
Sprach: »Gebt mir los den Gefangenen!
Dreihundert Gulden, die will ich Euch gebn
Wohl für des Knaben sein Leben.«

»Dreihundert Gulden, die helfen Euch nicht,
Der Knabe, der muß sterben.
Er trägt von Gold eine Kette am Hals,
Die bringt ihn um sein Leben.«

»Trägt er von Gold eine Kette am Hals,
Die hat er nicht gestohlen,
Hat's ihm ein zart Jungfräulein verehrt,
Dabei sie ihn erzogen.«

Man bracht den Knaben wohl aus dem Turm,
Gab ihm die Sakramente:
»Hilf, reicher Christ vom Himmel hoch!
Es geht mit mir zu Ende.«

Man bracht ihn zum Gericht hinaus,
Die Leiter mußt er steigen:
»Ach Meister, lieber Meister mein,
Laßt mir ein kleine Weile!«

»Ein kleine Weile laß ich dir nicht.
Du möchtest mir sonst entrinnen;
Langt mir mein seiden Tüchlein her,
Daß ich ihm seine Augen verbinde!«

»Ach meine Augen verbinde mir nicht.
Ich muß die Welt anschauen:
Ich seh sie heut und nimmermehr
Mit meinen schwarzbraunen Augen.«

Sein Vater beim Gerichte stund,
Sein Herz wollt ihm zerbrechen:
»Ach Sohne, liebster Sohne mein,
Den Tod will ich schon rächen!«

»Ach Vater, liebster Vater mein,
Mein Tod sollt Ihr nicht rächen!
Bringt meiner Seelen ein schwere Pein;
Um Unschuld will ich sterben.

Es ist nicht um das Leben mein,
Noch um mein stolzen Leibe;
Es ist um meine Frau Mutter daheim,
Die weinet also sehre.«

Es stund kaum an dem dritten Tag,
Ein Engel kam vom Himmel,
Sprach: »Nehmt den Knaben vom
Gerichte ab,
Sonst wird die Stadt versinken!«

Es stund kaum an ein halbes Jahr,
Der Tod, der ward gerochen:
Es wurden an dreihundert Mann
Um's Knaben willen erstochen.

Wer ist, der uns das Lied erdacht,
Gesungen auch zugleiche?
Das haben getan drei Jungfräulein
Zu Wien in Österreiche.

Eine der ältesten Fassungen einer Jahrmarktsballade ungeklärter Herkunft. Sie wurde in verschiedenen Textvarianten auf Fliegende Blätter gedruckt und wird bis heute zu mehreren Volksliedmelodien gesungen.

Goethe sagte dazu: »Ernste Fabel, lakonisch, trefflich vorgetragen.«

Kaspar Hauser
oder Das ungelöste Rätsel von Nürnberg

Leute, könntet ihr doch sagen,
Wer dieses Kind, wer Kaspar Hauser war!
Laßt euch alle, alle fragen,
Damit die Untat werde offenbar!

Wer war es, die er Mutter nannte?
Wenn dieses Weib man Mutter nennen darf,
Das den eignen Sohn verbannte
Und ihn in den finstern Kerker warf.

Pfingsten traf das arme Wesen
In Nürnberg anno 28 ein,
Trug 'nen Brief, darin zu lesen,
Daß Schwolische er gerne wollte sein.

Ach, soviel man sich auch mühte
Um den Findling, der so blaß und
stumm war,
Traurig blieb er im Gemüte,
Wenn er auch durchaus nicht stumpf und
dumm war.

Flüsternd sprach man, daß seine Stirne
Bestimmet sei für einer Krone Zier,
Doch mit teuflischem Gehirne
Macht man aus diesem Knaben fast ein Tier.

Später stach ein ungenannter
Kerl in Ansbach unsern Kaspar tot.
Er starb als ein Unerkannter,
Sein blaues Blut färbt dort die Erde rot.

Hat kein Fürst 'ne Trän' vergossen,
Durch die vielleicht der Menschheit
werde klar,
Weshalb denn dieses Blut geflossen
Und wer der arme Junge wirklich war?

Fünfundzwanzig Silbergroschen
Gern zahl ich dem, der mir den
Namen nennt,
Doch andere werden Gold für geben,
Daß keiner jenen Kaspar Hauser kennt.

Bänkelsängerballade, in mehreren Textvariationen auf Fliegenden Blättern überliefert.

Kaspar Hauser war ein Findling, der – eigenen Angaben nach – etwa bis zu seinem sechzehnten Lebensjahr isoliert in einem dunklen, niedrigen Raum gefangengehalten worden war. Am Nachmittag des 26. Mai 1828 tauchte er, kaum sprechfähig und merkwürdig gebückt einherschwankend, in Nürnberg auf. Er sprach nur zwei Sätze: »Ich weiß nicht« und: »Ich will Schwolische werden« (Schwolische: Verballhornung von Chevauleger, Reiter der leichten Kavallerie). 1833 wurde Kaspar Hauser unter mysteriösen Umständen in Ansbach ermordet.

Kaspar Hausers rätselhafte Herkunft gab Anlaß zu zahlreichen Spekulationen über seine Abstammung. So wurde vermutet, er sei ein badischer Prinz, den man um seinen Erbteil habe bringen wollen, oder ein Abkömmling Napoleons. Hauser wurde zum Findling des Jahrhunderts. Sein Schicksal, von Anselm Ritter von Feuerbach beschrieben (Kaspar Hauser. Beispiel eines Verbrechens am Seelenleben des Menschen, Ansbach 1832), regte bis heute die Phantasie von Philosophen, Psychologen und Schriftstellern an (etwa: Paul Verlaine: Gaspard Hauser chante; Georg Trakl: Kaspar-Hauser-Lied; Jakob Wassermann: Caspar Hauser oder Die Trägheit des Herzens; Klaus Mann: Kaspar-Hauser-Legenden; Peter Handke: Kaspar).

Der Räuber Willibald

Eine alte Burg mit Mauern steht,
Im grünen Tannenwald,
Das war ein altes Räubernest,
Drin hauste Willibald.
Er raubte, was er rauben konnt,
Er war ein Räuber und Reitersmann.

Einst raubt' er eine Jungfrau fein,
Und führt' sie in den Wald,
Und sprach: »Mein Kind, jetzt bist
du mein!
Ich heiße Willibald.
Jetzt will ich kühlen meine Lust
An deiner zarten weißen Brust.«

Ein edler Ritter zog vorbei
Durch diesen grünen Wald,
Er hört' des Mädchens Klaggeschrei.
»Halt! Räuber Willibald!«
Der Räuber floh vor Angst und Furcht
Zurück in seine Ritterburg.

»Hab Dank, du edler Rittersmann!
Hab Dank für diese Tat!
Ihr rettet' mich aus Räubershand,
Die mich verführet hat.
Kommt mit mir, edler Rittersmann,
Damit ich Euch belohnen kann!«

Der Räuber Antonio

Antonio, kühner Räuber,
Mordest ja mit blinder Wut,
Folterst, quälst ja alle Weiber,
Und vergießt viel teures Blut.
Mordest Bruder, Schwester, Kinder,
Fürcht die Strafe, Bösewicht!
Fliehst du sie bei Menschenkindern,
Oh, vor Gott entfliehst du nicht.

Armes Weib, die du ihn liebtest,
Weh den Kinderlein und dir!
Und erst, als du ihn verrietest,
Naht' sich Gottheit wieder dir.
Littest sehr du auch hienieden,
Vergebung ist dir droben beschieden.

Vaterfluch traf bald den Sünder,
Verschlossen war das Vaterhaus.
Kalt du mordest meine Kinder!
Ruft der Greis, dich stoß ich aus.
Doch gewalt'ger blut'ger Schmerz,
Auch er fühlt den Dolch im Herz.

Der Bösewicht find't keine Ruh,
Ist das Maß der Sünden voll,
Und er tue, was er tu!
Ihn erreicht des Himmels Groll.
Seht es hier an diesem Sünder,
Seht des Himmels schrecklich Lohn;
Kehret um, ihr Menschenkinder!
Gott erreicht den Sünder schon!

Die Ballade von Rinaldo Rinaldini

In des Waldes finstern Gründen,
Und in Höhlen tief versteckt,
Ruht der Räuber allerkühnster,
Bis ihn seine Rosa weckt.

»Rinaldini!« ruft sie schmeichelnd,
»Rinaldini, wache auf!
Deine Leute sind schon munter,
Längst schon ging die Sonne auf.«

Und er öffnet seine Augen,
Lächelt ihr den Morgengruß.
Sie sinkt sanft in seine Arme,
Sie erwidert seinen Kuß.

Draußen bellen laut die Hunde,
Alles flutet hin und her;
Jeder rüstet sich zum Streite,
Ladet doppelt das Gewehr.

Und der Hauptmann, wohl gerüstet,
Tritt nun mitten unter sie.
»Guten Morgen, Kameraden,
Sagt, was gibt's denn schon so früh?«

»Unsre Feinde sind gerüstet,
Ziehen gegen uns heran.« –
»Nun wohlan! Sie sollen sehen,
Ob der Waldsohn fechten kann.

Laßt uns fallen oder siegen!« –
Alle rufen: »Wohl, es sei!«
Und es tönen Berg' und Wälder
Rundherum vom Feldgeschrei.

Seht sie fechten, seht sie streiten!
Jetzt verdoppelt sich ihr Mut!
Aber ach! Sie müssen weichen,
Und vergebens strömt ihr Blut.

Rinaldini, eingeschlossen,
Haut sich mutig kämpfend durch,
Und erreicht im finstern Walde
Eine alte Felsenburg.

Zwischen hohen, düstern Mauern
Lächelt ihm der Liebe Glück,
Es erheitert seine Seele
Dianorens Zauberblick.

»Rinaldini! Lieber Räuber!
Raubst den Weibern Herz und Ruh'.
Ach! Wie schrecklich in dem Kampfe,
Wie verliebt im Schloß bist du!«

Christian August Vulpius

Der Autor – Goethes Schwager – schrieb diese Ballade für seinen Räuberroman »Rinaldo Rinaldini«, einen Bestseller der damaligen Zeit. Als Bänkelsänger die Ballade auf Jahrmärkten sangen, schritt die Polizei ein. Sie verbot den öffentlichen Vortrag mit der Begründung, daß die Schlußstrophe unmoralisch sei und das Räuberleben verherrliche. Die Ballade durfte erst wieder vorgetragen werden, nachdem Unbekannte zwei neue Schlußstrophen hinzugedichtet hatten.

Lispelnd sprach das holde Mädchen:
»Höre an, Rinaldo mein,
Werde tugendhaft, mein Lieber,
Laß das Räuberhandwerk sein!«

»Ja, das will ich, liebste Rosa!
Will ein braver Bürger sein –
Und ein ehrlich Handwerk treiben,
Stets gedenken dabei dein.«

Marianne

Traurige und betrübte Folgen der schändlichen Eifersucht
wie auch Heilsamer Unterricht, daß Eltern, die ihre Kinder lieben,
sie zu keiner Heirath zwingen, sondern ihnen ihren freien Willen lassen sollen,
enthalten in der Geschichte Herrn Isaac Veltens, der sich am 11. April 1756 zu Berlin
eigenhändig umgebracht, nachdem er seine getreue Ehegattin Marianne
und derselben unschuldigen Liebhaber jämmerlich ermordet.

Die Eh' ist für uns arme Sünder
Ein Marterstand;
Drum, Eltern! zwingt doch keine Kinder
Ins Eheband!
Es hilft zum höchsten Glück der Liebe
Kein Rittergut,
Es helfen zarte, gleiche Triebe
Und frisches Blut!

Dies wußte Fräulein Marianne
So gut als ich!
Dem schönsten, jüngsten, treusten Manne
Ergab sie sich.
»Mama«, sprach sie, »ich bin zum Freien
Nicht mehr zu jung;
Und, einem Manne mich zu weihen,
Schon klug genug!

Ich kann's nun länger nicht verhehlen
In meinem Sinn,
Mama, daß ich von Grund der Seelen
Verliebet bin!«
»Verliebt? in wen?« – »Ich will ihn nennen,
Ich will, allein
Sie müssen ihn nicht hassen können
Und gnädig sein.

Versprechen Sie mir das, Mamachen!
Sein Sie so gut,
Dann weiß ich ja, daß mein Papachen
Es auch gleich tut!
Leander! – – Ach! Sie wollen schelten,
Ich seh' es schon!«
»Leander, Kind? O nein! Herr Velten
Sei Schwiegersohn!

Ja, ja, Herrn Velten sollst du nehmen,
Denn der hat Geld,
Und du mußt dich zu dem bequemen,
Was mir gefällt.
Wie können junge Mädchen wissen,
Was nützlich ist?
Die meisten sind erpicht aufs Küssen,
Wie du auch bist.«

»Herrn Velten soll ich? Ach, ich Arme!
Was soll mir der?
Ach, daß der Himmel sich erbarme,
Was soll mir der?« –
Es schwillt von Millionen Tränen
Ihr schön Gesicht;
Und tausend Mal sagt sie mit Stöhnen:
»Ich will ihn nicht!«

»Du willst ihn nicht? Ich muß nur lachen«,
Sagt die Mama,
»Wir wollen dir den Willen machen,
Ich und Papa!«
Man schleppt sie fort in einen Wagen,
Hält sie vermummt;
Man bittet sie, noch ja zu sagen,
Und sie verstummt.

Sie sieht nach einer kurzen Reise
Sich eingesperrt,
Wo, nach beliebter alter Weise,
Die Nonne plärrt.
Da soll sie beten und nicht lieben;
Allein sie weint,
Sie weint und will sich tot betrüben
Um ihren Freund.

Einst aber geht, mit schwarzer Lüge,
  Mama zu ihr:
»Kind«, sagt sie, »kennst du wohl die Züge
  Des Schreibens hier?
Der ew'ge Treue dir geschworen,
  Hat sie verfehlt;
Leander ist für dich verloren,
  Er ist vermählt.«

Schnell rollt in einem goldnen Wagen
  Herr Velten her;
Auch kommt ein Mann mit weißem Kragen
  Von ungefähr!
Gequälet wird, von Jung und Alten,
  Das arme Kind,
Und die Verlöbnis wird gehalten,
  Ach, wie geschwind!

Nun freut ein Haufen Anverwandten
  Sich auf den Tanz;
Nun binden Mütter, Nichten, Tanten
  Am Myrtenkranz!
Nun schickt sich zu drei wilden Tagen
  Das ganze Haus;
Und Priester gehn mit leerem Magen
  Zum Hochzeitsschmaus!

Nur für die Braut ist keine Freude
  Und keine Lust;
Sie quält sich mit geheimem Leide
  Tief in der Brust!
Betrübt hört sie des Priesters Segen;
  Sieht Velten an,
Und seufzt bei lauten Herzensschlägen:
  »Ach, welch ein Mann!«

Am Abend mehret sich ihr Jammer
  Und ihre Pein;
Denn, ach! sie soll nun in die Kammer
  Mit ihm hinein!
Wie man ein Lamm zur Schlachtbank führet,
  So führt man sie.
»Seht«, spricht Mama, »wie sie sich zieret,
  Die Närrin die!«

Jedoch sie war am frühen Morgen
  Nun eine Frau!
Sie teilte nun des Mannes Sorgen,
  War nun genau,
Ihm seine Wirtschaft recht zu führen,
  So Tag, als Nacht,
Und keinen Heller zu verlieren
  War sie bedacht!

Ach, aber ach! geheime Schmerzen
  Verzehren sie;
Leander herrscht in ihrem Herzen,
  So spät, als früh!
»Wie mag er sich um mich nicht kränken!
  Lebt er wohl noch?«
Sie will nicht mehr an ihn gedenken
  Und tut es doch.

Oft sitzt sie unter einer Linde
  Und spricht mit sich:
»Ach, an ihn denken, das ist Sünde,
  Und die tu' ich!
Könnt' ich sie meiden, nicht mehr wissen
  Im fünften Jahr,
Daß, ach! Leander meinen Küssen
  Einst lieber war!«

Von so schwermütigen Gedanken
  Wird sie geplagt;
Sie schränkt in heil'ger Ehe Schranken
  Sich ein und klagt.
Einst, als sie sich dem Gram ergibet
  Und einsam sitzt
Und ihrem Ehmann, den sie liebet,
  Mit Spinnen nützt,

Da tritt er in ihr stilles Zimmer
  Vergnügt hinein
Und bittet sie: doch nur nicht immer
  Betrübt zu sein!
Ihm folgt ein Kaufmann, der Juwelen
  Und Perlen trägt
Und der im Innersten der Seelen
  Betrübnis hegt.

»Kind«, spricht er, »kauf dir von den Waren,
Was dir gefällt;
Wir dürfen ja nicht immer sparen,
Sieh, hier ist Geld!«
Er gibt ihr Taler, ungezählet,
Und pfeift und lacht
Und geht, weil ihm ein Braten fehlet,
Fort auf die Jagd.

Nun steht mit zitternden Gebärden
Der Kaufmann da,
Voll Furcht, von der gehaßt zu werden,
Die ihn jetzt sah;
Weil, statt der Rosen seiner Wangen,
Ein langer Bart
Herabhing und, wie sie vergangen,
Gesehen ward!

Die Augen niederwärts geschlagen,
Sieht sie ihn an;
»Was habt Ihr«, fängt sie an zu fragen,
»Mein lieber Mann?«
Er zeigt ihr seine Waren, schweiget,
Und spricht kein Wort;
Doch geht, so oft er ihr was zeiget,
Ein Seufzer fort.

»Warum«, denkt sie, »ist er betrübet?
Er jammert mich!
Sein Gram ist groß; gewiß, er liebet
Und seufzt, wie ich.«
Sie fragt ihn: »Was für stille Schmerzen
Erduldet Ihr?
Ist Liebesgram in Eurem Herzen,
So sagt es mir!«

»Der Gram, mit welchem ich mich quäle,
Verzehret mich,
Madam! er bleibt in meiner Seele
Wohl ewiglich!
Ein einzig Kleinod war auf Erden,
Das wünscht' ich mir;
Dadurch der Glücklichste zu werden,
Das wünscht' ich mir!

Ich bat zu Gott, es mir zu geben
Zum Eigentum;
Mein Hab und Gut und selbst mein Leben
Bot ich darum!
Mein einz'ger Wunsch und meine Freude
War, es zu sehn!
Wie war es meiner Augen Weide,
Wie war's so schön!

Ach, aber ach! in tausend Stücken
Zerriß der Schmerz,
Der nicht mit Worten auszudrücken,
Mein armes Herz!
Verzweiflung, Treue, Glück und Ehre
Bestritt mein Haupt,
Als ich vernahm: das Kleinod wäre
Mir weggeraubt!«

»Was für ein Kleinod? Darf ich's wissen?
Welch Kleinod kann
Euch so betrüben? – Darf ich's wissen,
Mein lieber Mann?
Ich dächt', Euch wäre Leben lieber
Als Stein und Gold;
Mich wundert, daß Ihr Euch darüber
Totgrämen wollt.«

»Madam, was von entfernten Mohren
Der Geiz sich holt,
Ist Kleinigkeit! Was ich verloren
Ersetzt kein Gold;
Es war mir teurer als mein Leben
Und Gut und Geld!
Ach! was hätt' ich darum gegeben! –
Die ganze Welt!

Einst malt' ich mir aus dem Gedächtnis
Das werte Bild,
Des Himmels einziges Vermächtnis,
Das Kummer stillt.« –
»Ein Bild ist es, darum Ihr klaget?
O zeigt es mir!«
Er zieht es aus dem Busen, saget:
»Hier ist es, hier!«

Sie nimmt es hin, er sieht's mit Freuden
In ihrer Hand;
Es war gehüllt in Gold und Seiden;
Auswendig stand:
»Von meinen zärtlich treuen Tränen
Entstand ein Bach!
Und floß auf dieses Bild der Schönen!
Ach, Himmel, ach!«

Sie macht es auf – – Allein erblasset,
Vom Schreck erfüllt,
Fällt sie in Ohnmacht, denn sie fasset
Ihr eigen Bild.
»Ach, Marianne! Marianne!
Ach, stirb doch nicht!
Ach, sieh mich, Engel; ach ermanne
Dein blaß Gesicht.«

Erweckt vom Schalle dieser Worte,
Kommt sie zu sich.
»Freund«, spricht sie, »flieh von diesem Orte!
Freund, meide mich!
Ein andrer Mann«, sagt die Getreue,
»Hat meine Hand;
Entferne dich, denn meine Treue
Hält ihm Bestand!«

Er eilt, gehorsam dem Befehle,
Urplötzlich fort.
»Ach!« seufzt er, »ach, geliebte Seele,
Nur noch ein Wort!
Ich sterb' um dich!« Er faßt im Gehen
Die Hand ihr an;
Zum letzten Mal will er sie sehen,
Da kommt der Mann!

»Stirb«, sagt er, »Räuber meiner Ehre,
Mit tausend Schmerz!«
Er tobt und stößt mit Mordgewehre
Durch beider Herz.
Leander stirbt, und Marianne
Seufzt: »Himmel, ich
Verdient' es nicht!« Sie spricht zum Manne:
»Du jammerst mich!«

Der Mann hat keine frohe Stunde;
Des Nachts erscheint
Das treue Weib, zeigt ihre Wunde
Dem Mann und weint!
Ein klägliches Gewinsel irret
Um ihn herum;
Ihn reut die Tat, er wird verwirret,
Er bringt sich um!

Beim Hören dieser Mordgeschichte
Sieht jeder Mann
Mit liebreich freundlichem Gesichte
Sein Weibchen an.
Und denkt: »Wenn ich's einmal so fände,
So dächt' ich: Nun,
Sie geben sich ja nur die Hände,
Das laß sie tun!«

Johann Wilhelm Ludwig Gleim

Die erste Bänkelballade eines namhaften Dichters. Friedrich Schiller wurde dadurch zu seiner Ballade »Die Kindsmörderin« angeregt, die von Bänkelsängern aufgegriffen, abgedruckt und dem Jahrmarktpublikum auf Fliegenden Blättern verkauft wurde.

Die Kindsmörderin

Horch – die Glocken weinen dumpf zusammen,
Und der Zeiger hat vollbracht den Lauf.
Nun, so sei's denn! – Nun, in Gottes Namen!
Grabgefährten, brecht zum Richtplatz auf.
Nimm, o Welt, die letzten Abschiedsküsse,
Diese Tränen nimm, o Welt, noch hin!
Deine Gifte – o sie schmecken süße! –
Wir sind quitt, du Herzvergifterin.

Fahret wohl, ihr Freuden dieser Sonne,
Gegen schwarzen Moder umgetauscht!
Fahre wohl, du Rosenzeit voll Wonne,
Die so oft das Mädchen lustberauscht!
Fahret wohl, ihr goldgewebten Träume,
Paradieseskinder-Phantasien!
Weh! sie starben schon im Morgenkeime,
Ewig nimmer an das Licht zu blühn.

Schön geschmückt mit rosenroten Schleifen,
Deckte mich der Unschuld Schwanenkleid,
In der blonden Locken loses Schweifen
Waren junge Rosen eingestreut.
Wehe! – die Geopferte der Hölle
Schmückt noch itzt das weißlichte Gewand,
Aber ach! – der Rosenschleifen Stelle
Nahm ein schwarzes Totenband.

Weinet um mich, die ihr nie gefallen,
Denen noch der Unschuld Lilien blühn,
Denen zu dem weichen Busenwallen
Heldenstärke die Natur verliehn!
Wehe! – menschlich hat dies Herz empfunden! –
Und Empfindung soll mein Richtschwert sein! –
Weh! vom Arm des falschen Manns umwunden,
Schlief Louisens Tugend ein.

Ach vielleicht umflattert eine andre,
Mein vergessen, dieses Schlangenherz,
Überfließt, wenn ich zum Grabe wandre,
An dem Putztisch in verliebten Scherz?
Spielt vielleicht mit seines Mädchen Locke?
Schlingt den Kuß, den sie entgegenbringt?
Wenn, verspritzt auf diesem Todesblocke,
Hoch mein Blut vom Rumpfe springt.

Joseph! Joseph! auf entfernte Meilen
Folge dir Louisens Totenchor,
Und des Glockenturmes dumpfes Heulen
Schlage schrecklich mahnend an dein Ohr –
Wenn von eines Mädchens weichem Munde
Dir der Liebe sanft Gelispel quillt,
Bohr es plötzlich eine Höllenwunde
In der Wollust Rosenbild!

Ha Verräter! nicht Louisens Schmerzen?
Nicht des Weibes Schande, harter Mann?
Nicht das Knäblein unter meinem Herzen?
Nicht was Löw und Tiger milden kann?
Seine Segel fliegen stolz vom Lande,
Meine Augen zittern dunkel nach,
Um die Mädchen an der *Seine* Strande
Winselt er sein falsches Ach! – –

Und das Kindlein – in der Mutter Schoße
Lag es da in süßer, goldner Ruh,
In dem Reiz der jungen Morgenrose
Lachte mir der holde Kleine zu,
Tödlichlieblich sprach aus allen Zügen
Des geliebten Schelmen Konterfei;
Den beklommnen Mutterbusen wiegen
Liebe und – Verräterei.

»Weib, wo ist mein Vater?« lallte
Seiner Unschuld stumme Donnersprach,
»Weib, wo ist dein Gatte?« hallte
Jeder Winkel meines Herzens nach –
Weh, umsonst wirst, Waise, du ihn suchen,
Der vielleicht schon andre Kinder herzt,
Wirst der Stunde unsrer Wollust fluchen,
Wenn dich einst der Name Bastard schwärzt.

Deine Mutter – o im Busen Hölle! –,
Einsam sitzt sie in dem All der Welt,
Durstet ewig an der Freudenquelle,
Die dein Anblick fürchterlich vergällt.
Ach, in jedem Laut von dir erwachet
Toter Wonne Qualerinnerung,
Jeder deiner holden Blicke fachet
Die unsterbliche Verzweifelung.

Hölle, Hölle, wo ich dich vermisse,
  Hölle, wo mein Auge dich erblickt,
Eumenidenruten deine Küsse,
  Die von *seinen* Lippen mich entzückt!
Seine Eide donnern aus dem Grabe wieder,
  Ewig, ewig würgt sein Meineid fort,
Ewig – hier umstrickte mich die Hyder –
  Und vollendet war der Mord. –

Joseph! Joseph! auf entfernte Meilen
  Jage dir der grimme Schatten nach,
Mög mit kalten Armen dich ereilen,
  Donnre dich aus Wonneträumen wach;
Im Geflimmer sanfter Sterne zucke
  Dir des Kindes grasser Sterbeblick,
Es begegne dir im blutgen Schmucke,
  Geißle dich vom Paradies zurück.

Seht, da lag es – lag im warmen Blute,
  Das noch kurz im Mutterherzen sprang,
Hingemetzelt mit Erinnysmute,
  Wie ein Veilchen unter Sensenklang; – –
Schröcklich pocht schon des Gerichtes Bote,
  Schröcklicher mein Herz!
Freudig eilt' ich, in dem kalten Tode
  Auszulöschen meinen Flammenschmerz.

Joseph! Gott im Himmel kann verzeihen,
  Dir verzeiht die Sünderin.
Meinen Groll will ich der Erde weihen,
  Schlage, Flamme, durch den Holzstoß hin –
Glücklich! Glücklich! Seine Briefe lodern,
  Seine Erde frißt ein siegend Feur,
Seine Küsse! – wie sie hochauflodern! –
  Was auf Erden war mir einst so teur?

Trauet nicht den Rosen eurer Jugend,
  Trauet, Schwestern, Männerschwüren nie!
Schönheit war die Falle meiner Tugend,
  Auf der Richtstatt hier verfluch ich sie! –
Zähren? Zähren in des Würgers Blicken?
  Schnell die Binde um mein Angesicht!
Henker, kannst du keine Lilie knicken?
  Bleicher Henker, zittre nicht! – – –

Friedrich Schiller

Das geraubte Kind oder Kampf einer Mutter mit einem Wolfe

Ach! Marie, wen'ge Jahre
Warest glücklich du vermählt,
Trostlos standst du an der Bahre,
Drauf der Gatte lag entseelt.
Eines nur war dir geblieben,
Eine Tochter lieb und hold,
In ihr deinen Gatten lieben
War für dich der schönste Sold.

In dem Dorfe der Ardennen
Stand dein Häuschen eng und klein,
Das hat nicht dich schmerzen können,
Wär nur noch der Gatte dein!
Auf dem Herde stand das Essen
Für dich und dein Töchterlein;
Doch Weh! Denn du hast vergessen,
Daß sie spielte ganz allein.

Plötzlich hörst du laut sie schreien,
Denn es springt ein Wolf herbei,
Ha! Wie seine Zähne dräuen
Grimmes Unheil sonder Scheu,
Und Marie nimmt vom Herde
Einen heißen Feuerbrand
Und mit drohender Gebärde
Schwingt ihn ihre schwache Hand.

Doch der Wolf ist nicht zu schrecken,
Mit dem Kind eilt er vom Ort,
Angstschweiß fühlt sie sich bedecken,
Und den Brand, ihn wirft sie fort,
Und dem Wolfe nach sie eilet;
»Hülfe! Hülfe!« tönt ihr Schrei,
Seht, da stürzen unverweilet
Auch drei Männer schon herbei.

Jetzt beginnt ein wildes Ringen,
Der vereinten Männer Mut
Soll es endlich auch gelingen,
Daß der Wolf sinkt in sein Blut.
Schwach nur ist das Kind verletzet,
Doch als auf die Mutter schaut,
Sich aufs Neu ihr Blick entsetzet,
Und den andern auch es graut.

Ihre Hütte steht in Flammen,
Durch den glüh'nden Feuerbrand,
Krachend stürzet sie zusammen,
Nichts war drin, was Rettung fand.
In die Flammen, wie von Sinnen,
Stürzt das Vieh sich selbst hinein,
Nichts die Mutter kann gewinnen
Von dem Hausstand, arm und klein.

Aber gute Menschen spenden
Hülfe hier in ihrer Not,
Die zuerst aus Pfarrers Händen
Freundlich sich der Armen bot.
Hoffen wir, daß beß're Tage
In der Zukunft ihr erblüh'n,
Dann verstummen wird die Klage,
Ruhe in das Herz ihr zieh'n.

*Typische Bänkelsängerballade
aus einem Jahrmarktsheft des vorigen
Jahrhunderts.*

Aroleid

Im Wallis liegt ein stiller Ort,
Geheißen Aroleid;
Es seufzt ein Gram im Namen fort
Seit lang entschwund'ner Zeit.

Ein Berghirt hing in Tod'sgefahr
Am steilen Firnenrand,
Ihn stieß hinunter dort der Aar,
Wo keiner mehr ihn fand.

Auf grüner Matte saß sein Weib;
Das Kind ins Gras gelegt,
Saß sie und schaut' mit starrem Leib
Hinüber, unbewegt.

Hinüber, wo im Dämmerblau
Der Berg zur Tiefe schwand
Und mit des Gipfels Silberau
So still am Himmel stand.

Voll bitt'rer Sehnsucht sprang sie auf
Und ging im Mattengrün
Mit schwankem Schritt und irrem Lauf
Und heißem Augenglüh'n.

Da schreit ein Kind, ein Flügel saust
Wohl über ihrem Haupt –
Mit ihrem Kind zur Höhe braust
Der Aar, der es geraubt!

Noch sieht das Wickelband sie weh'n
In der kristall'nen Luft,
Dann sieht sie's wie ein Pünktlein stehn
Im ferneblauen Duft.

Dann nichts mehr, nie, so lang sie lebt! –
Sie nahm kein Trauerkleid;
Doch von dem Leid, das dort noch webt,
Der Ort heißt Aroleid.

Gottfried Keller

Diese bewußt im Bänkelsängerstil gehaltene Ballade wurde auch auf Jahrmärkten vorgetragen.

Die begrabene und lebend wieder auferstandene Braut oder Der Ring, das Pfand der unverbrüchlichen Treue und reinen Liebe

In der Hauptstadt Kopenhagen
Lebte einst ein Handelsmann,
Der durch kluges, frisches Wagen
Geld und Gut gar viel gewann.
Von fünf Kindern blieb nur leben
Ihm ein zartes Töchterlein.
Darum war des Vaters Streben,
Sich dem Kinde ganz zu weih'n.

Zum Gespielen ward erkoren
Adolph, eines Gärtners Sohn,
Der die Mutter früh verloren,
Dessen Vater dient um Lohn.
Adolph weihte sich dem Stande
Seines lieben Pflegeherrn,
Bei dem er blieb im Heimatlande,
Er tat's um Emilie gern.

Da wird es dem Vater inne,
Daß Adolph Emilie liebt,
Und er zürnt ob ihrer Minne,
Daß er ihm den Abschied gibt.
Doch bevor sich beide trennen,
Schwuren sie mit Mund und Hand,
Füreinander stets zu brennen,
Trenne sie auch Meer und Land.

Als drei Jahr' dahin geschwunden,
Da erschien ein reicher Mann,
Der Emilie schön gefunden,
Hielt um sie beim Vater an.
Doch sie konnte ihn nicht lieben,
Da ihr Herz für Adolph schlug.
Drum ward schnell ein Brief
geschrieben,
Der die Kunde zu ihm trug.

Als er nahet Kopenhagen,
Hört er feierlich Geläut',
Und vernimmt auf sein Befragen:
»Eine Reiche hält Hochzeit!«
Schnell durchzieht er Straßen,
Gassen,
Eilt dem Vaterhause zu
Und erfährt dort mit Erblassen:
»Dein Emilchen freit im Nu!«

Als man Adolphs Hause nahet,
Blickt die Braut es traurig an
Und sinkt, eh' man sie umfahet,
Leblos hin zur Erde dann.
Nichts vermag der Eltern Klage,
Fruchtlos müht der Arzt sich ab,
Drum senkt man am dritten Tage
Sie in ihrer Väter Grab.

Um die mitternächt'ge Stunde,
Pocht es stark an Adolphs Tür,
Und ihm klingt's wie Geisterkunde:
»Adolph, Adolph, öffne mir!«
Zitternd eilet er zum Fenster,
Schauet leise dann hinaus,
Und erblickt statt der Gespenster,
Die Emilie vor dem Haus.

Ängstlich wird die Tür erschlossen
Und mit Furcht läßt man sie ein,
Doch die Freudentränen flossen,
Denn sie hatte Fleisch und Bein.
»Mich des Brautschmucks zu berauben,
Trat der Totengräber ein,
Er entfernt des Sarges Schrauben,
Plündert mich bei Lichtesschein.

Doch ein Ring, des Bundes Zeichen,
Der längst zwischen uns besteht,
Will nicht von dem Finger weichen,
Daß ihm die Geduld vergeht.
Da versetzt mit scharfer Waffe
Er mir einen tiefen Schnitt,
Daß im Sarg ich auf mich raffe,
Und er eilig von mir schritt.«

Adolph eilet nun voll Freude
Zum betrübten Elternpaar:
»Laßt das Weinen, laßt uns heute
Gott ein Danklied bringen dar.«
Und bald darauf ward geführet
Zum Altar das Liebespaar,
Um öffentlich, wie sich's gebühret,
Zu bringen Gott die Ehre dar.

Typische Bänkelsängerballade aus der zweiten Hälfte des vorigen Jahrhunderts.

Die Gräuelhochzeit

Zu Frauenstadt ein harter Mann,
Es war ein reicher Bürgerssohn,
Der hat sich ausersehen
Ein reiches Mädchen hübsch
und fein,
Er dacht, die sollt sein eigen sein;
Der Handschlag war geschehen.

Als man bei etlich Wochen Zeit
Öffentlich die zwei junge Leut
Dreimal verkündigt hatte,
Das Mädchen war betrübet sehr,
Wollt ihren Bräutigam nicht mehr,
Doch kam die Reu zu spate.

Ein Schuhknecht tat ihr gehen nach,
Welchem sie auch die Eh versprach
Und liebet ihn dermaßen:
Hat ihm versprochen vielmal schon,
Eh sie behielt den Bürgerssohn,
Wollt sie das Leben lassen.

Zur Hochzeit war nun alles bereit;
Da man die zwei verlobte Leut
Wollte zur Kirche führen,
Die Braut zu ihrem Bräutigam spricht:
»Du weißt, ich will dich haben nicht.«
Da war groß Lamentieren.

Der Bräutigam wohl zu ihr sprach:
»Mein liebes Kind, bedenk die Sach,
Was du mir hast versprochen.
Schick dich, mein Schatz, tu mit
mir gehn,
Läßt du mich hier in Schanden stehn,
So bleibt's nicht ungerochen.«

Allein, sie wollt nicht folgen ihm;
Der Bräutigam voll Zorn und Grimm
Tät in die Kammer gehen;
Alsbald er täte ein Pistol
Mit zweien Kugeln laden wohl,
Das niemand täte sehen.

Indem so ging der Kirchgang an.
Es freute sich ein jedermann
Und wollte gerne sehen,
Daß alles möchte werden gut;
Machten der Braut ein guten Mut:
Sie tät zur Kirche gehen.

Als nun die Braut und Bräutigam
Und alles Volk zur Kirche kam,
Der Priester täte gehen,
Wie sonst gebräuchlich, zum Altar,
Darauf kam das verlobte Paar
Und täten vor ihm stehen.

Als er die Braut gefraget nun,
Ob sie den Junggesellen schön
Zu ihrem Mann wollt haben,
Darauf die Braut antwortet bald:
»Eh ich zum Mann ihn haben wollt,
Eh geb ich auf mein Leben.«

Kaum sie das Wort geredet wohl,
Der Bräutigam nahm das Pistol;
Es tät ihn so verdrießen,
Daß er die Braut vor dem Altar,
Da alles Volk zugegen war,
Täte darnieder schießen.

Drauf war der Braut ihr Bruder da;
Als er die Schwester erschossen sah,
Da zog er aus der Scheide
Sein Messer, stach's mit großem
Schmerz
Dem Bräutigam auch durch das Herz:
Da lagen alle beide.

Da ward ein großes Mordgeschrei,
Das Volk lief eilends alles herbei,
Es waren zwei Parteien;
Die eine hielt zum Bräutigam,
Die andere sich der Braut annahm:
Da war ein kläglich Schreien.

Man schlug, man haut', man stach
darein,
Man schonte weder Groß noch Klein,
Mit Messer, Säbel und Degen;
Oft manches trug einen Fetz davon:
Sieben Personen, Weib und Mann,
Tot in der Kirchen lagen.

Als nun der Hader hätt ein End,
Ein Jeder hebet auf die Händ
Und tät nach Hause gehen.
Jedermann führte große Klag
Und sprach: »Ich hab mein Lebetag
Kein solche Hochzeit gesehen.«

Sabinchen war ein Frauenzimmer

Sabinchen war ein Frauenzimmer,
Gar hold und tugendhaft.
Sie lebte treu und redlich immer
Bei ihrer Dienstherrschaft.

Da kam aus Treuenbrietzen
Ein junger Mann daher,
Der wollte gern Sabinchen besitzen
Und war ein Schuhmacher.

Sein Geld hat er versoffen,
In Schnaps und auch in Bier.
Da kam er zu Sabinchen geloffen
Und wollte welches von ihr.

Sie konnte ihm keins geben,
Da stahl er auf der Stell
Von ihrer guten Dienstherrschaft
Sechs silberne Blechlöffel.

Jedoch nach achtzehn Wochen,
Da kam der Diebstahl 'raus.
Da jagte man mit Schimpf
und Schande
Sabinchen aus dem Haus.

Sie rief: »Verruchter Schuster,
Du rabenschwarzer Hund!«
Da nahm er sein Rasiermesser
Und schnitt ihr ab den Schlund.

Das Blut zum Himmel spritzte,
Sabinchen fiel gleich um.
Der böse Schuster aus Treuenbrietzen,
Der stand um ihr herum.

In einem dunklen Keller,
Bei Wasser und bei Brot,
Da hat er endlich eingestanden
Die grausige Moritat.

Moral von der Geschicht:
Trau keinem Schuster nicht!
Der Krug, der geht so lange zum Wasser,
Bis daß der Henkel bricht.

Parodie auf eine Moritat und zugleich eine der beliebtesten Jahrmarktsballaden. Der hier abgedruckte, heute allgemein bekannte Text ist die zersungene Fassung einer erstmals in »Musenklänge aus Deutschlands Leierkasten« erschienenen Ballade, die mit folgender Einleitungsstrophe begann: »Ihr Leute merkt und nehmt zu Herzen / Die grausige Geschicht; / Der Diebstahl, der bringt große Schmerzen / Und nie kein Segen nicht.« Das Volk ließ diese Strophe weg und fing gleich mit »Sabinchen ...« an. Im Originaltext ist übrigens von Sabine, nicht von Sabinchen die Rede.

Eine entsetzliche Mordgeschichte von dem jungen Werther

wie sich derselbe den 21. Dezember durch einen Pistolenschuß eigenmächtig ums Leben gebracht. Allen jungen Leuten zur Warnung in ein Lied gebracht, auch den Alten fast nützlich zu lesen.

Hört zu, ihr Junggesellen
Und ihr Jungfräulein zart,
Damit Ihr nicht zur Höllen
Aus lauter Liebe fahrt.

Die Liebe, traute Kinder!
Bringt hier auf dieser Welt
Den Heil'gen wie den Sünder
Um Leben, Gut und Geld.

Ich sing' euch von dem Mörder,
Der sich selbst hat entleibt,
Er hieß: der junge Werther,
Wie Doktor Goethe schreibt.

So witzig, so anständig,
So zärtlich als wie er;
Im Lieben so beständig
War noch kein Sekretär.

Ein Pfeil vom Liebesgotte
Fuhr ihm durchs Herz geschwind.
Ein Mädchen, sie hieß Lotte,
War eines Amtmanns Kind.

Die stand als Vize-Mutter
Geschwistern treulich vor,
Die schmierte Brot und Butter
Dem Fritz und Theodor,

Dem Lieschen und dem Kätchen –
So traf sie Werther an
Und liebte gleich das Mädchen,
Als wär's ihm angetan.

Wie in der Kinder Mitte
Sie da mit munterm Scherz
Die Butterrahmen schnitte –
Da raubt' sie ihm das Herz.

Fuhr aus, mit ihr zu tanzen
Wohl eine ganze Nacht,
Schritt Menuetts der Franzen
Und walzte, daß es kracht'.

Sein Freund kam angestochen
Blies ihm ins Ohr hinein:
Das Mädchen ist versprochen
Und wird den Albert frein.

Da wollt' er fast vergehen,
Spart' weder Wunsch noch Fluch,
Wie alles schön zu sehen
In Doktor Goethes Buch.

Kühn ging er, zu verspotten
Geschick und seinen Herrn,
Fast täglich nun zu Lotten,
Und Lotte sah ihn gern.

Er bracht' den lieben Kindern
Lebkuchen, Marzipan,
Doch alles konnt's nicht hindern,
Der Albert wurd' ihr Mann.

Des Werthers Angstgewinsel
Ob diesem schlimmen Streich
Malt Doktor Goethes Pinsel,
Und keiner tut's ihm gleich.

Doch wollt' er noch nicht wanken
Und stets bei Lotten sein,
Dem Albert macht's Gedanken,
Ihm träumte von Geweihn.

Herr Albert schaute bitter
Auf die Frau Albertin –
Da bat sie ihren Ritter:
»Schlag mich dir aus dem Sinn.

Geh fort, zieh in die Fremde,
Es gibt der Mädchen mehr –«
Er schwur beim letzten Hemde,
Daß sie die Einz'ge wär.

Als Albert einst verreiste,
Sprach Lotte: »Bleib von mir!«
Doch Werther flog ganz dreiste
In Alberts Haus zu ihr.

Da schickte sie nach Frauen,
Und leider keine kam –
Nun hört mit Furcht und Grauen,
Welch Ende alles nahm.

Der Werther las der Lotte
Aus einem Buche lang,
Was einst ein alter Schotte
Vor tausend Jahren sang.

Es war gar herzbeweglich,
Er fiel auf seine Knie,
Und Lottens Auge kläglich
Belohnt ihm seine Müh.

Sie strich mit ihrer Nase
Vorbei an Werthers Mund,
Sprang auf als wie ein Hase
Und heulte wie ein Hund.

Lief in die nahe Kammer,
Verriegelte die Tür
Und rief mit großem Jammer:
»Ach, Werther, geh von mir.«

Der Arme mußte weichen;
Alberten, den's verdroß,
Konnt's Lotte nicht verschweigen,
Da war der Teufel los.

Kein Werther konnt' sie schützen,
Der suchte Trost und Mut
Auf hoher Felsen Spitzen
Und kam um seinen Hut.

Zuletzt ließ er Pistolen,
Im Fall es nötig wär',
Vom Schwager Albert holen,
Und Lotte gab sie her.

Weil's Albert so wollt' haben,
Nahm sie sie von der Wand
Und gab sie selbst dem Knaben
Mit Zittern in der Hand.

Nun konnt' er sich mit Ehre
Nicht aus dem Handel ziehn,
Ach, Lotte! die Gewehre –
Warum gabst du sie hin?

Alberten recht zum Possen
Und Lotten zum Verdruß
Fand man ihn früh erschossen,
Im Haupte stak der Schuß.

Es lag, und das war's beste,
Auf seinem Tisch ein Buch,
Gelb war des Toten Weste
Und blau sein Rock von Tuch.

Als man ihn hingetragen
Zur Ruh' bis jenen Tag,
Begleit'n ihn kein Kragen
Und auch kein Überschlag.

Man grub ihn nicht in Tempel,
Man brannte ihm kein Licht,
Mensch, nimm dir ein Exempel
An dieser Mordgeschicht'.

Gottfried von Bretschneider

Diese Parodie wurde seit 1776 auf Jahrmärkten gesungen und später in »Musenklänge aus Deutschlands Leierkasten« aufgenommen.

Das Attentat

Leute, tretet rings heran,
Hört euch die Geschichte an,
Hört, was neulich an der Spreen
In der Hauptstadt ist geschehn.

Jedes brave Preußenherz
Richt' die Blicke himmelwärts,
Denn man sieht, wie wundersam
Gott schützt unsern Fürstenstamm.

Friedrich Wilhelm hat gehört,
Daß die Weber sich empört,
Wollt' in Schlesien sie besuchen
Und traktier'n mit Pfefferkuchen.

Unten also in dem Schloß
Steht dem König sein Karoß,
Das war morgens um die achte,
Als noch niemand Böses dachte.

Neufchateller stehn umher,
In dem Arm ihr klein Gewehr,
Und ein Mann ganz eingemummelt
Ist ins Schloß hineingebummelt.

Pocken hat er im Gesicht,
Das bedeutet Gutes nicht,
Duncker hätte gleich erraten,
Dieser würde attentaten.

Seht, die edle Königin
Setzt sich in den Wagen rin,
Redern reicht ihr eine Tüte
»Schmeckstduprächtig« erster Güte.

Auch der König tritt heraus,
Sieht noch ganz verschlafen aus,
Tut sich rechts und links verneigen
Und dann in den Wagen steigen.

Wie er nun darinnen sitzt,
Tschech sein Terzerol abblitzt,
Zweimal schießt er ungerührt,
Bis man endlich ab ihn führt.

Daß er doch am Leben blieb,
Dieses war dem König lieb,
Und dem Kutscher läßt er sagen,
Auf die Pferde loszuschlagen.

Vor dem Schlosse macht er Halt,
Zeigt dem Volk sich von Gestalt,
Sprechen tut er diesmal wenig,
Und man ruft: »Es leb' der König!«

War wohl je ein Mensch so frech
Wie der Bürgermeister Tschech?
Der verruchte Übeltäter,
Hochverräter, Attentäter.

Fast den König bracht' er um
Vor dem ganzen Publikum,
Schoß sogar der Landesmutter
Durch den Rock ins Unterfutter.

Leute tretet näher 'ran,
Höret die Moral auch an,
Die man zieht aus dem Gedicht:
Traut keinem Bürgermeister nicht!

Adolf Glassbrenner

Parodistische Bänkelsängerballade, verfaßt etwa um 1844, veröffentlicht in: »Musenklänge aus Deutschlands Leierkasten«.

Schauderhafte Beschreibung, wie ein Graf seine älteste Tochter ermordet

Grasse Tat, voll Furcht und Schrecken,
Die des Forschers ernstem Blick
Sich in Rußland muß entdecken,
Vor dir schaudern wir zurück.
O wie tief hüllt hier ein Vater
Sich in Nacht der Rachsucht ein,
Schrecklich Unerhörtes tat er,
Und das will ein Vater sein!

Herrlich, wie des Lenzes Blüte,
Wie die Ros' in ihrer Pracht,
Schöner noch durch Herzensgüte
Und durch stille Zaubermacht,
Prangte Clara in der Jugend
Lebensfrischer Munterkeit,
Wohlgefällig durch die Tugend
Löblicher Bescheidenheit.

Viele Herrn und Grafen freiten
Bald um Clara, jung und schön,
Die ihr täglich Weihrauch streuten,
Doch sie ließ sie alle gehn;
Denn der Graf, sonst ernst und strenge,
Zwingt sie doch zu keiner Wahl,
Wählt sie aus der Freier Menge
Den und den, ihm ist's egal.

»Was soll ich die Dirne quälen«,
Ruft er aus mit leichtem Ton,
»Die wird sich schon einen wählen,
Sei es Graf oder Baron!«
Aber Claras Herzenstriebe
Sind den Eltern unbekannt,
Dem Verwalter schenkt sie Liebe,
Der weist sie nicht von der Hand.

Bei dem Glanz der Abendsterne
Hat die Mutter was gesehn
In dem Garten nur von ferne,
Ihr die Haar zu Berge stehn!
Und sie meldet es dem Grafen:
»Störe nicht der Tochter Glück,
Soll ich ferner ruhig schlafen.« –
»Nein! ich brech' ihr das Genick!«

Wütend er mit Löwenstimme
Brüllt: »Wo ist das Rabenkind,
Daß ich's opfere meinem Grimme!«
Bei den Tauben er sie find't;
Reißt sie graß zur Erde nieder,
Schleift sie bei dem blonden Haar,
Und zerstümmelt ihr die Glieder,
Bringt dem Tod ein Opfer dar. –

Petrowitsch – heißt der Verwalter –
Ist erschreckt, zur Flucht gewandt,
Schwöret Rache: »Weh dir, Alter!«
Steckt zuvor das Schloß in Brand.
Bringt den Graf vors Kriminalamt,
Der ein Kindermörder ist;
Zu dem Tode wird er verdammt,
Mit dem Leben hat's gebüßt.

Der Verwalter bat, sein Leben
Auch zu enden durch das Schwert,
Hin zu Clara wollt' er schweben,
Weil er zu ihr hingehört.
Was er bat, genoß er billig,
Stille stand ihm der Verstand,
Darum starb er gern freiwillig,
Findet sie im bess'ren Land.

Karl Herlossohn

Der Verfasser dieser parodistischen Bänkelsängerballade war Herausgeber der ersten Auflage des Buches »Musenklänge aus Deutschlands Leierkasten«.

Schartenmayers Gesänge

Wie Johann Georg Philipp Datpheus von Stuttgart
den 29. September 1824 daselbst den Spinnhausaufseher Heinrich Gebhard
Grempenfort ermordete und hierauf den 21. Februar 1825
hingerichtet wurde.

Was sich jüngst vor wenig Tagen
Hat in Stuttgart zugetragen,
Tut euch, Alt und Jung, mein Mund
Zur Belehr- und Warnung kund.

Warum stehn so viele Leute
Auf der Feuerbacher Heide?
Seht! Dort steht ein Blutgerüst:
Nimm ein Beispiel, guter Christ!

Fragt man, auf was Art und Weise
Steht das Volk umher im Kreise?
Anzusehen welch ein Werk
Wartet dort halb Württemberg?

Hört es, liebe Christenkinder!
Jetzo köpft man einen Sünder,
Welcher in dem Spinnhaus dort
Hat verübet schweren Mord.

Auf dem Stuhle angebunden
Wartet er auf Todeswunden,
Neben ihm der Magistrat
Und Dekan zu Trost und Rat.

Dorten auch mit breitem Schwerte,
Ihn zu fördern von der Erde,
Angetan mit schwarzem Kleid
Steht der Richter längst bereit.

Alles stehet voll Begierde:
Wie es vor sich gehen würde.
Jetzo gibt man das Signal,
Und der Richter schwingt den Stahl.

Aber hört, wie seinen Willen
Nunmehr täte Gott erfüllen:
Zweimal schlug der Richter fehl,
Bis er traf Datphei Kehl.

Dreimal muß der Richter schlagen.
Warum? Dies will ich euch sagen:
Dreimal hat der Mann den Tod
Schon verdient auf dem Schafott.

Zweimal ward er pardonieret,
Weil er schändlich desertieret.
Dreifach büßt er nun den Tod;
Also will's der liebe Gott.

Nunmehr laßt euch auch erzählen
Seine Taten, seine Fehlen,
Und wie bis zum Blutgerüst
Es mit ihm gekommen ist.

Schon da er ans Licht gegangen,
Hat er einen Fehl begangen,
Denn es sollte schon nicht sein,
Weil er kam unehlich drein.

Gut doch ward er unterrichtet
Und sein Herz zu Gott gerichtet.
Bald nach diesem kame er
Als ein Schneider in die Lehr.

Doch es flohe bald der Friede
Aus dem kindlichen Gemüte;
Er versäumte seine Pflicht,
Kannte keine Ordnung nicht.

Darum nun entlief er, leider!
Seinem Herrn, dem guten Schneider,
Ließ darauf sich werben an,
Und er ward ein Trommlersmann.

Doch es wollt' ihm nicht gefallen
Dort in der Kasernenhallen,
Und nach einer kurzen Zeit
Lief er fort von hier ins Weit.

Er versuchte fremde Suppen
Bei den kaiserlichen Truppen.
  Hier auch desertiert' er bald,
  Denn er hatte keinen Halt.

Doch das alles herzusagen,
Was sich ferner zugetragen,
  Stünde mir zu lange an,
  Folgendes nur höret an.

Achtmal ist er desertieret,
Ward in Rom zum Tod geführet,
  Zweimal hat verdienter Tod
  Schon dem bösen Mann gedroht.

Zweimal kam aus mildem Munde
Ihm der Trost und frohe Kunde:
  Daß statt seiner Taten Lohn
  Man ihm schenke den Pardon.

Als man nun zum zweitenmale
Ihn befreit vom Todesstahle,
  Tat man für die Sünden sein
  Sechs Jahr' ihn im Asperg ein.

Wie die Frist war überstanden,
Und er kam aus Kerkersbanden,
  Wollt' er schaffen um den Lohn,
  Doch man wies ihn ab mit Hohn.

Denn es ruht' im ganzen Lande
Auf dem Namen Datpheus Schande.
  Und man gabe ihm hernach
  In dem Spinnhaus Dach und Fach.

Hier führt' er ein schlechtes Leben,
War dem Spiel und Trunk ergeben,
  Schlug gern drein und balgte sich,
  Fluchte auch ganz fürchterlich.

Ob der kleinsten Bagatelle
Tobt' sein Herz wie eine Welle,
  Und sein Sinn, so roh und toll,
  War der Rachsucht übervoll.

Oftmals schon für Streitigkeiten
Mußt' er Kerkerstraf erleiden,
  Doch auch dieses warnt' ihn nicht
  Vor des Herren Strafgericht.

Doch es war im Spinnerhause
Viel Unreinlichkeit zu Hause;
  Datpheus drang auf Reinlichkeit,
  Dies zu sagen macht mir Freud.

Drum verlangt' er unverhohlen,
Daß man sollte Wasser holen,
  Jeder zu der Putzerei,
  Wenn an ihm die Reihe sei.

Einer seiner Kameraden
Namens Schreiber ließ erraten,
  Daß zu dieser Arebeit
  Er mitnichten sei bereit.

Datpheus klagt dem Spinnhausvater:
»Grempenfort, du mein Berater,
  Sag dem Schreiber nur geschwind,
  Daß er plötzlich Wasser bringt.«

Grempenfort nun sagt mit Lachen:
»Dieses sind nicht meine Sachen.«
  Wie er's sprach mit seiner Stimm,
  Faßte Datpheus argen Grimm.

Wart! Ich will es dir schon sagen,
Daß du so verwirfst die Klagen!
  Dachte er in seinem Sinn,
  Dieses bracht' ihm nicht Gewinn.

Bald hierauf nach wenig Monden
Hat sich dieses vorgefunden,
  Daß er einem Maurersknab
  Ungerechte Schläge gab.

Darauf ward er eingeschlossen,
Dieses hat ihn sehr verdrossen:
  Daß er hatte Hausarrest,
  Ist ihm unbequem gewest.

Und aus solcher kleinen Quelle
Floß nunmehr die Tat der Hölle:
Als er sahe Grempenfort,
Hat er ihn ermordet dort.

Denn als er in seine Stube
Kam, da griff der Höllenbube
Nach dem Messer mit der Hand
Auf dem Simsen an der Wand.

Rannt' auf ihn und warf ihn nieder,
Stieß es ihm in viele Glieder,
In den Hals zuletzt mit Grimm;
Da verginge ihm die Stimm.

Er versetzt' ihm sieben Wunden,
Wie sich nachher hat gefunden;
Alsbald ward er arretiert
Und zum Kerker hingeführt.

Plötzlich hat es mir geschwanet,
Daß ich also hab' ermahnet:
O ihr Württemberger, glaubt,
Datpheus wird des Kopfs beraubt!

Also ist es nun geschehen,
Und der Richter in der Höhen
Hält nun selber sein Gericht
Über diesen Bösewicht.

Also muß der Frevler büßen,
Und die Straf folgt auf den Füßen.
Laßt euch dies zur Lehre sein,
O ihr Freunde, groß und klein!

Laßt dem Zorn das Herz nicht offen,
Sonst könnt ihr nicht Gnade hoffen;
Denn das Herz, das Rache hat,
Wird verführt zur bösen Tat.

Liebet alle eure Freunde,
Liebet selber eure Feinde!
Denn dem Richter in der Höh
Tut der Menschen Rache weh.

Wird euch nun dies Büchlein teuer,
Denket an den Schartenmayer,
Denn er ist ja euer Freund,
Der es gut und christlich meint!

Friedrich Theodor Vischer

Diese parodistische Bänkelsängerballade gehörte zum Standardrepertoire der Jahrmarktssänger und war beim Volk allgemein bekannt.

Der Wildschütz Jennerwein

Ein stolzer Schütz, in seinen schönsten Jahren,
Er wurde weggeputzt von dieser Welt.
Man fand ihn erst am neunten Tage
Am hohen Peißenberg, beim Tegernsee.

Am harten Fels hat er sein Blut vergossen,
Und auf dem Bauche liegend fand man ihn.
Von hinten war er angeschossen,
Zerschmettert war das ganze Unterkinn.

Man brachte ihn ins Tal und auf den Wagen,
Bei finstrer Nacht ging es sogleich noch fort,
Begleitet von den Kameraden,
Nach Westerndorf, in sein' Lieblingsort.

Und als man ihn dort in den Sarg wollt' legen,
Und als man g'sagt hat: »Ist jetzt alles gut?«
»O nein!« sprach einer von den Herrn, »o nein!
Auf seiner Brust, da klebt ja frisches Blut!«

In Westerndorf ruht im Grab er wie ein jeder
Und wartet stille auf den Jüngsten Tag.
Dann aber zeigt uns Jennerwein den Jäger,
Der ihn von hint', von hint' erschossen hat.

Zum Schlusse Dank den Veteranen,
Daß sie den Trauermarsch so schön gespielt.
Ihr Jäger, laßt euch nur ermahnen,
Daß keiner mehr von hinten zielt.

Am Jüngsten Tag, da putzt ein jeder
Ja sein Gewissen und auch sein Gewehr.
Und dann marschier'n viel Förster und auch Jäger
Aufs hohe Gamsgebirg, zum Luzifer!

Diese Jahrmarktsballade wird in Bayern heute noch gerne gesungen. Der Wildschütz Jennerwein wurde am 6. November 1887 erschossen und in Westerndorf begraben. Die erste Strophe des Jennerwein-Liedes steht auf seinem Grabmal.

Poesie der Rätsel

Kennst du mich,
So freut es dich;
Kennst du mich nicht,
So suche mich
Nur emsiglich:
Du findest mich
Ganz sicherlich.
(Das Rätsel)

*

Flog ein Vogel federlos
Auf einen Baum blattlos,
Kam die Jungfer mundlos,
Fraß den Vogel federlos.
(Schnee, Nadelbaum, Sonne)

*

Es schnaubt und heult die Straß' herauf
Und hat doch keine Lunge;
Es leckt den Schnee wie Butter auf
Und hat doch keine Zunge.
(Der Tauwind)

Friedrich Rückert

*

Die erste ist erquickend, wenn's
So fällt um den August herum.
Die zweite kühlet übrigens
Die Glut der Erde auch nicht dumm,
Das ganze wirft per Konsequenz
Im Winter gern die Leute um.
Von Rausch und Wein
Soll gleichwohl nicht die Rede sein.
(Das Tauwetter)

Johann Peter Hebel

Was ist das?
Wenn es regnet, wird es naß;
Wenn es schneit, wird es weiß;
Wenn es friert, ist es Eis.
(Wasser)

*

Weiß wie Kreide,
Leicht wie Flaum,
Weich wie Seide,
Feucht wie Schaum.
(Der Schnee)

*

Die wohlfeilste Brücke.
Was schlägt sie in Stücke?
(Eis, Tauwetter)

*

Es ist die wunderschönste Brück,
Worüber noch kein Mensch gegangen.
Doch ist daran ein seltsam Stück,
Daß über ihr die Wasser hangen
Und unter ihr die Leute gehn
Ganz trocken und sich froh ansehn.
Die Schiffe segelnd durch sie ziehn,
Die Flügel sie durchfliegen kühn.
Doch stehet sie im Sturme fest,
Kein Zoll noch Weggeld zahlen läßt.
(Der Regenbogen)

*

Wer läuft mit dem Flinksten um die Wette
Und liegt zur selbigen Zeit im Bette?
Wer ist bald hier und ist bald dort
Und bleibt doch stets an demselbigen Ort?
(Der Fluß)

Otto Sutermeister

Es spricht der große Alexander:
Vier Brüder reisen miteinander;
Der eine läuft und wird nicht matt,
Der andre frißt und wird nicht satt,
Der dritte säuft und wird nicht voll,
Der vierte pfeift und klingt nicht wohl.
(Wasser, Feuer, Erde, Wind)

*

Es speist und tränkt eine Mutter fein
Viel hunderttausend Kindelein;
Die sie genährt hat ohne Zahl,
Verschlingt sie später allzumal
Und bringt sie wieder an den Tag,
Wie es des Herrn Wort vermag.
(Die Erde)

*

Auf einer großen Weide gehen
Viel tausend Schafe silberweiß;
Wie wir sie heute wandeln sehen,
Sah sie der allerälteste Greis.

Sie altern nie und trinken Leben
Aus einem unerschöpften Born,
Ein Hirt ist ihnen zugegeben
Mit schön gebognem Silberhorn.

Er treibt sie aus zu goldnen Toren,
Er überzählt sie jede Nacht,
Und hat der Lämmer keins verloren,
So oft er auch den Weg vollbracht.

Ein treuer Hund hilft sie ihm leiten,
Ein muntrer Widder geht voran.
Die Herde, kannst du mir sie deuten?
Und auch den Hirten zeig mir an.
(Sterne und Mond)

Friedrich Schiller

Mein Gesicht
Ist geschmückt mit fremdem Licht.
Schmückt mich nicht das fremde Licht,
Siehst du nicht mein Angesicht.
(Der Mond)

*

Drei Starke sah ich, rat mir das,
Die schafften ohne Unterlaß.
Der eine sprach: »O wär es Nacht!«
Der andre: »Wär der Tag erwacht!«
Der dritte sprach: »Nacht oder Tag,
Keine Ruh ich jemals haben mag.«
(Sonne, Mond, Wind)

*

Du jagst mich, und ich jage dich,
Du kriegst mich nicht, ich kriege dich nicht:
Unmöglich kann es geschehen,
Daß wir, Bruder und Schwester, uns sehen.
(Tag und Nacht)

*

Es kommt ein Knabe gegangen,
Mit klingenden Glocken behangen,
Sagt, Müßiggang heiße ihm Pflicht,
Und was ihm die Brüder mit Darben,
Mit Mühen und Sorgen erwarben,
Verzehrt er in leckerm Gericht.
Sonst schön wie ein Engel und heilig dazu,
Mißgönnt er dem Küster und Pfarrer die Ruh.
(Der Sonntag)

Johann Peter Hebel

*

Es eilt und läuft, niemand sieht's laufen,
Man kann's nicht halten, kann's nicht kaufen,
Macht weder Schritt' noch Sprünge,
Lehrt viel' verborgene Dinge.
(Die Zeit)

Mergel, Mergel, Mücken,
Hat sieben Körb' auf dem Rücken,
In jedem Korb eine schwarze Katze,
Jede Katze hat ihr Junges,
Jedes Junge hat seinen Namen.
(Die Woche)

*

Es steht ein Baum im Südwest,
Darauf sind zweiundfünfzig Nest,
In jedem Nest sind sieben Junge,
Haben einen Namen, aber keine Zunge.
(Jahr, Wochen, Tage)

*

Im Lenz erquick' ich dich,
Im Sommer kühl' ich dich,
Im Herbst ernähr' ich dich,
Im Winter wärm' ich dich.
(Der Baum)

*

Es flog was über den Graben,
Hatte zwei Seiten und keinen Magen.
(Das Baumblatt)

*

Bin ich fruchtlos, ist es bös,
Bin ich fruchtbar, krieg ich Stöß;
Ein jeder wirft nach mir den Stein:
Rat, was mag das sein?
(Der Nußbaum)

*

Hoch wie ein Haus,
Klein wie eine Maus,
Stachlig wie ein Igel,
Glänzend wie ein Spiegel.
(Die Kastanie)

Ich habe einen Kopf und vier gesunde Beine;
Und, wenn du mich oft siehst, erscheine
Ich ohne Kopf und ohne Beine,
Ein wahrer Knäul: Rührst du mich an,
So ist dein Finger übel dran.
(Der Igel)

*

Zwei Väter, zwei Söhne zogen aus;
Was brachten sie von der Jagd nach Haus?
Drei Hasen; davon einen ganzen
Trug jeder Jäger in seinem Ranzen.
(Großvater, Vater, Sohn)

*

Vorne wie ein Kamm,
Mitten wie ein Lamm,
Hinten wie eine Sichel.
Rat, mein lieber Michel.
(Der Hahn)

*

Er hat einen Kamm und kämmt sich nicht,
Er hat Sporen und ist kein Ritter,
Er hat eine Sichel und ist kein Schnitter.
(Der Hahn)

*

Wer hoch will stehn wie ich,
Nimmt oft zum Muster mich.
Es gehe wie es will,
Ich bin zu allem still,
Am hellen Tage blind,
Und dreh mich nach dem Wind.
(Der Wetterhahn)

Johann Peter Hebel

Das erste rauscht vom Wind bewegt,
Wenn's zweite sich im Sumpfe regt.
Das ganze schreit und ist nicht still,
Wenn sich das Wetter ändern will.
(Der Laubfrosch)

*

Im Winter aus, im Sommer an;
Mein Kind erzieht ein andrer Mann;
An meinem Gesang erkennt man mich:
Rat, wer bin ich?
(Der Kuckuck)

*

Man läßt ihn sprechen,
Man läßt ihn stechen,
Es ist ein Vogel
Und ein Gebrechen.
(Der Star)

Friedrich Rückert

*

Es geht ein Mann im Grase,
Hat eine lange Nase,
Hat rote Stiefel an
Und dreht sich wie ein Edelmann.
(Der Storch)

*

Was wieget und waget,
Hat Laub getraget,
Trägt keines mehr.
Trägt Leib und Seel?
(Die Wiege)

Es ritt ein Männchen über Land,
Gewickelt und gewackelt,
Hatt' ein Kleid von lauter Tand,
Gezickelt und gezackelt.
(Der Schmetterling)

*

Witschel watschel geht über die Brücken,
Trägt dem König sein Bett auf dem Rücken.
(Die Gans)

*

Schwarzer Gerber, du mußt sterben;
Warum gönnst du mir nicht Ruh?
Dein Leben muß verderben,
Drücke deine Augen zu.
Warum hast du mich gebissen?
Ei, du schwarzes Rabentier,
Jetzo wirst du's büßen müssen:
Knix knax, wie gefällt es dir?
(Der Floh)

*

Alle Tage geh ich aus,
Bleibe dennoch stets zu Haus.
(Die Schnecke)

*

Hinter unserm Hause,
Da ackert Vetter Krause
Ohne Pflug und ohne Schar,
Niemand wird's im Haus gewahr.
(Der Maulwurf)

*

Unser kleiner dicker Knecht
Geht im Acker und ackert recht,
Ohne Egg' und ohne Pflug:
Wer's errät, der ist klug.
(Der Maulwurf)

Vorn wie eine Gabel,
In der Mitte wie ein Faß,
Hinten wie ein Besen:
Was ist das?
(Die Kuh)

*

Vier ganget,
Und viere hanget,
Zwei spitzige,
Zwei glitzige,
Und einer zottelt hinten nach.
(Die Kuh)

*

Bergauf jag mich nicht,
Bergab schlag mich nicht,
Auf der Ebene schon mich nicht,
Bei der Krippe vergiß mich nicht.
(Das Pferd)

*

Zwei Köpfe, zwei Arme,
Sechs Füße, zehn Zehen:
Wie soll ich das verstehen?
(Reiter und Pferd)

*

Wer hat sechs Beine und geht nur
auf vier?
Was ich damit meine, das sage mir.
(Der Reiter)

*

Vorn lebendig, in der Mitte tot,
Hinten mag es wohl Käs' und Brot.
(Pferd, Pflug, Knecht)

Es geht ein Ding zum Tor hinaus,
Reckt die Hörner hinten raus.
(Der Pflug)

*

Hanterlantant
Ging über das Land,
Hatt' niemand mehr Zähne
Als Hanterlantant.
(Die Egge)

*

Es steht was hinter dem Haus,
Bleckt die Zähne unten heraus.
(Die Egge)

*

Ich habe keine Füße
Und geh doch auf und ab
Und beiß mich immer tiefer ein,
Bis ich mich durchgebissen hab.
(Die Säge)

*

Loch bei Loch
Und hält doch.
(Die Kette)

*

Je mehr man davon tut,
Desto größer wird's;
Je mehr man dazu tut,
Desto kleiner wird's.
(Das Loch)

Ich schäme mich, meinen großen Rachen
Wie einen Schnabel aufzumachen.
Leder, Leinwand und Papier,
Alles fress' ich mit Begier.
Mich braucht Gelahrt und Ungelahrt;
Rat es recht,
Oder ich beiße dich in den Bart.
(Die Schere)

*

Es knippert, es knappert
Mit eisernen Zapfen,
Mit fleischernen Tapfen.
Kann's niemand erraten?
(Die Stricknadel)

*

Zu Köln in dem Dome
Steht eine gelbe Blume;
Je länger sie steht,
Je mehr sie vergeht.
(Die Kerze)

*

Es brennt rund ums Haus
Und brennt doch kein Loch daraus.
(Die Brennessel)

*

Ich mag mich wie ich will vor dir
Links oder rechts hin drehen,
Folgt deine Hand getreulich mir,
So mußt du grade gehen.
(Das Lineal)

Mein Körper ist von Holz, sehr leicht zu brechen,
Mein Herz kann ohne Stimme mit euch sprechen.
(Der Bleistift)

Johann Peter Hebel

*

Gelehrte Finger, guter Wind
Sind Dinge, die mir nötig sind;
Dann spitz den Mund und nimm mich vor,
Und spitz ein anderer das Ohr.
(Die Flöte)

*

Ich rede ohne Zunge
Und schreie ohne Lunge,
Ich habe auch kein Herz
Und nehm' doch teil an Freud und Schmerz.
(Die Glocke)

*

Ach, ich armer Schmiedeknecht,
Hab' keine Hand, zeig' immer recht,
Hab' keine Füß', muß immer gehn,
Tag und Nacht auf Schildwacht stehn;
Leg' ich mich einmal zur Ruh,
So brummt gleich jedermann dazu.
(Die Uhr)

*

Muß Tag und Nacht auf Wache stehn,
Hat keine Füße und muß doch gehn,
Hat keine Hände und muß doch schlagen. –
Wer kann mir dieses Rätsel sagen?
(Die Uhr)

Es geht und geht schon immerfort
Und kommt doch keinen Schritt vom Ort.
(Die Uhr)

*

Welche Uhr ist gut gemacht,
Aber nützt nichts in der Nacht?
(Die Sonnenuhr)

*

Wenn du jagest, flieht es dich;
Wenn du fliehst, so jagt es dich.
(Der Schatten)

*

Ich bin am dunkelsten, wenn es am
hellsten ist,
Am wärmsten, wenn es am kältesten ist,
Am kältesten, wenn es am wärmsten ist.
(Der Keller)

*

Am Tage hab' ich nichts zu tun,
Man läßt mich in dem Winkel ruhn;
Kaum aber bricht die Nacht herein,
So schluck' ich Feuer und Flammen ein.
(Die Petroleumlampe)

*

Du suchst das Licht und scheust das Licht,
Ich raub' es dir und raub' es nicht.
(Der Lampenschirm)

*

Wenn man mich sieht, so sieht man
mich nicht,
Sieht man mich nicht, so sieht man mich.
(Die Finsternis)

Bin ich am Dache, so heiß' ich ein Dieb;
Bin ich im Ofen, so hast du mich lieb.
(Das Feuer)

*

Ich mache hart, ich mache weich:
Viel mach' ich arm, doch weit mehr reich.
Man hat mich gern
Nicht allzunah und nicht zu fern:
Zu nah wird alles von mir aufgezehrt,
Und alles stirbt, wo man mich ganz entbehrt.
(Das Feuer)

*

Sitzt ein Männchen auf dem Dach,
Raucht ein Pfeifchen Rauchtabak.
(Der Schornstein)

*

Es ist kein Haus, doch baut man es.
Man ißt es nicht, doch kaut man es.
Wenn man's nicht kaut, verbrennt man es.
Ihr kennt es, sagt: Wie nennt man es?
(Der Tabak)

Friedrich Güll

*

Man kocht's nicht,
Man kaut's nicht,
Man schlingt's nicht,
Und schmeckt doch vielen gut.
(Der Schnupftabak)

Arabien ist mein Vaterland,
In Deutschland werd ich braungebrannt,
In einer Mühle klein gemahlen,
Dann fühl ich heiße Wasserqualen,
Zuletzt gießt man noch Milch mir zu,
Trinkt mich und raucht Tabak dazu.
(Der Kaffee)

Johann Peter Hebel

*

Es ist ein Reich von vier Provinzen,
Jede Provinz hat ihren Prinzen.
Es geht alles auf Hauen und Stechen,
Kein Fremder hat darein zu sprechen.
Da pflegt die Frau den Mann zu schlagen,
Es geht alles auf Glück und Wagen.
Dies Glück hat wenige reich gemacht,
Aber manchen ins Verderben gebracht.
(Das Kartenspiel)

*

In welchem Zelt,
In welchem Teil der Welt
Logiert der König und die Sau
Im Bett mitsamt des Königs Frau?
(Das Kartenspiel)

Johann Peter Hebel

*

Die ersten Silben sind von Holz,
Ein Tier die dritte, kühn und stolz.
Das ganze ist der Jugend Freude,
Doch führen's auch erwachsne Leute.
(Das Steckenpferd)

Theodor Körner

Es ist ein Ding von Elfenbein,
Verzehrt den Müller samt Mühlenstein,
Haus, Hof und den Bauern obendrein.
(Der Würfel)

*

Es bringt den Reiter um sein Roß,
Den Edelmann um sein Schloß,
Den Bauern um seinen Ackerpflug:
Wer das errät, der ist wohl klug.
(Das Würfelspiel)

*

Wer es macht, der sagt es nicht,
Wer es nimmt, der weiß es nicht,
Wer es kennt, der nimmt es nicht.
(Das Falschgeld)

*

Wer es hat, dem macht es Sorgen,
Wer's nicht hat, entbehrt es schwer.
Hat er's nicht, so muß er's borgen,
Hat er's, gibt er's wieder her.
(Das Geld)

Friedrich Güll

*

Du stürzest uns frohlockend nieder,
Wir leiden auch dabei nicht viel:
Denn schnell erhebest du uns wieder,
Und unser Fall wird dir ein Spiel.
(Die Kegel)

*

Ich weiß ein Ding
Wie'n Pfifferling,
Kann gehn, kann stehn,
Kann auf dem Kopf nach Hause gehn.
(Der Schuhnagel)

Was ist das für ein armer Tropf,
Der die Stiege 'nauf muß auf dem Kopf?
(Der Schuhnagel)

*

Stets sind wir unser zwei
Und auch einander so getreu,
Daß man uns nicht leicht trennen kann;
Auch denkt der Mensch nicht leicht daran.
Wir sind ihm öfters sehr beschwerlich,
Jedoch auf Reisen unentbehrlich.
(Die Schuhe)

*

Es kommt vom Leben,
Hat kein Leben
Und muß doch Leben tragen.
(Die Schuhe)

*

Ich hab' ein Ding im Sinn,
Wohl lieben es die Mädchen traut,
Es liegt um ihre zarte Haut,
Doch stecken Nägel drin.
(Der Handschuh)

Johann Peter Hebel

*

Fünf Höhlen in einem Loch,
Rat, was ist das doch?
(Der Handschuh)

*

Wir armen Dinger, die Not war groß,
Gingen den ganzen Sommer bloß,
Schafften im Winter erst Schuh uns an:
Doch keine Sohlen sind daran.
(Die Finger)

Zwei sind's, die beieinander stehn
Und alles gut und deutlich sehn,
Nur kennet eins das andre nicht,
Und wär's beim hellsten Sonnenlicht.
(Die Augen)

*

Das nenn' ich doch ein seltsam Wesen!
Kann selber keine Zeile lesen
Und zeigt sie doch mir altem Mann
Ganz ordentlich und deutlich an.
(Die Brille)

*

Timmerl Tammerl
Tanzt im Kammerl,
Ist ein beinernes Gitter vor.
(Die Zunge)

*

Zwei Schwestern kenne ich – kannst
du es fassen? –,
Die ganz genau zusammenpassen,
Jed' Werk gemeinsam tun
Und nachts zusammen ruhn.
Doch gilt's in kleinsten Fragen
Ja oder nein zu sagen,
Wirst jedesmal du sehn,
Daß die zwei Schwestern auseinander gehn.
(Die Lippen)

Franz von Brentano

*

Auf die erste drück die zweite,
Und du fühlst des ganzen Freude.
(Der Handkuß)

Theodor Körner

Die besten Freunde, die wir haben,
Sie kommen nur mit Schmerzen an,
Und was sie uns für Weh getan,
Ist fast so groß als ihre Gaben.
Und wenn sie wieder Abschied nehmen,
Muß man zu Schmerzen sich bequemen.
(Die Zähne)

Johann Wolfgang Goethe

*

Es sitzen zweiunddreißig Gesellchen
In einem kleinen Ställchen,
Sind lustig und munter,
Gehen auf und unter,
Und ein rot Mädchen dabei,
So sitzen sie schön in der Reih.
(Die Zähne)

*

Wir Brüder, ihrer mehr als dreißig,
Vom Morgen bis zum Abend fleißig,
Wir treiben emsig dies und das,
Und alles unter deiner Nas.
Bald singen wir, bald sprechen wir,
Bald schlingen wir, bald zechen wir.
Machst du vergnügt uns auf das Haus,
So lachen wir zum Fenster raus
Und stehn in Front im weißen Rock
Zu ebner Erd, im ersten Stock.
Ist einer krank, zuckt dir sein Weh
Vom Kopf hinab bis zu der Zeh;
Und geht dann einer von uns fort,
Ist dir's doch allemal ein Tort.
Drum glücklich, wenn wir sind gesund
Einhundert Jahr und eine Stund!
(Die Zähne)

Friedrich Güll

Rate, was ich hab vernommen:
Es sind achtzehn kleine Gesellen zur
Welt gekommen.
Von Angesicht gar säuberlich,
Keiner doch dem andern glich,
All' ohne Fehler und Gebrechen,
Nur konnte keiner ein Wort sprechen;
Und damit man sie sollte verstehn,
Hatten sie fünf Dolmetscher mit sich gehn.
Das waren hochgelehrte Leut':
Der erst' erstaunt, reißt's Maul auf weit,
Der zweite wie ein Kindlein schreit,
Der dritte wie ein Mäuslein pfiff,
Der vierte wie ein Fuhrmann rief,
Der fünfte gar wie ein Uhu tut.
Damit erhoben sie ein Geschrei,
Füllt noch die Welt, ist nicht vorbei.
(Das ABC)

*

Auf einem weißen See
Schwimmt eine rote Rose.
Willst du die schwarzen Fischchen
sprechen,
Mußt du die rote Rose brechen.
(Brief, Siegel, Buchstaben)

*

Der Himmel hat's, die Erde nicht,
Die Mädel haben's, die Weiber nicht.
Der Teufel hat's und Gott nicht,
Der Lorenz zuerst, der Michel zuletzt.
(Der Buchstabe L)

Es ist nicht in Spanien,
Sondern in Oranien;
Es ist nicht in Wien,
Sondern in Berlin;
Es ist nicht im Main,
Wohl aber im Rhein;
Es ist nicht in Meißen,
Wohl aber in Preußen;
Es ist kein Dorf so klein,
Dies Ding muß drinnen sein.
(Der Buchstabe R)

*

Rate, rate, rate,
Das Ding steckt in dem Braten;
Es sitzt im Bier und nicht im Faß,
Es sitzt im Wasser und nicht im Glas;
Der Kuckuck soll es holen,
Das Ding sitzt nicht in Polen.
Straßburg ist die schöne Stadt,
Die das Ding gar zweimal hat.
(Der Buchstabe R)

*

Ich bin ein Ding, bald groß, bald klein,
Wohl überall zu Hause:
Bei dem Gebet im Kämmerlein
Wie bei dem größten Schmause.
Im Reichtum klein und groß in Ehr,
Leb' ich doch stets im Jammer.
Im Ballsaal bin ich nimmermehr,
Doch in der Ständekammer.
Beim Exerzieren vorne dran,
Bei der Parade hinten,
Bin bei der Frau nicht, noch beim Mann,
Doch in der Eh' zu finden.
Den Trunk, o nein, den lieb' ich nicht,
Ich häng' nur an der Flasche.
Was starrst du fremd mir ins Gesicht?
Du hast mich in der Tasche.
(Der Buchstabe E)

Wer frevelnd die Gesetze bricht,
Dem droht ein strafendes Gericht.
Wer kann nun ein Gesetzbuch nennen,
Das mit Gerichten lohnt, die sich zu
ihm bekennen?
Kluge Frauen schreiben's,
Brave Mädchen treiben's.
(Das Kochbuch)

Johann Peter Hebel

*

Es kommt ein Ding von Rübenach,
Das ganze Ding ist siebenfach;
Wollt' man's mit einem Viertel Salz
einreiben,
Man könnt' ihm's Beißen nit vertreiben.
(Die Zwiebel)

*

Ihr lieben Leut',
Was dies bedeut't:
Hat sieben Häut',
Beißt alle Leut'.
(Die Zwiebel)

*

Im Feld steht ein Mädchen,
Hat ein gelb' Röckchen
Und ein grün' Häubchen.
(Die Karotte)

*

Es saß eine Jungfrau auf dem Baum,
Hatt' ein rotes Röcklein an,
Im Herzen war ein Stein:
Rat, was mag das sein.
(Die Kirsche)

Erst weiß wie Schnee,
Dann grün wie Klee,
Dann rot wie Blut,
Schmeckt allen Kindern gut.
(Die Kirsche)

*

Oben spitz und unten breit,
Durch und durch voll Süßigkeit,
Weiß am Leibe, blau am Kleid,
Kleiner Kinder große Freud.
(Der Zuckerhut)

*

Als Pflanze steig' ich aus der Erde,
Du quälest mich zu hartem Stein,
Und soll ich dir recht nutzbar sein,
So machst du, daß ich Wasser werde.
(Der Zucker)

*

Es sitzt etwas am Rainle,
Es wackelt ihm seine Beinle,
Vor Angst und Not
Wird ihm sein Köpfle feuerrot.
(Die Erdbeere)

*

Mich pflanzt und pflegt der Bauer;
Jeder kocht mich, wie's ihm gefällt,
Bald süß, bald sauer.
Ich bin bald grün, bald rot:
Der Hase liebt mich bis zum Tod.
(Der Kohl)

*

Ein Haus voll Essen
Und die Tür vergessen.
(Das Ei)

Ich weiß ein kleines, weißes Haus,
Hat nichts von Fenstern, Türen, Toren,
Und will der kleine Wirt heraus,
So muß er erst die Wand durchbohren.
(Das Ei)

*

Rund und klein
Fünf Schwesterlein
Im engen Haus,
Sie müssen heraus
In Wassersflut:
Gesotten
Schmecken sie gut.
(Die Erbsen)

*

Männchen im Strauch
Hat ein schwarz Käppchen auf,
Ein rot Mäntelchen um
Und Steinchen im Bauch:
Wie heißt's Männchen im Strauch?
(Die Hagebutte)

*

Der arme Tropf
Hat keinen Kopf,
Das arme Weib
Hat keinen Leib,
Die arme Kleine
Hat keine Beine;
Sie ist ein langer Darm,
Doch schlingt sie einen Arm
Bedächtig in den andern ein:
Was mag das für ein Weibchen sein?
(Die Brezel)

Johann Peter Hebel

Ich wachse aus der Erde
Und kleide jedermann,
Den Kaiser und den König
Und auch den Bettelmann.
(Der Flachs)

*

Vom Baume fiel der Huckepack,
Da saß ihm auf dem Kopf die Kapp'
Da kam ein Tier mit vier Bein',
Das trug den Huckepack im Bauche heim.
(Eichel und Schwein)

*

Als Blume riecht es fein,
Als Krankheit macht es Pein;
Sag, was soll das sein?
(Die Rose)

*

Während du mich ausgesprochen,
Hast du mich auch schon gebrochen.
(Das Schweigen)

*

Ich helfe Kisten laden,
Doch mach' ich auch Scharaden.
(Der Hebel – das Werkzeug und der Dichter)

Johann Peter Hebel

*

Die erste findet ihr in jeder Schar.
Ade! so ruft die zweite immerdar
Den Scheidenden, wenn sie uns
lieb gewesen.
Das ganze habt ihr eben jetzt gelesen.
(Die Scharade)

Johann Peter Hebel

Vers bin ich zur Hälfte,
Zur Hälfte nur Tand.
Errätst du mein Ganzes,
So hast du Verstand.
(Der Verstand)

*

Es führt dich meilenweit von dannen
Und bleibt doch stets an seinem Ort.
Es hat nicht Flügel auszuspannen
Und trägt dich durch die Lüfte fort.
Es ist die allerschnellste Fähre,
Die jemals einen Wandrer trug,
Und durch das größte aller Meere
Trägt es dich mit Gedankenflug;
Ihm ist ein Augenblick genug.
(Die Phantasie)

Friedrich Schiller

Poesie der Märchen und Sagen

Die beiden Fiedler

Es wohnet ein Fiedler zu Frankfurt am Main,
Der kehret von lustiger Zeche heim,
Und er trat auf den Markt, was schaut er dort?
Der schönen Frauen schmausten gar viel an dem Ort.

»Du buckliger Fiedler, nun fiedle uns auf!
Wir wollen dir zahlen des Lohnes vollauf;
Einen Tanz behende gezeigt!
Walpurgisnacht wird heute gefei'rt.«

Der Geiger strich einen fröhlichen Tanz,
Die Frauen tanzten den Reigenkranz,
Und die erste sprach: »Mein lieber Sohn,
Du geigst so frisch, hab nun deinen Lohn!«

Sie griff ihm behende unters Wammes sofort,
Und nahm ihm den Höcker von dem Rücken fort:
»So gehe nun hin, mein schlanker Gesell,
Dich nimmt nun eine jede Jungfrau zur Stell.«

Der Fiedler schlank in die Herberg trat,
Da wartet sein buckliger Kamerad.
Den faßte der Neid: »Der Hexen Gunst
Erwerb ich mir auch durch meine Kunst!«

Er trat auf den Marktplatz, und es tanzte die Schar
Im Mondenlicht immer noch wunderbar.
»Ich geige euch gern, wenn für den Dienst
Ihr zahlen wollet mit gleicher Gunst.«

Er geigte falsch zu der Frauen Tanz,
Verstörte den holden Reigen ganz.
Die erste sprach: »Mein lieber Sohn,
So wie du geigtest, so wird dein Lohn.«

Sie nestelt ihm vorne am Wammes sofort
Und verbarg des Gesellen Höcker dort.
Und nun ging's husch, es wirbelt umher,
Der weite Marktplatz war still und leer.

Der neidische Fiedler tappte gar lang,
Er dachte, er käme nach Hause gar schlank.
Doch wie lachten sie, wie kam er in Zorn:
Er fand sich behöckert – so hinten als vorn.

Volksballade zum Märchen »Die zwei Musikanten von Aachen«, überarbeitet von Anton Wilhelm Florentin von Zuccalmaglio. Der Text wurde mit einer Volksliedmelodie populär, zu der Johannes Brahms einen Chorsatz geschrieben hat.

Das steinerne Brot

Es war ein' arme Mutter,
Die litt sehr große Not,
Denn ihre kleinen Kinder
War'n nah dem Hungertod.

Sie hatte eine Schwester,
Die war an Gütern reich,
Zu dieser ging sie weinend
Und bat um etwas Brot.

Doch diese sagte: »Schwester!
Ich hab kein Brot im Haus,
Das Brot zu Stein mag werden,
So ich im Hause hab!«

Und trauernd ging die Arme
Von ihrer Schwester fort;
Sie seufzt': »Ach Gott erbarme
Der armen Kinder dich!«

Darauf trat in den Keller
Der reichen Schwester Mann,
Wollt schneiden von dem Brote,
O Weh! Da war es Stein.

»Ach!« sprach er zu dem Weibe,
»Groß' Sünd' hast du getan,
Daß du die arme Schwester
Ohn' Brot hast lassen gahn!»

Doch sie erwidert: »Lieber!
Ich hab sie nicht gesehn,
Ich schwör's bei meiner Treue,
Ich hab sie nicht lassen gehn!«

Schnell ging sie nun von dannen,
Sie fühlt' ihr' schwere Schuld;
Sie ging zur armen Schwester,
Die sie laut jammernd fand.

»Ach Schwester«, sprach sie, »Schwester,
Vergib mir meine Sünd!«
Dein' Kinder will ich nähren
Als wie mein eigen Kind.«

Die Arme sprach: »O Schwester,
Behalte nur dein Gut,
Gott hat sie schon gespeiset,
Sie schlafen Tag und Nacht.«

Sie öffnete die Kammer,
Sechs Kinder lagen tot. –
Darauf die reiche Schwester
Zurück zu Hause ging.

Sie kam zu ihrem Hofe,
Das Haus in Flammen stand;
Sie lief zu ihren Schätzen
Und fand im Feu'r ihr Grab.

Die Heinzelmännchen

Wie war zu Köln es doch vordem
Mit Heinzelmännchen so bequem!
Denn, war man faul, ... man legte sich
Hin auf die Bank und pflegte sich:
Da kamen bei Nacht,
Ehe man's gedacht,
Die Männlein und schwärmten
Und klappten und lärmten,
Und rupften,
Und zupften,
Und hüpften und trabten,
Und putzten und schabten ...
Und eh ein Faulpelz noch erwacht ...
War all sein Tagewerk ... bereits gemacht!

Die Zimmerleute streckten sich
Hin auf die Spän' und reckten sich.
Indessen kam die Geisterschar
Und sah, was da zu zimmern war.
Nahm Meißel und Beil
Und die Säg' in Eil;
Sie sägten und stachen
Und hieben und brachen,
Berappten
und kappten,
Visierten wie Falken
Und setzten die Balken ...
Eh sich's der Zimmermann versah ...
Klapp, stand das ganze Haus ... schon fertig da!

Beim Bäckermeister war nicht Not,
Die Heinzelmännchen backten Brot.
Die faulen Burschen legten sich,
Die Heinzelmännchen regten sich –
Und ächzten daher
Mit den Säcken schwer!
Und kneteten tüchtig
Und wogen es richtig,
Und hoben
Und schoben,
Und fegten und backten,
Und klopften und hackten.
Die Burschen schnarchten noch im Chor:
Da rückte schon das Brot, ... das neue, vor!

Beim Fleischer ging es just so zu:
Gesell und Bursche lag in Ruh.
Indessen kamen die Männlein her
Und hackten das Schwein die Kreuz und Quer.
Das ging so geschwind
Wie die Mühl' im Wind!
Die klappten mit Beilen,
Die schnitzten an Speilen,
Die spülten,
Die wühlten,
Und mengten und mischten
Und stopften und wischten.
Tat der Gesell die Augen auf …
Wapp! hing die Wurst da schon im Ausverkauf!

Beim Schenken war es so: es trank
Der Küfer, bis er niedersank,
Am hohlen Fasse schlief er ein,
Die Männlein sorgten um den Wein,
Und schwefelten fein
Alle Fässer ein,
Und rollten und hoben
Mit Winden und Kloben,
Und schwenkten
Und senkten,
Und gossen und panschten
Und mengten und manschten.
Und eh der Küfer noch erwacht,
War schon der Wein geschönt und fein gemacht!

Einst hatt' ein Schneider große Pein:
Der Staatsrock sollte fertig sein;
Warf hin das Zeug und legte sich
Hin auf das Ohr und pflegte sich.
Da schlüpften sie frisch
In den Schneidertisch;
Da schnitten und rückten
Und nähten und stickten,
Und faßten
Und paßten,
Und strichen und guckten
Und zupften und ruckten
Und eh mein Schneiderlein erwacht:
War Bürgermeisters Rock … bereits gemacht!

Neugierig war des Schneiders Weib
Und macht sich diesen Zeitvertreib:
Streut Erbsen hin die andre Nacht,
Die Heinzelmännchen kommen sacht:
Eins fähret nun aus,
Schlägt hin im Haus,
Die gleiten von Stufen
Und plumpen in Kufen,
Die fallen
Mit Schallen,
Die lärmen und schreien
Und vermaledeien!
Sie springt hinunter auf den Schall
Mit Licht: husch, husch, husch, husch! – verschwinden all!

O weh! nun sind sie alle fort
Und keines ist mehr hier am Ort!
Man kann nicht mehr wie sonsten ruhn,
Man muß nun alles selber tun!
Ein jeder muß fein
Selbst fleißig sein,
Und kratzen und schaben
Und rennen und traben,
Und schniegeln
Und biegeln,
Und klopfen und hacken
Und kochen und backen.
Ach, daß es noch wie damals wär!
Doch kommt die schöne Zeit nicht wieder her!

August Kopisch

Rübezahl

Es war einmal ein Mädchen,
Die hüt't am Kamm die Küh',
Die hüt't sie wohl im Sommer
Als wie im Frühling früh.

Sie war ihr Lebtag lose
Und gar von Herzen gut,
Und wie ein' Pfingstrose
War'n ihre Wangen rot.

Sie hüt't an dreißig Stücke
So mutterseelen allein,
Und jedes hatt' eine Glocke
Als wie der größte Topf.

Hoch auf dem Riesenkamme,
Da steht ein Mittagsstein
Beim großen Teich am Damme,
Da liegt viel Schnee und Eis.

Da kam durchs Knieholz schnelle
Ein schöner Reitersmann,
Der hielt beim Mädchen stille
Und schaut sie freundlich an:

»Wer bist du, liebstes Herze,
Du allerschönste Zier?
Wo wohnt dein Vater und Mutter,
Ist deine Heimat hier?«

»Mein Heimat ist gar weite
Dort in dem tiefen Tal,
Kein Reiter kann hin reiten
Und wär's der – Rübezahl.«

»Kann auch kein Reiter hin reiten
Wohl zu der Heimat dein,
So trägt mein Roß behende
Dich über Stock und Stein.«

Er steckt' an ihren Finger
Ein goldnes Ringelein
Und sprach: »Du schönstes Leben,
Nun bist du ewig mein!«

Er schwang sie auf sein'n Schimmel,
So sehr das Mädchen schrie:
»O Mutter Gotts im Himmel,
Wo reit' er mit mir hin?«

»Wohin ich mit dir reite,
Das wirst du bald mal sehn:
Es geht gar in die Weite
Wohl über Stock und Stein.«

Gar lang vor vielen Jahren
Ist die Geschichte geschehn,
Und Felsmanns Hannelore
Hat niemand mehr gesehn.

Die Ballade schildert eine Episode aus der Rübezahlsage. Der Mittagsstein – vierte Strophe – ist ein Berggipfel im Riesengebirge, wo, alter Volksüberlieferung nach, der Bergdämon Rübezahl haust. Sein Name ist seit dem 13. Jahrhundert bezeugt, eine Sammlung von Sagen seit 1550 überliefert.

Der Schwanenritter

»O sag mir an, Frau Mutter lieb,
Wo treff ich denn den Vater mein?«
»Laß ab, mein Sohn, du schaffst
mir Leid,
Weiß nicht, wo ist der Vater dein.«

»Wo ist denn wohl sein Heimatland?
Sag an, daß ich ihn suchen kann!«
»Sein Heimat ist mir unbekannt,
Weiß nicht, wohin er sich gewandt.«

»Wie kam er dann hier in das Land?
Frau Mutter lieb, mach mir bekannt,
Damit ich kenn den Vater mein,
Damit ich sein mag kundig sein.«

»Ich stand am Fenster im Gemach
Und weinte meinem Vater nach,
Da schwamm ein Schifflein auf
dem Rhein,
Ein stolzer Ritter stand darein.

Der lenkte an der Hand den Schwan,
Ein gülden Kettlein glänzte dran,
Der Schwan, der schwamm dem Ufer zu;
Der Ritter grüßt die Fenster herauf!

Der Ritter trug ein gülden Schwert,
Das war die halbe Grafschaft wert,
Ein Hörnelein von rotem Gold,
Das hing von seinem Nacken ab.

Am Finger glänzte ihm ein Ring,
Der über alle Kleinod ging.
Der Ritter führt ein blanken Schild,
Sechs Königsstäbe drauf gebild't.«

»O Mutter, das ist seltne Mär,
Kannst du mir sagen gar nichts mehr?«
»Ich kann dir sagen nur noch eins,
Das macht, daß ich jetzt immer wein:

Dem Vater ich geloben sollt,
Daß ich ihn nicht erfragen wollt,
Von wo er zu mir kommen ist,
Doch frug ich ihn zu jener Frist.

Die Frag hat ihn getrieben fort,
Doch dachte er der Kinder noch;
Er ließ dir Schild, er ließ dir Schwert,
Sein ganzes Erb ist dir beschert.

Dem Bruder, dem gab er das Horn:
Der Gau zu Cleve ist ihm erkorn,
Dem jüngsten Bruder ward der Ring,
Das Land von Hessen er empfing.

Mir aber ließ der Ehgemahl
Nichts sonst zurück als Leid und Qual;
Wer einmal ihn geliebt so sehr,
Der kann ihn nie vergessen mehr.«

Diese Volksballade bezieht sich auf die Lohengrinsage: Lohengrin – eigentlich Garin de Loherian (Garin der Lothringer) – ist Sohn des Gralskönigs Parzival und kommt in einem Schiff, das von einem Schwan gezogen wird, der bedrängten Elsa von Brabant zu Hilfe. Nach glücklicher Ehe muß er sie verlassen, da sie die verbotene Frage nach seiner Herkunft stellt. Dichterisch verarbeitet wurde der Stoff unter anderem von Wolfram von Eschenbach im »Parzival« (1200–1210), von Albrecht von Scharfenberg im »Jüngeren Titurel« (1270–1278) und von anonymen Volkspoeten. Richard Wagners 1850 uraufgeführte Oper »Lohengrin« machte die Sage erneut bekannt.

Das jüngere Hildebrandslied

»Ich will zu Land ausreiten«,
Sprach sich Meister Hildebrand.
»Der mich die Weg' tät weisen,
Gen Bern wohl in die Land?
Die sind mir unkund gewesen
Viel manchen lieben Tag,
In zweiunddreißig Jahren
Frau Uten ich nie gesach.«

»Willt du zu Land ausreiten«,
Sprach sich Herzog Amelung,
»Was begegnet dir auf der Heiden?
Ein schneller Degen jung;
Was begegnet dir auf der Marke?
Der junge Herr Alebrand;
Da reitest du selb zwölfte,
Von ihm würdest angerannt.«

»Ja rennet er mich ane
In seinem Übermut,
Ich zerhau ihm seinen grünen Schild,
Es tut ihm nimmer gut;
Ich zerhau ihm seine Brünne
Mit einem Schirmenschlag,
Und daß er seiner Mutter
Ein Jahr zu klagen hab.«

»Das sollt du nicht en-thune!«
Sprach sich (von Bern) Herr Dietrich,
»Dann der junge Herr Alebrand
Ist mir von Herzen lieb;
Du sollst ihm freundlich zusprechen,
Wohl durch den Willen mein:
Daß er dich wöll lassen reiten
Als lieb ich ihm mag sein.«

Do er zum Rosengarten ausreit,
Wohl in des Bernes Mark,
Da kam er in große Arebeit
Von einem Helden stark,
Von einem Helden junge
Ward er da angerannt:
»Nun sag an, du viel Alter!
Was suchst in meins Vaters Land?

Du führst dein Harnisch lauter
und rein,
Recht seist ein Königskind,
Du machst mich jungen Helden
Mit g'sehenden Augen blind;
Du solltest daheime bleiben
Und haben gut Hausgemach
Ob meiner heißen Glut.«
Der Alte lacht und sprach:

»Sollt ich daheime bleiben
Und haben gut Hausgemach?
Mir ist bei all meinen Tagen
Zu reisen aufgesatzt,
Zu reisen und zu fechten
Bis auf mein Hinnefahrt,
Das sag ich dir, viel Junger,
Drumb grauet mir mein Bart.«

»Dein Bart will ich dir ausraufen,
Sag dir, viel alter Mann,
Daß dir dein rosenfarbnes Blut
Über die Wangen muß abgan;
Dein Harnisch und dein grünen Schild
Mußt du mir hie aufgeben,
Darzu auch mein Gefangner sein,
Willst du behalten dein Leben.«

»Mein Harnisch und mein grünen
Schild
Die täten mich dick ernähren;
Ich traue Christ von Himmel wohl,
Ich wöll mich dein erwehren.«
Sie ließen von den Worten
Und zuckten scharfe Schwert,
Was die zween Helden begehrten,
Des wurden sie gewährt.

Ich weiß nicht wie der Junge
Dem Alten gab ein Schlag,
Daß sich der alte Hildebrand
Vom Herzen sehr erschrack;
Er sprang hinter sich zurucke
Wohl sieben Klafter weit:
»Nun sage, du viel Junger.
Den Streich lehrt dich dein Weib.«

»Sollt ich von Weibern lernen,
Das wäre mir immer ein Schand,
Ich habe viel Ritter und Knechte
In meines Vaters Land,
Ich hab viel Ritter und Grafen
An meines Vaters Hof,
Und was ich nicht gelernet hab,
Das lern ich aber noch.«

Er erwischt ihn bei der Mitte,
Da er am schwächsten was,
Er schwang ihn hinter sich zurucke
Wohl in das grüne Gras:
»Nun sag mir, du viel Junger!
Dein Beichtvater will ich wesen:
Bist du ein Wölfinger,
Vor mir magst du genesen.

Wer sich an alte Kessel reibt,
Der empfahet gerne Ram:
Also geschicht dir Jungen
Wohl von mir altem Mann.
Dein Bart sollt du hier aufgeben
Auf dieser Heide grün,
Das sag ich dir viel eben,
Du junger Helde kühn!«

»Du sagst mir viel von Wölfen,
Die laufen in dem Holz;
Ich bin ein edler Degen
Aus Griechenlanden stolz,
Mein Mutter, die heißt Ute,
Ein gewaltige Herzogin,
So ist Hildebrand der alte,
Der liebste Vater mein.«

»Heißt deine Mutter Frau Ute,
Eine gewaltige Herzogin,
So bin ich Hildebrand der alte,
Der liebste Vater dein.«
Er schloß ihm auf sein guldin Helm
Und küßt' ihn an sein Mund:
»Nun muß es Gott gelobet sein,
Wir sind noch beide gesund.«

»Ach Vater, liebster Vater!
Die Wunden, die ich dir hab
geschlagen,
Die wollt ich dreimal lieber
In meinem Haupte tragen.«
»Nun schweig, du lieber Suhne!
Der Wunden wird gut Rat,
Seit daß uns Gott beide
Zusammengefüget hat.«

Das währet von der None
Bis zu der Vesperzeit,
Bis daß der junge Herr Alebrand
Gen Berne einhin reit;
Was führt er an seinem Helme?
Von Gold ein Kränzelein;
Was führt er an seiner Seiten?
Den liebsten Vater sein.

Er führt ihn mit ihm in sein Saal
Und setzt ihn oben an'n Tisch,
Er bot ihm Essen und Trinken,
Das däucht der Mutter unbillig:
»Ach Suhne, lieber Suhne!
Ist der Ehren nicht zu viel,
Daß du mir ein' gefangen Mann
Setzt oben an den Tisch?«

»Nun schweige, liebe Mutter!
Ich will dir neue Mär sagen:
Er kam mir auf der Heide
Und hätt mich nahet erschlagen,
Und höre, liebe Mutter!
Kein Gefangner soll er sein:
Es ist – Hildebrand der alte,
Der liebste Vater mein.

Ach Mutter, liebe Mutter!
Nun beut ihm Zucht und Ehr!«
Do hub sie an und schenket ein
Und trug's ihm selber her.
Was hätt' er in seinem Munde?
Von Gold ein Fingerlein,
Das ließ er in'n Becher sinken
Der lieben Frauen sein.

Das jüngere Hildebrandslied geht auf die Dietrich-Sage zurück und hat seine Wurzel im älteren »Hildebrandslied«. Der Vergleich beider Werke zeigt den Unterschied zwischen Heldendichtung und Volkspoesie: Im älteren »Hildebrandslied« – dem einzigen, nur als Fragment erhaltenen germanischen Heldenlied in althochdeutscher Sprache – treffen der Waffenmeister Dietrichs von Bern, Hildebrand, und sein Sohn Hadubrand als Angehörige feindlicher Heere aufeinander. Der Sohn erkennt den Vater nicht, fordert ihn mit Schmähreden zum Kampf, »Speere schwirren, Schilde splittern« – und dann bricht der Text ab. Wir wissen aber aus anderen Quellen, vor allem aus »Hildebrands Sterbelied« (Edda), daß der Vater den Sohn erschlug. Ehrverletzung und Gefolgschaftstreue hatte er höher bewertet als Vaterliebe und Sippentreue.

Mit solchem Ethos gehörte das ältere Hildebrandslied nicht zur Volkspoesie, sondern zur Dichtung, die nur vom adligen Publikum verstanden werden konnte. Das Volk indes sperrte sich gegen diese Konfliktlösung und verlangte: Vaterliebe über Ehrverletzung, Sippentreue über Gefolgschaftstreue! Und so entstand zu Beginn des 13. Jahrhunderts das jüngere Hildebrandslied mit versöhnlichem Ausgang. Es wurde ursprünglich in einer heute als Hildebrandston bezeichneten, im Rhythmus anspruchsloseren Abart der Nibelungenstrophe gedichtet: mit vier aus zwei Kurzzeilen bestehenden Langzeilen.

Das jüngere Hildebrandslied muß unerhört populär gewesen sein, denn es ist seit Beginn des 16. Jahrhunderts auf 21 Fliegenden Blättern und in sieben Liederbüchern überliefert – allerdings fast immer in achtzeiligen Strophen. Damit wurde der Rhythmus des an Heldenepen gemahnenden Hildebrandstons gewissermaßen sabotiert – und dem Klang der Poesie angeglichen, die das Volk hören wollte.

Worterklärungen:
Alebrand = Hadubrand; Schirmenschlag = Fechtmeisterschlag; en-thune = nicht tun; zu reisen aufgesatzt = zum Kriegsdienst verpflichtet; Wölfinger = Geschlecht Hildebrands; Ram = russisch; None = 15 Uhr (die neunte Stunde nach Tagesanbruch); Fingerlein = Fingerring

Das Riesenspielzeug

Burg Niedeck ist im Elsaß der Sage wohlbekannt,
Die Höhe, wo vorzeiten die Burg der Riesen stand;
Sie selbst ist nun verfallen, die Stätte wüst und leer;
Du fragest nach den Riesen, du findest sie nicht mehr.

Einst kam das Riesenfräulein aus jener Burg hervor,
Erging sich sonder Wartung und spielend vor dem Tor
Und stieg hinab den Abhang bis in das Tal hinein,
Neugierig zu erkunden, wie's unten möchte sein.

Mit wen'gen raschen Schritten durchkreuzte sie den Wald,
Erreichte gegen Haslach das Land der Menschen bald,
Und Städte dort und Dörfer und das bestellte Feld
Erschienen ihren Augen gar eine fremde Welt.

Wie jetzt zu ihren Füßen sie spähend niederschaut,
Bemerkt sie einen Bauer, der seinen Acker baut;
Es kriecht das kleine Wesen einher so sonderbar,
Es glitzert in der Sonne der Pflug so blank und klar.

»Ei! artig Spielding!« ruft sie, »das nehm ich mit nach Haus.«
Sie knieet nieder, spreitet behend ihr Tüchlein aus
Und feget mit den Händen, was da sich alles regt,
Zu Haufen in ein Tüchlein, das sie zusammenschlägt;

Und eilt mit freud'gen Sprüngen, man weiß, wie Kinder sind,
Zur Burg hinan und suchet den Vater auf geschwind:
»Ei Vater, lieber Vater, ein Spielding wunderschön!
So allerliebstes sah ich noch nie auf unsern Höhn.«

Der Alte saß am Tische und trank den kühlen Wein,
Er schaut sie an behaglich, er fragt das Töchterlein:
»Was Zappeliges bringst du in deinem Tuch herbei?
Du hüpfest ja vor Freuden; laß sehen, was es sei!«

Sie spreitet aus das Tüchlein und fängt behutsam an,
Den Bauern aufzustellen, den Pflug und das Gespann;
Wie alles auf dem Tische sie zierlich aufgebaut,
So klatscht sie in die Hände und springt und jubelt laut.

Der Alte wird gar ernsthaft und wiegt sein Haupt und spricht:
»Was hast du angerichtet? Das ist kein Spielzeug nicht!
Wo du es hergenommen, da trag es wieder hin,
Der Bauer ist kein Spielzeug, was kommt dir in den Sinn!

Sollst gleich und ohne Murren erfüllen mein Gebot;
Denn wäre nicht der Bauer, so hättest du kein Brot;
Es sprießt der Stamm der Riesen aus Bauernmark hervor;
Der Bauer ist kein Spielzeug, da sei uns Gott davor!«

Burg Niedeck ist im Elsaß der Sage wohlbekannt
Die Höhe, wo vorzeiten die Burg der Riesen stand;
Sie selbst ist nun verfallen, die Stätte wüst und leer;
Und fragst du nach den Riesen, du findest sie nicht mehr.

Adelbert von Chamisso

Der Rattenfänger von Hameln

Wer ist der bunte Mann im Bilde?
Er führet Böses wohl im Schilde,
Er pfeift so wild und so bedacht:
Ich hätt' mein Kind ihm nicht
gebracht.

In Hameln fochten Mäus und Ratzen
Am hellen Tage mit den Katzen.
Es war viel Not; der Rat bedacht,
Wie andre Kunst zu Weg gebracht.

Da fand sich ein der Wundermann,
Mit bunten Kleidern angetan,
Pfiff Ratz und Mäus zusamm ohn Zahl,
Ersäuft sie in der Weser all.

Der Rat will ihm dafür nicht geben,
Was ihm ward zugesagt soeben;
Sie meinten, das ging gar zu leicht,
Und wär wohl gar ein Teufelsstreich.

Wie hart er auch den Rat besprochen,
Sie dräuen seinem bösen Pochen.
Er konnt zuletzt vor der Gemein
Nur auf dem Dorfe sicher sein.

Die Stadt, von solcher Not befreit,
Im großen Dankfest sich erfreut.
Im Betstuhl saßen alle Leut,
Es läuten alle Glocken weit.

Die Kinder spielten in den Gassen.
Der Wundermann durchzog
die Straßen,
Er kam und pfiff zusamm geschwind
Wohl auf ein hundert schöne Kind.

Der Hirt sie sah zur Weser gehn,
Und keiner hat sie je gesehn,
Verloren sind sie an dem Tag
Zu ihrer Eltern Weh und Klag.

Im Strome schweben Irrlicht' nieder,
Die Kinder frischen drin die Glieder,
Dann pfeifet er sie wieder ein,
Für seine Kunst bezahlt zu sein.

»Ihr Leute, wenn ihr Gift wollt legen,
So hütet doch die Kinder gegen,
Das Gift ist selbst der Teufel wohl,
Der uns die lieben Kinder stohl.«

Die Rattenfängersage hat offenbar einen konkreten historischen Hintergrund:

In der »Lüneburger Handschrift« aus der ersten Hälfte des 15. Jahrhunderts steht geschrieben, daß am Peter- und Paultag (29. Juni) des Jahres 1284 ein Pfeifer mit silberner Flöte 130 Kinder aus Hameln entführt hat.

Dieser Flötenspieler war offensichtlich ein Lokator, ein vom Landes- oder Grundherrn beauftragter Ritter, der junge Ansiedler für die neugegründeten Städte in den Ostgebieten zu werben hatte und dafür in dem vom ihm besiedelten Land das Erbschulzenamt erhielt.

Er könnte ein Beauftragter des Bischofs von Olmütz gewesen sein und junge Leute aus Hameln nach Mähren geführt haben. Um Aufsehen zu erregen, traten die Lokatoren oft marktschreierisch auf, sie ließen sich von Pfeifern begleiten oder spielten selbst ein Musikinstrument.

Der Rattenfänger

Ich bin der wohlbekannte Sänger,
Der vielgereiste Rattenfänger,
Den diese altberühmte Stadt
Gewiß besonders nötig hat.
Und wären's Ratten noch so viele,
Und wären Wiesel mit im Spiele;
Von allen säubr' ich diesen Ort,
Sie müssen mit einander fort.

Dann ist der gut gelaunte Sänger
Mitunter auch ein Kinderfänger,
Der selbst die wildesten bezwingt,
Wenn er die goldnen Märchen singt.
Und wären Knaben noch so trutzig,
Und wären Mädchen noch so stutzig,
In meine Saiten greif' ich ein,
Sie müssen alle hinter drein.

Dann ist der vielgewandte Sänger
Gelegentlich ein Mädchenfänger;
In keinem Städtchen langt er an,
Wo er's nicht mancher angetan.
Und wären Mädchen noch so blöde,
Und wären Weiber noch so spröde;
Doch allen wird so liebebang
Bei Zaubersaiten und Gesang.

(Von Anfang.)

Johann Wolfgang Goethe

Der Zauberer

Es waren zwei zarte Kinderlein,
Ein Knabe und ein Mägdelein,
Ihr Vater war ein gottloser Bub',
Er schwur die Kinder dem Teufel zu!
O höchster Gott im Himmelreich!

In einer Höhlen unbekannt,
Da lebten die Kinder im fremden
Land,
Der Zauberer hatt' ein Zauberbuch,
Daran er großen Gefallen trug.
O höchster Gott im Himmelreich!

Der Knabe las im Buche gern,
Wenn oft der böse Zauberer fern,
Lernt' zaubern aus dieser Schrift,
Nur wie man einen Zauberer trifft,
O höchster Gott im Himmelreich!

»O Schwesterlein, der Böse ist aus,
Wir wollen nun in die Welt hinaus.«
Die zwei, sie eilten den lieben Tag,
So viel nur einer wandern mag.
O höchster Gott im Himmelreich!

Und da es war am Abend spat,
Der böse Geist hinter ihnen naht.
»O Bruder, jetzt sind wir verloren hier,
Der böse Geist ist nahe schier.«
O höchster Gott im Himmelreich.

Der Jüngling sprach einen
argen Spruch,
Den er gelernet aus dem Buch,
Das Mädchen ward ein großer Teich,
Der Jüngling einem Fische gleich,
O höchster Gott im Himmelreich!

Der Böse ging um das Wasser rund,
Den Fisch er da nicht fangen kunnt;
Da lief er zornig nach seiner Höhl',
Ob er sich Netze holen könnt'.
O höchster Gott im Himmelreich!

Die zwei, die eilten noch einen Tag,
So viel nur einer wandern mag;
»O Bruder, jetzt sind wir verloren hier,
Der böse Geist ist nahe schier.«
O höchster Gott im Himmelreich!

Der Knabe sprach einen argen Spruch,
Den er gelernet aus dem Buch,
Das Mädchen ward da eine Kapell',
Der Knab' ein Bild auf dem Altar.
O höchster Gott im Himmelreich!

Der Böse ging um das Kirchlein rund,
Das Bild er da nicht kriegen kunnt;
Da lief er zornig nach seiner Höhl',
Ob er sich Feuer holen möcht'.
O höchster Gott im Himmelreich!

Die zwei, die eilten den dritten Tag,
So viel nur einer wandern mag;
»O Bruder, jetzt sind wir verloren hier,
Der böse Geist ist hinter dir.«
O höchster Gott im Himmelreich!

Der Knabe sprach einen argen Spruch,
Den er gelernet aus dem Buch,
Das Mägdlein war eine Tenne fest,
Der Knab' lag drauf, ein Körnlein Gerst.
O höchster Gott im Himmelreich!

Der Böse ging wohl um die Tenn',
Er sprach ein Wort, er ward eine Henn',
Er wollte schlingen die Gerste hinein,
Der Knabe sollte verloren sein.
O höchster Gott im Himmelreich!

Der Knabe sprach einen argen Spruch,
Den er gelernet aus dem Buch,
Er ward ein Fuchs da wiederum
Und drehte der Henne den Hals herum!
O höchster Gott im Himmelreich!

Erlkönigs Tochter

Herr Oluf reitet spät und weit,
Zu bieten auf seine Hochzeitleut;

Da tanzen die Elfen auf grünem Land,
Erlkönigs Tochter reicht ihm die Hand.

»Willkommen, Herr Oluf! Was eilst von hier?
Tritt her in den Reihen und tanz mit mir.«

»Ich darf nicht tanzen, nicht tanzen ich mag,
Frühmorgen ist mein Hochzeitstag.«

»Hör an, Herr Oluf, tritt tanzen mit mir,
Zwei güldne Sporne schenk ich dir.

Ein Hemd von Seide so weiß und fein,
Meine Mutter bleicht's mit Mondenschein.«

»Ich darf nicht tanzen, nicht tanzen ich mag,
Frühmorgen ist mein Hochzeitstag.«

»Hör an, Herr Oluf, tritt tanzen mit mir,
Einen Haufen Goldes schenk ich dir.«

»Einen Haufen Goldes nähm ich wohl;
Doch tanzen ich nicht darf noch soll.«

»Und willt, Herr Oluf, nicht tanzen mit mir;
Soll Seuch und Krankheit folgen dir.«

Sie tät einen Schlag ihm auf sein Herz,
Noch nimmer fühlt er solchen Schmerz.

Sie hob ihn bleichend auf sein Pferd,
»Reit heim nun zu dein'm Fräulein wert.«

Und als er kam vor Hauses Tür,
Seine Mutter zitternd stand dafür.

»Hör an, mein Sohn, sag an mir gleich,
Wie ist dein' Farbe blaß und bleich?«

»Und sollt sie nicht sein blaß und bleich,
Ich traf in Erlenkönigs Reich.«

»Hör an, mein Sohn, so lieb und traut,
Was soll ich nun sagen deiner Braut?«

»Sagt ihr, ich sei im Wald zur Stund,
Zu proben da mein Pferd und Hund.«

Frühmorgen und als es Tag kaum war,
Da kam die Braut mit der Hochzeitsschar.

Sie schenkten Met, sie schenkten Wein;
»Wo ist Herr Oluf, der Bräutigam mein?«

»Herr Oluf, er ritt in Wald zur Stund,
Er probt allda sein Pferd und Hund.«

Die Braut hob auf den Scharlach rot,
Da lag Herr Oluf, und er war tot.

Johann Gottfried Herder übersetzte diese dänische Volksballade ins Deutsche und verwechselte dabei den Elverkonge (Elfenkönig) mit dem Ellerkonge (Erlkönig). Seine Übersetzung gab Goethe die Anregung zur Erlkönig-Ballade.

Erlkönig

Wer reitet so spät durch Nacht und Wind?
Es ist der Vater mit seinem Kind;
Er hat den Knaben wohl in dem Arm,
Er faßt ihn sicher, er hält ihn warm.

Mein Sohn, was birgst du so bang dein Gesicht? –
Siehst, Vater, du den Erlkönig nicht?
Den Erlenkönig mit Kron und Schweif?
Mein Sohn, es ist ein Nebelstreif. –

»Du liebes Kind, komm, geh mit mir!
Gar schöne Spiele spiel' ich mit dir;
Manch bunte Blumen sind an dem Strand,
Meine Mutter hat manch gülden Gewand.«

Mein Vater, mein Vater, und hörest du nicht,
Was Erlenkönig mir leise verspricht? –
Sei ruhig, bleibe ruhig, mein Kind;
In dürren Blättern säuselt der Wind. –

»Willst, feiner Knabe, du mit mir gehn?
Meine Töchter sollen dich warten schön;
Meine Töchter führen den nächtlichen Reihn
Und wiegen und tanzen und singen dich ein.«

Mein Vater, mein Vater, und siehst du nicht dort
Erlkönigs Töchter am düstern Ort? –
Mein Sohn, mein Sohn, ich seh es genau:
Es scheinen die alten Weiden so grau. –

»Ich liebe dich, mich reizt deine schöne Gestalt;
Und bist du nicht willig, so brauch ich Gewalt.«
Mein Vater, mein Vater, jetzt faßt er mich an!
Erlkönig hat mir ein Leids getan! –

Dem Vater grauset's, er reitet geschwind,
Er hält in den Armen das ächzende Kind,
Erreicht den Hof mit Mühe und Not;
In seinen Armen das Kind war tot.

Johann Wolfgang Goethe

Die Sage von Doktor Faust

Hört, ihr Christen, mit Verlangen
Etwas Neues ohne Graus:
Wie die eitle Welt tut prangen
Mit Johann, dem Doktor Faust.

Zu Anhalt war er geboren,
Er studiert' mit allem Fleiß;
In der Hoffart auferzogen,
Richtet sich nach alter Weis'.

Vierzigtausend Geister er zitierte
Mit Gewalt wohl aus der Höll',
Doch es war nicht einer drunter,
Der ihm recht konnt' tauglich sein.

Nur Mephisto, dem Geschwinden,
Gab er seine Seele drein,
Denn sonst keiner in der Höllen,
Welcher diesem gleich konnt' sein.

Dafür mußt' er Geld ihm schaffen,
Gold und Silber, was er nur wollt';
Er hat auch zu allen Sachen
Viele Geister hergeholt.

Zu Straßburg schoß er nach
der Scheiben,
Daß er haben konnt' sein' Freud';
Tät oft nach dem Teufel schießen,
Daß er vielmals laut aufschreit.

Kegelschieben auf der Donau
War zu Regensburg sein' Freud',
Fisch zu fangen nach Verlangen
War seine Ergetzlichkeit.

Wie er an dem heil'gen Karfreitag
Nach Jerusalem kam auf die Straß',
Allwo Christus am heiligen
Kreuzstamm
Hinge ohne Unterlaß.

Mephistophelus geschwinde
Mußte gleich ganz eilen fort,
Und ihm bringen drei Ellen Leinwand
Von einem gewissen Ort.

»Satan, du sollst mir jetzt abmalen
Christus an dem heiligen Kreuz,
Und dazu die fünf Wunden alle
Gib nur acht, daß dir's nicht leid;

Daß du nicht fehlst an dem Titel,
An dem heiligen Namen sein!
Wirst du dieses recht abmalen,
Sollst du mir nicht mehr dienstbar sein.«

»Dieses kann ich nicht abmalen,
Bitt dich drum, o Doktor Faust,
Ich tat dir schon großen Gefallen,
Fordre nunmehr dies nicht auch.

Denn es ist ja ganz unmöglich,
Daß ich schreib Herr Jesu Christ,
Weil ja in der ganzen Welt
Nichts heiliger zu finden ist.«

In derselben Viertelstunde
Kam ein Engel von Gott gesandt,
Der tät' ja so fröhlich singen
Mit einem englischen Lobgesang.

Solang' der Engel dagewesen,
Wollt' sich bekehren Doktor Faust;
Als er fort, tät' er sich abkehren;
Sehet an den Höllengraus!

Der Teufel hatte ihn verblendet,
Malt ein Venusbild an die Stell':
Die bösen Geister kamen eilends,
Führten ihn mit in die Höll'.

Die Volksballaden vom Teufelspakt des Doktor Faust sind etwa ab der zweiten Hälfte des 16. Jahrhunderts im gesamten deutschen Sprachraum verbreitet.

Johann Faust hat tatsächlich gelebt, von 1480 bis 1540, vor allem in den Universitätsstädten Wittenberg, Erfurt, Heidelberg und Krakau. Er war Quacksalber, Totenbeschwörer, Alchimist, Astrologe und der gerissenste Marktschreier seiner Zeit, berühmt und verrufen, verehrt und gefürchtet, hofiert und verteufelt. Schon zu Lebzeiten dichtete ihm die Fama einen Teufelspakt an, und als er im Jahre 1540 ermordet wurde, hieß es, der Teufel hätte ihn geholt.

Nach seinem Tod begann die Sagendichtung zu blühen. Jahrmarktdichter projizierten allerlei Abenteuer- und Zauberergeschichten auf Doktor Faust, den Erzzauberer seiner Zeit. 1587 erschien das Volksbuch »Die Historia von D. Johan Fausten, dem weitbeschreyten Zauberer und Schwarzkünstler ...«, ein Bestseller, der – direkt oder indirekt – Quelle unzähliger Puppenspiele, Volksschauspiele und bedeutender Faustdichtungen war, so etwa von Lessing (1759), Maler Müller (1778), Friedrich Maximilian Klinger (1790), Chamisso (1804), Goethe (1808–1832), Grabbe (1829), Lenau (1836), Heine (1851), Friedrich Theodor Vischer (1862) und Thomas Mann (1947).

Tannhäuser

Nun will ich aber heben an,
Von Tannhäuser wolln wir singen,
Und was er Wunder hat getan
Mit Frau Venusinnen.

Der Tannhäuser war ein Ritter gut,
Er wollte groß Wunder schauen,
Da zog er in Frau Venus Berg
Zu andern schönen Frauen.

Und da ein Jahr herumme war,
Sein Sünden begunnten ihm leiden:
»Ach Venus, edle Fraue zart,
Ich will wieder von Euch scheiden.«

»Herr Tannhäuser, Ihr seid mir lieb,
Daran sollt Ihr gedenken;
Ihr habt mir einen Eid geschworn,
Ihr wollt nicht von mir wenken.«

»Frau Venus, ich habe es nicht getan,
Ich will das widersprechen
Wann niemand spricht es mehr,
denn Ihr,
Gott helf mir zu den Rechten!«

»Herr Tannhäuser, wie saget Ihr mir,
Ihr sollet bei uns bleiben,
Ich geb Euch meiner Gespielen ein
Zu einem ehelichen Weibe.«

»Nehme ich dann ein ander Weib,
Als ich hab in meinem Sinne,
So muß ich in der Höllen Glut
Da ewiglich verbrinnen.«

»Du sagst mir viel von der Hölle Glut,
Du hast es doch nicht befunden.
Gedenk an meinen roten Mund,
Der lacht zu allen Stunden.«

»Was hilft mir Euer roter Mund,
Er ist mir gar un-märe.
Nun gib mir Urlaub, Frau Venus zart,
Durch aller Frauen Ehre!«

»Herr Tannhäuser, wollt Ihr Urlaub han,
Ich will Euch keinen geben;
Nun bleibet, edler Tannhäuser zart,
Und frischet Euer Leben.«

»Mein Leben ist worden krank,
Ich kann nicht länger bleiben;
Nun gebt mir Urlaub, Fraue zart,
Von Eurem stolzen Leibe!«

»Herr Tannhäuser, nicht sprecht also,
Ihr seid nicht wohl bei Sinnen:
Nun laßt uns in ein Kammer gahn
Und spielen der heimlichen Minnen.«

»Euer Minne ist mir worden leid,
Ich hab in meinem Sinne,
O Venus, edle Jungfrau zart,
Ihr seid ein Teufelinne.«

»Tannhäuser, wie sprecht Ihr also,
Besteht Ihr mich zu schelten?
Sollt Ihr noch länger bei uns sein,
Des Worts müßt Ihr entgelten.«

»Frau Venus, nein, das will ich nicht,
Ich mag nicht länger bleiben;
Maria Mutter, reine Magd,
Nun hilf mir von den Weiben.«

»Tannhäuser, wollt Ihr Urlaub han,
Nehmt Urlaub von dem Greisen,
Und wo Ihr in dem Land umbfahrt,
Mein Lob, das sollt Ihr preisen.«

Der Tannhäuser zog wieder aus
dem Berg
In Jammer und in Reuen:
»Ich will gen Rom in die Stadt,
All auf den Papst vertrauen.

Nun fahr ich fröhlich auf die Bahn,
Gott muß es immer walten!
Zu einem Papst, der heißt Urban,
Ob er mich wollt behalten.

Herr Papst, geistlicher Vater mein,
Ich klag Euch meine Sünde,
Die ich mein Tag begangen hab,
Als ich Euch will verkünden.

Ich bin gewest ein ganzes Jahr
Bei Venus, einer Frauen.
Nun muß ich Beicht und Buß
empfahn,
Ob ich möcht Gott anschauen.«

Der Papst hat einen Stecken weiß,
Der war vom dürren Zweige:
»Wann dieser Stecken Blätter trägt,
So seind dir deine Sünden verziehen!«

»Sollt ich leben nicht mehr dann
ein Jahr,
Ein Jahr auf dieser Erden,
So wollt ich Reu und Buß empfahn
Und Gottes Gnad erwerben.«

Da zog er wieder aus der Stadt
In Jammer und in Leiden
»Maria Mutter, reine Magd,
Muß ich mich von dir scheiden!

So zieh ich wieder in den Berg
Ewiglich und ohn Ende,
Zu Venus, meiner Frauen zart,
Wohin mich Gott will senden.«

»Seid willkommen, Tannhäuser gut!
Ich hab Euch lang entboren;
Seid willkommen, mein liebster Herr
Und Held, mein Auserkoren!« –

Darnach wohl auf den dritten Tag
Der Stecken hub an zu grünen;
Da sandt man Boten in alle Land,
Wohin der Tannhäuser wär kommen.

Da ward er wieder in den Berg,
Darin sollt er nun bleiben
So lang bis an den jüngsten Tag,
Wo ihn Gott will hinweisen.

Das soll nimmer kein Priester tun,
Dem Menschen Mißtrost geben;
Will er denn Buß und Reu empfahn,
Seine Sünde seind ihm vergeben.

Der Sänger und Dichter Tannhäuser, geboren um 1200, Teilnehmer des Kreuzzuges von 1228–1229, war ein reich belehnter Günstling des letzten Babenberger Herzogs Friedrich des Streitbaren. Nach dessen Tod (1246) verpraßte er seine Güter; verarmt und ohne Bleibe führte er danach das abenteuerliche Leben eines Vaganten. Er starb nach 1267.

Tannhäuser schrieb derbfrohe Minnelieder, gelehrsame und zeitkritische Reime, Tanzlieder, Parodien und Bußlieder.

Die ungewöhnliche Kombination von Liebes- und Bußliedern in seinem Werk mag Anlaß zur Venusberg-Sage gegeben haben, die von mehreren Autoren (Tieck, Heine, Brentano, Geibel) aufgegriffen wurde. Richard Wagner verknüpfte das Tannhäuser-Motiv mit der Überlieferung vom sagenhaften Sängerkrieg auf der Wartburg.

Die Volksballaden – erste Dokumente der Tannhäuser-Sage – tauchten ab Beginn des 16. Jahrhunderts auf Fliegenden Blättern auf. Der hier abgedruckte Text von 1614 hat Heinrich Heine zu seiner teilweise im Jahrmarktssängerton gehaltenen Tannhäuser-Ballade angeregt.

Worterklärung: un-märe = zuwider

Der Tannhäuser

I.

Ihr guten Christen, laßt euch nicht
Von Satans List umgarnen!
Ich sing' euch das Tannhäuserlied,
Um eure Seelen zu warnen.

Der edle Tannhäuser, ein Ritter gut,
Wollt Lieb und Lust gewinnen,
Da zog er in den Venusberg,
Blieb sieben Jahre drinnen.

»Frau Venus, meine schöne Frau,
Leb wohl, mein holdes Leben!
Ich will nicht länger bleiben bei dir,
Du sollst mir Urlaub geben.«

»Tannhäuser, edler Ritter mein,
Hast heut mich nicht geküsset;
Küß mich geschwind, und sage mir,
Was du bei mir vermisset?

Habe ich nicht den süßesten Wein
Tagtäglich dir kredenzet?
Und hab' ich nicht mit Rosen dir
Tagtäglich das Haupt bekränzet?«

»Frau Venus, meine schöne Frau,
Von süßem Wein und Küssen
Ist meine Seele worden krank;
Ich schmachte nach Bitternissen.

Wir haben zu viel gescherzt
und gelacht,
Ich sehne mich nach Tränen,
Und statt mit Rosen möcht ich
mein Haupt
Mit spitzigen Dornen krönen.«

»Tannhäuser, edler Ritter mein,
Du willst dich mit mir zanken;
Du hast geschworen viel tausendmal,
Niemals von mir zu wanken.

Komm, laß uns in die Kammer gehn,
Zu spielen der heimlichen Minne;
Mein schöner lilienweißer Leib
Erheitert deine Sinne.«

»Frau Venus, meine schöne Frau,
Dein Reiz wird ewig blühen;
Wie viele einst für dich geglüht,
So werden noch viele glühen.

Doch denk ich der Götter und Helden,
die einst
Sich zärtlich daran geweidet,
Dein schöner lilienweißer Leib,
Er wird mir schier verleidet.

Dein schöner lilienweißer Leib
Erfüllt mich fast mit Entsetzen,
Gedenk ich, wie viele werden sich
Noch späterhin dran ergötzen!«

»Tannhäuser, edler Ritter mein,
Das sollst du mir nicht sagen,
Ich wollte lieber, du schlügest mich,
Wie du mich oft geschlagen.

Ich wollte lieber, du schlügest mich,
Als daß du Beleidigung sprächest,
Und mir, undankbar kalter Christ,
Den Stolz im Herzen brächest.

Weil ich dich geliebet gar zu sehr,
Hör ich nun solche Worte –
Leb wohl, ich gebe Urlaub dir,
Ich öffne dir selber die Pforte.«

II.

Zu Rom, zu Rom, in der heiligen Stadt,
Da singt es und klingelt und läutet,
Da zieht einher die Prozession,
Der Papst in der Mitte schreitet.

Das ist der fromme Papst Urban,
Er trägt die dreifache Krone,
Er trägt ein rotes Purpurgewand,
Die Schleppe tragen Barone.

»O heiliger Vater, Papst Urban,
Ich laß dich nicht von der Stelle,
Du hörest zuvor meine Beichte an,
Du rettest mich von der Hölle!«

Das Volk, es weicht im Kreis zurück,
Es schweigen die geistlichen Lieder –
Wer ist der Pilger bleich und wüst?
Vor dem Papste kniet er nieder.

»O heiliger Vater, Papst Urban,
Du kannst ja binden und lösen,
Errette mich von der Höllenqual
Und von der Macht des Bösen!

Ich bin der edle Tannhäuser genannt,
Wollt Lieb und Lust gewinnen,
Da zog ich in den Venusberg,
Blieb sieben Jahre drinnen.

Frau Venus ist eine schöne Frau,
Liebreizend und anmutreiche;
Wie Sonnenschein und Blumenduft
Ist ihre Stimme, die weiche.

Wie der Schmetterling flattert um
eine Blum',
Am zarten Kelch zu nippen,
So flattert meine Seele stets
Um ihre Rosenlippen.

Ihr edles Gesicht umringeln wild
Die blühend schwarzen Locken;
Schaun dich die großen Augen an,
Wird dir der Atem stocken.

Schaun dich die großen Augen an,
So bist du wie angekettet;
Ich habe nur mit großer Not
Mich aus dem Berg gerettet.

Ich hab' mich gerettet aus dem Berg,
Doch stets verfolgen die Blicke
Der schönen Frau mich überall,
Sie winken: komm zurücke!

Ein armes Gespenst bin ich am Tag,
Des Nachts mein Leben erwachet,
Dann träum ich von meiner schönen Frau,
Sie sitzt bei mir und lachet.

Sie lacht so gesund, so glücklich, so toll,
Und mit so weißen Zähnen!
Wenn ich an dieses Lachen denk,
So weine ich plötzliche Tränen.

Ich liebe sie mit Allgewalt,
Nichts kann die Liebe hemmen!
Das ist wie ein wilder Wasserfall,
Du kannst seine Fluten nicht dämmen!

Er springt von Klippe zu Klippe herab
Mit lautem Tosen und Schäumen,
Und bräch er tausendmal den Hals,
Er wird im Laufe nicht säumen.

Wenn ich den ganzen Himmel besäß,
Frau Venus schenkt ich ihn gerne;
Ich gäb ihr die Sonne, ich gäb ihr
den Mond,
Ich gäbe ihr sämtliche Sterne.

Ich liebe sie mit Allgewalt,
Mit Flammen, die mich verzehren –
Ist das der Hölle Feuer schon,
Die Gluten, die ewig währen?

O heiliger Vater, Papst Urban,
Du kannst ja binden und lösen,
Errette mich von der Höllenqual
Und von der Macht des Bösen!«

Der Papst hub jammernd die Händ'
empor,
Hub jammernd an zu sprechen:
»Tannhäuser, unglücksel'ger Mann,
Der Zauber ist nicht zu brechen.

Der Teufel, den man Venus nennt,
Er ist der schlimmste von allen,
Erretten kann ich dich nimmermehr
Aus seinen schönen Krallen.

Mit deiner Seele mußt du jetzt
Des Fleisches Lust bezahlen,
Du bist verworfen, du bist verdammt
Zu ewigen Höllenqualen.«

III.

Der Ritter Tannhäuser, er wandelt so rasch,
Die Füße die wurden ihm wunde,
Er kam zurück in den Venusberg
Wohl um die Mitternachtsstunde.

Frau Venus erwachte aus dem Schlaf,
Ist schnell aus dem Bette gesprungen;
Sie hat mit ihrem weißen Arm
Den geliebten Mann umschlungen.

Aus ihrer Nase rann das Blut,
Den Augen die Tränen entflossen!
Sie hat mit Tränen und Blut das Gesicht
Des geliebten Mannes begossen.

Der Ritter legte sich ins Bett,
Er hat kein Wort gesprochen.
Frau Venus in die Küche ging,
Um ihm eine Suppe zu kochen.

Sie gab ihm Suppe, sie gab ihm Brot,
Sie wusch seine wunden Füße,
Sie kämmte ihm das struppige Haar
Und lachte dabei so süße.

»Tannhäuser, edler Ritter mein,
Bist lange ausgeblieben;
Sag an, in welchen Landen du dich
So lange herumgetrieben?«

»Frau Venus, meine schöne Frau,
Ich hab in Welschland verweilet;
Ich hatte Geschäfte in Rom und bin
Schnell wieder hierher geeilet.

Auf sieben Hügeln ist Rom gebaut,
Der Tiber tut dorten fließen;
Auch hab' ich in Rom den Papst gesehn,
Der Papst, er läßt dich grüßen.

Auf meinem Rückweg sah ich Florenz,
Bin auch durch Mailand gekommen
Und bin alsdann mit raschem Mut
Die Schweiz hinaufgeklommen.

Und als ich über die Alpen zog,
Da fing es an zu schneien,
Die blauen Seen die lachten mich an,
Die Adler krächzen und schreien.

Und als ich auf dem Sankt Gotthard
stand,
Da hört ich Deutschland schnarchen;
Es schlief da unten in sanfter Hut
Von sechsunddreißig Monarchen.

In Schwaben besah ich die
Dichterschul',
Gar liebe Geschöpfchen und
Tröpfchen;
Auf kleinen Kackstühlchen saßen
sie dort,
Fallhütchen auf den Köpfchen.

Zu Frankfurt kam ich am Schabbes an
Und aß dort Schalet und Klöße;
Ihr habt die beste Religion,
Auch lieb ich das Gänsegekröse.

In Dresden sah ich einen Hund,
Der einst gehört zu den bessern,
Doch fallen ihm jetzt die Zähne aus,
Er kann nur bellen und wässern.

Zu Weimar, dem Musenwitwensitz,
Da hört ich viel Klagen erheben,
Man weinte und jammerte:
Goethe sei tot,
Und Eckermann sei noch am Leben!

Zu Potsdam vernahm ich ein lautes
Geschrei –
Was gibt es? rief ich verwundert.
›Das ist der Gans in Berlin, der liest
Dort über das letzte Jahrhundert.‹

Zu Göttingen blüht die Wissenschaft,
Doch bringt sie keine Früchte;
Ich kam dort durch in stockfinstrer Nacht,
Sah nirgendswo ein Lichte.

Zu Celle im Zuchthaus sah ich nur
Hannoveraner – O Deutsche!
Uns fehlt ein Nationalzuchthaus
Und eine gemeinsame Peitsche!

Zu Hamburg frug ich, warum so sehr
Die Straßen stinken täten?
Doch Juden und Christen versicherten mir,
Das käme von den Fleten.

Zu Hamburg, in der guten Stadt,
Wohnt mancher schlechte Geselle!
Und als ich auf die Börse kam,
Ich glaubte, ich wär noch in Celle.

Zu Hamburg sah ich Altona,
Ist auch eine schöne Gegend;
Ein andermal erzähl ich dir,
Was mir alldort begegnet.«

Heinrich Heine

Des Sängers Fluch

Es stand in alten Zeiten ein Schloß so hoch und hehr,
Weit glänzt' es über die Lande bis an das blaue Meer;
Und rings von duft'gen Gärten ein blütenreicher Kranz,
Drin sprangen frische Brunnen in Regenbogenglanz.

Dort saß ein stolzer König, an Land und Siegen reich;
Er saß auf seinem Throne so finster und so bleich:
Denn was er sinnt, ist Schrecken, und was er blickt, ist Wut,
Und was er spricht, ist Geißel, und was er schreibt, ist Blut.

Einst zog nach diesem Schlosse ein edles Sängerpaar,
Der ein' in goldnen Locken, der andre grau von Haar:
Der Alte mit der Harfe, der saß auf schmuckem Roß;
Es schritt ihm frisch zur Seite der blühende Genoß.

Der Alte sprach zum Jungen: »Nun sei bereit, mein Sohn!
Denk' unsrer tiefsten Lieder, stimm' an den vollsten Ton!
Nimm alle Kraft zusammen, die Lust und auch den Schmerz!
Es gilt uns heut', zu rühren des Königs steinern Herz.«

Schon stehn die beiden Sänger im hohen Säulensaal,
Und auf dem Throne sitzen der König und sein Gemahl:
Der König furchtbar prächtig wie blut'ger Nordlichtschein,
Die Königin süß und milde, als blickte Vollmond drein.

Da schlug der Greis die Saiten, er schlug sie wundervoll,
Daß reicher, immer reicher der Klang zum Ohre schwoll;
Dann strömte himmlisch helle des Jünglings Stimme vor,
Des Alten Sang dazwischen wie dumpfer Geisterchor.

Sie singen von Lenz und Liebe, von sel'ger, goldner Zeit,
Von Freiheit, Männerwürde, von Treu und Heiligkeit:
Sie singen von allem Süßen, was Menschenbrust durchbebt,
Sie singen von allem Hohen, was Menschenherz erhebt.

Die Höflingsschar im Kreise verlernet jeden Spott;
Des Königs trotz'ge Krieger, sie beugen sich vor Gott;
Die Königin, zerflossen in Wehmut und in Lust,
Sie wirft den Sängern nieder die Rose von ihrer Brust.

»Ihr habt mein Volk verführet: verlockt ihr nun mein Weib?«
Der König schreit es wütend, er bebt am ganzen Leib.
Er wirft sein Schwert, das blitzend des Jünglings Brust durchdringt,
Draus statt der goldnen Lieder ein Blutstrahl hoch aufspringt.

Und wie vom Sturm zerstoben ist all der Hörer Schwarm,
Der Jüngling hat verröchelt in seines Meisters Arm.
Der schlägt um ihn den Mantel und setzt ihn auf das Roß,
Er bind't ihn aufrecht feste, verläßt mit ihm das Schloß.

Doch vor dem hohen Tore, da hält der Sängergreis,
Da faßt er seine Harfe, sie, aller Harfen Preis:
An einer Marmorsäule, da hat er sie zerschellt;
Dann ruft er, daß es schaurig durch Schloß und Gärten gellt:

»Weh' euch, ihr stolzen Hallen! Nie töne süßer Klang
Durch eure Räume wieder, nie Saite noch Gesang,
Nein, Seufzer nur und Stöhnen und scheuer Sklavenschritt.
Bis euch zu Schutt und Moder der Rachegeist zertritt!

Weh' euch, ihr duft'gen Gärten im holden Maienlicht!
Euch zeig ich dieses Toten entstelltes Angesicht,
Daß ihr darob verdorret, daß jeder Quell versiegt,
Daß ihr in künft'gen Tagen versteint, verödet liegt.

Weh' dir, verruchter Mörder, du Fluch des Sängertums!
Umsonst sei all dein Ringen nach Kränzen blut'gen Ruhms:
Dein Name sei vergessen, in ew'ge Nacht getaucht,
Sei wie ein letztes Röcheln in leere Luft verhaucht!«

Der Alte hat's gerufen, der Himmel hat's gehört,
Die Mauern liegen nieder, die Hallen sind zerstört;
Noch eine hohe Säule zeugt von verschwund'ner Pracht:
Auch diese, schon geborsten, kann stürzen über Nacht.

Und rings statt duft'ger Gärten ein ödes Heideland,
Kein Baum verstreuet Schatten, kein Quell durchdringt den Sand.
Des Königs Namen meldet kein Lied, kein Heldenbuch:
Versunken und vergessen. Das ist des Sängers Fluch.

Ludwig Uhland

Das verwunschene Mädchen

Es gingen einmal drei Spielleut,
Sie gingen mitsammen gar stolz,
Sie kamen über eine Wiese,
Da stund sich ein Erlenholz.

Sagt einer zu dem andern:
»Das wäre zur Fiedel gut.«
Der erst' hub an zu hauen,
Die Erle hebt an und blut't.

Der andere hub an zu hauen,
Die Erle hebt an und weint;
Der dritt' hub an zu hauen,
Die Erle hebt an und redt:

»Nicht haut, ihr stolzen Spielleut drei,
Ich bin sich kein Erlenholz.
Nicht haut: ihr stolzen Spielleut drei,
Ich bin – ein Mägdlein stolz.

Mein Mutter hat mich verwunschen
Weil ich so lang nach Wasser war;
In der Höll soll sie verbrennen
Zu Staub, zu Schwefel und Asch!

Ei geht, ihr stolzen Spielleut drei,
Vor meiner Mutter Tür,
Geht hin, ihr stolzen Spielleut drei,
Geigt ihr das Liedlein von mir!«

Die Spielleut huben an zu geigen
Von ihr und ihrem Kind:
In der Höll soll sie verbrennen
Zu Staub, zu Schwefel und Asch.

»Nicht geigt, ihr stolzen Spielleut, mehr
Von mir und meinem Kind:
Hätt' ich ihr gleich noch zehne,
Den Wunsch ich keinen wieder tät!«

Der Höllenritt

Es ging ein Mädchen beim Mondenschein,
Sie ging wohl in den Wald hinein.

Und als sie in den Wald 'nein kam,
Begegnet sie einem schwarzen Mann.

Und als sie den Schwarzen angesehn,
Wollt' sie vor Schrecken gleich vergehn.

»Ich bin der Herr über Berg und Tal,
Drum zittre, Mädchen, dieses Mal.«

»Bist du der Herr über Berg und Tal,
So tu mit mir nach deim Gefall!«

Da zog er ihr die Ringlein ab
Und macht' aus ihr ein schwarzer Rapp.

Er schwang sich drauf in einem Nu
Und ritt dann tapfer der Schmiede zu.

»Herr Schmied, beschlagen Sie mir mein Pferd,
Es ist mir tausend Taler wert.«

Beim ersten Nagel, den er schlug,
Da spritzt das Blut wie Menschenblut.

Und als er den zweiten Nagel schlug,
Da sprach das Pferd: »Es ist genug!«

Doch wie er den dritten Nagel schlug,
Da trug das Pferd einen Menschenfuß.

Drauf ritt er tapfer und ohne Ruh'
Bis nach der Höllenpforte zu.

»Macht auf und laßt mich schnell herein,
Ich bring euch Goldschmieds Töchterlein.«

»Bringst du des Goldschmieds Töchterlein,
So wollen wir alle deine Diener sein.«

Das Tränenkrüglein

Es kam von einer Neustadt her
Ein' Wittfrau sehr betrübet;
Es war gestorben ihr liebes Kind,
Das sie von Herzen geliebet.

Sie ging einmal ins Feld hinaus;
Ihr' Traurigkeit zu lindern;
Da kam das liebe Jesulein
Mit so viel weißen Kindern.

Mit weißen Kleidern angetan,
Mit Himmelsglanz verkläret,
Mit einer schönen Ehrenkron
War'n diese Kinder gezieret.

Und als die Mutter ihr Kind erblickt,
Schnell tat sie zu ihm laufen:
»Was machst du hier, mein liebes Kind,
Daß du nicht bist beim Haufen?«

»Ach Mutter, liebste Mutter mein,
Der Freud muß ich entbehren;
Hier hab ich ein'n sehr großen Krug,
Muß sammeln Eure Tränen.

Habt Ihr zu weinen aufgehört,
Vergessen Eure Schmerzen,
So find ich Ruh in dieser Erd,
Das freute mich von Herzen.«

Die Ballade bezieht sich auf einen alten Volksglauben: Demnach stören vergossene Tränen die Totenruhe des Beweinten.

Geisterstunde

»Weint mit mir, ihr nächtlich stillen Haine,
Zürnet nicht, ihr morschen Totenbeine,
Wenn ich euch in eurer Ruhe stör!

Denn es wohnt allhier in eurer Mitte
Sanft und still ein Mädchen voller Güte,
Ach! von ihr entfernt zu sein, ist schwer.

Sie verschwur, des Nachts mir zu erscheinen,
Sich mit mir auf ewig zu vereinen,
Wenn die süße Geisterstunde schlägt.

Zwölf Uhr ist's am Kirchhofturm vorüber,
Müde und matt sind alle meine Glieder,
Einsam steh ich hier an ihrer Gruft.

Horch! Was rauscht dort an der Kirchhofsmauer
Leis herab in einer stillen Trauer?
Immer näher kommt es auf mich zu.

Ganz schneeweiß in einem Sterbekleide,
Schön geschmückt mit himmlischem Geschmeide.
Ach, wenn es doch Wilhelmine wär!«

»Ja, ich bin's!« sprach sie mit leiser Stimme,
»Vielgeliebter, deine Wilhelmine,
Flieh von mir, bis dich der Tod abruft!«

»Soll ich dich, Geliebte, schon verlassen,
Darf ich dich denn gar nicht mehr umfassen?
Ach, so schlummre sanft und ruhig ein!

Steig hinab in deine Totenkammer,
Mach mir Platz, denn mich verzehrt der Jammer,
Und bis morgen bin ich schon bei dir! –

Bei dem Vater in dem Himmel droben,
Wo so viele Millionen wohnen,
Dorten wird der Freud kein End mehr sein.«

Wiener Volksballade, 1799 von Johann Franz von Ratschky überarbeitet.

Die Braut aus dem Grabe

»So allein wanderst du?
Schon ist Mitternacht vorüber,
Regenwolken ziehn herüber;
Mädchen geh zur Ruh.«

»Ruhen kann ich nicht allein!
Denn mein Geliebter hat versprochen,
Heute bei mir anzupochen:
Ruhen kann ich nicht allein!«

»Ruhen sollst du nicht allein!
Hat dein Buhle dir gelogen,
Nun, so sei er auch betrogen,
Bring mich in dein Kämmerlein!«

»Bringen will ich dich dahin;
Eng ist's nur, mißt kaum drei Schritte,
Aber Ruh in seiner Mitte,
Ringsum blüht der Rosmarin.«

»Wie das Leichhuhn ängstlich ruft!
Wie die Winde schaurig blasen!
Ist das nicht der Kirchhof-Rasen?
Ha! ich wittre Gräberduft!«

»Sieh, hier ist mein Schlafgemach,
Eng und klein und still und düster:
Sieh, da stört uns kein Geflüster,
Und da wohnt kein Weh und Ach!«

»Weh, dies ist Luisens Grab,
Die ich treulos einst verlassen!
Mädchen, mußt mich nicht umfassen!
Weh, du ziehst mich ja hinab!«

»Sieh, Luise steht vor dir!
Hast mich ja zur Braut gewählet;
Komm, der Tod hat uns vermählet,
Komm und schlummre nun bei mir!«

Der Totenritt

He, Ritter, warum sprengt denn Ihr alle Tag
Auf Eurem traurig-schwarzen Roß
Hervor aus Eurem verwachsenen Grab
Hinauf in Euer verwunschenes Schloß?

Könnt ich denn ruhen und bleib'n im Grab,
Wenn dort das weißköpf'ge Dirndel singt?
Dürft' ich's versäumen einen einzigen Tag,
Daß mir nicht's Herz aus der Totentruhe springt?

Hätt' ich nur einmal die goldene Freud
Auf meinem traurigen Totenritt,
Brächt' ich's nur einmal so weit,
Daß mir ging das weißköpfige Dirndel mit!

Lenore

Lenore fuhr ums Morgenrot
Empor aus schweren Träumen:
»Bist untreu, Wilhelm, oder tot?
Wie lange willst du säumen?«
Er war mit König Friedrichs Macht
Gezogen in die Prager Schlacht,
Und hatte nicht geschrieben,
Ob er gesund geblieben.

Der König und die Kaiserin,
Des langen Haders müde,
Erweichten ihren harten Sinn
Und machten endlich Friede;
Und jedes Heer, mit Sing und Sang,
Mit Paukenschlag und Kling und Klang,
Geschmückt mit grünen Reisern,
Zog heim zu seinen Häusern.

Und überall, allüberall
Auf Wegen und auf Stegen,
Zog alt und jung dem Jubelschall
Der Kommenden entgegen.
Gottlob! rief Kind und Gattin laut,
Willkommen! manche frohe Braut.
Ach! aber für Lenoren
War Gruß und Kuß verloren.

Sie frug den Zug wohl auf und ab
Und frug nach allen Namen;
Doch keiner war, der Kundschaft gab,
Von allen, so da kamen.
Als nun das Heer vorüber war,
Zerraufte sie ihr Rabenhaar
Und warf sich hin zur Erde
Mit wütiger Gebärde.

Die Mutter lief wohl hin zu ihr: –
»Ach, daß sich Gott erbarme!
Du trautes Kind, was ist mit dir?«
Und schloß sie in die Arme. –
»O Mutter, Mutter! hin ist hin!
Nun fahre Welt und alles hin!
Bei Gott ist kein Erbarmen.
O weh, o weh mir Armen!« –

»Hilf Gott, hilf! Sieh uns gnädig an!
Kind, bet' ein Vaterunser!
Was Gott tut, das ist wohlgetan.
Gott, Gott erbarmt sich unser!« –
»O Mutter, Mutter! Eitler Wahn!
Gott hat an mir nicht wohlgetan!
Was half, was half mein Beten?
Nun ist's nicht mehr vonnöten.« –

»Hilf Gott, hilf! Wer den Vater kennt,
Der weiß, er hilft den Kindern.
Das hochgelobte Sakrament
Wird deinen Jammer lindern.« –
»O Mutter, Mutter! was mich brennt,
Das lindert mir kein Sakrament!
Kein Sakrament mag Leben
Den Toten wiedergeben.« –

»Hör, Kind! Wie, wenn der falsche Mann
Im fernen Ungarlande
Sich seines Glaubens abgetan
Zum neuen Ehebande?
Laß fahren, Kind, sein Herz dahin!
Er hat es nimmermehr Gewinn!
Wann Seel' und Leib sich trennen,
Wird ihn sein Meineid brennen.« –

»O Mutter, Mutter! Hin ist hin!
Verloren ist verloren!
Der Tod, der Tod ist mein Gewinn!
O wär' ich nie geboren!
Lisch aus, mein Licht, auf ewig aus!
Stirb hin, stirb hin in Nacht und Graus!
Bei Gott ist kein Erbarmen.
O weh, o weh mir Armen!« –

»Hilf Gott, hilf! Geh nicht ins Gericht
Mit deinem armen Kinde!
Sie weiß nicht, was die Zunge spricht.
Behalt ihr nicht die Sünde!
Ach Kind, vergiß dein irdisch Leid,
Und denk an Gott und Seligkeit!
So wird doch deiner Seelen
Der Bräutigam nicht fehlen.« –

»O Mutter! Was ist Seligkeit?
O Mutter! Was ist Hölle?
Bei ihm, bei ihm ist Seligkeit,
Und ohne Wilhelm Hölle! –
Lisch aus, mein Licht, auf ewig aus!
Stirb hin, stirb hin in Nacht und Graus!
Ohn' ihn mag ich auf Erden,
Mag dort nicht selig werden.« – – –

So wütete Verzweifelung
Ihr in Gehirn und Adern,
Sie fuhr mit Gottes Vorsehung
Vermessen fort zu hadern;
Zerschlug den Busen und zerrang
Die Hand bis Sonnenuntergang,
Bis auf am Himmelsbogen
Die goldnen Sterne zogen.

Und außen, horch! ging's trapp trapp trapp,
Als wie von Rosseshufen;
Und klirrend stieg ein Reiter ab,
An des Geländers Stufen;
Und horch! und horch! den Pfortenring
Ganz lose, leise, klinglingling!
Dann kamen durch die Pforte
Vernehmlich diese Worte:

»Holla, Holla! Tu auf, mein Kind!
Schläfst, Liebchen, oder wachst du?
Wie bist noch gegen mich gesinnt?
Und weinest oder lachst du?« –
»Ach, Wilhelm, du? – So spät bei Nacht?
Geweinet hab' ich und gewacht;
Ach, großes Leid erlitten!
Wo kommst du hergeritten?« –

»Wir satteln nur um Mitternacht.
Weit ritt ich her von Böhmen.
Ich habe spät mich aufgemacht,
Und will dich mit mir nehmen.« –
»Ach Wilhelm, erst herein geschwind!«
Den Hagedorn durchsaust der Wind,
Herein, in meinen Armen,
Herzliebster, zu erwarmen!« –

»Laß sausen durch den Hagedorn,
Laß sausen, Kind, laß sausen!
Der Rappe scharrt; es klirrt der Sporn,
Ich darf allhier nicht hausen.
Komm, schürze, spring und schwinge dich
Auf meinen Rappen hinter mich!
Muß heut noch hundert Meilen
Mit dir ins Brautbett eilen.« –

»Ach! wolltest hundert Meilen noch
Mich heut ins Brautbett tragen?
Und horch! es brummt die Glocke noch,
Die elf schon angeschlagen.« –
»Sieh hin, sieh her! der Mond
scheint hell.
Wir und die Toten reiten schnell.
Ich bringe dich, zur Wette,
Noch heut ins Hochzeitsbette.« –

»Sag an, wo ist dein Kämmerlein?
Wo? Wie dein Hochzeitsbettchen?« –
»Weit, weit von hier! – Still, kühl
und klein! –
Sechs Bretter und zwei Brettchen!« –
»Hat's Raum für mich? « – »Für dich
und mich!
Komm, schürze, spring und
schwinge dich!
Die Hochzeitsgäste hoffen;
Die Kammer steht uns offen.« –

Schön Liebchen schürzte, sprang
und schwang
Sich auf das Roß behende;
Wohl um den trauten Reiter schlang
Sie ihre Lilienhände;
Und hurre hurre, hopp hopp hopp!
Ging's fort mit sausendem Galopp,
Daß Roß und Reiter schnoben
Und Kies und Funken stoben.

Zur rechten und zur linken Hand,
Vorbei vor ihren Blicken,
Wie flogen Anger, Heid' und Land!
Wie donnerten die Brücken! –
»Graut Liebchen auch? – Der Mond
scheint hell!
Hurra! die Toten reiten schnell!
Graut Liebchen auch vor Toten?« –
»Ach nein! – Doch laß die Toten!« –

Was klang dort für Gesang und Klang?
Was flatterten die Raben? –
Horch, Glockenklang! Horch, Totensang:
»Laßt uns den Leib begraben!«
Und näher zog ein Leichenzug,
Der Sarg und Totenbahre trug.
Das Lied war zu vergleichen
Dem Unkenruf in Teichen.

»Nach Mitternacht begrabt den Leib
Mit Klang und Sang und Klage!
Jetzt führ ich heim mein junges Weib.
Mit, mit zum Brautgelage!
Komm, Küster, hier! Komm mit dem Chor,
Und gurgle mir das Brautlied vor!
Komm, Pfaff', und sprich den Segen,
Eh' wir zu Bett uns legen!« –

Still Klang und Sang. – Die Bahre
schwand. –
Gehorsam seinen Rufen,
Kam's, hurre hurre! nachgerannt,
Hart hinter's Rappen Hufen.
Und immer weiter, hopp hopp hopp!
Ging's fort in sausendem Galopp,
Daß Roß und Reiter schnoben
Und Kies und Funken stoben.

Wie flogen rechts, wie flogen links
Gebirge, Bäum' und Hecken!
Wie flogen links und rechts und links
Die Dörfer, Städt' und Flecken! –
»Graut Liebchen auch? – Der Mond
scheint hell!
Hurra! die Toten reiten schnell!
Graut Liebchen auch vor Toten?« –
»Ach! Laß sie ruhn, die Toten!« –

Sieh da! sieh da! Am Hochgericht
Tanzt um des Rades Spindel,
Halb sichtbarlich bei Mondenlicht,
Ein lustiges Gesindel. –
»Sasa! Gesindel, hier! Komm hier!
Gesindel, komm und folge mir!
Tanz uns den Hochzeitreigen,
Wann wir zu Bette steigen!« –

Und das Gesindel, husch husch husch!
Kam hinten nachgeprasselt,
Wie Wirbelwind am Haselbusch
Durch dürre Blätter rasselt.
Und weiter, weiter, hopp hopp hopp!
Ging's fort in sausendem Galopp
Daß Roß und Reiter schnoben,
Und Kies und Funken stoben.

Wie flog, was rund der Mond beschien,
Wie flog es in die Ferne!
Wie flogen oben überhin
Der Himmel und die Sterne! –
»Graut Liebchen auch? – Der Mond
scheint hell!
Hurra! die Toten reiten schnell!
Graut Liebchen auch vor Toten?«
»O weh! Laß ruhn die Toten!« – – –

»Rapp'! Rapp'! Mich dünkt, der Hahn
schon ruft. –
Bald wird der Sand verrinnen –
Rapp'! Rapp'! Ich wittre Morgenluft –
Rapp'! Tummle dich von hinnen! –
Vollbracht, vollbracht ist unser Lauf!
Das Hochzeitsbette tut sich auf!
Die Toten reiten schnelle!
Wir sind, wir sind zur Stelle.« – – –

Rasch auf ein eisern Gittertor
Ging's mit verhängtem Zügel.
Mit schwanker Gert' ein Schlag davor
Zersprengte Schloß und Riegel.
Die Flügel flogen klirrend auf,
Und über Gräber ging der Lauf.
Es blinkten Leichensteine
Rundum im Mondenscheine.

Ha sieh! Ha sieh! Im Augenblick,
Huhu! ein gräßlich Wunder!
Des Reiters Koller, Stück für Stück,
Fiel ab wie mürber Zunder.
Zum Schädel, ohne Zopf und Schopf,
Zum nackten Schädel ward sein Kopf;
Sein Körper zum Gerippe,
Mit Stundenglas und Hippe.

Hoch bäumte sich, wild schnob
der Rapp',
Und sprühte Feuerfunken;
Und hui! war's unter ihr hinab
Verschwunden und versunken.
Geheul! Geheul aus hoher Luft,
Gewinsel kam aus tiefer Gruft.
Lenorens Herz mit Beben
Rang zwischen Tod und Leben.

Nun tanzten wohl bei Mondenglanz,
Rundum herum im Kreise,
Die Geister einen Kettentanz,
Und heulten diese Weise:
»Geduld! Geduld! Wenn's Herz
auch bricht!
Mit Gott im Himmel hadre nicht!
Des Leibes bist du ledig;
Gott sei der Seele gnädig!«

Gottfried August Bürger

Die Anregung zu »Lenore« erhielt Gottfried August Bürger von einer Magd namens Christine, die ihm, allerdings nur bruchstückweise, eine uralte Lenore-Ballade vortrug. In einem Brief vom 27. 5. 1773 an seinen Freund Boie empfahl Gottfried August Bürger: »Wenn Sie solche (meine Lenore-Ballade) unseren Göttingischen Freunden zum erstenmal vorlesen, so borgen Sie einen Totenkopf von einem Mediziner, setzen solchen bei einer trüben Lampe, und dann lesen Sie. So sollen allen die Haare wie im ›Macbeth‹ zu Berge stehen.« Die Lenore-Ballade von Gottfried August Bürger wurde auch auf Jahrmärkten gesungen und in Bänkelsängerheftchen abgedruckt.

Es stehn die Stern am Himmel

Es stehn die Stern am Himmel,
Es scheint der Mond so hell,
Die Toten reiten schnell:

»Mach auf, mein Schatz, dein Fenster,
Laß mich zu dir hinein!
Kann nicht lang bei dir sein.

Der Hahn, der tut schon krähen,
Es singt uns an der Tag,
Nicht lang mehr bleiben mag.

Weit her bin ich geritten;
Zweihundert Meilen weit
Muß ich noch reiten heut.

Herzallerliebste meine,
Komm setz dich auf mein Pferd,
Der Weg ist Reitens wert.

Dort drinnen im Ungarlande
Hab ich ein kleines Haus,
Da geht mein Weg hinaus.

Auf einer grünen Heide,
Da ist mein Haus gebaut
Für mich und meine Braut.

Laß mich nicht lange warten!
Komm, Schatz, zu mir herauf,
Weil fortgeht unser Lauf.

Die Sternlein tun uns leuchten,
Es scheint der Mond so hell,
Die Toten reiten schnell.« –

»Wo willst mich denn hinführen?
Ach Gott, was hast gedacht
Wohl in der finstern Nacht?

Mit dir kann ich nicht reiten,
Dein Bettlein ist nicht breit,
Der Weg ist auch zu weit.

Allein leg du dich nieder,
Herzliebster, schlaf
Bis an den jüngsten Tag!«

Aus Achim von Arnims handschriftlichem Nachlaß. Die Ballade findet sich mit leichten Textkorrekturen auch in »Des Knaben Wunderhorn«. Wahrscheinlich handelt es sich um eine Volksballade, die eine Frau namens A. Pattberg überarbeitet und an Achim von Arnim gesandt hat. Die weit verbreitete Meinung, daß sich Gottfried August Bürger von dieser Ballade zu seiner »Lenore« habe anregen lassen, erwies sich als unrichtig.

Das bucklig Männlein

Will ich in mein Gärtchen gehn,
Will mein' Zwiebeln gießen:
Steht ein bucklig Männlein da,
Fängt gleich an zu nießen.

Will ich in mein Küchel gehn,
Will mein Süpplein kochen:
Steht ein bucklig Männlein da,
Hat mein Töpflein brochen.

Will ich in mein Stüblein gehn,
Will mein Müslein essen:
Steht ein bucklig Männlein da,
Hat's schon halber 'gessen.

Will ich auf mein' Boden gehn,
Will mein Hölzlein holen:
Steht ein bucklig Männlein da,
Hat mir's halber gestohlen.

Will ich in mein' Keller gehn,
Will mein Weinlein zapfen:
Steht ein bucklig Männlein da,
Tut mir'n Krug wegschnappen.

Setz ich mich ans Rädlein hin,
Will mein Fädlein drehen:
Steht ein bucklig Männlein da,
Läßt das Rad nicht gehen.

Geh ich in mein Kämmerlein,
Will mein Bettlein machen,
Steht ein bucklig Männlein da,
Fangt gleich an zu lachen.

Wenn ich an mei'm Bänklein bin,
Will ein bißlein beten:
Steht ein bucklig Männlein da,
Fängt gleich an zu reden.

Liebes Kindlein, ach ich bitt,
Bet fürs bucklig Männlein mit!

Der König in Thule

Es war ein König in Thule
Gar treu bis an das Grab,
Dem sterbend seine Buhle
Einen goldnen Becher gab.

Es ging ihm nichts darüber,
Er leert' ihn jeden Schmaus;
Die Augen gingen ihm über,
Sooft er trank daraus.

Und als er kam zu sterben,
Zählt' er seine Städt' im Reich,
Gönnt' alles seinem Erben,
Den Becher nicht zugleich.

Er saß beim Königsmahle,
Die Ritter um ihn her,
Auf hohem Vätersaale
Dort auf dem Schloß am Meer.

Dort stand der alte Zecher,
Trank letzte Lebensglut
Und warf den heilgen Becher
Hinunter in die Flut.

Er sah ihn stürzen, trinken
Und sinken tief ins Meer.
Die Augen täten ihm sinken;
Trank nie einen Tropfen mehr.

Johann Wolfgang Goethe

Der Glockenguss zu Breslau

War einst ein Glockengießer
Zu Breslau in der Stadt,
Ein ehrenwerter Meister,
Gewandt in Rat und Tat.

Er hatte schon gegossen
Viel Glocken, gelb und weiß,
Für Kirchen und Kapellen
Zu Gottes Lob und Preis.

Und seine Glocken klangen
So voll, so hell, so rein:
Er goß auch Lieb' und Glauben
Mit in die Form hinein.

Doch aller Glocken Krone,
Die er gegossen hat,
Das ist die Sünderglocke
Zu Breslau in der Stadt.

Im Magdalenenturme
Da hängt das Meisterstück,
Rief schon manch starres Herze
Zu seinem Gott zurück.

Wie hat der gute Meister
So treu das Werk bedacht!
Wie hat er seine Hände
Gerührt bei Tag und Nacht!

Und als die Stunde kommen,
Daß alles fertig war,
Die Form ist eingemauert,
Die Speise gut und gar:

Da ruft er seinen Buben
Zur Feuerwacht herein:
Ich lass' auf kurze Weile
Beim Kessel dich allein.

Will mich mit einem Trunke
Noch stärken zu dem Guß;
Das gibt der zähen Speise
Erst einen vollen Fluß.

Doch hüte dich, und rühre
Den Hahn mir nimmer an:
Sonst wär' es um dein Leben,
Fürwitziger, getan!

Der Bube steht am Kessel,
Schaut in die Glut hinein:
Das wogt und wallt und wirbelt,
Und will entfesselt sein.

Und zischt ihm in die Ohren,
Und zuckt ihm durch den Sinn,
Und zieht an allen Fingern
Ihn nach dem Hahne hin.

Er fühlt ihn in den Händen,
Er hat ihn umgedreht:
Da wird ihm angst und bange,
Er weiß nicht, was er tät.

Und läuft hinaus zum Meister,
Die Schuld ihm zu gestehn,
Will seine Knie' umfassen
Und ihn um Gnade flehn.

Doch wie der nur vernommen
Des Knaben erstes Wort,
Da reißt die kluge Rechte
Der jähe Zorn ihm fort.

Er stößt sein scharfes Messer
Dem Buben in die Brust,
Dann stürzt er nach dem Kessel,
Sein selber nicht bewußt.

Vielleicht, daß er noch retten,
Den Strom noch hemmen kann: –
Doch sieh, der Guß ist fertig,
Es fehlt kein Tropfen dran.

Da eilt er, abzuräumen,
Und sieht, und will's nicht sehn,
Ganz ohne Fleck und Makel
Die Glocke vor sich stehn.

Der Knabe liegt am Boden,
Er schaut sein Werk nicht mehr.
Ach Meister, wilder Meister,
Du stießest gar zu sehr!

Er stellt sich dem Gerichte,
Er klagt sich selber an:
Es tut den Richtern wehe
Wohl um den wackern Mann.

Doch kann ihn keiner retten,
Und Blut will wieder Blut:
Er hört sein Todesurteil
Mit ungebeugtem Mut.

Und als der Tag gekommen,
Daß man ihn führt hinaus,
Da wird ihm angeboten
Der letzte Gnadenschmaus.

Ich dank' euch, spricht der Meister,
Ihr Herren lieb und wert,
Doch eine andre Gnade,
Mein Herz von euch begehrt.

Laßt mich nur einmal hören
Der neuen Glocke Klang!
Ich hab' sie ja bereitet:
Möcht' wissen, ob's gelang.

Die Bitte ward gewähret,
Sie schien den Herrn gering,
Die Glocke ward geläutet,
Als er zum Tode ging.

Der Meister hört' sie klingen,
So voll, so hell, so rein:
Die Augen gehn ihm über,
Es muß vor Freude sein.

Und seine Blicke leuchten,
Als wären sie verklärt:
Er hat' in ihrem Klange
Wohl mehr als Klang gehört.

Hat auch geneigt den Nacken
Zum Streich voll Zuversicht;
Und was der Tod versprochen,
Das bricht das Leben nicht.

Das ist der Glocken Krone,
Die er gegossen hat,
Die Magdalenenglocke
Zu Breslau in der Stadt.

Die ward zur Sünderglocke
Seit jenem Tag geweiht:
Weiß nicht, ob's anders worden
In dieser neuen Zeit.

Wilhelm Müller

Finster ist die Mitternacht

Finster ist die Mitternacht,
Wolken ziehen trüb und trüber,
Wilder Schauer saust vorüber,
Alles ruht, Verrat nur wacht.

Horch, mit einem Mal es dröhnt,
Wagenräder hört man rasseln,
Hufe auf dem Estrich prasseln,
Eine Peitsche laut ertönt.

Schwarzer als die Nacht die Ross',
Stampfen sie einher im Düstern,
Feuer schnaufet aus den Nüstern,
Aus den Augen tellergroß.

Wagen ist von hellem Feuer,
Seine Flammenräder sprühen,
Seine Flammenpolster glühen,
Kutscher ist ein Ungeheuer.

Auf den Polstern, auf der Bank,
Von den Gluten grell umschimmert,
Einer seufzet, einer wimmert,
Gräßlich ist der Qualendrang.

Er war Bürgermeister eh',
Wollte da die Stadt verraten;
Arger Lohn folgt argen Taten,
Ach, unendlich ist sein Weh.

Viermal fährt er jedes Jahr
Rund in der Gespenster Stunde,
Aufwärts aus dem Höllenschlunde,
Sträubt des mut'gen Wandrers Haar.

Volksballade aus dem Westerwald.
Es ist ungeklärt, welchen historischen
Hintergrund diese Sage hat.

Zwei Liebchen

Ein Schifflein auf der Donau schwamm,
Drin saßen Braut und Bräutigam,
Er hüben und sie drüben.

Sie sprach: »Herzliebster, sage mir!
Zum Angebind, was geb ich dir?«

Sie streift zurück ihr Ärmelein;
Sie greift ins Wasser frisch hinein.

Der Knabe, der tät gleich also
Und scherzt mit ihr und lacht so froh.

»Ach, schöne Frau Done, geb sie mir
Für meinen Schatz eine hübsche Zier!«

Sie langt hinein zum andernmal,
Faßt einen Helm von lichtem Stahl.

Der Knab vor Freud entsetzt sich schier,
Fischt ihr einen goldnen Kamm dafür.

Zum dritten sie ins Wasser griff:
Ach weh! da fällt sie aus dem Schiff.

Er springt ihr nach, er faßt sie keck:
Frau Done reißt sie beide weg.

Frau Done hat ihr Schmuck gereut,
Das büßt der Jüngling und die Maid.

Das Schifflein leer hinunterwallt;
Die Sonne sinkt hinter die Berge bald.

Und als der Mond am Himmel stand,
Die Liebchen schwimmen tot ans Land,
Er hüben und sie drüben.

Eduard Mörike

Der Wassermann

Es freit einmal der Wassermann,
Er freit einer Königin Töchterlein.

Er freit wohl länger als sieben Jahr,
Bis daß die junge Braut seine war.

Sie ging wohl in den Garten
Und wollt der Blümlein warten.

Da sah sie in den Wolken stehn,
Daß sie im Rhein sollt untergehn.

Sie ging wohl in die Kammer,
Beweint sich ihren Jammer.

»Ach Tochter, schweig nur stille,
Und tu nach unserm Willen!

Und so du tust, wie's uns gefällt,
So kommst du ja nicht aus der Welt.«

Der Bräutgam kam geritten,
Mit vierundvierzig Reitern.

»Guten Tag, guten Tag, liebste Eltern mein,
Wo ist denn nun das junge Bräutelein?«

»Da drinnen in der Kammer
Schlägt sie die Händ zusammen.«

Der Bräutgam war ein geschwindiger Mann,
Er schaut, daß er in die Kammer kam.

»Ach Bräutlein, liebstes Bräutlein mein,
Wie geht dir's denn im Kämmerlein?«

»Mir geht's nicht gut, mir geht's nicht wohl,
Und daß ich heut noch sterben soll.

Ei Mutter, herzliebste Mutter mein,
Laß mich dies Jahr noch Jungfer sein!«

»Keine Jungfer darfst du nicht mehr sein,
Du mußt ja jetzt schon seine sein!«

»Ei Mutter, bleibt in Gottes Nam'n!
Jetzt seht ihr mich zum letzten Mal.«

Und als sie auf den Wagen stieg,
Ihrem Vater und Mutter gute Nacht sie gibt.

»Gute Nacht, gute Nacht, mein Töchterlein!
Wir hoffen, es wird dein Glück noch sein.«

»Wie soll denn das mein Glück noch sein?
Seine Mutter ist ein wildes Wasserweib.«

Und als sie auf Grunheid 'nauskam'n,
Zwei weiße Schwanen ihr entgegenkam'n.

»Fliegt ihr nur hin, wo Freude ist!
Ich fahre hin, wo Elend ist.

Das kann ich an der Sonne sehn,
Daß ich heut muß zu Grunde gehn.«

Und als sie an die Brücke kam'n,
Ihren Tod sie schon vor Augen sah.

»Nun zieht mir aus mein Ehrenkleid,
Ich mach mich gleich zum Tod bereit!«

Er ließ die Brücke befahren
Mit vierundvierzig Wagen.

Sie fuhren hinüber, fuhren wieder herüber,
Die junge junge Braut wollte nicht hinüber.

Er ließ die Brücke bereiten
Mit vierundvierzig Reitern.

Sie ritten hinüber, ritten wieder herüber,
Die junge junge Braut wollte nicht hinüber.

Und als sie auf die Brücke kam,
Ein Stein mit ihr zu Grunde gang.

»Geschwind, geschwind, eine Kette,
Damit ich sie errette!«

Sie schwimmt wohl hin, sie schwimmt
wohl her,
Die Braut, die sah man nimmermehr.

»Soll das die siebente Seele sein,
Die ich gefahren hab an diesen Rhein,
So soll meine Mutter die achte sein!«

Die Balladen vom Wassermann und seiner von Todesahnung erfüllten Braut gehen wahrscheinlich bis in vorchristliche Zeiten zurück; sie sind an Küsten, an großen Seen und Flüssen in vielfältigen Textvariationen nachzuweisen, vor allem im deutschsprachigen Raum, in Dänemark, Schweden und in slawischen Ländern. Der hier abgedruckte Text stammt aus dem Rheinland.

Der Fischer

Das Wasser rauscht', das Wasser schwoll,
Ein Fischer saß daran,
Sah nach dem Angel ruhevoll,
Kühl bis ans Herz hinan.
Und wie er sitzt und wie er lauscht,
Teilt sich die Flut empor;
Aus dem bewegten Wasser rauscht
Ein feuchtes Weib hervor.

Sie sang zu ihm, sie sprach zu ihm:
»Was lockst du meine Brut
Mit Menschenwitz und Menschenlist
Hinauf in Todesglut?
Ach wüßtest du, wie's Fischlein ist
So wohlig auf dem Grund,
Du stiegst herunter, wie du bist,
Und würdest erst gesund.

Labt sich die liebe Sonne nicht,
Der Mond sich nicht im Meer?
Kehrt wellenatmend ihr Gesicht
Nicht doppelt schöner her?
Lockt dich der tiefe Himmel nicht,
Das feuchtverklärte Blau?
Lockt dich dein eigen Angesicht
Nicht her in ewgen Tau?«

Das Wasser rauscht', das Wasser schwoll,
Netzt' ihm den nackten Fuß;
Sein Herz wuchs ihm so sehnsuchtsvoll,
Wie bei der Liebsten Gruß.
Sie sprach zu ihm, sie sang zu ihm;
Da war's um ihn geschehn:
Halb zog sie ihn, halb sank er hin,
Und ward nicht mehr gesehn.

Johann Wolfgang Goethe

Lureley

Zu Bacharach am Rheine
Wohnt eine Zauberin,
Die war so schön und feine
Und riß viel Herzen hin

Und machte viel zuschanden
Der Männer rings umher,
Aus ihren Liebesbanden
War keine Rettung mehr.

Der Bischof ließ sie laden
Vor geistliche Gewalt,
Und mußte sie begnaden,
So schön war ihr' Gestalt.

Er sprach zu ihr gerühret,
»Du arme Lore Lay.
Wer hat dich dann verführet
Zu böser Zauberei?«

»Herr Bischof, laß mich sterben.
Ich bin des Lebens müd,
Weil jeder muß verderben,
Der meine Augen sieht.

Die Augen sind zwei Flammen,
Mein Arm ein Zauberstab,
O schickt mich in die Flammen,
O brechet mir den Stab.«

»Den Stab kann ich nicht brechen,
Du schöne Lore Lay,
Ich müßte dann zerbrechen
Mein eigen Herz entzwei.

Ich kann dich nicht verdammen,
Bis du mir erst bekennt,
Warum in deinen Flammen
Mein eignes Herz schon brennt.«

»Herr Bischof mit mir Armen
Treibt nicht so bösen Spott,
Und bittet um Erbarmen
Für mich den lieben Gott,

Ich darf nicht länger leben,
Ich lieb' kein Leben mehr,
Den Tod sollt Ihr mir geben,
Drum kam ich zu Euch her.

Ein Mann hat mich betrogen,
Hat sich von mir gewandt,
Ist fort von mir gezogen,
Fort in ein andres Land.

Die Blicke sanft und wilde,
Die Wangen rot und weiß,
Die Worte still und milde,
Die sind mein Zauberkreis.

Ich selbst muß drin verderben,
Das Herz tut mir so weh,
Vor Jammer möcht' ich sterben,
Wenn ich zum Spiegel seh.

Drum laßt mein Recht mich finden,
Mich sterben, wie ein Christ,
Denn alles muß verschwinden
Weil er mir treulos ist.«

Drei Ritter ließ er holen:
»Bringt sie ins Kloster hin,
Geh Lore! Gott befohlen,
Sei dein berückter Sinn.

Du sollst ein Nönnchen werden,
Ein Nönnchen schwarz und weiß.
Bereite dich auf Erden
Zum Tod mit Gottes Preis.«

Zum Kloster sie nun ritten
Die Ritter alle drei,
Und traurig in der Mitten
Die schöne Lore Lay.

»O Ritter laßt mich gehen,
Auf diesen Felsen groß,
Ich will noch einmal sehen,
Nach meines Buhlen Schloß,

Ich will noch einmal sehen
Wohl in den tiefen Rhein
Und dann ins Kloster gehen
Und Gottes Jungfrau sein.«

Der Felsen ist so jähe,
So steil ist seine Wand,
Sie klimmen in die Höhe,
Da tritt sie an den Rand

Und sprach: »Willkomm, da wehet
Ein Segel auf dem Rhein,
Der in dem Schifflein stehet,
Der soll mein Liebster sein.

Mein Herz wird mir so munter,
Er muß der Liebste sein«,
Da lehnt sie sich hinunter
Und stürzet in den Rhein.

Es fuhr mit Kreuz und Fahne
Das Schifflein an das Land,
Der Bischof saß im Kahne,
Sie hat ihn wohl erkannt.

Daß er das Schwert gelassen,
Dem Zauber zu entgehn,
Daß er zum Kreuz tät fassen,
Das konnt' sie nicht verstehn.

Wer hat dies Lied gesungen?
Ein Priester auf dem Rhein,
Und immer hat's geklungen
Vom hohen Felsenstein

Lureley
Lureley
Lureley.
Als wären es meiner drei!

Clemens Brentano

Schauplatz dieser Ballade ist der für die Schiffahrt gefährliche, im 13. Jahrhundert erstmals als »Lûrelei« bezeichnete Echofels am Rhein, knapp vor Sankt Goarshausen. Der Name kommt aus dem Mittelhochdeutschen: lûre = lauernd, hinterlistig; lei = Fels.

Ob die Lureley oder Loreley eine alte Sagengestalt ist oder ob Brentano sie – wie allgemein behauptet wird – erst erfunden hat, läßt sich nicht mit Sicherheit klären.

Brentanos Ballade hat in Frankreich zahlreiche Nachdichtungen hervorgebracht. Bei uns befaßten sich vor allem Heinrich Heine und Joseph von Eichendorff mit der Lorelei.

Ich weiss nicht, was soll es bedeuten

Ich weiß nicht, was soll es bedeuten,
Daß ich so traurig bin;
Ein Märchen aus alten Zeiten,
Das kommt mir nicht aus dem Sinn.

Die Luft ist kühl und es dunkelt,
Und ruhig fließt der Rhein;
Der Gipfel des Berges funkelt
Im Abendsonnenschein.

Die schönste Jungfrau sitzet
Dort oben wunderbar;
Ihr goldnes Geschmeide blitzet,
Sie kämmt ihr goldenes Haar.

Sie kämmt es mit goldenem Kamme
Und singt ein Lied dabei;
Das hat eine wundersame,
Gewaltige Melodei.

Den Schiffer im kleinen Schiffe
Ergreift es mit wilden Weh;
Er schaut nicht die Felsenriffe,
Er schaut nur hinauf auf die Höh.

Ich glaube, die Wellen verschlingen
Am Ende Schiffer und Kahn;
Und das hat mit ihrem Singen
Die Lore-Ley getan.

Heinrich Heine

Diese Ballade wurde mit einer Volkslied-melodie populär. Die Sänger machten von ihrem Recht des »Zersingens« Gebrauch: Sie änderten die »alten Zeiten« des Dichter-Textes in die »uralten Zeiten«. So lautet auch heute noch die allgemein bekannte und gesungene Fassung.

Waldgespräch

Es ist schon spät, es wird schon kalt,
Was reitst du einsam durch den Wald?
Der Wald ist lang, du bist allein,
Du schöne Braut! Ich führ' dich heim!

»Groß ist der Männer Trug und List,
Vor Schmerz mein Herz gebrochen ist,
Wohl irrt das Waldhorn her und hin,
O flieh! Du weißt nicht, wer ich bin.«

So reich geschmückt ist Roß und Weib,
So wunderschön der junge Leib,
Jetzt kenn ich dich – Gott steh mir bei!
Du bist die Hexe Lorelei.

»Du kennst mich wohl – von hohem Stein
Schaut still mein Schloß tief in den Rhein.
Es ist schon spät, es wird schon kalt,
Kommst nimmermehr aus diesem Wald!«

Joseph Freiherr von Eichendorff

Es waren zwei Königskinder

Es waren zwei Königskinder,
Die hatten einander so lieb;
Sie konnten zusammen nicht
kommen,
Das Wasser war viel zu tief.

»Ach Liebster, könntest
du schwimmen,
So schwimm doch herüber zu mir!
Drei Kerzen will ich anzünden,
Und die sollen leuchten zu dir.«

Das hört ein falsches Nörnchen,
Die tät, als wenn sie schlief;
Sie tät die Kerzlein auslöschen,
Der Jüngling ertrank so tief.

Es war an ei'm Sonntagmorgen,
Die Leut waren alle so froh;
Nicht so die Königstochter,
Ihre Augen saßen ihr zu.

»Ach Mutter, herzliebste Mutter,
Mein Kopf tut mir so weh!
Ich möcht so gern spazieren
Wohl an die grüne See.«

»Ach Tochter, herzliebste Tochter,
Allein sollst du nicht gehn,
Weck auf dein jüngste Schwester,
Und die soll mit dir gehn!«

»Ach Mutter, herzliebste Mutter,
Meine Schwester ist noch ein Kind,
Sie pflückt ja all die Blümlein,
Die auf Grünheide sind.«

»Ach Tochter, herzliebste Tochter,
Allein sollst du nicht gehn,
Weck auf dein jüngsten Bruder,
Und der soll mit dir gehn!«

»Ach Mutter, herzliebste Mutter,
Mein Bruder ist noch ein Kind,
Der schießt ja all die Vöglein,
Die auf Grünheide sind.«

Die Mutter ging nach der Kirche,
Die Tochter hielt ihren Gang,
Sie ging so lang spazieren,
Bis sie den Fischer fand.

»Ach Fischer, liebster Fischer,
Willst du verdienen groß Lohn,
So wirf dein Netz ins Wasser
Und fisch mir den Königssohn!«

Er warf das Netz ins Wasser,
Es ging bis auf den Grund;
Er fischte und fischte so lange,
Bis er den Königssohn fund.

Sie schloß ihn in ihre Arme
Und küßt seinen bleichen Mund:
»Ach Mündlein, könntest du sprechen,
So wär mein jung Herze gesund!«

Was nahm sie von ihrem Haupte?
Eine goldne Königskron:
»Sieh da, du wohledler Fischer,
Hast dein verdienten Lohn!«

Was zog sie von ihrem Finger?
Ein Ringlein von Gold so rot:
»Sieh da, du wohledler Fischer,
Kauf deinen Kindern Brot!«

Sie schwang sich um ihren Mantel
Und sprang wohl in die See:
»Gut Nacht, mein Vater und Mutter,
Ihr seht mich nimmermeh!«

Da hört man Glöcklein läuten,
Da hört man Jammer und Not,
Hier liegen zwei Königskinder,
Die sind alle beide tot!

Diese in vielfältigen Textvarianten mündlich überlieferte Volksballade stammt vermutlich aus dem Mittelalter und bezieht sich auf die Hero-und-Leander-Sage:

Hero war in Sestos Priesterin der Aphrodite und liebte heimlich Leander aus Abydos, der allnächtlich durch den Hellespont zu ihr schwamm. Als er in einer Sturmnacht ertrank, stürzte sich Hero ins Meer. Diese Sage regte zahlreiche Autoren zu Nachdichtungen an, so etwa Ovid, Musaios, Hans Sachs, Schiller und Grillparzer.

Poesie der Zaubersprüche

HEILSPRÜCHE

Phol ende Uodan vuorun zi holza.
Du uuart demo balderes volon sin vuoz birenkit.
Thu biguolen Sinthgunt, Sunna era suister,
Thu biguolen Frija, Volla era suister:
Thu biguolen Uodan, so he uuola conda,
Sose berenki, sose bluotrenki,
Sose lidirenki:
Ben zi bena, bluot zi bluoda,
Lid zi geliden, sose gelimida sin.

Übersetzung:
Phol und Wotan ritten in den Wald.
Da verrenkte sich das Pferd von Baldur den Fuß.
Da besprach ihn Sinthgut und Sunna, ihre Schwester,
Da besprach ihn Freija und Volla, ihre Schwester.
Da besprach ihn Wotan, der es wohl konnte:
Wie die Beinverrenkung, so die Blutverrenkung,
So die Verrenkung des Gliedes:
Bein zu Bein, Blut zu Blut,
Glied zu Glied, als seien sie verleimt.

Zweiter Merseburger Zauberspruch. Heilzauber in Stabreimen, wahrscheinlich mündlich schon vor 750, schriftlich erhalten seit dem 10. Jahrhundert auf dem Vorsatzblatt eines Meßbuchs in der Bibliothek des Domkapitels zu Merseburg.

*

Gang uz, Nesso, mit niun nessinchilinon,
Uz fonna marge in deo adra, vonna den adrun in das fleisk,
Fonna demu fleiske in das fel, fonna demo velle in diz tulli.

Übersetzung:
Kriech heraus, Wurm, mit neun Würmchen,
Aus dem Mark in die Adern, aus den Adern in das Fleisch,
Aus dem Fleisch in die Haut, aus der Haut in diesen Pfeil.

Bannspruch gegen den Wurm. Aus einer Tegernseer Handschrift des 9. Jahrhunderts. Mit »Wurm« ist wahrscheinlich die Anschwellung der Lymphdrüsen gemeint.

Fährt ein Bauer zum Ackern hinaus
Und ackert drei Würmer heraus,
Der erste ist schwarz,
Der zweite ist grün,
Der dritte ist rot.
Das ist der Würmer Tod.

*

Es ackern drei Könige auf dem Feld.
Was ackern sie?
Sie ackern aus drei Würmelein.
Der erste war weiß,
Der zweite war gelb,
Der dritte war rot.
Ich drück sie mit meinen Fingern tot.

*

Auf meine Kraft mußt du vertraun,
Darfst auf ei'gne Hilf' nit baun,
Sonst könnt' ich mein Ziel verfehlen,
Darfst nur mich zum Helfer wählen.

Zauberspruch eines Handlauflegers

*

Frisch ist die Wunde,
Glückselig ist die Stunde.
Nur ich bin der Mann,
Der die Wunde wieder heilen kann.

Zauberspruch eines Wunderheilers

*

Bärmutter, Bärmutter,
Du willst Glut lecken,
Die Glieder recken,
Die Haut strecken.
Darfst es nicht tun!
Du mußt ruhn!

Bannformel gegen Frauenkrankheiten.
Bärmutter = Gebärmutter

Alte Hex, alte Katz,
Bärmutter, laß dein Gekratz!

*

Trink roten Wein! Trink roten Wein!
Bärmutter, laß das Grimmen sein!

*

Fleisch und Blut
Werde gut,
Haut und Bein,
Steh wie Stein.

Bannspruch gegen Schwindelgefühle

*

Schwindel, du plagst mich.
Schwindel, ich jage dich.
Schwindel verschwinde,
Wie der Rauch im Winde.

*

Wilde Rose, mit den Flammen
Geh von dannen!
Geh durch die Höllenglut,
Dann wird's bald gut.

Bannspruch gegen die Gesichtsrose

*

Rose glüht,
Rose blüht.
Rose verschwind
Mit dem Wind.

Brand,
Fall in den Sand.
Fall in den Grund.
Krankes Fleisch wird gesund!

Bannspruch gegen den Brand

*

Dein Fleisch, dein Blut,
Dein Mark, dein Bein
Und alle Äderlein,
Sie seien groß oder klein,
Die sollen vor dem Brand
Bewahrt und unverletzlich sein.

*

Fleisch und Blut,
Haut und Bein
Steh wie Stein!

Bannformel gegen die Schwindsucht

*

Häcker, Gegäcker,
Spring übern Neckar,
Spring übern Rhein,
Fall mittendrein.

Spruch gegen den Schluckauf (Häcker)

*

Schluckauf und ich
Gehn übern Steg.
Schluckauf fall rein,
Und ich lauf weg.

Rotlauf und Drach
Gehn übern Bach,
Rotlauf muß ertrinken,
Der Drach muß versinken.

Rotlauf = Infektionskrankheit, vor allem bei Schweinen, die auch auf den Menschen übertragen werden kann.

*

Sei willkommen, helles Licht,
Für Zahnschmerz und für Gicht.
Benimm mir alle Würmelein,
Die mir verzehren mein Gebein.

Zauberspruch bei Vollmond

*

O böse Gicht, o böse Gicht,
Fahr aus meinem Leib,
Fahr in eine Herde Säu,
Mache mich von Schmerzen frei.

Die Gicht kann man, einem alten Volksglauben zufolge, wie auch andere Krankheiten, den Tieren oder Bäumen anhexen.

*

Flieder, ich hab die Gicht,
Und du hast sie nicht.
Nimm sie mir.
Ich geb sie dir.

*

Ich greife an den wilden Ast,
Der nimmt von mir die ganze Last.
Gicht, Schwindel, Schmerzen und dergleichen
Sollen in den Ast sich schleichen.

Nußbaum, ich komm zu dir,
Nimm siebenundsiebzig Fieber von mir.

*

Ein Fuchs ohne Lunge,
Ein Storch ohne Zunge,
Eine Taube ohne Gall,
Helfen gegen siebenundsiebzigerlei
Fieber all.

Genzan unde Jordan keiken sament sozzon
To uersoz Genzan Jordane te situn
To uerstont taz bluot uerstande tiz pluot
Stand pluot!

Übersetzung:
Genzan und Jordan gingen zusammen
Geschosse schleudern
Da schoß Genzan Jordan in die Seite
Da stand das Blut. So steh' dies Blut
Steh Blut!

Straßburger Blutsegen aus dem 11. Jahrhundert, Heilspruch, um den Blutfluß zu stillen.

Bienensegen

Kirst, imbi ist huze! nu fliuc du, vihu minaz, hera
Fridu frono in godes munt heim zi comonne gisunt.
Sizi, sizi, bina: inbot dir sancte Marja.
Hurolob ni habe du: zi holce ni fluc du,
Noh du mir nindrinnes, noh du mir nintuuinnest.
Sizi vilu stillo, uuirki godes uuillon.

Übersetzung:
Christ, die Bienen sind ausgeschwärmt! Nun fliegt wieder her, meine Tiere.
Damit ihr in Gottes Frieden und Schutz wieder gesund heimkommt.
Sitz, sitz Biene: Das gebot dir die heilige Maria.
Du hast keine Erlaubnis, in den Wald zu fliegen,
Noch sollst du mir entrinnen, noch mir entweichen.
Sitz ganz still, erfülle Gottes Will.

Lorscher Bienensegen. Aus einer vatikanischen Handschrift des 10. Jahrhunderts, gefunden im Kloster Lorsch.

KRIEGSZAUBER

Eiris Sazun idisi,   sazun hera duoder.
Suma hapt heptidun,   suma heri lezidun,
Suma clubodun umbi   cuniouuidi:
Insprinc haptbandun,   invar vigandun!

Übersetzung:
Einst setzten sich Idisen (Schicksalsfrauen),   setzten sich hierhin und dorthin.
Einige fesselten (die Feinde),   andere hemmten das Heer,
Andere lösten   die Fesseln (der Freunde).
Entspringe den Fesseln,   entfliehe den Feinden.

Erster Merseburger Zauberspruch. Beschwörungsformel zur Befreiung von Gefangenen. Überliefert wie der zweite Merseburger Zauberspruch (siehe Seite 110).

*

Hieb, daß du nicht hitzest,
Daß du nicht schwitzest,
Daß du nicht schwärst,
Daß du nicht weiterbegehrst.

Bannspruch bei Verwundungen

Schuß, steh still,
Weil ich es will!

Bannspruch gegen Schußverletzungen

SCHADENZAUBER

Wer dieses Buch stehl,
Desselben Seel
Muß sich ertoben
Hoch am Galgen droben.

*

Böse Augen, die dich sehen,
Sollen hier zu Grunde gehen.
Sieben Raben
Werden sie gefressen haben.

Bannspruch gegen den bösen Blick

Hat dich anbeschrien ein Mann,
So trifft der Fluch ihn selber an.
Hat dich anbeschrien ein Weib,
So kommt's ihr selber in den Leib.

Bannspruch gegen das Beschreien

Nun Licht, du guter Nachtstern,
Du leuchtest so hoch und leuchtest so fern,
Leucht mir in das Haus,
Wo mein Spieler geht ein und aus.
Schein ihm auf seinen schneeweißen Arm,
Schein ihm in seinen leidigen Darm,
Durch seine Lunge und seine Leber,
Durch sein Hirn und seinen Schädel,
Daß er nun und nimmermehr
Habe keine Rast noch Ruh,
Es sei denn, er bringt das Glück mir zu.

Beschwörungsformel gegen einen konkurrierenden Mitspieler

*

Dieb, Dieb, Dieb,
Drei Nägel ich dir gib.
Den ersten schlag ich durch deine Zung,
Den anderen durch Herz und Lung,
Den dritten durch alle deine Glieder,
Bis du mir bringst das Gestohlne wieder.
Dieb! Ich lege Salz und Schmalz auf die Glut
Wegen deiner Sünd und Übermut;
Ich leg sie dir auf Lung und Herzen,
Daß dich quälen große Schmerzen,
Daß dich peinigt große Not,
Daß dich packt der bittre Tod.
Es sollen dir die Adern krachen
Und Todesschmerzen machen,
Daß du keine Ruh nicht hast,
Bis das Gestohlne du gebracht.

Verfluchung eines Diebes

*

Ich geh vor des Richters Haus,
Da schauen drei Feinde zum Fenster heraus,
Der eine hat keinen Kopf,
Der zweite hat keine Zung,
Der dritte hat keine Lung.
Jeder Feind, der da kumm:
Er verkrumm und verstumm.

Bannspruch gegen Belastungszeugen

Liebeszauber

Ei, du mein lieber Abendstern,
Ich seh dich heut und immer gern.
Schein hin und her, schein über neun Eck,
Schein über mein Herzliebchens Bett.
Daß er (sie) nicht rastet und nicht ruht,
Bis er (sie) an mich denken tut.

Poesie der Liebenden

Des Ritters List

Es wollt ein Mädel nach Wasser gehn
Zu einem kühlen Brunne;
Sie hatt' ein schneeweiß Hemdlein an,
Dadurch scheint ihr die Sonne.

Sie schaute hin, sie schaute her,
Ob sie auch wär alleine;
Da kam ein stolzer Ritter geritten,
Wohl von dem kühlen Weine.

Er grüßt sie hübsch, er grüßt sie fein,
Grüßt sie in sieben Sprachen:
»Feins Mädlein, willst mein Buhlerin sein,
In meinen Armen schlafen?«

»Eur Buhlerin mag ich ja nicht sein,
Ihr bringt mir denn drei Rosen,
Die auf ei'm Zweig gewachsen sein,
Blühn zwischen Weihnachten und Ostern.«

Er ritt den Grunewald um und um,
Er konnt kein Rosen finden;
Er ritt bis zur Frau Malerin:
»Frau Malerin, seid ihr drinnen?

Seid ihr darin, kommt raus zu mir,
Malt mir geschwind drei Rosen,
Die auf ei'm Zweig gewachsen sein,
Blühn zwischen Weihnachten und Ostern.«

Frau Malerin war ein geschwindes Weib,
Drei Töchter halfen ihr malen;
Die eine malt rot, die andre weiß,
Die dritt konnt allerhand malen.

Wie's erste Röslein fertig war,
Der Knab fing an zu singen:
»Freu dich, feins Mädlein, wo du bist,
Die Rosen tu ich dir bringen!«

Wie's andre Röslein fertig war,
Der Knab fing an zu pfeifen:
»Schick dich zu, feins Mädlein, wo du bist,
Von hinnen mußt du reiten!«

Wie's dritte Röslein fertig war,
Der Knab hub an zu lachen:
»Schick dich zu, feins Mädlein, wo du bist,
Ganz traurig will ich dich machen!«

Sie meint, sie hätt's im Scherz geredt,
In Ernst hatt's er genommen:
»Sei's dir, feins Mädlein, lieb oder leid,
Mit Listen hab ich dich bekommen!«

Es hatt' ein Bauer ein schönes Weib

Es hatt' ein Bauer ein schönes Weib,
Die blieb so gerne zu Haus.
Sie bat oft ihren lieben Mann,
Er sollte doch fahren hinaus,
Er sollte doch fahren ins Heu.

Der Mann, der dachte in seinem Sinn:
»Die Reden, die sind gut!
Ich will mich hinter die Haustür stellen,
Will sehn, was meine Frau tut.
Will sagen, ich fahre ins Heu.«

Da kommt geschlichen ein Reitersknecht
Zum jungen Weibe herein,
Und sie umfängt gar freundlich ihn,
Gab stracks ihren Willen darein.
»Mein Mann ist gefahren ins Heu.«

Er faßte sie um ihr Gürtelband
Und schwang sie wohl hin und her;
Der Mann, der hinter der Haustür stand,
Ganz zornig da trat er herfür:
»Ich bin noch nicht gefahren ins Heu.«

»Ach trauter, herzallerliebster Mann,
Vergib mir diesen Fehl!
Ich will ja herzen und lieben dich,
Will kochen dir Mus und Mehl.
Ich dachte, du wärest ins Heu.«

»Und wenn ich gleich gefahren wär
Ins Heu und Heberstroh,
So sollst du nun und nimmermehr
Einen anderen lieben also;
Da fahre der Teufel ins Heu!«

Und der euch diese Liedlein sang,
Der wird es singen noch oft,
Es ist der junge Reitersknecht,
Er liegt im Heu und Hof.
Er fährt auch manchmal ins Heu.

Die Schöne und der Bettler

So wöll wir's aber heben an
Von einem reichen kargen Mann:
Er hatt' ein Fräulein hübsch und fein;
Vor dem beschloß er Brot und Wein.

Es begab sich einmal auf ein' Zeit,
Daß der reiche, karge Mann ausreit';
Der reich' Mann war geritten aus,
Ein Bettler kam ihm für das Haus.

Er bat die Frau wohl um ein' Gab'
Durch des lieben Herrn Sankt Klaus:
»Ach Frau, möcht ich ein Almos han,
So wollt ich darnach fürbaß gan.«

»Ach Bettler, du bitt'st mich um ein' Gab',
Vor mir ist b'schlossen Wein und Brot;
Ich bin mein's Gut's ein armes Weib,
Ich teil mit dir mein' stolzen Leib!«

Ich weiß nit, was er ihr verhieß,
Daß sie den Riegel von dannen stieß,
Sie stieß den Riegel an ein' Eck'
Und legt den Bettler in ihr Bett.

Die zwei lagen die lange Nacht,
Bis sie bescheint der helle Tag:
»Stand auf, Bettler, wann es ist Zeit,
Du leist ei'm Biedermann beim Weib.«

Er zog herfür sein' Bettelsack,
Die Stücklein waren Wohlgeschmack;
»Sieh hin! mein Lieb, iß Käs' und Brot,
Bis daß der Hunger dir vergaht.«

Und da der Herr zum Hof einreit'
Die Kellerin ihm entgegenschreit:
»Ach Herr, ich sag euch neue Mär,
Die Frau behielt ein'n Betteler.«

Und da der Herr zum Haus eintrat:
»Lebst du noch, oder bist du tot?«
»So leb ich noch und bin nit tot:
Ein Bettler mich erfreuet hat.«

Was zog er ab dem Gürtel sein?
»Nun seh, du Lieb, die Schlüssel dein!
Bring mir der Gaben keine mehr,
Fürwahr, du kömst um weiblich Ehr!«

Der uns das Liedlein hat gemacht,
Als Unglück kam ihn in sein' Sack:
Also geht es ei'm kargen Mann,
Der seinem Weib kein Gutes gann.

Mit Sankt Klaus (3. Strophe) ist der heilige Nikolaus gemeint, der als Schutzpatron der Armen, mithin auch der Bettler, galt.

Der Bettelmann aus Ungarn

Es kam ein Bettelmann aus Ungarn 'raus,
Er kam wohl vor der Edelfrau ihr Haus,
Er bat sie an um eine Gab',
Sie kann's ihm ja nicht schlagen ab.

Der Bettelmann kam vor der Edelfrau ihr Tür:
»Ei schönste Edelfrau, was gibt sie mir?«
»Ich will Euch mitteilen meinen schneeweißen Leib
Zu unser beider Zeitvertreib.«

Er stellt seine sieben Bettelsäck in das Eck
Und legt sich zu der Edelfrau ins Bett.
Sie liegen beisammen die liebe lange Nacht,
Bis daß der helle Tag anbrach.

Und als der Bettelmann vors Tor 'naus kam,
Begegnet ihm der Edelmann:
»Ei, ei, ich wünsch Euch das ewige Leben,
Für die Gab', die mir Eure Frau hat gegeben.«

»Ei, Frau, was hast du dem Bettelmann gegeben,
Daß er mir wünscht das ewige Leben?«
»Ich habe gegeben dies und das,
Was einem reichen Mann sein Haus vermag.«

»Ei, Frau, laß du mir den Bettelmann aus dem Haus,
Reich ihm die Gaben zum Fenster hinaus,
Bind's ihm an eine lange, lange Stang,
Daß er dich nicht erreichen kann.«

Der verkleidete Grafensohn

Es werbt ein junger Grafensohn
Um Königs feine Tochter.
Er werbt drei Jahr und sieben Jahr
Und konnt sie nicht erfreien.

Und da die sieben Jahr ummer warn,
Ein Brieflein tut sie schreiben:
»Leg du dir weibisch Kleiderlein an,
Flecht dir dein Haar in Seide.«

Er reit vor seiner Schwester Tür:
»Schwester, bist du da drinnen?
Ach leih mir deinen braunseidenen Rock,
Flecht mir mein Haar in Seide.«

Sie legt sich's aus und zieht's ihm an,
Flecht ihm sein Haar in Seide,
Sie legt ihm ein silber Gesteckmesserle dran,
Er reit wohl über grün Heide.

Und da er auf die Heid 'naus kam,
Gar höflich tät er singen,
Da war der König und auch sein Kind
In einem hohen Zimmer.

»Ach Papa, lieber Papa mein,
Wer kann so höflich singen?
Es singt fürwahr eine schöne Jungfrau,
Daß's durch die Berge tut klingen.«

»Laß du sie nur reiten, laß du sie nur gehn!
Sie reit auf rechter Straßen,
Und wenn sie heimkommt vor
unser Schloßtor,
Zum Stallknecht muß sie schlafen.«

»Ach Papa, lieber Papa mein,
Das wär uns beiden ein Schande,
Es schickte schon mancher edle Herr
Sein Kind im fremde Lande.«

Da es nun war am Abend spät,
Vor die Schloßtür kam er geritten,
Er klopft mit seinem Goldringlein an:
»Feinslieb, bist du da drinnen?«

Und als er in das Schloß 'nein kam,
Der König tät ihn gleich fragen:
»Sei uns willkommen, du schöne Jungfrau,
Oder hast du ein Manne?«

»Ich hab kein Mann und will kein Mann,
Ein Jungfer will ich bleiben,
Und wenn ich bei deiner Tochter wär,
Die Zeit tät sie mir vertreiben.«

»Hast du kein Mann und willst kein Mann,
Willst du ein Jungfer bleiben:
So mußt du bei meiner Tochter schlafen,
Ihr Bett ist klare Seiden.«

Und da es war um Mitternacht,
Dem König träumte so schwere,
Daß es fürwahr ein schön jung Knab
Bei seiner Tochter wäre.

Der König und der war ein artlicher Herr,
Bald tät er ein Licht anzünden,
Er ging von Bett bis wieder zu Bett,
Bis daß er die zwei tät finden.

»Ach Papa, lieber Papa mein,
Laß uns nur beide gewähren!
Gott nährt so manchen Vogel in der Luft,
Er wird uns auch ernähren.«

Aus dem Nachlaß von Johann Gottfried Herder. Er bekam die Volksballade von Johann Wolfgang Goethe geschenkt, der sie im Elsaß gehört und aufgeschrieben hatte.

Die Markgräfin und der Zimmergesell

War einst ein jung jung Zimmergesell,
Der baut' dem Markgrafen ein Haus
Von lauter Silber und Edelgestein,
Sechshundert Schauläden hinaus.

Und als das Haus gebauet war,
Legt' er sich hin und schlief;
Da kam des jungen Markgrafen Weib,
Zum zweiten und dritten sie rief:

»Steh auf, steh auf, junger Zimmergesell,
Denn es ist an der Stund;
Hast du so wohl ja gebaut das Haus,
So küß mich auf meinen Mund!«

»Ach nein, ach nein, Markgräfin fein,
Das wär uns beiden ein Schand;
Denn wenn es der junge Markgraf erführ,
Müßt ich wohl meiden das Land.«

Und als sie beide beisammen war'n
Und meinten, sie wären allein,
Da führte der Teufel das Kammerweib her,
Zum Schlüsselloch guckt sie hinein.

»Ach Herr, ach Herr, ach edler Herr,
Komm selber her und schau:
Da küßt der schwarzbraune Zimmergesell
Gar deine schneeweiße Frau.«

»Und hat er geküßt meine schöne Frau,
Des Todes muß er sein!
Einen Galgen soll er sich selber erbaun
Zu Schaffhausen drauß an dem Rhein.«

Und als der Galgen gebauet war,
Da führten sie ihn zur Stell;
Er schlug die Äugelein unter sich,
Der schwarzbraune Zimmergesell.

Und als die Frau Markgräfin das vernahm,
Ihr'n Knappen rief sie herein:
»Mein Pferd sollst du mir satteln bald
Gen Schaffhausen drauß an dem Rhein.«

Und als das Pferd gesattelt war,
Da ritt sie hinaus gar schnell;
Da stieg die Leiter eben hinan
Der schwarzbraune Zimmergesell.

Und als der schwarzbraune Zimmergesell
Die letzte Sprossen auftrat,
Er sprach: »Ihr sieben Landesherren,
Gebt mir ein's Wortes Macht!

Und käm die junge Frau Markgräfin
Wohl vor Euer Bettlein zu stahn:
Wollt Ihr sie herzen und küssen,
Oder wollt Ihr sie lassen gahn?«

Da sprach zuhand ein Edelherr,
Ein alter, greisgrauer Mann:
»Ich wollt sie herzen und küssen
Und wollt sie freundlich umfahn.«

»Wollt Ihr sie herzen und küssen
Und wollt sie freundlich umfahn:
So hat auch der schwarzbraune Zimmergesell
So Arges nicht getan.« –

Da sprach der Markgraf selber wohl:
»Wir wollen ihn leben lan!
Ist keiner doch unter uns allen hier,
Der dies nicht hätt' getan.«

Was zog er aus seiner Taschen gar schnell?
Wohl hundert Goldkronen so rot:
»Geh mir, geh mir aus dem Land hinaus,
Du findest wohl überall Brot.«

Und als er hinausgezogen war
Und ging wohl über die Heid,
Da stund des jungen Markgrafen sein Weib
In ihrem schneeweißen Kleid:

»Wohin, du schwarzbrauner Zimmergesell,
Wohin steht dir dein Sinn?«
»Nach Koblenz will ich reisen behend,
Nach Düsseldorf steht mir mein Sinn.«

Was zog sie von ihrem Finger gar schnell?
Von Gold ein Ringelein:
»Sieh da, sieh da, junger Zimmergesell,
Dabei gedenk du mein!«

Was zog sie aus ihrer Taschen gar schnell?
Vielhundert Dukaten von Gold:
»Nimm's hin, du schöner, feiner Gesell,
Nimm's hin zu deinem Gold.

Und wenn dir der Wein zu sauer ist,
So trinke Malvasier;
Doch wenn mein Mündlein dir süßer ist,
So komm nur wieder zu mir!«

*Die Herkunft dieser Ballade ist unklar.
Sie wurde am jeweiligen Ort mit entsprechend
veränderten Städtenamen gesungen.*

Liebes Mädchen, ich steh draussen

»Liebes Mädchen, ich steh draußen
An dei'm Fensterlein;
Hörst du nicht die Winde brausen?
Komm und laß mich ein!

Ach, ich bin so herzlich müde,
Hier im Sturm zu stehn.
Liebes Mädchen, holder Engel,
Höre doch mein Flehn!«

»Ach, so warte nur ein wenig,
Bis sich nichts mehr rührt.«
»Liebes Mädchen, holder Engel,
Komm, mach auf die Tür.

Schon die halbe Nacht gesungen,
O ich Armer hier!
Laß dich doch erbitten, Täubchen,
Komm, mach auf die Tür!

Jetzt hör ich das Fenster krachen,
Bald sieht sie heraus;
Nun wird sie die Tür aufmachen,
Dann komm ich ins Haus.

So gewiß ist denn die Wonne,
Heut' bei dir zu sein.
Schönstes Mädchen, Herzenssonne,
Du bleibst ewig mein!« –

»Ei, so komm und genieß die Wonne,
Die uns glücklich macht,
Bis die goldne Morgensonne
Uns vom Schlaf erwacht!«

Wenn Vater und Mutter schlafen

Wenn der Hahn tut krähen,
Dann ist nicht lang bis Tag.
Dann gehn die jungen Bürschchen
Spazieren die ganze Nacht.

Und wenn sie dann spazieren gehn,
Dann gehn sie gern allein.
»Steh auf du wackres Mädelein,
Komm laß mich zu dir herein!«

»Ich laß dich fürwahr nicht herein,
Ich weiß nicht, wer du bist;
Ich hör's an deiner Rede,
Daß du mein Schatz nicht bist.«

»Hörst du's an meiner Rede,
Daß ich dein Schatz nicht bin;
So zünde dir ein Lichtlein an,
So siehst du, wer ich bin.«

»Die Hochzeit woll'n wir halten,
Die Hochzeit bei der Nacht,
Wenn Vater und Mutter schlafen,
Dann halten wir's bei der Nacht.«

Wär ich ein wilder Falke

Wär ich ein wilder Falke,
Ich wollt mich schwingen auf
Und wollt mich niederlassen
Vor eines Grafen Haus.

Denn darin lebt ein Mädlein,
Magdalena ist sie genannt,
So hab ich freier Berggesell
Kein schöner brauns Maidlein erkannt.

An einem Montag es geschah,
An einem Montag sehr früh,
Da sah ich die schöne Magdalena
In Vaters Garten ausgehn.

Da sie nun in den Garten kam,
Wohl unter die Linden lief,
Da lag ich freier Berggesell
Darunter süß und schlief.

»Wohlauf, mein Berggesell,
geschwinde,
Denn es ist an der Zeit,
Ich hör die Schlüsselein klingen,
Mein Mutter ist nit weit.«

»Hörst du die Schlüsselein klingen
Und ist dein Mutter nit weit,
So flieh mit mir von hinnen
Wohl über die Heiden breit.«

Ich nahm sie bei der Hände,
Bei ihrer schneeweißen Hand,
Und führt sie an ein Ende,
Wo ich ein Herberg fand.

Da lagen wir zwei in Freuden
Bis auf dritthalbe Stund:
»Kehr dich rumb, schöne Magdalena,
Beut mir dein roten Mund.«

»Du sagst mir wohl von Kehren,
Sagst mir von keiner Eh;
Und wär es nicht geschehen,
Geschäh's doch nimmermehr.«

Und wer dieses Liedlein gesungen,
Von neuem gesungen hat:
Ein freier Berggesell ist er genannt,
Auf Sankt Annaberg in der Stadt.

Der Buhle am Narrenseil

Und wöllt ihr hören, was ich will jehen,
Wie es dem Hänslein Beckenknecht ist geschehen
Wohl mit seinem feinen Edelstein?
Die Nacht wollt er bei ihr schlafen,
Sie wollt ihn nit lassen ein.

»Hänslein Buhl, ich darf dich nicht einher lassen,
Mein Herr leit in seiner Kammer und will schlafen,
Will dir das lange Narrenseil
Hinab auf die Erde lassen,
Darein so setz du dich!«

Der Hänslein Buhl, der hätt' sich eins vergessen,
Wie bald er sich in das Narrenseil tät setzen.
Sie zug ihn hinauf bis auf den halben Teil,
Darnach ließ sie ihn hangen
Wohl an dem Narrenseil.

Das Elselein, das war gar unverdrossen,
Wie bald kam es vor des Herren Kämmerlein geloffen:
»Steht auf, trautlieber Herre mein,
Ein kleines Waldvögelein hab ich gefangen,
Es ist der Hänslein Beckenknecht.«

Der Herr kam in des Elsleins Kämmerlein gegangen:
»Welcher Teufel hat sich unter meinen Laden her gehangen?
Magst mir wohl ein schlechter Buhle sein,
Du solltest daheim beleiben,
Sollt'st backen die Semmelein!«

»So wollt ich lieber drei Tag Semmeln backen,
Denn daß ich soll ein halbe Nacht hie wachen!
Ach Elslein, laß mich zu der Erd,
Ich gib dir des meine Treue,
Ich nim'm dich zu der Ehe!«

Er nahm das Elslein bei ihr schneeweißen Hände,
Er führt's wohl durch des grünen Walds ein Ende,
Er führt's wohl in der Fräulein-Haus;
Er versetzte sie um zehn Gülden rot
Und zog zum Tor hinaus.

»Ach Hänslein Buhl, laß dich mein Leid erbarmen,
Führ mich hinaus, schleuß mich in dein schneeweißen Arme
Und führe mich aus der Fräulein-Haus;
Läßt du mich heint darinnen,
Nie mehr kann ich heraus!«

»Ach Elslein Buhl, daran sollt du gedenken,
Wie du mich in dem Narrenseil hast lassen henken,
Du solltest fürbaß nimmermehr
Keinem frummen Gesellen
Stehlen seine Treu und Ehr!«

Ich wollt' gern wissen, wie der hieß,
Der sich die Weiber nit narren ließ.

Worterklärungen: jehen = sagen; einher = herein

Der Schreiber im Korbe

Nun wollen wir aber heben an
Von einem Schreiber wohlgetan:
Henrice Kunrade, der Schreiber im Korbe.

Es ging ein Schreiber spazieren aus,
Wohl an dem Markt, da stat ein Haus.

He sprach: »Gott grüß Euch, Jungfrau fein!
Nun wollt Ihr heint mein Schlafbuhl sein?«

Sie sprach: »Kummt schier herwiedere
Wenn sich mein Herr legt niedere.«

Wohlhin, wohlhin gen Mitternacht,
Der Schreiber kam gegangen dar.

Sie sprach: »Mein Schlafbuhl solltu nit sein,
Du setzest dich denn in das Körbelein.«

Dem Schreiber gefiel der Korb nit wohl,
Er dorft ihm nit getrauen wohl.

Der Schreiber wollt gen Himmel fahren,
Do hätt er weder Roß noch Wagen.

Sie zog ihn auf bis an das Dach,
Des Teufels Nam fiel er wieder 'rab.

Er fiel so hart auf seine Lend,
Er sprach: »Daß dich der Teufel schänd.

Pfui dich, pfui dich, du böse Haut!
Ich hätt' dir des nit zugetraut.«

Der Schreiber gäb ein Gulden drum,
Daß man das Liedle nimmer sung.

Ein Schreiber soll zur Schule gan,
Sie solln ihr Buhln unterwegen lan.

Der uns das Liedlein neus gesang,
Ein gut Gesell ist er's genannt.
Henrice Kunrade, der Schreiber im Korbe.

Die vermutlich aus dem Mittelalter überlieferte Ballade hat im Jahre 1510 zu Mord und Totschlag geführt. Bauern, Handwerker und Bergleute nämlich besangen das malheureuse Liebesabenteuer öffentlich zum Spott der Schreiber – der Studenten also und der gelehrten Herren –, die darüber in Wut gerieten und sich schließlich mit den Sängern im sächsischen Freiberg so nachhaltig prügelten, daß »unterschiedliche Todtschläge geschehen und der Lärm kaum von der Obrigkeit gestillet werden konnte« (Kirchen-Historie der Stadt Freiberg). Kurz darauf gab's wegen dieser Ballade auch in Zwickau, Meißen, Annaberg und Chemnitz »viel Tumult, Unarten, Aufruhr und Todtschläge« (Schmidt's zwickauische Chronik). Ein Jahr später ist es »zwischen Bergleuten und Scholasticis wegen besagten Liedchens zum gefährlichen Aufstand gekommen, den man nur mit bewaffneter Hand gestillt und dessen Urheber zur Haft gebracht worden« (Annaeberg. annales). In Annaberg ließ »Herzog Georg etliche von den Schulen gefänglich einnehmen und auf Chemnitz führen, ... denn es war ... grosser Aufruhr wegen des Gesanges ..., so daß man Tag und Nacht musste im Harnisch reiten, ehe man die Bergleute und alle Aufwiegler stillete« (B. Gipfel's handschrftl. Chronika von St. Annaberg).

Gretlein

»Nun schürz dich, Gretlein,
schürz dich,
Du mußt mit mir davon!
Das Korn ist abgeschnitten,
Der Wein ist eingetan.«

»Ach Hänslein, liebes Hänslein,
So laß mich bei dir sein,
Die Wochen auf dem Felde,
Die Feiertag bei dem Wein!«

Da nahm er bei der Hände,
Bei ihr schneeweißen Hand,
Er führt sie an ein Ende,
Da er ein Wirtshaus fand.

»Nun Wirtin, liebe Wirtin,
Schaut uns umb kühlen Wein!
Die Kleider dieses Gretlein
Müssen verschlemmet sein!«

Die Gret hub an zu weinen,
Der Unmut, der war groß,
Daß ihr die lichte Zäher
Über ihr Wänglein floß.

»Ach Hänslein, liebes Hänslein,
Du redest nicht also,
Da mich daheim ausführtest
Aus meines Vaters Hof.«

Er nahm sie bei der Hände,
Bei ihr schneeweißen Hand,
Er führt sie an ein Ende,
Da er ein Gärtlein fand.

»Ach Gretlein, liebstes Gretlein,
Warum weinst du so sehr?
Reuet dich dein freier Mut
Oder reuet dich dein Ehr?«

»Es reut mich nicht mein freier Mut,
Darzu auch nicht mein Ehr:
Es reuen mich meine Kleider,
Die werden mir nimmer mehr!«

Die in vielerlei Textvarianten bekannte und mündlich wahrscheinlich aus dem Mittelalter überlieferte Ballade ist erstmals auf einem Fliegenden Blatt um 1530 dokumentiert. Sie galt einst als unmoralisch. Heinrich Heine indes bekannte sich dazu: »unsere Gretel sollt ihr kennenlernen. Es ist ein aufrichtiges Mädel, und ich liebe sie sehr.« Der Volksliedsammler Franz Magnus Böhme (1827–1898) schrieb: »Mit dieser schwärmerischen Liebe dürfte Heine wohl ziemlich allein sein. Solchen unmoralischen Szenen, wie sie das Gretleinlied entrollt, hat das Strafgesetzbuch längst ein Ende gemacht; auch das veredelte Wohlanstandsgefühl läßt dergleichen nicht mehr aufkommen.«

Es wollt ein Maidlein Wasser holen

Es wollt ein Maidlein Wasser holn
Bei einem kühlen Brunne.
Was fand sie, an dem Wege stan?
Ein Knäblein, das war junge.
Es setzt sein Krüglein neben sich
Und fraget: Wer er wäre?
Er sprach: Wollt Ihr mein Buhle sein?
Sie sprach: Von Herzen gere!
Kommt here, kommt here!

Die Mutter zu dem Töchterlein sprach:
Wo warst du nächt' so lange?
Ei du liebes Mütterlein,
Ich stund bei dreien Manne,
Der eine pfiff mir also wohl,
Daß ich mit ihm mußt tanze,
Der ander wollt mein Buhle sein,
Dem dritten geriet die Schanze
Bei Tanze, bei Tanze.

So schau, mein liebes Töchterlein,
Daß es dich nit gereue!
Ach nein, du liebes Mütterlein,
Er gab mir des sein Treue.
Hätt er mir sein Treu nicht gegeben,
Es wär ihm nicht geroten.
Er hat der gulden Pfennig viel,
Die woll wir von ihm schroten.
Kumm spate, kumm spate!

Dort in meines Vaters Haus
Steht ein Baum im Garten,
Es sei gleich Ritter oder Knecht,
So darf er mein nit warten:
Hab mir ein feins Lieb auserkorn
Gar heimlich und gar stille.
Ich hab mein Kränzlein hie verlorn
Durch meines Buhlen Wille.
Schweig stille! Schweig stille!

Der uns dieses Liedlein sang,
Von neuem hat gesungen,
Das hat getan ein Landsknecht gut,
Ihm ist nit wohl gelungen.
Er singt uns das und noch viel mehr,
Er hat's so frei gesungen.
Er hat kein Geld im Säckel mehr:
Der Würfel hat's ihm genummen
Beim Brunnen, beim Brunnen.

Die Mutter spricht

Die Mutter spricht: »Ich will's
nicht leiden,
Daß Nachbars Fritz dich immer küßt.«
Allein, ich kann ihn ja nicht meiden,
Weil er ein lieber Junge ist!

Man hat doch wahrlich nichts als Plage
Nun einmal hier auf dieser Welt;
Die Mutter zankt mich alle Tage
Um etwas, das mir wohlgefällt.

Was ist's nun weiter, mich zu küssen?
Als ob dies gar ein Unrecht ist;
Die Mutter muß das besser wissen,
Sie hat schon längst vor mir geküßt.

Es sind wohl mehr die bösen Leute,
Die sehen uns immer ins Gesicht;
Doch meistens gehn wir ja bei Seite,
Und dann? Dann sehen sie's ja nicht.

Doch ich bewahre mein Gewissen,
So wird gewiß auch mir verziehn;
Er soll mich künftig nicht mehr küssen,
Nein, Mutter, künftig küss' ich ihn!

Pst!

Es gibt ja leider Sachen und
Geschichten,
Die reizend und pikant,
Nur werden sie von Tanten und
von Nichten
Niemals genannt.

Verehrter Freund, so sei denn nicht
vermessen,
Sei zart und schweig auch du.
Bedenk: Man liebt den Käse wohl, indessen
Man deckt ihn zu.

Wilhelm Busch

Wer lieben will, muss leiden

Wer lieben will, muß leiden,
Ohne Leiden liebt man nicht.
Sind das nicht süße Freuden,
Wenn die Lieb von beidem spricht?

Wer Rosen will abbrechen,
Der scheu die Dornen nicht.
Wenn sie gleich heftig stechen,
So genießt man doch die Frücht.

Mich drückt, ich darf's nicht sagen,
Mich drückt ein hartes Joch;
Mich drückt's, und ich darf's
nicht klagen,
Ach Himmel, hilf mir doch!

Die ich so gerne hätte,
Die ist mir nicht erlaubt;
Ein andrer sitzt am Bette,
Hat mir mein Herz geraubt.

Hätt' ich dich nie gesehen,
Wie glücklich könnt ich sein!
Aber leider ist's geschehen:
Mein Herz ist nicht mehr mein!

Ein Jüngling liebt ein Mädchen

Ein Jüngling liebt ein Mädchen,
Die hat einen andern erwählt;
Der andre liebt eine andre
Und hat sich mit dieser vermählt.

Das Mädchen heiratet aus Ärger
Den ersten besten Mann,
Der ihr in den Weg gelaufen;
Der Jüngling ist übel dran.

Es ist eine alte Geschichte,
Doch bleibt sie immer neu;
Und wem sie just passieret,
Dem bricht das Herz entzwei.

Heinrich Heine

Der Himmel ist so trübe

Der Himmel ist so trübe,
Scheint weder Mond noch Stern;
Der Jüngling, den ich liebe,
Der ist so weit entfernt.

Ach hätten meine Augen
Den Jüngling nie gesehn,
So könnt ich froh und glücklich
Durch dieses Leben gehn!

Du gedachtest mich zu kränken,
Wenn du mit andern scherzt.
Ich werd es dir gedenken
Und schreiben in mein Herz.

Vor Kummer und vor Sorgen
Kann ich nicht schlafen ein:
Im Schoß der kühlen Erde
Wird Ruhe für mich sein.

Wenn ich schon längst gestorben,
Mein Leib zur Asche ist,
So kannst du zu dir sagen:
Die hab ich einst geliebt.

Mägdleins Klage

Ach Gott, wem soll ich's klagen,
Das heimlich Leiden mein!
Mein Buhl ist mir verjaget,
In fremde Land dahin.
Mein Lieb ist mir verjaget,
Scheiden ist mir worden kund.
Ach Gott, wem soll ich's klagen?
Mein Herz ist mir verwundt.

Ich hätt' auf ihn gebauet
Als auf ein harten Stein.
Es hat mich sehr gereuet,
Die Lieb ist worden klein.
Kann ich von ihm wohl spüren;
Er ist voll arger List
Und hat an mir gebrochen,
Daran kein Zweifel ist.

Daran soll ihr gedenken,
Ihr jungen Jungfraun fein!
An aller falschen Knaben Treu,
Und die ist wahrlich nit klein.
Denn sie sind falsch im Herzen,
Sind aller Untreu voll,
Mit Schimpfen und mit Scherzen,
Wie man sie haben soll.

Ach wie bald, ach wie bald

Ach wie bald, ach wie bald,
Schwindet Schönheit und Gestalt!
Prahlst du gleich mit deinen Wangen,
Die wie Schnee und Rosen prangen,
Auch die Rosen welken ab.

Kaum gedacht, kaum gedacht,
Ist der Freud ein End gemacht,
Gestern Lust und Freud genossen,
Heute durch die Brust geschossen,
Morgen in dem kühlen Grab.

Weine nicht, weine nicht,
Falsche Seele, weine nicht!
Denn was nützen solche Tränen,
Die aus falschem Herzen strömen,
Wo kein Treu zu finden ist?

Wie das ist, wie das ist,
Aller Mädchen Freud und List:
Viel versprechen, wenig halten,
In der Liebe ganz erkalten,
Eh der Tag vorüber ist.

Machtest mir, machtest mir
Stets nur Kummer, Sorg und Müh!
In der Nacht bei Sturm und Regen
Lief ich deiner Lieb entgegen,
Und du bist so falsch an mir!

Fort von mir, fort von mir,
Falsche Seele, fort von mir!
Jetzt zerreiß ich alle Stricke,
Bei mir findest du kein Glücke –
Hätt' ich dich doch nie gekannt!

Das zerbrochene Ringlein

In einem kühlen Grunde
Da geht ein Mühlenrad,
Mein' Liebste ist verschwunden,
Die dort gewohnet hat.

Sie hat mir Treu versprochen,
Gab mir ein'n Ring dabei,
Sie hat die Treu gebrochen,
Mein Ringlein sprang entzwei.

Ich möcht' als Spielmann reisen
Weit in die Welt hinaus,
Und singen meine Weisen,
Und gehn von Haus zu Haus.

Ich möcht' als Reiter fliegen
Wohl in die blut'ge Schlacht,
Um stille Feuer liegen
Im Feld bei dunkler Nacht.

Hör' ich das Mühlrad gehen:
Ich weiß nicht, was ich will –
Ich möcht' am liebsten sterben,
Da wär's auf einmal still!

Joseph Freiherr von Eichendorff

Vertont von Friedrich Glück

Die Rosen im Garten

In den Garten wollen wir gehen,
Wo die schönen Rosen stehen,
Da stehn der Rosen gar zu viel,
Brech ich mir eine, wo ich will.

Wir haben gar oft beisammen gesessen,
Wie ist mir mein Schatz so treu gewesen!
Das hatt' ich mir nicht gebildet ein,
Daß mein Schatz so falsch könnt' sein.

Hört ihr nicht den Jäger blasen
In dem Wald auf grünen Rasen?
Den Jäger mit dem grünen Hut,
Der mein' Schatz verführen tut.

Hört ihr nicht den Trompeter blasen
In der Stadt auf der Parade?
Der Trompeter mit dem Federhut,
Der mir mein' Schatz verraten tut.

Blaublümelein

Es fiel ein Reif in Frühlingsnacht
Wohl über die schönen Blaublümelein:
Sie sind verwelket, verdörret.

Ein Knabe hatt' ein Mädchen lieb,
Sie liefen heimlich vom Hause fort,
Es wußt's nicht Vater noch Mutter.

Sie liefen weit ins fremde Land,
Sie hatten weder Glück noch Stern,
Sie sind verdorben, gestorben.

Auf ihrem Grab Blaublümchen blühn,
Umschlingen sich treu wie sie im Grab,
Der Reif sie nicht welket, nicht dörret.

Das Veilchen

Ein Veilchen auf der Wiese stand,
Gebückt in sich und unbekannt,
Es war ein herzig's Veilchen.
Da kam eine junge Schäferin
Mit leichtem Schritt und munterm Sinn
Daher, daher,
Die Wiese her, und sang.

Ach! denkt das Veilchen, wär' ich nur
Die schönste Blume der Natur,
Ach, nur ein kleines Weilchen,
Bis mich das Liebchen abgepflückt
Und an dem Busen matt gedrückt!
Ach nur, ach nur
Ein Viertelstündchen lang!

Ach, aber ach! Das Mädchen kam
Und nicht in acht das Veilchen nahm,
Ertrat's, das arme Veilchen.
Und sank und starb und freut sich noch:
Und sterb' ich denn, so sterb' ich doch
Durch sie, durch sie,
Zu ihren Füßen doch!

Johann Wolfgang Goethe

Vertont von Johann Friedrich Reichardt

Winterreise

Bei diesem kalten Wehen
Sind alle Straßen leer,
Die Wasser stille stehen,
Ich aber schweif' umher.

Die Sonne scheint so trübe,
Muß früh hinuntergehn;
Erloschen ist die Liebe,
Die Lust kann nicht bestehn.

Nun geht der Wald zu Ende,
Im Dorfe mach' ich Halt;
Da wärm' ich mir die Hände,
Bleibt auch das Herze kalt.

Ludwig Uhland

Des Pfarrers Tochter von Taubenheim

Da drunten auf der Wiesen,
Da ist ein kleiner Platz,
Da tät ein Wasser fließen,
Da wächst kein grünes Gras.

Da wachsen keine Rosen
Und auch kein Rosmarein,
Hab ich mein Kind erstochen
Mit einem Messerlein.

Im kühlen Wasser fließet
Sein rosenrotes Blut,
Das Bächlein sich ergießet
Wohl in die Meeresflut.

Vom hohen Himmel sehen
Zwei blaue Äugelein;
Seh ich mein Englein stehen
In einem Sternelein.

Dort droben auf dem Berge,
Da steht das hohe Rad,
Will ich mich drunter legen
Und trauern früh und spat.

Hast du mich denn verlassen,
Der mich betrogen hat,
Will ich die Welt verlassen,
Bekennen meine Tat.

Der Leib, der wird begraben,
Der Kopf steht auf dem Rad,
Es fressen den die Raben,
Der mich verführet hat.

Diese Volksballade – Ort und Zeit ihrer Entstehung sind unbekannt – hat Gottfried August Bürger wahrscheinlich zu der Ballade »Des Pfarrers Tochter von Taubenhain« angeregt ...

Des Pfarrers Tochter von Taubenhain

Im Garten des Pfarrers von Taubenhain
Geht's irre bei Nacht in der Laube.
Da flüstert und stöhnt's so ängstiglich;
Da rasselt, da flattert und sträubet es sich,
Wie gegen den Falken die Taube.

Es schleicht ein Flämmchen am Unkenteich,
Das flimmert und flammert so traurig.
Da ist ein Plätzchen, da wächst kein Gras;
Das wird vom Tau und vom Regen nicht naß;
Da wehen die Lüftchen so schaurig. –

Des Pfarrers Tochter von Taubenhain
War schuldlos wie ein Täubchen.
Das Mädel war jung, war lieblich und fein,
Viel ritten der Freier nach Taubenhain
Und wünschten Rosetten zum Weibchen. –

Von drüben herüber, von drüben herab,
Dort jenseits des Baches vom Hügel,
Blinkt stattlich ein Schloß auf das Dörfchen im Tal,
Die Mauern wie Silber, die Dächer wie Stahl,
Die Fenster wie brennende Spiegel.

Da trieb es der Junker von Falkenstein
In Hüll' und in Füll' und in Freude.
Dem Jüngferchen lacht' in die Augen das Schloß,
Ihr lacht' in das Herzchen der Junker zu Roß,
Im funkelnden Jägergeschmeide. –

Er schrieb ihr ein Briefchen auf Seidenpapier,
Umrändelt mit goldenen Kanten.
Er schickt' ihr sein Bildnis, so lachend und hold,
Versteckt in ein Herzchen von Perlen und Gold;
Dabei war ein Ring mit Demanten. –

»Laß du sie nur reiten und fahren und gehn!
Laß du sie sich werben zuschanden!
Rosettchen, dir ist wohl was Bessers beschert.
Ich achte des stattlichsten Ritters dich wert,
Beliehen mit Leuten und Landen.

Ich hab' ein gut Wörtchen zu kosen mit dir;
Das muß ich dir heimlich vertrauen.
Drauf hätt' ich gern heimlich erwünschten Bescheid.
Lieb Mädel, um Mitternacht bin ich nicht weit;
Sei wacker und laß dir nicht grauen!

Heut Mitternacht horch auf den Wachtelgesang
Im Weizenfeld hinter dem Garten.
Ein Nachtigallmännchen wird locken die Braut
Mit lieblichem tief aufflötendem Laut;
Sei wacker und laß mich nicht warten!« –

Er kam in Mantel und Kappe vermummt,
Er kam um die Mitternachtsstunde,
Er schlich, umgürtet mit Waffen und Wehr,
So leise, so lose, wie Nebel, einher
Und stillte mit Brocken die Hunde.

Er schlug der Wachtel hellgellenden Schlag,
Im Weizenfeld hinter dem Garten.
Dann lockte das Nachtigallmännchen die Braut
Mit lieblichem tief aufflötendem Laut;
Und Röschen, ach! – ließ ihn nicht warten. –

Er wußte sein Wörtchen so traulich und süß
In Ohr und Herz ihr zu girren! –
Ach, Liebender Glauben ist willig und zahm!
Er sparte kein Locken, die schüchterne Scham
Zu seinem Gelüste zu kirren.

Er schwur sich bei allem, was heilig und hehr,
Auf ewig zu ihrem Getreuen.
Und als sie sich sträubte, und als er sie zog,
Vermaß er sich teuer, vermaß er sich hoch:
»Lieb Mädel, es soll dich nicht reuen!«

Er zog sie zur Laube, so düster und still,
Von blühenden Bohnen umdüftet.
Da pocht' ihr das Herzchen; da schwoll ihr die Brust;
Da wurde vom glühenden Hauche der Lust
Die Unschuld zu Tode vergiftet. – – –

Bald, als auf duftendem Bohnenbeet
Die rötlichen Blumen verblühten,
Da wurde dem Mädel so übel und weh;
Da bleichten die rosichten Wangen zu Schnee;
Die funkelnden Augen verglühten.

Und als die Schote nun allgemach
Sich dehnt' in die Breit' und Länge;
Als Erdbeer' und Kirsche sich rötet' und schwoll,
Da wurde dem Mädel das Brüstchen voll,
Das seidene Röckchen zu enge.

Und als die Sichel zu Felde ging,
Hub's an sich zu regen und strecken.
Und als der Herbstwind über die Flur
Und über die Stoppel des Habers fuhr,
Da konnte sie's nicht mehr verstecken.

Der Vater, ein harter und zorniger Mann,
Schalt laut die arme Rosette:
»Hast du dir erbuhlt für die Wiege das Kind,
So hebe dich mir aus den Augen geschwind
Und schaff' auch den Mann dir ins Bette!«

Er schlang ihr fliegendes Haar um die Faust;
Er hieb sie mit knotigen Riemen.
Er hieb, das schallte so schrecklich und laut!
Er hieb ihr die samtene Lilienhaut
Voll schwellender blutiger Striemen.

Er stieß sie hinaus in der finstersten Nacht
Bei eisigem Regen und Winden.
Sie klimmt' am dornigen Felsen empor,
Und tappte sich fort bis an Falkensteins Tor,
Dem Liebsten ihr Leid zu verkünden. –

»O weh mir, daß du mich zur Mutter gemacht,
Bevor du mich machtest zum Weibe!
Sieh her! Sieh her! Mit Jammer und Hohn
Trag' ich dafür nun den schmerzlichen Lohn
An meinem zerschlagenen Leibe!«

Sie warf sich ihm bitterlich schluchzend ans Herz;
Sie bat, sie beschwur ihn mit Zähren:
»O mach' es nun gut, was du übel gemacht!
Bist du es, der so mich in Schande gebracht,
So bring' auch mich wieder zu Ehren!« –

»Arm Närrchen«, versetzt' er, »das tut mir ja leid!
Wir wollen's am Alten schon rächen.
Erst gib dich zufrieden und harre bei mir!
Ich will dich schon hegen und pflegen allhier.
Dann wollen wir's ferner besprechen.« –

»Ach, hier ist kein Säumen, kein Pflegen, noch Ruh'n!
Das bringt mich nicht wieder zu Ehren.
Hast du einst treulich geschworen der Braut,
So laß auch an Gottes Altare nun laut
Vor Priester und Zeugen es hören!«

»Ho, Närrchen, so hab' ich es nimmer gemeint!
Wie kann ich zum Weibe dich nehmen?
Ich bin ja entsprossen aus adligem Blut.
Nur Gleiches zu Gleichem gesellet sich gut;
Sonst müßte mein Stamm sich ja schämen.

Lieb Närrchen, ich halte dir's, wie ich's gemeint:
Mein Liebchen sollst immerdar bleiben.
Und wenn dir mein wackerer Jäger gefällt,
So lass' ich's mir kosten ein gutes Stück Geld.
Dann können wir's ferner noch treiben.« –

»Daß Gott dich! – du schändlicher, bübischer Mann! –
Daß Gott dich zur Hölle verdamme! –
Entehr' ich als Gattin dein adliges Blut,
Warum denn, o Bösewicht, war ich einst gut
Für deine unehrliche Flamme? –

So geh dann und nimm dir ein adliges Weib! –
Das Blättchen soll schrecklich sich wenden!
Gott siehet und höret und richtet uns recht.
So müsse dereinst dein niedrigster Knecht
Das adlige Bette dir schänden!

Dann fühle, Verräter, dann fühle, wie's tut,
An Ehr' und an Glück zu verzweifeln!
Dann stoß' an die Mauer die schändliche Stirn
Und jag' eine Kugel dir fluchend durchs Hirn!
Dann, Teufel, dann fahre zu Teufeln!« –

Sie riß sich zusammen, sie raffte sich auf,
Sie rannte verzweifelnd von hinnen,
Mit blutigen Füßen, durch Distel und Dorn,
Durch Moor und Geröhricht, vor Jammer und Zorn
Zerrüttet an allen fünf Sinnen.

»Wohin nun, wohin, o barmherziger Gott,
Wohin nun auf Erden mich wenden?« –
Sie rannte, verzweifelnd an Ehr' und an Glück,
Und kam in den Garten der Heimat zurück,
Ihr klägliches Leben zu enden.

Sie taumelt', an Händen und Füßen verklomt,
Sie kroch zur unseligen Laube;
Und jach durchzuckte sie Weh auf Weh,
Auf ärmlichem Lager, bestreuet mit Schnee,
Von Reisig und rasselndem Laube.

Es wand ihr ein Knäbchen sich weinend vom Schoß,
Bei wildem unsäglichem Schmerze.
Und als das Knäbchen geboren war,
Da riß sie die silberne Nadel vom Haar
Und stieß sie dem Knaben ins Herze.

Erst, als sie vollendet die blutige Tat,
Mußt', ach! ihr Wahnsinn sich enden.
Kalt wehten Entsetzen und Grausen sie an. –
»O Jesu, mein Heiland, was hab' ich getan?«
Sie wand sich das Bast von den Händen.

Sie kratzte mit blutigen Nägeln ein Grab
Am schilfigen Unkengestade.
»Da ruh du, mein Armes, da ruh nun in Gott,
Geborgen auf immer vor Elend und Spott! –
Mich hacken die Raben vom Rade!«

Das ist das Flämmchen am Unkenteich;
Das flimmert und flammert so traurig.
Das ist das Plätzchen, da wächst kein Gras;
Das wird vom Tau und vom Regen nicht naß!
Da wehen die Lüftchen so schaurig!

Hoch hinter dem Garten vom Rabenstein,
Hoch über dem Steine vom Rade
Blickt, hohl und düster, ein Schädel herab,
Das ist ihr Schädel, der blicket aufs Grab,
Drei Spannen lang an dem Gestade.

Allnächtlich herunter vom Rabenstein,
Allnächtlich herunter vom Rade
Huscht bleich und molkicht ein Schattengesicht,
Will löschen das Flämmchen und kann es doch nicht,
Und wimmert am Unkengestade.

Gottfried August Bürger

Die Ballade wurde auch von Bänkelsängern aufgegriffen, in Heftchen oder auf Fliegenden Blättern abgedruckt und zum Verkauf feilgeboten.

Der Pfalzgraf

Es reitet die Gräfin weit über das Feld
Mit ihrem gelbhaarigen Töchterlein fein,
Sie reiten wohl in des Pfalzgrafen sein Zelt
Und wollen fein fröhlich und lustig sein.

Frau Gräfin, was jagt ihr so früh schon hinaus?
O reitet mit eurem Feinliebchen nach Haus!
Der Pfalzgraf kommt selber gleich zu euch hinab,
Sie tragen ihn morgen hinunter ins Grab.

Es hat ihn eine Kugel so tödlich verwundt,
Da starb er sogleich in der nämlichen Stund,
Da schickt er dem Fräulein ein Ringelein fein,
Soll seiner beim Scheiden noch eingedenk sein.

»Hat dich, o Pfalzgraf, die Kugel getroffen,
Wär ich viel lieber im Neckar ersoffen;
Trägt man den Liebsten zum Kirchhof herein,
Steig ich wohl mit ihm ins Brautbett hinein.

Will reichen ihm meinen jungfräulichen Kranz,
Will sterben und scheiden von Gütern und Glanz;
Lieb Mutter, setz du mir den Kranz in das Haar,
Auf daß ich schön ruhen kann auf der Bahr!

Steck mir an den Finger das Ringlein fein,
Es mit mir soll liegen ins Grab hinein;
Ein schneeweißes Hemdelein zieh du mir an,
Auf daß ich kann schlafen bei meinem Mann!

Auf Töchterleins Grab sollst legen ein Stein,
Drauf sollen die Worte geschrieben sein:
Hier ruhet der Pfalzgraf und seine Braut,
Da hat man den beiden das Brautbett gebaut.«

Die Volksballade bezieht sich wahrscheinlich auf den Pfalzgrafen Friedrich Wilhelm (1665–1689), der vor Mainz erschossen wurde.

Linchen ging einmal spazieren

Linchen ging einmal spazieren
In den Myrthenhain;
Bald fand sich zu ihr im Grünen
Dort ein Jüngling ein.

Linchen war ein gutes Mädchen,
War schön, jung und treu,
Linchen war ein gutes Mädchen,
Etwas Schalk dabei.

Schön und niedlich war der Bube,
Lieblich sein Gesang.
Schön und niedlich war der Bube,
War wie ein Birken schlank.

»Gib mir doch ein einzigs Küßchen,
Liebes Linchen, her!«
Hierauf reicht sie ihm ein Küßchen
Und noch etwas mehr.

Eh sie von einander schieden,
Schwur der Jüngling Treu;
Als sie von einander waren,
War der Schwur vorbei.

Schattig ist der Wald und dunkel,
Und ich so allein!
Schattig ist der Wald und dunkel,
Und mir hilft kein Schrein.

»Linchen, deine Wangen blassen«,
Sprach die Mutter einst,
»Linchen, deine Wangen blassen,
Und du weinst allein?«

»Ach, ein Jüngling hat geschworen,
Und sein Schwur ist fort,
Ach, ein Jüngling hat geschworen,
Und mein Kranz ist fort.

Mutter, ach in wenig Tagen
Werd ich nicht mehr sein,
Mutter, ach in wenig Tagen
Scharrt man Linchen ein.

Dann so setzt am grünen Hügel
In dem Myrtenhain:
Dieser schwarze Todeshügel
Hüllt ein Mädchen ein!«

Es wollt ein Jäger jagen

Es wollt ein Jäger jagen,
Wollt jagen in einem Holz,
Da gingen auf der Heide
Drei Dirnlein, die waren stolz.

Die eine hieß Christeinlein,
Die ander hieß Madelin,
Die dritt, die hatt' kein Namen,
Die führt der Jäger hin.

Da nahm er's bei der Hande,
Schwang sich hinter ihr auf das Roß;
Er führt's gen Angelberge,
Gen Angelberge in das Schloß.

Und da er in gen Angelberg kam
Wohl unter das hohe Haus,
Da lugt der edele Herre
Zu einem Laden heraus.

»Sei Gott willkommen, Jäger,
Jäger, mein trauter Gesell!
Hast mir das Tierlein fangen,
Darnach ich so lang han gestellt?

Ach Jäger, lieber Jäger,
Führ mir's in mein Gaden
Und leg mir's an das Bette
Wohl in meinen weißen Arm.«

Sie lagen beieinander
Bis in die dritte Stund:
»Kehr dich, feins Lieb, herumme,
Beut mir dein roten Mund.«

»Ich kehr mich nit herumme;
Ich wär viel lieber daheim
Bei meiner lieben Mutter,
Die ließ ich nächten allein.«

»Ach Jäger, lieber Jäger,
Nun führ sie unter das Tor
Und laß das Tierlein laufen,
So ist's als frisch als vor.«

»Ach nichte, edler Herre,
Und zahlent dem Tierlein sein Ehr,
Es hat sie bei Euch verloren
Und findt sie doch nimmermehr.«

Da zog er ab der Hande
Von Gold ein Fingerlein:
»Seh hie, du mein feins Magedlein!
Darbei gedenkst du mein.«

»Was soll mir das rot Goldfingerlein,
So ich's doch nit tragen sollt
Vor Ritter und vor Knecht,
Das Silber und auch das Gold?«

Da zog sie ab ihr Kränzelein
Und warf es in das grüne Gras:
»Ich han dich gerne tragen,
Dieweil ich Jungfrau was.«

Auf hub sie wohl ihr Kränzelein,
Warf's in den grünen Klee:
»Gesegne dich Gott, mein Kränzelein,
Ich trag dich nimmerme.«

Der uns das Liedlein neu gesang
Und neues gesungen hat?
Es hat's getan ein edler Herr,
Gott geb ihm ein fein gut Jahr.

Er hat's gar wohl gesungen
Aus frischem, freiem Mut;
Er ist wohl inne worden,
Wie Scheiden von Lieben tut.

Es spielt ein Graf mit einer Magd

Es spielt ein Graf mit einer Magd,
Sie spielten alle beide,
Sie spielten die liebe lange Nacht
Bis an den hellen Morgen.

Als nun der Morgen anbrach,
Das Maidlein fing an zu weinen,
Es weint sich die schwarzbraun Äuglein rot,
Ringt ihre schneeweißen Hände.

»Wein nicht, wein nicht, allerschönstes Kind!
Die Ehre ich dir bezahle:
Ich will dir geben einen Reitersknecht,
Dazu dreihundert Taler.«

»Euren Reitersknecht, den mag ich nicht,
Was frag ich nach Eurem Gelde;
Ich will zu meiner Mutter gehn
In einem frischen Mute.«

Als sie nun vor die Stadt Regensburg kam,
Wohl vor die letzten Tore,
Da sah sie ihre Frau Mutter stahn,
Die tut ihr freundlich winken.

»Willkommen, willkommen, Tochter mein!
Wie hat es dir ergangen?
Dein Röcklein ist von hinten so lang,
So kurz ist dir's von vorne.«

Sie nahm das Mädel bei der Hand
Und führt sie in ihre Kammer,
Sie setzt ihr auf einen Becher Wein,
Dazu gebackene Fische.

»Ach herzallerliebste Mutter mein,
Ich kann nicht essen noch trinken:
Macht mir ein Bettlein weiß und fein,
Daß ich darin kann liegen.«

Als es nun gegen Mitternacht kam,
Das Maidlein tat verscheiden.
Da kam dem jungen Grafen ein Traum,
Sein Liebchen tät verscheiden.

»Ach allerliebster Reitknecht mein,
Sattle mir und dir zwei Pferde,
Wir wollen reiten Tag und Nacht,
Bis wir die Post erfahren.«

Als sie nun vor die Stadt Regensburg kam'n,
Wohl vor die hohen Tore,
Da trugen sie sein Feinsliebchen heraus
Auf einer Totenbahre.

»Setzt ab, setzt ab, ihr Träger mein,
Daß ich mein Liebchen schaue!
Ich schau nicht mehr als noch einmal
In ihre schwarzbraunen Augen.«

Er deckt ihr auf das Leichentuch
Und sah ihr unter die Augen:
»O weh, o weh! der blasse Tod
Hat's Äuglein dir geschlossen!«

Er zog heraus sein blankes Schwert
Und stach sich in sein Herze:
»Hab ich dir geben Angst und Pein,
So will ich leiden Schmerzen!«

Man legt den Grafen zu ihr in'n Sarg,
Verscharret sie unter die Linde:
Da wuchsen nach dreiviertel Jahr
Aus ihrem Grab drei Nelken.

Diese im gesamten deutschen Sprachraum populäre Volksballade wird heute noch mit varriierenden Texten zu unterschiedlichen Volksmelodien gesungen. Ihre Herkunft liegt im Dunkeln. Schriftliche Textfassungen tauchten im 18. Jahrhundert auf Fliegenden Blättern und in Jahrmarktsheftchen auf, die Ballade dürfte jedoch wesentlich älter sein.

Es wollte ein Mädchen die Lämmlein hüten

Es wollte ein Mädchen die Lämmlein hüten im Holze,
Da kam ein Reiter geritten daher so stolze:
»Ach Mädchen, feins Mädchen, was machest du hie?
Hüt'st du dir die Lämmlein und weidest sie dir?«
Da lachte das Mädchen so sehre.

»Feins Liebchen komm, wir wollen ein wenig hier scherzen!«
»Ach artiger Reiter, das geht ja doch nicht von Herzen.«
»Komm laß uns ein wenig bei Seite gehn!
Was brauchen die Leute uns alle zu sehn?«
Da lachte das Mädchen so sehre.

Sie gingen zusammen den Berg hinauf gar balde
Und setzten sich nieder bei einem Baum im Walde;
Er brach sich ab einen grünen Zweig
Und machte das Mägdlein zu seinem Weib.
Da lachte das Mädchen so sehre.

Und als sie nun eine Weile beisammen gewesen;
»Ach artiger Reiter, ich habe noch eins vergessen:
Wenn mich nun meine Mutter jaget hinaus,
Ach Reiter, wo find ich dann Euer Haus?«
Da weinte das Mädchen so sehre.

»Mein Haus steht drunten zu Köllen wohl an dem Rheine,
Es ist gebauet von Marmorstein gar feine;
Es hat weder Weg, es hat weder Steg,
Feins Liebchen, scher du dich deiner Weg!«
Da weinte das Mädchen so sehre.

Und als sie nun nach Hause kam gegangen,
Da kam die Mutter daher mit der langen Stangen:
»Wo bist du gewesen, du faule Haut?
Du bist wohl gewesen des Reiters Braut?«
Da weinte das Mädchen so sehre.

»Ach Mutter, ich bin im Rosengarten gewesen,
Da hab ich mir einen Dorn in den Fuß getreten.«
»Ja wohl einen Dorn in den linken Fuß,
Davon du dreiviertel Jahr hinken mußt.«
Da weinte das Mädchen so sehre.

»Wenn andre Mädchen zum Tanze gehn und springen,
Da mußt du bei der Wiege stehn und singen:
Schlaf ein, schlaf ein, lieb Kindelein!
Wo mag dein Vater, der Reiter, wohl sein?«
Da weinte das Mädchen so sehre.

Der ursprüngliche Text dieser Volksballade endet hier.
Später wurden dann zwei weitere Strophen mit glücklichem
Ausgang hinzugedichtet:

Das erste Jahr, da lag es in der Wiegen,
Das zweite Jahr, da lernte es schon kriechen,
Das dritte Jahr hatt' es keine Not,
Das vierte Jahr aß es Butter und Brot.
Da lachte das Mädchen so sehre.

Das fünfte Jahr, da ging's wohl an die Sonnen,
Das sechste Jahr holt's Wasser an dem Brunnen,
Das siebente Jahr kam der Bräutigam her
Und holte die Braut auf seinem Pferd.
Da lachte das Mädchen so sehre.

Ein Ritter und ein Mägdlein jung

Ein Ritter und ein Mägdlein jung
An eines Flusses Ufer saßen.
Wie stille da das Wasser stund,
Als sie von treuer Liebe sprachen.

Als dann das Mägdlein ward gewahr,
Daß sie ein Kindlein trage,
So ging sie vor den Ritter stahn
Und bat um seine Gnade:

»Genad, Genad! Stolz Ritter mein,
Genade meinem Leibe!
Sonst war ich ein gut Mägdelein,
Weiß nit, wo ich mit mein'm Kind jetzt bleibe.«

»Was Gnade sollt ich Euch wohl tun?
Ihr seid kein Kaiserinne,
Ich will Euch meinen Schildknecht gebn,
Kann ich ihn dazu bringen.«

»Den Schildknecht, nein, den will ich nicht,
Will des Herren Fraue sein.«
Der Ritter aber wollte nicht,
Wollt nicht das Mägdlein frein.

Das Mägdlein hatt' einen Bruder stolz,
Der war ihr gut und treue,
Tat einen Plan ihr offenbarn,
Bewies damit sein' Treue.

Als denn ihr Bruder ward gewahr,
Daß sie ein Kindlein mußt tragn,
Da ging er vor den Ritter stahn
Und bat ihn – mit zu Grabe.

»Gott grüß Euch!« sagt er, »Ritter frei,
Stolz Ritter, frei von Würden!
Ach, die von Euch ein Kindlein hat,
Liegt tot jetzt auf der Erden.«

»Ach, ist sie tot, das schöne Weib,
Die Überschöne, die ich minnte?
So will ich nun und nimmermehr
Mein graues Roß bereiten.

Holt meinen Speer und meinen Schild,
Mein Schwert an meine Seite,
Man findt der falschen Boten viel,
Ich will doch selbst hinreiten.«

Und als er auf die Heide kam,
Hört' er die Glocken klingen,
Er hörte aus dem Glockenklang:
Daß sie zur Erde müßt sinken.

Da nahm er seinen braunen Schild
Und warf ihn auf die Erden:
»Lieg dar, lieg dar, gutbrauner Schild,
Von mir sollst du nicht mehr
getragen werden!«

»Hebt auf doch Euren braunen Schild,
Hängt ihn an Eure Seiten!
Wär auch Eu'r Vater und Mutter tot,
Den Schmerz, den müßt Ihr leiden.«

»Wär auch mein Vater und Mutter tot
Und meine Brüder all' fünfe,
So wäre der Schmerz noch nicht so groß
Als der von diesem schönen Weibe.«

Und da er auf den Kirchhof kam,
Hört' er die Priester singen;
Er hört' wohl aus der Priester Sang,
Daß sie Vigilien sangen.

Und da er in die Kirche trat,
Sah er sein Liebchen auf der Bahre,
Bedeckt mit ein'm Leichentuch,
Als ob sie tot auch wäre.

Er hob wohl auf das Leichentuch
Und sah – ihr klein Fingerchen rühren,
Und dann so lacht ihr roter Mund,
Als sie den Ritter fühlte.

»Steht auf, steht auf, mein süßes Lieb,
Mein überschön Jungfraue!
Ich will Euch nun und nimmermehr
Erzeigen so groß' Untreue!

Wohlauf, wohlauf, mein süßes Lieb,
Mein überschön Jungfraue!
Wär's auch mei'm Vater und Mutter leid,
So will ich Euch zu meinem Weibe trauen.

Wär es mei'm Vater und Mutter leid
Und all'n fünf Brüdern mein:
So will ich Euch halten für meine Braut
Und trauen Euch zu meinem Weib.«

Dû bist mîn, ich bin dîn

Dû bist mîn, ich bin dîn:
Des solt dû gewis sîn.
Dû bist beslozzen
In mînem herzen;
Verlorn ist daz slüzzelîn:
Dû muost immer drinne sîn.

Der Autor dieses Gedichts ist möglicherweise Wernher von Tegernsee (12. Jahrhundert).

Ich bin dein, und du bist mein

Lieben, lieben, das ist gut,
Wer es recht verstehen tut.
Wer es aber nicht recht kann,
Der fang nicht zu lieben an.

Wenn wir uns nicht wiedersehn,
Bleibt doch unsre Lieb bestehn:
Ich bin dein, und du bist mein,
Schatz, was kann dann
schöner sein!

Tausend Küsse, liebes Kind,
Schick ich dir wohl durch den Wind,
Durch den Wind und durch das Meer:
Schatz, wenn ich nur bei dir wär!

Bauernregel

Im Sommer such' ein
Liebchen dir
In Garten und Gefild'!
Da sind die Tage lang genug,
Da sind die Nächte mild.

Im Winter muß der süße Bund
Schon fest geschlossen sein:
So darfst nicht lange stehn im Schnee
Bei kaltem Mondenschein.

Ludwig Uhland

Wenn du zu mei'm Schätzchen kommst

Wenn du zu mei'm
Schätzchen kommst,
Sag, ich ließ sie grüßen.
Wenn sie fraget, wie mir's geht,
Sag, auf beiden Füßen.

Wenn sie fraget, ob ich krank,
Sag, ich sei gestorben.
Wenn sie an zu weinen fangt,
Sag, ich käme morgen.

Bald gras ich am Neckar

Bald gras ich am Neckar,
Bald gras ich am Rhein,
Bald hab ich ein Schätzel,
Bald hab ich auch kein's.

Was nützt mich mein Grasen,
Wann d' Sichel nit schneid't?
Was nützt mich mein Schätzel,
Wenn's bei mir nit bleibt?

*

Und soll ich dann grasen
Am Neckar, am Rhein,
So werf ich mein schönes
Goldringlein hinein.

Es fließet im Neckar,
Es fließet im Rhein;
Soll schwimmen hinunter
Ins tiefe Meer 'nein.

Und schwimmt es, das Ringlein,
So frißt es ein Fisch;
Das Fischlein soll kommen
Aufs Königs sein'n Tisch.

Der König tät fragen,
Wem's Ringlein soll sein?
Da tät mein Schatz sagen:
»Das Ringlein g' hört mein!«

Mein Schätzlein tät springen,
Bergauf und bergein,
Tät wiedrum bringen
Das Goldringlein fein.

»Kannst grasen am Neckar,
Kannst grasen am Rhein,
Wirf du mir nur immer
Dein Ringlein hinein!«

Die ersten beiden Strophen dieses heute noch populären Volksliedes stammen aus unbekannter Zeit, alle weiteren wurden etwa um 1830 hinzugedichtet.

Ach, wie ist's möglich dann

Ach, wie ist's möglich dann,
Daß ich dich lassen kann,
Hab dich von Herzen lieb,
Das glaube mir!
Du hast das Herze mein
So ganz genommen ein,
Daß ich kein andre lieb,
Als dich allein.

Blau ist ein Blümelein,
Das heißt Vergißnichtmein;
Dies Blümlein leg ans Herz
Und denk an mich!
Stirbt Blüt und Hoffnung gleich,
Wir sind an Liebe reich,
Denn die stirbt nie bei mir,
Das glaube mir!

Wär ich ein Vögelein,
Wollt ich bald bei dir sein,
Scheut Falk und Habicht nicht,
Flög schnell zu dir;
Schöß mich ein Jäger tot,
Fiel ich in deinen Schoß;
Sähst du mich traurig an,
Gern stürb ich dann.

Helmine von Chézy

Vermutlich die Nachdichtung eines alten Textes. Vertont von Friedrich Wilhelm Kücken.

Wenn ich ein Vöglein wär

Wenn ich ein Vöglein wär
Und auch zwei Flüglein hätt',
Flög ich zu dir;
Weil es aber nicht kann sein,
Bleib ich allhier.

Bin ich gleich weit von dir,
Bin ich doch im Schlaf bei dir
Und red mit dir;
Wenn ich erwachen tu,
Bin ich allein.

Es vergeht keine Stund in der Nacht,
Da mein Herze nicht erwacht
Und an dich gedenkt,
Daß du mir viel tausendmal
Dein Herz geschenkt.

Die Zufriedenen

Ich saß bei jener Linde
Mit meinem trauten Kinde,
Wir saßen Hand in Hand;
Kein Blättchen rauscht' im Winde,
Die Sonne schien gelinde
Herab aufs stille Land.

Wir saßen ganz verschwiegen
Mit innigem Vergnügen,
Das Herz kaum merklich schlug.
Was sollten wir auch sagen?
Was konnten wir uns fragen?
Wir wußten ja genug.

Es mocht' uns nichts mehr fehlen,
Kein Sehnen konnt' uns quälen,
Nichts Liebes war uns fern;
Aus liebem Aug' ein Grüßen,
Vom lieben Mund ein Küssen
Gab eins dem andern gern.

Ludwig Uhland

Spielet auf, ihr Musikanten!

Kleine Blumen, kleine Blätter –
Reich mir freundlich deine Hand!
Und das Band, das uns verbinde,
Sei kein zartes Rosenband!

Wie oft han wir zusammengesessen
Manche liebe lange Nacht,
Selbst den Schlaf han wir vergessen
Und mit Lieben zugebracht.

Lieben sind zwei schöne Sachen,
Wenn man keine Falschheit übt,
Freudig tut das Herz mir lachen,
Wenn man stündlich scharmuzirt.

Was nützt mir ein schöner Garten,
Wenn ich nichts darinnen hab!
Was nützt mir mein junges Leben,
Wenn ich nichts zu lieben hab?

Spielet auf, ihr Musikanten!
Spielet auf ein Saitenspiel,
Mir und mein'm Schatz zu gefallen,
Mag's verdrießen, wen es will!

Vater, Mutter wollen's nicht haben,
Schönster Schatz, das weißt du wohl,
Drum tu mir die Wahrheit sagen:
Ob ich wiederkommen soll?

Der Text zeigt deutliche Ähnlichkeit mit einem Gedicht Goethes aus dem Jahre 1770:

Kleine Blumen, kleine Blätter
Streuen mir mit leichter Hand
Gute junge Frühlingsgötter
Tändelnd auf ein luftig Band.

Zephir, nimm's auf deine Flügel,
Schling's um meiner Liebsten Kleid;
Und so tritt sie vor den Spiegel
All in ihrer Munterkeit.

Sieht mit Rosen sich umgeben,
Selbst wie eine Rose jung.
Einen Blick, geliebtes Leben!
Und ich bin belohnt genung.

Fühle, was dies Herz empfindet,
Reiche frei mir deine Hand,
Und das Band, das uns verbindet,
Sei kein schwaches Rosenband!

Blühe, liebes Veilchen

Knabe:
Blühe, liebes Veilchen,
Das so lieblich roch,
Blühe noch ein Weilchen,
Werde schöner noch.
Weißt du, was ich denke,
Liebchen zum Geschenke
Pflück ich Veilchen dich,
Veilchen, freue dich!

Veilchen:
Brich mich stilles Veilchen,
Bin die Liebste dein,
Und in einem Weilchen
Werd ich schöner sein!
Weißt du, was ich denke,
Wenn ich duftend schwenke
Meinen Duft um dich:
Knabe, liebe mich!

Heidenröslein

Sah ein Knab ein Röslein stehn,
Röslein auf der Heiden,
War so jung und morgenschön,
Lief er schnell, es nah zu sehn,
Sah's mit vielen Freuden.
Röslein, Röslein, Röslein rot,
Röslein auf der Heiden.

Knabe sprach: Ich breche dich,
Röslein auf der Heiden!
Röslein sprach: Ich steche dich,
Daß du ewig denkst an mich,
Und ich wills nicht leiden.
Röslein, Röslein, Röslein rot,
Röslein auf der Heiden.

Und der wilde Knabe brach
's Röslein auf der Heiden;
Röslein wehrte sich und stach,
Half ihm doch kein Weh und Ach.
Mußt' es eben leiden.
Röslein, Röslein, Röslein rot,
Röslein auf der Heiden.

Johann Wolfgang Goethe

Die bekannte Melodie hierzu wird dem Musiklehrer Heinrich Werner (1800–1833) aus Braunschweig zugeschrieben.

Röslein auf der Heiden

Sie gleicht wohl einem Rosenstock,
Drum liegt sie mir im Herzen,
Sie trägt auch einen roten Rock,
Kann züchtig, freundlich scherzen.
Sie blühet wie ein Röselein,
Das Bäcklein wie das Mündelein,
Liebst du mich, so lieb ich dich,
Röslein auf der Heiden!

Der die Röslein wird brechen ab,
Röslein auf der Heiden,
Das wird wohl tun ein junger Knab,
Züchtig, fein bescheiden.
So stehn die Näglein auch allein,
Der lieb Gott weiß wohl, wen ich mein:
Sie ist gerecht, von gutem Geschlecht,
Von Ehren hochgeboren.

Wann mich das Mägdlein nicht mehr will,
Röslein auf der Heiden,
So will ich weichen in der Still
Und mich von ihm tun scheiden;
So will ich sie auch fahren lan
Und will ein anders nehmen an,
Ein schöns, ein jungs, ein reichs, ein frumms
Röslein auf der Heiden.

Aus dem Liederbuch des Buchdruckers Paul van der Aeltst, 1602.

Die Rosen und die Nelken

Die Rosen und die Nelken
Und Flieder und Jasmin,
Die werden all' verwelken
Und werden all' verblühn.

Die Rosen und die Nelken
Und Flieder und Jasmin,
Sie werden wieder grünen,
Sie werden wieder blühn.

Nur nicht die Lieb und Treue,
Wenn sie verloren ist,
Es keimt kein Herz aufs neue,
Wenn's schon gebrochen ist.

Die Lieb ist Gab und Güte,
Die Lieb ist keine Pflicht,
Die Lieb ist eine Blüte,
Sie blüht und welket nicht.

Das Blümchen Tausendschön

An eines Bächleins Rande,
Gar lieblich anzusehn,
Da stand am grünen Strande
Das Blümchen Tausendschön.

Und in der Quelle Spiegel
Sah es betrübt hinein:
»Was nützt mir all mein Blühen,
Blüh' ich für mich allein?«

Da ruft der blaue Himmel:
»Was klagst du allzumal?
Mit Sonne, Mond und Sternen
Bin ich bei dir im Tal.«

Das Blümlein rief dagegen:
»Mit allem Sonnenschein
Und all den tausend Sternen
Man ist ja doch allein!«

Da kam ein junger Jäger:
»Gott grüß dich, Tausendschön!
Sag' mir, du holdes Knöspchen,
Willst du nicht mit mir gehn?«

Da spricht es süß und leise:
»Dein Eigen will ich sein!
Ja nur an deinem Herzen,
Da blüh ich nicht allein.«

Der Text wird Friedrich Förster (1791–1868) zugeschrieben. Förster war Offizier und später Direktor des Ethnographischen Museums in Berlin.

Ständchen

Leise flehen meine Lieder
Durch die Nacht zu dir,
In den stillen Hain hernieder:
Liebchen, höre mir!

Flüsternd schlanke Gipfel rauschen
In des Mondes Licht;
Des Verräters heimlich Lauschen
Fürchte, Holde, nicht!

Hörst die Nachtigallen schlagen?
Ach, sie flehen dich,
Mit der Töne süßem Klagen
Flehen sie für mich.

Sie verstehn des Busens Sehnen,
Kennen Liebesschmerz,
Rühren mit den Silbertönen
Jedes weiche Herz.

Laß auch dir die Brust bewegen,
Liebchen, höre mich!
Bebend harr' ich dir entgegen:
Komm', beglücke mich!

Ludwig Rellstab

Franz Schubert vertonte dieses Gedicht unmittelbar vor seinem Tode, 1828.

Nichts Schöners als Treu

Zwei Herzen im Leben
Gar schön sich ergeben,
Wenn sie es verstehen
Und recht zusammengehen;
So kann ja auf Erden
Aus zwei Herz'n eins werden:
Sie sagen, es sei
Nichts Schöners als Treu.

Die Perlen, Korallen,
Die können zwar prahlen;
Die Perlen, Rubinen,
Die können das rühmen,
Sie können zwar trutzen,
Ihr' Schönheit aufputzen:
Sie sagen, es sei
Nichts Schöners als Treu.

Frag alle Bekannte,
Frag alle Verwandte,
Frag alle Verliebte,
Frag alle Betrübte,
Frag Himmel und Erden,
Frag, was kann gefragt werden:
Sie sagen, es sei
Nichts Schöners als Treu.

Nun sei es beschlossen,
Ganz treu, unverdrossen;
Dir will ich mein Leben
Ganz treu untergeben.
Und den du wirst fragen,
Der kann dir's gleich sagen:
Daß Schöners nicht sei
Als bleiben getreu.

Ännchen von Tharau

Ännchen von Tharau ist, die mir gefällt,
Sie ist mein Leben, mein Gut und mein Geld.
Ännchen von Tharau hat wieder ihr Herz
Auf mich gerichtet in Liebe und Schmerz.
Ännchen von Tharau, mein Reichtum, mein Gut,
Du meine Seele, mein Fleisch und mein Blut.

Käm alles Wetter gleich auf uns zu schlan,
Wir sind gesinnt, beieinander zu stahn.
Krankheit, Verfolgung, Betrübnis und Pein
Soll unsrer Liebe Verknotigung sein.
Ännchen von Tharau, mein Reichtum, mein Gut,
Du meine Seele, mein Fleisch und mein Blut.

Recht als ein Palmenbaum über sich steigt,
Hat ihn erst Regen und Sturmwind gebeugt,
So wird die Lieb' in uns mächtig und groß
Nach manchem Leiden und traurigem Los.
Ännchen von Tharau, mein Reichtum, mein Gut,
Du meine Seele, mein Fleisch und mein Blut.

Würdest du gleich einmal von mir getrennt,
Lebtest da, wo man die Sonne kaum kennt:
Ich will dir folgen durch Wälder und Meer,
Eisen und Kerker und feindliches Heer.
Ännchen von Tharau, mein Licht, meine Sonn',
Mein Leben schließt sich um deines herum.

Der heute allgemein bekannte Text wurde von Johann Gottfried Herder aus dem Samländischen ins Hochdeutsche übertragen. Die ursprüngliche Fassung stammt vermutlich von Simon Dach.

Aber nur in Ehren

Ob ich gleich kein' Schatz mehr hab,
Werd ich einen finden.
Ging die Straßen auf und ab,
Bis zu einer der Linden.

Als ich zu der Linden kam,
Stand mein Schatz daneben:
»Grüß dich Gott, herztausiger Schatz,
Wo bist du gewesen?«

»Schatz, wo ich gewesen bin,
Kann ich dir wohl sagen:
Bin gewesen im fremden Land,
Habe viel erfahren.«

»Was du da erfahren hast,
Kannst du mir wohl sagen?«
»Hab erfahren, daß junge Leut
Beieinander schlafen.«

»Bei mir schlafen kannst du wohl,
Will dir's gar nicht wehren:
Aber nur, herztausiger Schatz,
Aber nur in Ehren!«

Mein eigen sollst du werden

Ich kann nicht sitzen, ich kann nicht stehn,
Ich muß zu meinem Schätzchen gehn,
Zu meinem Schätzchen muß ich gehn
Und sollt ich vor dem Fenster stehn.

»Wer ist denn draußen, wer klopfet an,
Der mich so leis aufwecken kann?«
»Es ist der Herzallerliebste dein,
Steh auf, mein Schatz, und laß mich rein!«

»Ich steh nicht auf, laß dich nicht rein,
Bis meine Eltern zu Bette sein;
Wenn meine Eltern zu Bette sein,
So steh ich auf und laß dich rein.«

»Was soll ich hierum länger stehn,
Ich seh die Morgenröt aufgehn,
Die Morgenröt, zwei helle Stern:
Bei meinem Schatz, da wär ich gern.«

Da stund sie auf und ließ ihn ein,
Sie heißt ihn auch willkommen sein;
Sie reicht ihm die schneeweiße Hand,
Da fängt sie auch zu weinen an.

»Weine nicht, weine nicht, mein Engelein:
Aufs Jahr sollst du mein eigen sein;
Mein eigen sollst du werden,
Sonst keine auf der Erden.«

Dort oben auf dem Berge

Dort oben auf dem Berge,
Da steht ein hohes Haus,
Da fliegen alle Morgen
Zwei Turteltäublein aus.

Ach wenn ich nur ein Täublein wär,
Tät fliegen aus und ein,
Tät fliegen alle Morgen
Zu meinem Schatz hinein!

Ein Haus wollt ich mir bauen,
Ein Stock von grünem Klee,
Mit Buchsbaum wollt ich's decken
Und roten Nägelein.

Und wann das Haus gebauet wär,
Beschert mir Gott was 'nein:
Mein Schätzelein von achtzehn Jahr,
Das soll mein Täublein sein.

Dort oben auf jenem Berge

Dort oben auf jenem Berge,
Da steht ein hohes Haus,
Da schaut ja alle Morgen
Mein feines Liebchen 'raus.

Ich bot ihr guten Morgen,
Sehr wohl gefiel ihr das.
Sie tät mir wohl freundlich winken,
Ihr' Äuglein, die wurden naß.

»Ach warte, Liebchen, warte,
Ach warte noch ein Jahr,
Bis daß der Birnbaum Kirschen trägt.
So heirat ich dich fürwahr.

Und trägt er keine Kirschen nicht,
Dann blüht er rosenrot,
Dann kann uns niemand scheiden
Als nur der bittre Tod.«

Des Goldschmieds Töchterlein

Ein Goldschmied in der Bude stand
Bei Perl' und Edelstein:
»Das beste Kleinod, das ich fand,
Das bist doch du, Helene,
Mein teures Töchterlein!«

Ein schmucker Ritter trat herein:
»Willkommen, Mägdlein traut!
Willkommen, lieber Goldschmied mein!
Mach' mir ein köstlich Kränzchen
Für meine süße Braut!«

Und als das Kränzlein war bereit
Und spielt' in reichem Glanz,
Da hängt' Helen' in Traurigkeit,
Wohl als sie war alleine,
An ihren Arm den Kranz.

»Ach! wunderselig ist die Braut,
Die's Krönlein tragen soll.
Ach! schenkte mir der Ritter traut
Ein Kränzlein nur von Rosen,
Wie wär' ich freudenvoll!«

Nicht lang, der Ritter trat herein,
Das Kränzlein wohl beschaut':
»O fasse, lieber Goldschmied mein!
Ein Ringlein mit Demanten
Für meine süße Braut!«

Und als das Ringlein war bereit
Mit teurem Demantstein,
Da steckt' Helen' in Traurigkeit,
Wohl als sie war alleine,
Es halb ans Fingerlein.

»Ach! wunderselig ist die Braut,
Die's Ringlein tragen soll.
Ach! schenkte mir der Ritter traut
Nur seines Haars ein Löcklein,
Wie wär' ich freudenvoll!«

Nicht lang, der Ritter trat herein,
Das Ringlein wohl beschaut':
»Du hast, o lieber Goldschmied mein!
Gar fein gemacht die Gaben
Für meine süße Braut.

Doch daß ich wisse, wie ihr's steh',
Tritt, schöne Maid, herzu!
Daß ich an dir zur Probe seh'
Den Brautschmuck meiner Liebsten,
Sie ist so schön, wie du.«

Es war an einem Sonntag früh,
Drum hat' die feine Maid
Heut angetan mit sondrer Müh',
Zur Kirche hinzugehen,
Ihr allerbestes Kleid.

Von holder Scham erglühend ganz
Sie vor dem Ritter stand.
Er setzt' ihr auf den goldnen Kranz,
Er steckt' ihr an das Ringlein,
Dann faßt' er ihre Hand.

»Helene süß, Helene traut!
Der Scherz ein Ende nimmt.
Du bist die allerschönste Braut,
Für die ich's goldne Kränzlein,
Für die den Ring bestimmt.

Bei Gold und Perl' und Edelstein
Bist du erwachsen hier,
Das sollte dir ein Zeichen sein,
Daß du zu hohen Ehren
Eingehen wirst mit mir.«

Ludwig Uhland

Die arme Waise und der Herr

»Leuchten am Himmel Sternlein viel,
Hin will ich, Mädchen, hin zu dir.«

»Nie kannst du kommen zu mir her,
Bin arme Waise, du ein Herr.«

»Sieh nicht darauf, daß ich ein Herr,
Dich arme Waise lieb ich sehr.

Laß mich, o Mädchen, in die Tür,
Geb ich dir Taler rot dafür.«

»Nie kannst du kommen zu mir her,
Bin arme Waise, du ein Herr.«

»Sieh nicht darauf, daß ich ein Herr,
Dich arme Waise lieb ich sehr.

Laß mich, o Mädchen, in dein Reich,
Geb ich dir Taler viel zugleich.«

»Nie kannst du kommen zu mir her,
Bin arme Waise, du ein Herr.«

»Sieh nicht darauf, daß ich ein Herr,
Dich arme Waise lieb ich sehr.

Herzliebstes Mädchen, du bist mein,
Ich und mein Reichtum, wir sind dein.«

Die Lore am Tore

Von allen den Mädchen so blink und so blank
Gefällt mir am besten die Lore;
Von allen den Winkeln und Gäßchen der Stadt
Gefällt mir's nur draußen am Tore.
Der Meister, der schmunzelt, als hab er Verdacht,
Als hab er Verdacht auf die Lore;
Sie ist mein Gedanke bei Tag und bei Nacht
Und wohnet im Winkel am Tore.

Und kommt sie getrippelt das Gäßchen herab,
So wird mir ganz schwül vor den Augen;
Und hör ich von weitem ihr leises Klippklapp,
Kein' Niet oder Band will mehr taugen.
Die Damen bei Hofe, so sehr sie sich zier'n,
Sie gleichen doch nicht meiner Lore.
Sie ist mein Gedanke bei Tag und bei Nacht
Und wohnet im Winkel am Tore.

Und kommet die liebe Weihnacht heran
Und strotzt mir das Geld in der Westen,
Das Geld, das die Mutter zum Rock mir gesandt:
Ich geb's ihr, bei ihr ist's am besten.
Und würden mir Schätze vom Teufel gebracht,
Ich trüge sie alle zur Lore.
Sie ist mein Gedanke bei Tag und bei Nacht
Und wohnet im Winkel am Tore.

Und kommet nun endlich auch Pfingsten heran,
Nach Handwerksgebrauch müßt ich wandern;
Dann werd ich jedoch für mein eigenes Geld
Hier Bürger und Meister trotz andern.
Dann werde ich Meister in dieser Stadt:
Frau Meisterin wird meine Lore;
Dann geht es Juchheissa! bei Tag und bei Nacht,
Doch nicht mehr im Winkel am Tore.

Text eines Handwerkerliedes umstrittener Herkunft, auch vom Volke und von Studenten gern gesungen.

Wonn i geh und steh

Wonn i geh und steh, tut ma's Herz so weh,
Um mei Steiermark, ja glaubt ma's gwiß;
Wo das Büchserl knallt und da Gemsbock fallt
Und mei lieba Herzog Johann is.

Wer die Gegend kennt, wo ma's Eisen brennt,
Wo die Gems daher rauscht unt' im Tal,
Und vor lauter Lust schlägt von da die Brust,
Wie so lusti alles überall.

Ja, es ist a Freud, meine liebe Leut,
Wenn da Bua schö juchzet weit und breit;
Wenn da Hirsch aufspringt und wenn die Sennrin singt,
Daß es schallen tut schön in da Weit.

Ja, i sich mi scho ganz verzückt und froh
Mit mein'm Herzog auf der Alma gehn;
Mit an frischem Mut in mei'm Steirahut
Offen stolz am Kogel obmat stehn.

Auf da Felsenwand, in am Steiragwand,
Wenn i da mei lieba Herzog sich,
Wenn sei Büchserl knallt und da Gemsbock fallt,
War's a Wunda, wenn i's Heimweh krieg?

Die Strophen beziehen sich auf die Liebe
der Bad Ausseer Posthalterstochter Anna Plochl zum
österreichischen Erzherzog Johann (1782–1859).
Den mit einer Volksliedmelodie populär gewordenen
Text schrieb ein unbekannter steirischer Jäger.
Erzherzog Johann und Anna Plochl heirateten im
Jahre 1827.

Das Ehepaar

Gott segne das geschlossne Band
Am heiligen Altar
Und leite durch das Pilgerband
Dich neues Ehepaar.

So bitten alle, alle wir:
»Gott, höre unser Flehn
Und laß es euch auf Erden hier
Nach Herzenswunsch ergehn!«

O Braut, sei sanft als wie ein Lamm,
Fromm, züchtig und voll Fleiß!
Mit Liebe führ, du Bräutigam,
Sie auf der Lebensreis!

Dann gebe Gott mit Vaterhuld
Stets Segen in der Eh'
Und stärk mit Trost euch und Geduld,
Drückt euch so manches Weh.

Gott laß euch fromme Kinder blühn,
Die auch noch spät erfreun,
Laß euch sie christlich auferziehn
Und fromm wie Engel sein.

Er schütze euer Feld und Haus,
Daß euch kein Unglück drück,
Rings streu er seinen Segen aus
Und geb euch Heil und Glück!

Mit seiner Gnade krön er euch
Und schenk euch viele Jahr,
Und ruf euch sanft ins Himmelreich,
Euch, liebes Ehepaar!

Der Ehstand

Höret, was ich euch erklär.
Wo kommt denn der Ehstand her?
Merkts auf mit Fleiß:
Er kommt von keines Menschen
Gedicht,
Gott selber hat ihn eingericht
Im Paradeis.

Da Gott den Adam erschaffen hat,
So macht er, daß er schlaft,
Tut ihm nicht weh:
Er nahm ein' Ripp aus Adams Leib
Und schuf ihm gleich daraus ein Weib,
Setzt ein die Eh.

Daß Gott der Ehstand angenehm sei,
Weil er bei der Hochzeit sei,
Was hat er getan?
Er nimmt den Ehstand hoch in Acht,
Weil er aus Wasser Wein gemacht
Zu Kanaan.

Paulus spricht den Ehstand gut,
Den Eheleuten sagen tut
Die Seligkeit zu.
Wenn man ihn hält und fürcht
auch Gott
Und tut auch halten sein Gebot,
So sei es schon genug,

Wie man den Ehstand halten soll,
Das kann leicht ein jeder wohl
Sich bilden ein:
Daß allezeit die ehlich Pflicht,
Wie man's vor dem Altar spricht,
Muß gehalten sein.

Eine Bitt hab ich, ihr Hochzeitsgäst:
Daß dies das Brautvolk nicht vergess,
Drum seid so gut
Verrichtet für sie ein Gebet,
Daß sie den Ehstand recht antret'
Und halten tut.

Der junge Ehemann

Hier unter dieser Linde
Saß ich viel tausendmal
Und schaut' nach meinem Kinde
Hinunter in das Tal,
Bis daß die Sterne standen
Hell über ihrem Haus,
Und weit in den stillen Landen
Alle Lichter löschten aus.

Jetzt neben meinem Liebchen
Sitz' ich im Schatten kühl,
Sie wiegt ein muntres Bübchen,
Die Täler schimmern schwül,
Und unten im leisen Winde
Regt sich das Kornfeld kaum,
Und über uns säuselt die Linde –
Es ist mir noch wie ein Traum.

Joseph Freiherr von Eichendorff

Der Wunsch

Ich wünsche mir eine hübsche Frau,
Die nicht alles nähme gar zu genau,
Doch aber zugleich am besten verstände,
Wie ich mich selbst am besten befände.

Johann Wolfgang Goethe

Poesie der Schnaderhüpferl

A Vögerl, a kloans,
Auf an Tannawipfel,
Und es is nix so lieb
's wier a Schnaderhüpfl!

*

Die Sterndl am Himmel,
Die gebn a schöns Licht,
Daß der Bub mit dem Leiterl
Beim Fensterlngehn sieht.

*

Geh weg von mei'm Fenster,
Geh weg von mei'm Bett,
I bin a jungs Diandl,
Werd gar leicht überred't.

*

Geh weg von mei'm Fenster,
Hör auf mit dein Singa,
Wenn du a rechter Bua warst,
Warst lang scho' herinna.

*

Mei Diandl is a Senn'rin,
Hat im Kasa ihr Bett,
I klopf oni ans Fensterl,
Aba auf macht's ma nöt.

*

Aufs Gaß'l bin i ganga,
Hab's Fenster nöt g'wißt,
Bin dorten hinkemma,
Wo's Saustallerl is.

*

Zu dir bin i gangen,
Zu dir hat's mi g' freut,
Zu dir geh i nimmer,
Der Weg is mer z'weit.

*

Wannst a Senn'rin willst lieab'n,
Muast a frischa Bua sein,
Sunst laßt dö 's ganz Jahr
Nöt in d' Senn' Hütt'n h'nein.

*

A lumpeter Bua
Kriagt Dirndln oft gnua,
Und an kreuzbraven Mann
Schaut oft koane nit an.

*

Und a frischa Bua bin i,
Tua gern ebbas wag'n.
Und i tat um a Bußl
An Purzelbaum schlag'n.

*

Soldat bin i gern,
Und da kenn i mi aus,
Und gern steh i Schildwach
Beim Diandl im Haus.

*

A Lieb, die recht stark is,
De plaudert net gern,
Wie's Wasser, das tief is,
Net rausch'n werst hörn.

*

Mei Herzerl ist treu,
Is a Schlösserl dabei,
Und an oanziger Bua
Hat'n Schlüssel dazu.

*

Wenn du mei Bua willst sein,
Mußt du aufrichti leb'n,
Mußt's Herzel zusperrn
Und mir's Schlüssele geb'n.

Du flachshaartes Diandl,
I han di so gern,
I kunnt weg'n deiner
A Spinnradl wer'n.

*

Je höher die Alm,
Desto größer der Wind.
Je schöner das Diandl,
Desto kleiner die Sünd.

*

Geh nunter vom Boden,
Geh weg von mei'm Bett,
Du könnt'st mer was machen,
Was Hand und Fuß hätt.

*

Heint Nacht um elfe
Hat's Bettstadel kracht,
Mei Schatz is a Schreiner,
Hat's gleich wieder g'macht.

*

Diandl, mueßt weg'n an Rausch
Nit so stark aufbegehr'n;
Da schau i di doppelt,
Und dös han i gern.

*

Jetzt hab i zwei Schatzerln,
Ein alt's und ein neu's,
Jetzt brauch i zwei Herzen,
Ein falsch's und ein treu's.

*

Treu bin i, treu bleib i,
Treu hab i im Sinn,
Treu bleib i mei'm Schatzerl
In München und Wien.

Mei Diandl hat Äugerl,
Dö san so schön lieacht,
Daß ma, wenn's stockfinster is,
Doch no gnua siacht.

*

Dös Diandl is sauba
Vom Fuaß bis zum Kopf,
Nur am Hals hat's a Binkerl,
Dös hoaßt mar an Kropf.

*

Hab i nit a schönes Schätzle,
Wenn's aufgeputzt wär?
Hat's nicht a schön's Hälsle,
Wenn's Kröpfle nit wär?

*

An deina Link'n laß mi sitzen,
An deina Link'n sitz i gern,
Denn da kann i, wann ma stad san,
Dein Herzerl schlag'n hörn.

*

Beim Backofen drauß'n
Is all's so voll Ruß,
Und's Diandl werd ängstö,
Wenn's beichtn gehn muaß.

*

Wenn drob'n auf dö Latsch'n
Da Auerhahn balzt,
Kriegt mein Diandl a Bußei,
Dös grad a so schnalzt.

*

Hoch droben auf dem Bergerl,
Weit draußen in die Wänd,
Da hat der Teufel sein Schwagern
Den Schnauzbart verbrennt.

Da Jaga hat g'schossen,
Hat aber 's Schießen nöt kennt
Und hat bei der G'legenheit
Sein Schnauzer verbrennt.

*

Was braucht denn ein Jäger?
Ein Jäger braucht nix
Als ein schwarzäugig Dirndl,
An Hund und a Büchs.

*

Und mei' Schatz is a Jaga,
A gar a verdrahta,
Hat a nigl-nagl-neui Bix,
Aba treffa tuat er nix.

*

Mein Schatz ist ein Schreiber,
Ein Gerichtsreferendär,
O wenn er um Gotts Willen
Oberamtsrichter wär.

*

Mein Schatz ist ein Bauer,
Ein jungs, rasches Blut,
Kurrasche wie ein Teufel,
Und Geld hot er g'nug.

*

Mei Schatz is a Köchin,
Sie kocht m'r a Muas;
Sie sitzt auf'n Pfanstiel
Und rüahrt mit'n Fuaß.

*

Mei Schatz is a Köchin,
A zaudürre Goas,
Tuat alleweil fress'n.
Wird dengerscht nöt foast.

Mein Schatz is a Färber,
A engelschöns Kind,
Hot feurrote Bäckle
Und kohlschwarze Händ.

*

Mei Schatz is in d' Schüssel g' fall'n,
Hat nimmer 'raus guckt,
Und da hat'n mei Vater
Mit'n Löffel eing'schluckt.

*

Was is mit der Politik?
Des ist mir grad Wurscht,
Wenn i nur a Geld hab
Zu löschen mein' Durscht.

*

Mei Nachbar, der Metzger,
Tut Salpeter in d' Würst.
Dann ist's doch kein Wunder,
Wenn mi alleweil dürst.

*

Dö Köchina bringa
Dö Gäns so gern um,
Denn dö gar groß Verwandtschaft,
Dö war iahna z'dumm.

*

A solche Köchin
Hab ich no nie kennt,
Die's ganz' Jahr koa Haferl bricht
Und nix'n verbrennt.

*

Buama, wenns raffa wöllts,
Derfts es grad sag'n,
D' Messer san schliff'n
Und Rewolwa san glad'n.

Wenn i aufsteh um fünfe,
Na bild i mir ein:
Der Teufel, jetzt muaß do
Bald Feierabend sein!

*

Wenn da Schnee a mal geht,
Werd d' Natur wieda wach,
Wenn's Räuscherl dahin ist,
Kimmt da Katznjammer nach.

*

Bald raucht ma Zigarrn,
Bald schnupft ma Tabak;
Sand d' Röck allsamt z'rissen,
Nacha nimmt ma an Frack.

Im Fasching da is scho
A g'spassige G'schicht,
Werd oft oana narrisch,
Der's ganz' Jahr g'scheit ist.

*

Wen d' Musi und 's Singa
Und 's Schieaß'n nöt freut,
Der g' hört in dö Klass
Von die abg'schmackt'n Leut.

*

A vierzeiligs Gstanzl,
Dös merkt ma si' bald,
Und ma singt es so leicht
Wia a Zeiserl im Wald.

Poesie der Wanderburschen

Wanderschaft

Das Wandern ist des Müllers Lust,
Das Wandern!
Das muß ein schlechter Müller sein,
Dem niemals fiel das Wandern ein,
Das Wandern.

Vom Wasser haben wir's gelernt,
Vom Wasser!
Das hat nicht Rast bei Tag und Nacht,
Ist stets auf Wanderschaft bedacht,
Das Wasser.

Das sehn wir auch den Rädern ab,
Den Rädern!
Die gar nicht gerne stille stehn
Und sich mein Tag nicht müde drehn,
Die Räder.

Die Steine selbst, so schwer sie sind,
Die Steine!
Sie tanzen in den muntern Reihn
Und wollen gar noch schneller sein,
Die Steine!

O Wandern, Wandern, meine Lust,
O Wandern!
Herr Meister und Frau Meisterin,
Laßt mich in Frieden weiterziehn
Und wandern!

Wilhelm Müller

Vertont von Carl Friedrich Zöllner (1800–1860).

Morgenwanderung

Wer recht in Freuden wandern will,
Der geh der Sonn entgegen;
Da ist der Wald so kirchenstill,
Kein Lüftchen mag sich regen;
Noch sind nicht die Lerchen wach,
Nur im hohen Gras der Bach
Singt leise den Morgensegen.

Die ganze Welt ist wie ein Buch,
Darin uns aufgeschrieben
In bunten Zeilen manch ein Spruch,
Wie Gott uns treu geblieben;
Wald und Blumen nah und fern
Und der helle Morgenstern
Sind Zeugen von seinem Lieben.

Da zieht die Andacht wie ein Hauch
Durch alle Sinnen leise.
Da pocht ans Herz die Liebe auch
In ihrer stillen Weise,
Pocht und pocht, bis sich's erschließt,
Und die Lippe überfließt
Von lautem, jubelndem Preise.

Und plötzlich läßt die Nachtigall
Im Busch ihr Lied erklingen,
In Berg und Tal erwacht der Schall
Und will sich aufwärts schwingen,
Und der Morgenröte Schein
Stimmt in lichter Glut mit ein:
Laßt uns dem Herrn lobsingen.

Emanuel Geibel

Der frohe Wandersmann

Wem Gott will rechte Gunst erweisen,
Den schickt er in die weite Welt;
Dem will er seine Wunder weisen
In Berg und Wald und Strom und Feld.

Die Trägen, die zu Hause liegen,
Erquicket nicht das Morgenrot,
Sie wissen nur von Kinderwiegen,
Von Sorgen, Last und Not um Brot.

Die Bächlein von den Bergen springen,
Die Lerchen schwirren hoch vor Lust,
Was sollt ich nicht mit ihnen singen
Aus voller Kehl und frischer Brust?

Den lieben Gott laß ich nur walten;
Der Bächlein, Lerchen, Wald und Feld
Und Erd und Himmel will erhalten,
Hat auch mein Sach' aufs best' bestellt!

Joseph Freiherr von Eichendorff

Vertont von Friedrich Theodor Fröhlich (1803–1856).

Der wandernde Student

Bei dem angenehmsten Wetter
Singen alle Vögelein,
Klatscht der Regen auf die Blätter,
Sing' ich so für mich allein.

Denn mein Aug' kann nichts entdecken,
Wenn der Blitz auch grausam glüht,
Was im Wandern könnt erschrecken
Ein zufriedenes Gemüt.

Frei von Mammon will ich schreiten
Auf dem Feld der Wissenschaft,
Sinne ernst und nehm' zuzeiten
Einen Mund voll Rebensaft.

Bin ich müde vom Studieren
Wann der Mond tritt sanft herfür,
Pfleg' ich dann zu musizieren
Vor der Allerschönsten Tür.

Joseph Freiherr von Eichendorff

Der Handwerksbursche

Mit frohem Mut und heiterm Sinn
Durchreisen wir die Welt,
Viel Städte, Dörfer zu besehn,
Wir haben vieles auszustehn,
Verzehren unser Geld:
So reist man durch die Welt.

Ein Handwerksbursche, der sein Ziel
Sich stets vor Augen stellt,
Mit Ehren sich ernähren will,
Hat viel, ach vieles auszustehen.
Muß in die Fremde gehn.
So reist man durch die Welt.

Oft muß man fort, wenn's regnet und schneit
Und friert auch noch so hart.
Hab oftmals keine ganze Schuh
Und auch kein Stückchen Brot dazu,
Auch keinen Kreuzer Geld.
So reist man durch die Welt.

Der Vater sprach: »Mein Sohn, reis fort,
Ernähr dich brav und gut!
Und geht dir's schlecht, so denk an mich,
Daß es dir besser gehen wird.
Schütz dich vor Übermut.
So reist man durch die Welt.

Und sollt uns nun der Fall geschehn,
Daß wir uns hier nicht wiedersehn,
So sehn wir uns am Weltgericht,
Leb wohl, vergiß deine Eltern nicht!
Bleib auf der Tugendbahn!
So reist man durch die Welt.«

Der Handwerksgesell

Steh nur auf, steh nur auf, du
Handwerksgesell!
Die Zeit hast du verschlafen:
Die Vöglein singen im grünen Wald,
Der Fuhrmann tut schon fahren.

Ei was scher ich mich um der Vöglein
Gesang
Und um des Fuhrmanns Fahren!
Ich bin ein junger Handwerksgesell,
Muß reisen fremde Straßen.

In Preußen liegt eine wunderschöne Stadt,
Berlin tut man sie heißen.
Berlin, das ist uns wohlbekannt,
Da wollen wir jetzt hinreisen.

Und als wir kamen vor das Potsdamer Tor,
Täten wir die Schildwacht fragen,
Allwo der Gesellen ihre Herberg wär,
Das sollten sie uns sagen.

Auf der Kuchelberger Gass im
Braunschweiger Haus,
Da sollten wir einkehren,
Da sollten wir nach Handwerksbrauch
Den Herbergsvater ehren.

»Seid willkommen, willkommen,
ihr Söhne mein!
Da steht eine Kann mit Weine,
Und sollt euer Sinn nach Arbeit stehn,
So schenk ich auch noch eine.«

Zur Arbeit sind wir gleich bereit
Und auch, die Jungfrau zu küssen;
Denn wer brav arbeit' seine Zeit,
Will auch hübsche Mädchen nicht missen.

Muss i denn, muss i denn

Muß i denn, muß i denn zum Städtele 'naus,
Städtele 'naus, und du mein Schatz bleibst hier!
Wenn i komm, wenn i komm, wenn i wiedrum komm,
Wiedrum komm, kehr i ein, mein Schatz bei dir.
Kann i gleich net allweil bei dir sein,
Han i doch mein Freud an dir;
Wenn i komm, wenn i komm, wenn i wiedrum komm,
Wiedrum komm, kehr i ein, mein Schatz, bei dir.

Wie du weinst, wie du weinst, daß i wandere muß,
Wandere muß, wie wenn d' Lieb jetzt wär vorbei!
Sind au drauß, sind au drauß der Mädele viel,
Mädele viel, lieber Schatz, i bleib dir treu.
Denk du net, wenn i a andre sieh,
So sei mei Lieb vorbei;
Sind au drauß, sind au drauß der Mädele viel,
Mädele viel, lieber Schatz, i bleib dir treu.

Übers Jahr, übers Jahr, wenn mer Träubele schneid',
Träubele schneid', stell i hier mi wiedrum ein;
Bin i dann, bin i dann dein Schätzele noch,
Schätzele noch, so soll die Hochzeit sein.
Übers Jahr, do ist mei Zeit vorbei,
Do g' hör i mein und dein,
Bin i dann, bin i dann dein Schätzele noch,
Schätzele noch, so soll die Hochzeit sein.

Die Herkunft der ersten Strophe ist unbekannt. Die zweite und dritte Strophe dichtete der Tübinger Lehrer Heinrich Wagner im Jahre 1824 hinzu. Mit einer alten Volksliedmelodie wurde der Text so populär, daß ihn selbst Elvis Presley in deutscher Sprache sang.

Schätzchen, ade!

Schätzchen, ade!
Scheiden tut weh.
Weil ich denn scheiden muß,
So gib mir einen Kuß.
Schätzchen, ade!
Scheiden tut weh!

Schätzchen, ade!
Scheiden tut weh.
Wahre der Liebe dein,
Stets will ich treu dir sein!
Schätzchen, ade!
Scheiden tut weh!

Schätzchen, ade!
Scheiden tut weh.
Wein nicht die Äuglein rot,
Trennt uns ja selbst kein Tod.
Schätzchen, ade!
Scheiden tut weh.

Text eines einst sehr populären Abschiedslieds, zu dessen Melodie August Heinrich Hoffmann von Fallersleben im Jahre 1835 sein Kinderlied »Winter ade« schuf (s. Seite 194).

Abschied

Morgen müssen wir verreisen,
Und es muß geschieden sein:
Traurig ziehn wir unsre Straße,
Lebe wohl, mein Schätzelein!

Lauter Augen, feucht von Tränen,
Lauter Herzen, voll von Gram:
Keiner kann es sich verhehlen,
Daß er schweren Abschied nahm.

Kommen wir zu jenem Berge,
Schauen wir zurück ins Tal,
Schau'n uns um nach
allen Seiten,
Sehn die Stadt zum letzten Mal.

Wenn der Winter ist vorüber,
Und der Frühling zieht ins Feld,
Will ich werden wie ein Vöglein,
Fliegen durch die ganze Welt.

Dahin fliegen will ich wieder,
Wo's mir lieb und heimisch war.
Schätzlein, muß ich jetzt
auch wandern,
Kehr' ich heim doch übers Jahr.

Übers Jahr zur Zeit der Pfingsten
Pflanz' ich Maien dir ans Haus,
Bringe dir aus weiter Ferne
Einen frischen Blumenstrauß.

August Heinrich
Hoffmann von Fallersleben

Nun leb' wohl, du kleine Gasse

Nun leb' wohl, du kleine Gasse,
Nun leb' wohl, du stilles Dach!
Vater, Mutter, sahn mir traurig,
Und die Liebste sah mir nach.

Hier in weiter, weiter Ferne,
Wie's mich nach der Heimat zieht!
Lustig singen die Gesellen;
Doch es ist ein falsches Lied.

Andre Städtchen kommen freilich,
Andre Mädchen zu Gesicht;
Ach wohl sind es andre Mädchen,
Doch die eine ist es nicht!

Andre Städtchen, andre Mädchen,
Ich da mitten drin so stumm!
Andre Mädchen, andre Städtchen,
O wie gerne kehrt' ich um!

Albert Ernst von Schlippenbach

Abschied

Was klinget und singet die Straß' herauf?
Ihr Jungfern, machet die Fenster auf!
Es ziehet der Bursch in die Weite,
Sie geben ihm das Geleite.

Wohl jauchzen die andern und schwingen die Hüt',
Viel Bänder darauf und viel edle Blüt',
Doch dem Burschen gefällt nicht die Sitte,
Geht still und bleich in der Mitte.

Wohl klingen die Kannen, wohl funkelt der Wein:
»Trink aus und trink wieder, lieb Bruder mein!« –
»Mit dem Abschiedsweine nur fliehet,
Der da innen mir brennet und glühet!«

Und draußen am allerletzten Haus,
Da gucket ein Mägdlein zum Fenster heraus,
Sie möcht' ihre Tränen verdecken
Mit Gelbveiglein und Rosenstöcken.

Und draußen am allerletzten Haus,
Da schlägt der Bursche die Augen auf,
Und schlägt sie nieder mit Schmerze
Und leget die Hand auf's Herze.

»Herr Bruder! und hast du noch keinen Strauß,
Dort winken und wanken viel Blumen heraus.
Wohlauf, du Schönste von allen,
Laß ein Sträußlein herunterfallen!«

»Ihr Brüder, was sollte das Sträußlein mir?
Ich hab' ja kein liebes Liebchen, wie ihr.
An der Sonne würd' es vergehen,
Der Wind, der würd' es verwehen.«

Und weiter, ja weiter mit Sang und mit Klang!
Und das Mägdlein lauschet und horchet noch lang:
»O weh! er ziehet, der Knabe,
Den ich stille geliebet habe.

Da steh' ich, ach! mit der Liebe mein,
Mit Rosen und mit Gelbveigelein;
Dem ich alles gäbe so gerne,
Der ist nun in der Ferne.«

Ludwig Uhland

So leb' denn wohl, du stilles Haus

So leb' denn wohl, du stilles Haus!
Ich zieh' betrübt von dir hinaus;
Ich zieh' betrübt und traurig fort,
Noch unbestimmt, an welchen Ort.

So leb' denn wohl, du schönes Land,
In dem ich hohe Freude fand;
Du zogst mich groß, du pflegtest mein.
Und nimmermehr vergess' ich dein!

So lebt denn all' ihr Lieben wohl,
Von denen ich jetzt scheiden soll;
Und find' ich draußen auch mein Glück,
Denk' ich doch stets an euch zurück.

Ferdinand Raimund

Aus: »Der Alpenkönig und der Menschenfeind«

O Berlin, ich muss dich lassen

O Berlin, ich muß dich lassen,
O du wunderschöne Stadt!
Und darinnen muß ich lassen
Meinen auserwählten Schatz.

Schönster Schatz, du tust mich kränken
Tausendmal in einer Stund;
Wenn ich nur das Glück könnt lenken
Dir zu küssen deinen Mund!

Ich bin zwar noch jung von Jahren
Und das Reisen mir gefällt,
Etwas Neues zu erfahren,
Wie es zugeht in der Welt.

Ach ihr Wolken, gebet Wasser,
Daß ich weinen kann genug!
Meine Augen sind voll Wasser
Als der größte Wasserguß.

Innsbruck, ich muss dich lassen

Innsbruck, ich muß dich lassen,
Ich fahr dahin mein Straßen
In fremde Land dahin.
Mein Freud ist mir genommen,
Die ich nit weiß bekommen,
Wo ich im Elend bin.

Groß Leid muß ich jetzt tragen,
Das ich allein tu klagen
Dem liebsten Buhlen mein.
Ach Lieb, nun laß mich Armen
Im Herzen dein erbarmen,
Daß ich muß dannen sein.

Mein Trost ob allen Weiben,
Dein tu ich ewig bleiben,
Stet, treu, der Ehren fromm.
Nun muß dich Gott bewahren,
In aller Tugend sparen,
Bis daß ich wiederkomm.

Der Text stammt vermutlich aus der Zeit Kaiser Maximilians (1493–1519). Als Komponist der bekannten Melodie gilt der kaiserliche Kapellmeister Heinrich Isaak.

Von Hause muss ich fort

Von Hause muß ich fort,
Nach einem fremden Ort!
Von ferne bleib ich stehen:
Ach Gott, wie wird mir's gehen,
Wenn ich kein Geld mehr hab
Und auch nicht fechten mag?

Mein Vater weint so sehr,
Mein Mutter noch viel mehr,
Mein Bruder und Schwester,
Die geben mir was zum Besten:
Drei Taler Reisegeld,
Was mir sehr wohl gefällt.

Vor Hamburg komm ich an,
Fast nicht mehr gehen kann.
Die Schildwacht tut mich fragen:
»Guter Freund, will er mir sagen,
Wo kommt die Reise her?«
»Von Linnefels kommt se her!«

»Leg er sein Bündel ab,
Zeig er mir seinen Paß.
Ich will ihn unterschreiben
Und ihm die Herberg weisen:
Gleich draußen vor dem Tor
Zum Schild vom schwarzen Mohr.«

Als ich zur Türe kam,
Klopft ich gar höflich an:
»Guten Tag, Frau Herbergsmutter,
Geb sie mir Käs und Butter
Und eine Flasche Bier,
Heut nacht, da bleib ich hier.«

»Schön Dank, mein lieber Sohn,
Arbeit bekommt er schon:
Es haben sich heute sieben
Beim Meister eingeschrieben,
Der ist mein Schwiegersohn,
Der gibt den besten Lohn.«

Ade, zur guten Nacht

Ade, zur guten Nacht,
Jetzt wird der Schluß gemacht,
Daß ich muß scheiden.
Im Sommer, da wächst der Klee,
Im Winter, da schneit's den Schnee,
Da komm ich wieder.

Es trauern Berg und Tal,
Wo ich viel tausendmal
Bin drüber gegangen;
Das hat deine Schönheit gemacht,
Die mich zum Lieben gebracht
Mit großem Verlangen.

Das Brünnlein rinnt und rauscht
Wohl dort am Holderstrauch,
Wo wir gesessen.
Wie manchen Glockenschlag,
Da Herz bei Herzen lag,
Das hast du vergessen!

Die Mädchen in der Welt
Sind falscher als das Geld
Mit ihrem Lieben.
Ade, zur guten Nacht!
Jetzt wird der Schluß gemacht,
Daß ich muß scheiden.

Wanderers Heimkehr

Ich hab schon drei Sommer
Mir's Heimkehrn vorg'nomme,
Ich hab schon drei Sommer
Mein Deanderl nit g'sehn.
Auf mi warts no immer,
Sie glaubt, i komm nimmer,
Auf mi warts no immer,
Wie wird ihr denn g'schehn?
Die Nacht ist schon abe,
Man sieht gar nichts mehr.
Heut muß ich's heimsuchen,
Wenn's noch so weit wär.

Im Tannenwald hinten,
Da werd ich's schon finden,
Im Tannenwald hinten,
Da ist sie daheim.
Kohlfinster ist's freilich,
Im Wald hint abscheulich,
Kohlfinster ist's freilich,
Das machen die Bäum.
Ich sieh schon von weitem
Den Mondschein aufgehn,
Die Sternlein am Himmel,
Die leuchten so schön.

Was tu ich ihr bringen?
A Ringel am Finger;
Was werd ich ihr bringen?
A rosenfarbs Band.
»Ich will dich erlösen,
Weil treu bist mir g'wesen!
Ich will dich erlösen
Vom ledigen Stand!«
Sie schenkt mir ihr Herzel,
Sie verwußt sich net mehr.
»Du himmlischer Vater,
O schau a mal her!«

Abschied und Heimkehr

»Mein Schatz, ich hab erfahren,
Daß du willst scheiden von mir;
Tu mir die Ursache sagen,
Was ich getan hab dir?«

»Kann dir kein Ursach sagen,
Weiß weder Zeit noch Stund;
Komm ich in fremde Länder,
Gar bald vergeß ich dein!«

Und als er in die Fremde kam,
Dacht er noch etlich Mal:
»Muß wieder heim nach Hause,
Muß halten mein ehrlich Wort!«

Und als er wieder nach Hause kam,
Feinsliebchen stand an der Tür:
»Gott grüße dich, mein Schätzchen!
Sehn wir einander hier?«

Was tat er ihr bald schenken?
Ein schönes Goldringelein.
Was schenket sie ihm bald wieder?
Ein schönes Kränzelein.

Womit war es gebunden?
Mit lauter Liebeshand,
Wohl mit Jelängerjelieber,
Mit lauter Liebesband.

Poesie der Wettersprüche

Glückselig ist der Bauersmann,
Der's Wetter recht erkennen kann.

*

Wer ins Wetter von morgen
will Einsicht gewinnen,
Der frage die Mücken, Frösche
und Spinnen.

*

Wer's Wetter prüfet für sein Feld,
Der findet täglich ein Stück Geld.

*

Was der Herr für Wetter macht,
Hat der Kalender nicht bedacht.

*

Ohne Regen
Fehlt der Segen.

*

Es ist umsonst das Feld bestellt,
Wenn keine Sonne es erhellt.

*

Wer's Wetter scheut,
Kommt niemals weit.

*

Der Reif in einer einzigen Nacht
Hat oft den Blüten Tod gebracht.

*

Regnet's in den Hopfenstöcken,
Wird das neue Bier schlecht
schmecken.

Zu viel und kalter Regen
Kommt dem Weinstock nicht gelegen.

*

Warme Nächte – süßer Wein,
Bei kalten wird er sauer sein.

*

Im Lenze Sonnenfinsternis
Gibt wenig Korn, doch Wein gewiß.

*

Dem Korn unterm Schnee
Tut die Kälte nicht weh.

*

Dreht zweimal sich der Wetterhahn,
So zeigt er Sturm und Regen an.

*

Wenn der Hund das Gras benagt,
Der Hirte über Flöhe klagt,
Der Rauch will nicht zum Schornstein raus,
Dann kommt bald Regen über's Haus.

*

Wenn hell ertönt der Glockenschlag
Und das Holz nicht brennen mag,
Wenn Gebirge schwarz aussehn,
Bleich erscheinen Himmelshöh'n,
Mond und Sonne schwach nur schimmern,
Und die Sterne blinken, flimmern,
Wenn der Rauch nicht grade steigt,
Nässe sich am Salze zeigt,
Wenn die Spinne sich verkriecht,
Tief die Schwalb am Boden fliegt,
Wenn die Katzen sich lecken und streichen,
Das Vieh sich reibt an Hals und Weichen:
Dann, sei der Himmel noch so schön,
Kommt Regen zu dir, du wirst es sehn.

Wenn Enten, Gäns und Taucherlein
Fest baden und beeinander sein,
So muß nicht fern der Regen sein.

*

Siehst den Storch viel waten,
Kannst auf Regen raten;
Auch bedeutet's Regen noch,
Ziehn die Mäuse sich zu Loch.

*

Das gute Wetter reißt bald aus,
Wenn früh rumort und pfeift die Maus.

*

Wenn die Schwalben
den Boden berühren,
Wirst du bald den Regen spüren.

*

Wenn die Wachteln fleißig schlagen,
Künden sie von Regentagen.

*

Bellt der Fuchs im grünen Wald,
Stellt sich ein der Regen bald.

*

Wenn der Laubfrosch schreit,
Ist der Regen nicht mehr weit.

*

Wenn die Kröten fleißig laufen,
Wollen sie bald Regen saufen.

*

Siehst du die Katze gähnend liegen,
Weißt du, daß wir Gewitter kriegen.

Bei rotem Mond und hellem Stern
Ist der Hagel gar nicht fern.

*

Seht ihr den Neumond hell und rein,
So wird ein gutes Wetter sein;
Ist er aber rot,
So ist er Windes Bot';
Ist er denn bleich, so glaube frei,
Daß nasse Zeit dahinter sei.

*

Fällt der Nebel zu der Erden,
Wird ein gutes Wetter werden;
Steigt er nach dem Erdendach,
Folgt ein großer Regen nach.

*

Abendrot – Gutwetterbot,
Morgenrot mit Regen droht.

*

Morgenrot bringt Not,
Abendrot bringt Brot.

*

Laß rauschen und vorübergahn,
Das Wetter will sein' Willen ha'n.

*

Laß regnen, wenn es regnen mag,
Der Regen will seinen Lauf.
Und wenn es ausgeregnet hat,
Dann hört's von selber auf.

*

Nach oben schau,
Auf Gott vertrau,
Nach Wolken wird der Himmel blau.

Wenn es blitzt von Westen her,
Deutet's auf Gewitter schwer;
Kommt von Norden her der Blitz,
Deutet es auf große Hitz.

*

Weht's bei Neumond her vom Pol,
Bringt es kühlen Regen wohl.

*

Südwest
Regennest.

*

Mit Ostwind
Schön Wetter beginnt.

*

Wenn die Spinnen im Regen spinnen,
Wird er nicht mehr lange rinnen.

*

Wenn Spinnen ihre Netze bauen,
Wirst du bald schönes Wetter schauen.

*

Häufiger, starker Tau
Hält den Himmel blau.

Wenn Schäfchen am Himmel stehn,
Kannst du getrost auf Wanderschaft gehn.

*

Der Abend rot, der Morgen grau,
Gibt das schönste Tagesblau.

*

Heitern Untergang der sieben Sterne
Sieht der Landmann immer gerne.

*

Wenn im Moor viel Irrlicht stehn,
Bleibt das Wetter lang noch schön.

*

Kiebitz tief und Schwalbe hoch,
Bleibet trocken Wetter noch.

*

Kräht der Hahn auf dem Mist,
So ändert sich's Wetter –
Oder es bleibt, wie's ist.

*

Ja, liebe Frau Bas,
Wenn's regnet, wird's naß,
Wenn's schneit, wird man weiß,
Wenn's friert, dann gibt's Eis.

Poesie
des Jahreslaufs

In Gottes Namen fangen wir an

In Gottes Namen fangen wir an,
Ein neues Jahr zu singen an,
Ein neues Jahr, eine fröhliche Zeit,
Die uns Gott vom Himmel geit.

Es ist heut erst der achte Tag,
Seitdem das Kind geboren ward,
Geboren von einer Jungfrau rein.
Das soll auch unser Erlöser sein.

Er kam vom Himmel auf die Welt,
Hat nichts gebracht, kein Gut, kein Geld;
Arm und elend lag er hier
In einem Stall zwischen zwei Tier.

Der Stall stand da, wohl ohne Tür,
Von Löchern voll, kein Fenster für;
Regen und Schnee schlug überall,
Der Schnee bedeckt' den ganzen Stall.

O Christ, wie kannst du dankbar sein?
Schließ auf dein Herz, laß Jesu 'nein!
Er wird dich schon einmal belohnen
In jener Welt mit der Himmelskronen.

Im Namen Namen werde wahr!
Wir wünschen euch ein neues Jahr.
Was wünschen wir nach dieser Zeit?
Die ewige Glückseligkeit.

Dreikönig-Tag

Die heiligen drei König mit ihrem Stern,
Die kamen daher aus dem Morgenland fern.

Dieweil sie das gehöret zwar,
Daß Jesus zu Bethlehem geboren war.

Zu Bethlehem im fernen Land,
Zur Zeit Herodis wohlbekannt.

Sie zogen gen Jerusalem fort
Und kamen an Herodis Ort.

Sie fragten Herodem mit großen Freuden:
»Wo ist er, der als König geboren?

Wir haben gesehen seinen Stern
Im Morgenland mit großem Begehrn

Und kommen, ihn anzubeten, an:
Herr König, tut uns recht verstahn!«

Da das der König Herodes hört,
Sein Leib erschrecket ganz empört,

Darzu das ganze Jerusalem.
Darum er ließ versammeln

All Hohepriester und Schriftgelehrten,
Fragend, wo Jesus soll geboren werden.

Sie aber alle sprachen:
»Zu Bethlehem, zu Bethlehem,

Wie solches all geschrieben steht
Durch den Propheten gar bereit.«

Da berufet Herodes die Weisen ein,
Gar heimlich, und er lernet von ihn',

Zu welcher Zeit der Sterne zwar
Erschienen wär gar hell und klar.

Und ließ sie gehn gen Bethlehem
Und sprach: »Nun ziehet samt dahin

Und forscht mit Fleiß nach dem Kindelein,
Das da soll all geboren sein.

Und wenn ihr's findet, sagt mir's dann,
Daß ich auch komm und bet es an.«

Wie sie nun solches hatten gehort
Von König Herodes, zogen sie fort,

Verließen Jerusalem den Plan
Und sahen den Stern vorher gahn,

Den sie bevor im Morgenland
Gesehen hatten und erkannt,

Ging für ihn hin bis an den Ort,
Da das Kindlein geboren ward.

Wie er nun kam da auf den Plan
Zu Bethlehem, blieb er stille stahn.

Da sie nun täten sehen den Stern
Von ihnen stehen gar nicht fern,

Täten sie sich sehr alle zwar
Und hoch im Herzen erfreuen dar.

Und gingen in das Häuselein,
Funden das zart schön Kindelein

Mit Maria, seiner Mutter rein,
Mit schlechten Tüchlein wickelt fein.

Sie fielen nieder, beteten es an,
Täten ihr' Schätze dar auf den Plan,

Legten ihm Gold, Weihrauch, Myrrhen dar
Und wurden im Traum gewarnet zwar,

Daß sie nicht wieder zu Herodes kehrten
Und setzten ihr Leben in Gefährden.

Wie sie vom Engel solchs hatten verstanden,
Lenkten sie wieder zu ihren Landen

Und zogen ein andern Weg heraus,
Vermeideten also Herodis Haus;

Denn Herodes gesinnet ganz und gar,
Das Kindlein umzubringen dar.

Das Kindelein, das Jesulein,
Woll allzeit in unserem Herzen sein,

Dasselbe bewahren allezeit
Vor Sünden, Schanden und auch Leid!

Ehr sei, Preis und Herrlichkeit
Dem Kindlein der heiligen Dreifaltigkeit!

Eine Textvariante der sogenannten Sterndreherlieder, die heute noch von Kindern am Dreikönigstag gesungen werden.

Da kommen die drei König

Da kommen die drei König mit ihrem Stern.
Sie krachen die Nüsse und essen den Kern.
Sie werfen die Schalen zum Fenster hinaus,
Da kommen die Hühnlein und picken sie auf.

Die vier Kinder

Es war eine Mutter,
Die hatte vier Kinder:
Den Frühling, den Sommer,
Den Herbst und den Winter.

Der Frühling bringt Blumen,
Der Sommer den Klee,
Der Herbst bringt die Trauben,
Der Winter den Schnee.

Maria Lichtmess

Maria ging geschwind
Mit ihrem lieben Kind,
Sie ging von Bethlehem
Zur Stadt Jerusalem
Und trug zum Tempel ein
Das zarte Jesulein.

Sie opfert' diesen Schatz
Nach Inhalt des Gesatz;
Sie gab das Kindlein dar,
Von Täublein auch ein Paar
Und löset ab mit Geld
Den Herren aller Welt.

Hie ließ sich finden bald
Sankt Simeon der Alt;
Er nahm mit großem Lust
Das Kind an seine Brust,
Davon sein Herz aufsprang
Und er vor Freuden sang.

Auch kam Sankt Anna hin,
Die fromme Prophetin;
Auf tät sie ihren Mund
Und macht das Kindlein kund;
Sie lobt' das Kindlein sehr
Und sagte, wer er wär.

O Kind, o Gottes Sohn,
Wie froh ist Simeon!
Wie froh Sankt Anna ist,
Daß du hinkommen bist!
Auch komm und mach also
Von Herzen alle froh!

Diese Strophen werden zu Maria Lichtmess (2. Februar) gesungen und berichten vom Besuch Marias mit dem Jesuskind im Tempel von Jerusalem. Der Name Lichtmess kommt von dem alten Volksbrauch, an diesem Tag die Kerzen zu weihen.

Auf den Schnee folgt der grüne Hoffnungsklee

Auf den Schnee, auf den Schnee
Folgt der grüne Hoffnungsklee.
Wenn der Winter ist vergangen,
Sollen neu die Blümlein prangen,
Schwingt die Lerche sich zur Höh':
Auf den Schnee, auf den Schnee
Folgt der grüne Hoffnungsklee.

Wie Gott will, wie Gott will,
Will ich gerne halten still.
Soll der Himmel sich verhüllen,
Wird der Regen wieder quillen,
Gibt's Gedeihn in reicher Füll':
Wie Gott will, wie Gott will,
Will ich gerne halten still.

Schweig', mein Herz, schweig', mein Herz,
Denn es wechselt Lust und Schmerz,
Will dich Trübsal hier umfangen,
Kannst du süßen Trost erlangen,
Hebt dein Blick sich himmelwärts.
Schweig', mein Herz, schweig', mein Herz,
Denn es wechselt Lust und Schmerz!

Ursprünglich aus der Oberlausitz;
Nachdichtung von Karl Ludwig Francke, 1844.

Das Fest der heiligen Gertrud

Es ging ein armer Mann über das Feld:
Der war ganz betrübt und hatt' kein Geld,
Ganz betrübt stund ihm sein Sinne.

»Woher, wohin, du betrübter Mann?
Du bist ganz betrübt, das seh ich dir an,
Ganz betrübt steht dir dein Sinne.

Ist dir's um Geld und Gut zu tun,
So gib mir deine Handschrift darzu,
Mit Leib und mit der Seelen.« –

Er nimmt die Feder in seine Hand
Und schreibt sich sieben Jahr in Teufels Gewalt,
Mit Leib und mit der Seelen.

Da das siebte Jahr wohl umme war,
Da lud er all seine Freunde zu Gast,
Sankt Gertrud, sein Freundinne.

»Nun eßt und trinkt, ihr Freunde alle mein:
Ich kann nicht länger mehr bei euch sein,
Auf Gron-Heidchen muß ich scheiden.«

Sankt Gertrud dacht in ihrem Mut:
»Auf Gron-Heidchen zu scheiden ist nicht gut,
Könnt ich dem Mann nur helfen!«

Sankt Gertrud kocht ihm einen Trank,
Darin tat sie Johannes Gewalt,
Johannes Segen: Daran ist alles gelegen.

Da er wohl auf Gron-Heidchen kam,
Begegnet ihm der grimmige Mann,
Der bös Feind aus der Höllen mit seinen Gesellen.

»Woher, wohin, du betrüglicher Mann?
Wie hast mich betrogen, das seh ich dir an,
Ganz betrüglich steht dir dein Sinne.«

»Das dank ich Sankt Gertrud hehr und gut,
Daß sie vor der Höllen mich hat behut,
Vor der höllischen Pein ...«

Mit dem Festtag der heiligen Gertrud (17. März) beginnen die bäuerlichen Arbeiten auf dem Feld. Der Legende nach schützt die heilige Gertrud vor dem Teufelspakt.

Frühlingslied

Leise zieht durch mein Gemüt
Liebliches Geläute.
Klinge, kleines Frühlingslied,
Kling hinaus ins Weite.

Kling hinaus, bis an das Haus,
Wo die Blumen sprießen,
Wenn du eine Rose schaust,
Sag, ich lass sie grüßen.

Heinrich Heine

Maria Verkündigung

Es ist ein' Ros' entsprungen
Aus einer Wurzel zart.
Wie uns die Alten sungen,
Von Jesse kam die Art.
Und hat ein Blümlein bracht
Mitten im kalten Winter
Wohl zu der halben Nacht.

Das Röslein, das ich meine,
Davon Jesaias sagt,
Ist Maria, die reine,
Die uns das Blümlein bracht:
Aus Gottes ewigem Rat
Hat sie ein Kindlein g' boren,
Bleibend ein reine Magd.

Wir bitten dich von Herzen,
Du edle Königin,
Durch deines Sohnes Schmerzen,
Wann wir fahren dahin
Aus diesem Jammertal.
Du wollest uns begleiten
Bis an der Engel Saal!

So sing'n wir alle Amen,
Das heißt: Nun werd es wahr,
Daß wir begehr'n allsammen:
O Jesu, hilf uns dar
In deines Vaters Reich!
Darin woll'n wir dich loben:
O Gott, uns das verleih!

An die ersten beiden Strophen – die üblicherweise zu Weihnachten gesungen werden – knüpfte ein unbekannter Volksdichter aus dem Salzkammergut im 16. Jahrhundert die Geschichte von Mariä Verkündigung:

Die G'schicht hat uns beschrieben
Sankt Lukas mit treuer Hand;
Wie Gabriel, der Erzengel,
Vom Himmel herabgesandt
Zu einer Jungfrau fein,
Die Gott hat auserwählet
Seine werte Mutter z' sein.

Der Engel unverdrossen
Macht sich zum irdischen Land
Gen Nazareth, verschlossen
Er da die Jungfrau fand
In ihrem Kämmerlein;
Freundlich er sie anredet:
»Gegrüßt seist du, o Jungfrau rein!

Du bist voll der Gnaden,
Der Herr will bei dir sein,
Hoch über alle Frauen
Bist du gesegnet allein!«
Die edle Jungfrau zart
Ob des Engels Grüßen
Von Herzen erschrocken war.

»Du sollst dich nicht entsetzen«,
Sprach er, »o Jungfrau schön!
Mein Red soll dich ergetzen,
Ich komm von Himmels Höh'n,
Bring fröhliche Botschaft dir;
Du hast Gnad gefunden,
Bei Gott, das glaub du mir!

Ein Kindlein wirst du tragen
In deinem keuschen Leib,
Darum die Schrift tuet sagen:
O edel und selig's Weib!
Sein Nam ist Jesus Christ;
Der Herr Gott wird ihm geben
David's sein's Vater'n Sitz.«

Maria, die Jungfrau reine,
Fragt züchtig mit Verstand:
»Wie soll doch das geschehen?
Kein Mann ich nie erkannt.«
Der Engel sprach zu ihr:
»Dir Wunder wird verschaffen
Der heilig Geist in dir.

Es wird dich überschatten
Des Allerhöchsten Kraft
Und unverletzt erhalten
Dein reine Jungfernschaft.
Denn eben dies Kindlein schon,
Das von dir wird geboren,
Ist der ewig Gottes Sohn.

Laß dich's nit Wunder haben,
Das alt unfruchtbar Weib,
Elisabeth, dein Base,
Geht auch mit schwangerm Leib.
Gott all Ding möglich ist,
Sie wird ein Sohn gebären
Nach dreier Monat Frist.«

Maria mit Freud und Wonne,
Die edle Jungfrau zart,
Da sie nun hat vernommen
Vom Engel Gottes Rat,
Sprach willig und wohlbedacht:
»Ich bin des Herren Maget,
Mir g'scheh, wie du gesagt.«

Aus heiligen Geistes Kräften,
Maria bald empfing
Gott Sohn, den Himmelsfürsten;
Schau, Wunder und neue Ding;
Neun Monat er bei ihr war;
Sie war ein Mutter Gottes,
Blieb Jungfrau rein, wie vor.

Darnach in kurzen Weilen
Macht sie sich auf die Fahrt,
Geschwind mit schneller Eilen
Zu ihrer Basen zart
In Zacharias Haus;
Die wollte sie begrüßen
Und warten ihrer aus.

Elisabeth, die Alte,
Schrie laut mit heller Stimm:
»Gesegnet über alle
Bist du, o Jungfräulein
Und deines Leibes Frucht.
Woher meins Herren Mutter,
Daß sie mich heimgesucht?«

Da denn die keusche Maget
Drei Monat gewes'n bei ihr,
Ging sie wieder unverzaget
Mit großer Freud von ihr.
Gen Nazareth gar still;
Sie wollt der Zeiten warten,
Bis daß g'scheh Gottes Will.

Wir bitten dich von Herzen,
Maria rosenzart!
Durch deines Kindleins Schmerzen,
Die es empfunden hat,
Willst uns verhülflich sein,
Daß wir ihm mögen machen
Ein Wohnung zart und fein.

Der Tag Mariä Verkündigung (25. März) gehört zu den ältesten Marienfesten.

Alles fängt zu blühen an

Jetzt fängt das schöne Frühjahr an,
Und alles fängt zu blühen an
Auf grüner Heid und überall.

Es blühn die Blumen auf dem Feld,
Sie blühen blau, weiß, rot und gelb,
So wie es meinem Schatz gefällt.

Jetzt leg ich mich in'n grünen Klee,
Da singt das Vöglein auf der Höh,
Weil ich zu mei'm Feinsliebchen geh.

Jetzt geh ich über Berg und Tal,
Da hört man schon die Nachtigall
Auf grüner Heid und überall.

Jetzt geh ich in den grünen Wald,
Da such ich meinen Aufenthalt,
Weil mir mein Schatz nicht mehr gefallt.

Mittfasten

Heut ist mitten in der Fasten,
Da leeren die Bauern die Kasten.

Die Kasten sind alle so leer,
Bescher uns Gott ein andres Jahr!

Die Früchte im Felde, sie kleiden so wohl,
Sie kleiden dem Bäuerlein die
Scheuerlein voll.

Wo sind unsere hiesigen Knaben,
Die uns den Sommerkranz helfen
rumme tragen?

Sie liegen wohl hinter dem Wingertsberg
Und schaffen ihre Händelein rauh.

Jetzt gehn wir vor des Wirten Haus,
Da schaut der Herr zum Fenster raus.

Er schaut wohl raus und wieder 'nein,
Er schenkt uns was ins Beutelein 'nein.

Wir schreiben's wohl auf ein Lilienblatt,
Wir wünschen dem Herrn ein guten Tag.

Wir wünschen dem Herrn einen
goldenen Tisch,
Auf jeder Spitzen gebackene Fisch.

Mitten darinnen eine Kanne voll Wein,
Damit soll er brav lustig sein.

Wir wünschen der Frau eine goldene Wiege,
Damit soll sie ihr Kindelein wiegen.

Wir wünschen der Frau eine goldene Schnur,
Damit bindt sie ihr Kindelein zu.

Wir wünschen dem Herrn einen
silbernen Wagen,
Damit soll er ins Himmelreich fahren!

Mittfasten (4. Sonntag der Fastenzeit) gilt nach dem Bauernkalender als Winterende und Sommerbeginn.

Winteraustreiben

So treiben wir den Winter aus,
Durch unser Stadt zum Tor hinaus
Mit seinem Betrug und Listen,
Als den rechten Antichristen.

Wir stürzen ihn über Berg und Tal,
Damit er sich zu Tode fall
Und uns nit mehr betrüge
Durch falsche Lehr und Lüge.

Und nun wir haben den Winter ausgetrieben,
So bringen wir den Sommer herwieder,
Den Sommer und den Maien,
Die Blümlein mancherleien.

Die Blümlein sind das göttlich Wort,
Das blühet itzunder an manchem Ort,
Das wird uns rein gelehret:
Gott ist's, der's hat bescheret.

Des danken Gott von Herzen wir,
Bittend, daß er wollt senden schier
Christum, uns zu erlösen
Vom Winter und allem Bösen!

Winters Abschied

Winter, ade!
Scheiden tut weh.
Aber dein Scheiden macht,
Daß jetzt mein Herze lacht.
Winter, ade!
Scheiden tut weh.

Winter, ade!
Scheiden tut weh.
Gerne vergess' ich dein,
Kannst immer ferne sein.
Winter, ade!
Scheiden tut weh.

Winter, ade!
Scheiden tut weh.
Gehst du nicht bald nach Haus,
Lacht dich der Kuckuck aus.
Winter, ade!
Scheiden tut weh.

*August Heinrich
Hoffmann von Fallersleben*

Der Dichter schrieb den Text zur Melodie des alten Volksliedes »Schätzchen, ade! Scheiden tut weh« (s. Seite 174).

Kreuzigung Christi

Christus der Herr im Garten ging,
Sein bittres Leiden bald anfing;
Da trauert' Laub und grünes Gras,
Weil Judas seiner bald vergaß.

Sehr fälschlich er ihn hinterging,
Ein schnödes Geld dafür empfing,
Verkaufte seinen Gott und Herrn,
Das sahen die Häscher herzlich gern.

Sie gingen in den Garten hin
Mit zornigem und bösem Sinn,
Mit Spieß und Stangen, die lose Rott,
Gefangen nahmen unsern Gott.

Sie führten ihn ins Richters Haus,
Mit scharfen Striemen wieder raus;
Gegeißelt und mit Dorn gekrönt,
Ach Jesu, wurdest du verhöhnt!

Ans Kreuz sie hingen Jesum bald;
Maria ward das Herze kalt:
»O weh, o weh, mein liebstes Herz,
Ich sterb zugleich von gleichem
Schmerz.«

Maria unterm Kreuze stund,
Sie war betrübt von Herzensgrund,
Von Herzen war sie sehr betrübt
Um Jesum, den sie herzlich liebt.

»Johannes, liebster Jünger mein,
Laß dir mein Mutter befohlen sein,
Nimm sie zur Hand, führ sie von dann,
Daß sie nicht schau mein Marter an.«

»Ja, Herr, das will ich gerne tun,
Ich will sie führen allzuschön,
Ich will sie trösten wohl und gut
Wie ein Kind seiner Mutter tut.«

Nun bück dich, Baum, nun bück dich, Ast,
Jesus hat weder Ruh noch Rast;
Ach traure, Laub und grünes Gras,
Laßt euch zu Herzen gehen das!

Die hohen Berge neigten sich,
Die starken Felsen rissen sich,
Die Sonn verlor auch ihren Schein,
Die Vöglein ließen ihr Rufen und Schrein.

Die Wolken schrien weh und ach!
Die Felsen gaben einen Krach,
Den Toten öffnete sich die Tür
Und gingen aus den Gräbern herfür.

Volksballade zur Karwoche

Karsamstag

Maria ging aus wandern,
Sie wandert nach ihrem Haus,
Da schaut der heilge Johannes
Zum Fenster heraus.

»O du heilger Johannes,
Du getreuer Diener mein,
Hast du meinen Sohn nicht gesehen,
Das lieb Jesulein?«

»Ja, ich hab ihn gesehen,
Gestern abend ganz spät,
Schweres Kreuz mußt er tragen,
Dazu drei Nägelein.«

Drei Nägel sind geschlagen
Durch Händ und durch Füß:
Kommt, Sünder, bekehrt euch,
Tut ab eure Sünd!

Auf den Ölberg sind sie gangen,
Schwitzten blutigen Schweiß.
»Ach Mutter, betrübte Mutter,
Meine Wunden sind so heiß!«

Ostern

Heut wollen wir loben und preisen
Den allmächtigen Gott,
Der uns hat woll'n erlösen
Durch seinen bitteren Tod.

Am heiligen Ostermorgen
Fröhlich er erstanden ist,
Des freun wir uns allsamter
Allhie zu dieser Frist.

Nimm wahr: Drei heilige Frauen
Nahmen viel Spezerei;
Das Grab wollten sie schauen,
Den Leichnam salben frei.

Nun funden sie ein Engel,
Der redt die Frauen an:
»Der euer Not hat gewendet,
Der ist erstanden schon.«

Sie kehrten sich wieder vom Grabe
Und gingen furchtsamlich,
Vors Engels Stimm und Klarheit
Gar hart entsetzten sie sich.

Petro und andern Jüngern
Erzählten sie die Mär,
Wie daß ihr liebster Herre
Vom Tod erstanden wär.

Recht sieghaftiger Herre,
Dir sei Lob, Preis und Ehr,
Daß du der Höllen Pforten
Zerstört, dem Teufel gewehrt.

Erbarm dich über uns Armen
Allhie auf dieser Welt;
Hilf, daß wir selig sterben,
Wann es dir wohlgefällt.

In'n Himmel laß uns kommen,
Daselbst ist unser Gut,
Das du uns hast erkaufet
Mit deinem teuren Blut.

Nach dir stehn unser Gedanken,
Nach dir tracht unser Sinn;
Den Himmel hast uns erhalten:
Hilf, daß wir kommen dahin.

Osterlied

O du fröhliche, o du selige,
Gnadenbringende Osterzeit!
Welt lag in Banden,
Christ ist erstanden:
Freue, freue dich, o Christenheit!

O du fröhliche, o du selige,
Gnadenbringende Osterzeit!
Tod ist bezwungen,
Leben errungen:
Freue, freue dich, o Christenheit!

O du fröhliche, o du selige,
Gnadenbringene Osterzeit!
Kraft ist gegeben,
Göttlich zu leben:
Freue, freue dich, o Christenheit!

Die Ähnlichkeit mit dem bekannten Weihnachtslied »O du fröhliche, o du selige, gnadenbringende Weihnachtszeit« ist nicht zufällig: Der Weimarer Privatgelehrte Daniel Falk (1778–1826) dichtete zu der Melodie eines von Johann Gottfried Herder in Sizilien gehörten und nach Deutschland gebrachten Fischerliedes drei ähnliche Texte für Ostern, Pfingsten und Weihnachten. Alle drei Lieder wurden früher viel gesungen, bekannt geblieben ist nur das Weihnachtslied.
Siehe Seite 204 und Seite 223.

Georgi

An einem See sehr groß und tief
Ein böser Drach sich sehen ließ.

Dem ganzen Land er Schrecken bringt,
Viel Menschen und viel Vieh
verschlingt,

Und mit des Rachens bösem Duft
Vergiftet er ringsum die Luft.

Daß er nicht dringe zu der Stadt,
Beschloß man im gemeinen Rat,

Zwei Schaf zu geben alle Tag,
Um abzuwenden diese Plag.

Und da die Schaf schier all dahin,
Erdachten sie noch andern Sinn,

Zu geben einen Menschen dar,
Der durch das Los gewählet war.

Das Los ging um so lang und viel,
Bis es auf Königs Tochter fiel.

Der König sprach zu'n Bürgern gleich:
»Nehmt hin mein halbes Königreich!

Ich gebe auch an Gut und Gold,
Von Silber und Geld, so viel ihr wollt.

Auf daß mein Tochter, die einzig Erb,
Noch lebe, nicht so bös verderb.«

Das Volk ein groß Geschrei beginnt:
»Einem andern ist auch lieb sein Kind!

Hältst du mit deiner Tochter nicht
Den Schluß, den du selbst aufgericht,

So brennen wir dich zu der Stund
Samt deinem Palast auf den Grund.«

Da nun der König Ernst ersach,
Ganz leidig er zu ihnen sprach:

»So gebet mir doch nur acht Tag,
Daß ich der Tochter Leid beklag.«

Darnach sprach er zur Tochter sein:
»Ach Tochter, liebste Tochter mein,

So muß ich dich jetzt sterben sehn
Und all mein Tag in Trauren stehn.«

Da nun die Zeit verschwunden war,
Läuft bald das Volk zum Palast dar

Und drohet ihm mit Schwert und Feuer;
Sie schrien hinauf ganz ungeheuer:

»Willst du um deiner Tochter Leben
Dein ganzes Volk dem Drachen geben?«

Da es nicht anders möcht gesein,
Gab er zuletzt den Willen drein.

Er kleidet sie in königlich Wat,
Mit Weinen und Klagen er sie umfaht.

Er sprach: »Ach weh mir armem Mann,
Was soll ich jetzund fangen an?

Die Hochzeit dein war ich bedacht
Zu halten bald mit herrlicher Pracht,

Mit Trommeln und mit Saitenspiel,
Zu haben Lust und Freuden viel.

So muß ich mich nun dein verwegen
Und dich dem grausen Drachen geben.

Ach Gott, daß ich vor dir wär tot,
Daß ich nicht säh dein Blut so rot.«

Er gab ihr weinend manchen Kuß,
Sein Töchterlein fiel ihm zu Fuß:

»Lebt wohl, lebt wohl, Herr Vater mein,
Gern sterb ich um des Volkes Pein.«

Der König schied mit Ach und Weh.
Man führt sein Kind zum Drachensee.

Als sie da saß in Trauren schwer,
Da ritt der Ritter Georg daher.

»O Jungfrau zart, gib mir Bescheid,
Warum stehst du in solchem Leid?«

Die Jungfrau sprach: »Flieh bald von hier,
Daß du nicht sterben mußt mit mir.«

Er sprach: »O Jungfrau, fürcht dich nicht,
Vielmehr mit Kurzem mich bericht,

Was deut's, daß ihr allein da weint,
Ein großes Volk herum erscheint?«

Die Jungfrau sprach: »Ich merk ohn Scherz,
Ihr habt ein männlichs Ritterherz;

Was wollt Ihr hier verderben
Und mit mir schändlich sterben.«

Dann sagt sie ihm, wie hart und schwer,
Wie alle Sach ergangen wär.

Da sprach der edle Ritter gut:
»Getröstet seid, habt freien Mut.

Ich will durch Hülf von Gottes Sohn
Euch ritterlichen Beistand tun.«

Er bleibet fest, sie warnt ihn sehr,
Da kam der gräuliche Drach daher.

»Flieht, Ritter, schont das junge Leben,
Ihr müßt sonst euren Leib drum geben.«

Der Ritter sitzt geschwind zu Roß
Und eilet zu dem Drachen groß.

Das heilge Kreuz macht er vor sich
Gar christenlich und ritterlich;

Dann rannt er an mit seinem Spieß,
Den er tief in den Drachen stieß,

Daß jählings er zur Erden sank
Und saget Gott dem Herrn Dank.

Da sprach er zu der Jungfrau zart:
»Der Drache läßt von seiner Art,

Drum fürcht Euch gar nicht dieses Falls;
Legt Euren Gürtel ihm um den Hals.«

Als sie das tät, ging er zur Stund
Mit ihm wie ein gezähmter Hund.

Er führt ihn so zur Stadt hinein,
Da flohen vor ihm Groß und Klein.

Der Ritter winket ihnen, sprach:
»Bleibt hie und fürcht kein Ungemach.

Ich bin darum zu euch gesendt,
Daß ihr den wahren Gott erkennt.

Wann ihr euch dann wollt taufen lan
Und Christi Glauben nehmen an,

So schlag ich diesen Drachen tot,
Helf euch damit aus aller Not.«

Alsbald kam da durch Gottes Kraft
Zur Tauf die ganze Heidenschaft.

Da zog der Ritter aus sein Schwert
Und schlug den Drachen zu der Erd.

Der König bot dem heilgen Mann
Viel Silber und Gold zu Ehren an;

Das schlug der Ritter alles aus:
Man soll's den Armen teilen aus.

Als er nun schier wollt ziehen ab,
Die Lehr er noch dem König gab:

»Die Kirche Gottes des Herrn dein
Laß dir allzeit befohlen sein.«

Der König baute auch mit Fleiß
Der Mutter Gottes zu Lob und Preis

Eine Kirche schön und herrlich groß,
Aus der ein kleiner Brunn herfloß.

Der heilige Georg, etwa um 280 in Kappadozien geboren, war römischer Offizier unter Kaiser Diokletian und wurde im Jahr 303 als Christ zu Tode gemartert. Legendendichter schrieben dem historisch verbürgten Märtyrer die Rolle des Drachenkämpfers zu und gaben ihm damit den Glanz des archetypischen Helden.

Der Drache ist in Religionen und Mythen, Sagen und Märchen vieler Völker ein Mischwesen aus Schlange, Vogel und Löwe, vielköpfig, schuppenbedeckt und flammenspeiend, eine Spottgeburt aus Dreck und Feuer. Er frißt Menschen, entführt jungfräuliche Königstöchter, hütet unheilbringende Schätze, versucht die Sonne und den Mond zu verschlingen – und so verkörpert er die dämonische Bedrohung archaischer Zeiten, das Böse schlechthin, die apokalyptische Vernichtung.

Getötet muß er werden, damit die Welt nicht untergeht, und wer ihn tötet, der wird unsterblich: Drachenkämpfer waren der griechische Göttervater Zeus, dessen Söhne Apoll und Perseus, der ägyptische Sonnengott Re, der indische Gewittergott Indra, der germanische Gewittergott Thor, der Nibelungenheld Siegfried – und eben auch der heilige Georg, dessen »Drachenstich« so populär geblieben ist, daß er heute noch in Bayern, Tirol und in der Steiermark für volkstümliche Festspiele inszeniert wird.

St. Georg war Patron der Ritter, Kreuzritter, Landsknechte, Musketiere und Waffenschmiede, er gilt als Schutzheiliger der Reiter und Pfadfinder. Sein Gedenktag ist der 23. April.

Komm, lieber Mai

Komm, lieber Mai, und mache die Bäume wieder grün,
Und laß uns an dem Bache die kleinen Veilchen blühn!
Wie möchten wir so gerne ein Veilchen wieder sehn,
Ach, lieber Mai, wie gerne einmal spazieren gehn.

Zwar Wintertage haben wohl auch der Freuden viel:
Man kann im Schnee eins traben und treibt manch' Abendspiel.
Baut Häuserchen von Karten, spielt Blindekuh und Pfand:
Auch gibt's wohl Schlittenfahrten aufs liebe freie Land;

Doch wenn die Vöglein singen und wir dann froh und flink
Auf grünem Rasen springen, das ist ein ander Ding!
Jetzt muß mein Steckenpferdchen dort in dem Winkel stehn,
Denn draußen in dem Gärtchen kann man vor Schmutz nicht gehn.

Am meisten aber dauert mich Lottchens Herzeleid:
Das arme Mädchen lauert recht auf die Blumenzeit;
Umsonst hol' ich dir Spielchen zum Zeitvertreib herbei;
Sie sitzt auf ihrem Stühlchen wie's Hühnchen auf dem Ei.

Ach, wenn's doch erst gelinder und grüner draußen wär!
Komm, lieber Mai! Wir Kinder, wir bitten gar zu sehr!
O komm und bring vor allem uns viele Veilchen mit,
Bring auch viel Nachtigallen und schöne Kuckucks mit.

Christian Overbeck

Verfaßt 1775; 1791 schrieb Wolfgang Amadeus Mozart dazu seine berühmte Melodie.

Grüss Gott, du schöner Maien

Grüß Gott, du schöner Maien,
Da bist du wiedrum hier
Tust jung und alt erfreuen
Mit deiner Blumen Zier!
Die lieben Vöglein alle,
Sie singen all so hell,
Frau Nachtigall mit Schalle
Hat die fürnehmste Stell.

Die kalten Wind' verstummen,
Der Himmel ist gar blau,
Die lieben Bienlein summen
Daher auf grüner Au.
O holde Lust im Maien,
Da alles neu erblüht,
Du kannst mir sehr erfreuen
Mein Herz und mein Gemüt.

Alles neu macht der Mai

Alles neu macht der Mai,
Macht die Seele frisch und frei.
Laßt das Haus, kommt hinaus!
Windet einen Strauß!
Rings erglänzet Sonnenschein,
Duftend prangen Flur und Hain:
Vögelsang, Hörnerklang
Tönt den Wald entlang.

Wir durchziehen Saaten grün,
Haine, die ergötzend blühn,
Waldespracht, neu gemacht
Nach des Winters Nacht.
Dort im Schatten an dem Quell,
Rieselnd munter, silberhell,
Klein und Groß ruht im Moos,
Wie im weichen Schoß.

Hier und dort, fort und fort,
Wo wir ziehen, Ort für Ort,
Alles freut sich der Zeit,
Die verschönt erneut.
Widerschein der Schöpfung blüht
Uns erneuernd im Gemüt.
Alles neu, frisch und frei
Macht der holde Mai.

Als Dichter gilt Hermann von Kamp, einst Lehrer in Mühlheim. Der Text entstand 1818. Die Melodie dazu ist eine alte Volksweise.

Der Mai tritt h'rein

Der Mai tritt h'rein mit Freuden,
Hin fährt der Winter kalt;
Die Blümlein auf der Heiden
Blühen gar mannigfalt.

Ein edles Röslein zarte,
Von roter Farbe schön,
Blüht in mein's Herzens Garte:
Für all Blümlein ich's krön.

Es ist der Wohlgemute
Des schönen Röslein rot,
Erfrischt mir Sinn und Mute,
Errett' aus aller Not.

Es ist mein Ehrenpreise,
Darzu mein Augentrost,
Gemacht mit allem Fleiße,
Vom Tod hat's mich erlost.

Vor Leid wär ich gestorben,
Entgangen was mein Kraft,
In Liebesflamm verdorben,
Erkühlt hat mich sein Saft.

Mein Herze wird erquicket
Von Angst, Kummer und Pein,
Wenn mich freundlich anblicket
Das rote Röslein mein.

Für Silber und rot Golde,
Für Perlen und Edelgestein
Bin ich dem Röslein holde,
Nichts Liebers mag mir sein.

Im wunderschönen Monat Mai

Im wunderschönen Monat Mai,
Als alle Knospen sprangen,
Da ist in meinem Herzen
Die Liebe aufgegangen.

Im wunderschönen Monat Mai,
Als alle Vögel sangen,
Da hab ich ihr gestanden
Mein Sehnen und Verlangen.

Heinrich Heine

Im Maien, im Maien

Im Maien, im Maien ist's lieblich und schön,
Da findt sich viel Kurzweil und Wonne;
Frau Nachtigall singet, die Lerche sich schwinget
Über Berg und über Tal.

Die Pforten der Erden, die schließen sich auf,
Sie lassen so manches Blümlein herauf,
Als Lilien und Rosen, Violen, Zeitlosen,
Zypressen und auch Nägelein.

In solchen wohlriechenden Blümlein zart
Spazieren Jungfräulein von edeler Art;
Sie winden und binden ganz lieblich und fein
Ihren Herzallerliebsten ein Kränzelein.

Da herzt man, da scherzt man, da freuet man sich,
Da singt man, da springt man, da ist man fröhlich;
Da findet sich Lieb und Liebchen zusammen,
Da reißt sich mancher aus Liebesflammen.

Der Mai ist gekommen

Der Mai ist gekommen, die Bäume schlagen aus,
Da bleibe wer Lust hat, mit Sorgen zu Haus;
Wie die Wolken dort wandern am himmlischen Zelt,
So steht auch mir der Sinn in die weite, weite Welt.

Herr Vater, Frau Mutter, daß Gott euch behüt!
Wer weiß, wo in der Ferne mein Glück mir noch blüht!
Es gibt so manche Straße, da nimmer ich marschiert,
Es gibt so manchen Wein, den ich nimmer noch probiert.

Frisch auf drum, frisch auf im hellen Sonnenstrahl,
Wohl über die Berge, wohl durch das tiefe Tal!
Die Quellen erklingen, die Bäume rauschen all,
Mein Herz ist wie 'ne Lerche und stimmet ein mit Schall.

Und abends im Städtchen, da kehr ich durstig ein:
»Herr Wirt, Herr Wirt, eine Kanne blanken Wein!
Ergreife die Fiedel, du lustger Spielmann du,
Von meinem Schatz das Liedel sing ich dazu.«

Und find' ich keine Herberg, so lieg ich zu Nacht
Wohl unterm blauen Himmel: die Sterne halten Wacht:
Im Winde die Linde, die rauscht mich ein gemach,
Es küsset in der Früh das Morgenrot mich wach.

O Wandern, o Wandern, du freie Burschenlust!
Da wehet Gottes Odem so frisch in die Brust;
Da singet und jauchzet das Herz zum Himmelszelt:
Wie bist du doch so schön, o du weite, weite Welt!

Emanuel Geibel

Vertont von Justus Wilhelm Lyra (1822-1882)

Christi Himmelfahrt

Christ fuhr gen Himmel,
Was sandt er uns hernieder?
Er sendet uns den heiligen Geist
Zum Trost der armen Christenheit.

Christ fuhr mit Schalle
Von seinen Jüngern alle,
Macht ein Kreuz mit seiner Hand
Und tät den Seg'n über all Land.

Christi Himmelfahrt (40 Tage nach Ostern) wird mit Bittgängen, Prozessionen und Flurbegehungen gefeiert.

Pfingstlied

O du fröhliche, o du selige,
Gnadenbringende Pfingstenzeit!
Christ unser Meister,
Heiligt die Geister:
Freue, freue dich, o Christenheit!

O du fröhliche, o du selige,
Gnadenbringende Pfingstenzeit!
Führ', Geist der Gnade,
Uns deine Pfade:
Freue, freue dich, o Christenheit!

O du fröhliche, o du selige,
Gnadenbringende Pfingstenzeit!
Uns, die Erlösten,
Wollst du, Geist, trösten:
Freue, freue dich, o Christenheit!

Siehe Kommentar auf Seite 197.

Johanni und Sonnwendfest

Da kommen drei Herren gegangen,
Mit Spießen und mit Stangen!
Florian! Florian! Florian!
Zünd' dem Madel den Rocken an,
Daß sie nimmer spinnen kann!
Ist ein guter Herr im Haus,
Langt ein Scheitle Holz 'raus.
Ei du lieber Sixt,
Gib uns fein ein dicks!
Ei du lieber Hanns,
Gib uns fein ein langs!
Ei du lieber Thuma (Thomas),
Laß ein Scheitlein 'kumma.
Wir hören drei Schlüsselein klingen
Und uns ein Scheitlein bringen.
Tür und Tor ist aufgegangen,
Ein Scheitlein Holz 'raus
Oder wir schlagen ein Loch ins Haus!

Am Tag des heiligen Johannes (24. Juni) zogen einst die Kinder durch das Dorf, um mit diesen Reimen das Brennholz für das abendliche Johannisfeuer oder Sonnwendfeuer zu erbitten. Auch der folgende Text diente diesem Zweck:

Wir kommen hergeritten
Auf einer weißen Zieg'
Und woll'n die Frauen bitten
Um Büschelholz und Reißig.
Und wenn sie will net Steuer geben,
Soll se's and're Jahr net leben.

Das Fest Maria Magdalena

Maria Magdalena,
Also war sie genannt:
Die hat mit großen Tränen
Gott ihre Sünd bekannt.

Denn sie hat oft gehöret
Von einem Prediger,
Wie daß noch Gott der Herre
Den Sündern gnädig wär.

Sie hub sich auf alleine,
Niemand sonst mit ihr ist;
Sie suchte Gott den Herren:
Den fand sie in der Wüst.

Darin da tät sie bleiben
Bei vier und dreißig Jahr,
Da brachten ihr die Engel
Die Speis vom Himmel dar.

All Tag fiel sie darnieden
Fleißig auf ihre Knie,
Vergoß viel heiße Zähren
Und verdroß sie dran kein Müh.

Sie nahm dieselben Zähren,
Wusch Gott damit sein Füß
Und trocknet sie mit dem Haare:
Der Dienst war ihr so süß!

»Steh auf! Maria Magdalena,
Dein Sünd seind dir vergeben!
Deines festen Glaubens halber,
Darin ich dich find eben.«

Sie sprach: »O Gott, mein Herre,
Willst mir mein Sünd vergebn?
So führ mich mit dir heime
Wohl in das ewige Lebn!«

So soll doch nun kein Sünder
In seiner Sünd verzagn,
Denn darum hat Gott der Herre
Ein schweres Kreuz getragn.

Er nahm sie auf zu Gnaden
In seines Vaters Reich:
So lebt sie ohne Schaden
Immer und ewiglich.

Also sollen wir Sünder
Nehmen ein Ebenbild,
Uns halten wie fromme Kinder:
So haben wir einen Vater mild.

Die heilige Maria Magdalena gilt als Schutzpatronin der reuigen Sünderinnen, der unehelich geborenen Kinder, der Friseure und Parfumfabrikanten. Ihr Festtag wird seit dem 9. Jahrhundert am 22. Juli begangen.

Der Sankt-Christophorus-Tag

Sant Christoph, du viel heiliger Mann,
Dein Lob steht hoch zu preisen:
Wer dein Bild früh tut schauen an,
Des Tags ist er beweisen,
Das Herze sein fröhlich ohn Pein,
Züchtig in allen Ehren;
Dein Bet gen Gott hilft hie und dort
Um deiner Marter Ehre.

Du hast auch Macht, von Gott gewährt,
Den jähen Tod vertreiben:
Des Donners Kraft wird ganz verheert,
An keinem Ort zu bleiben:
Drum unser Bitt: Versag uns nit
Dein Hilf, als wir begehren!
Dein Bet gen Gott hilft hie und dort
Um deiner Marter Ehre.

Du hast noch mehr der Tugend groß,
Als uns die Schrift erzählet:
Gott liebt dich sehr ohn alle Maß
Und hat dich auserwählet
Zu seinem Knecht: Du trugst ihn recht
Über Wasser so geren;
Dein Bet gen Gott hilft hie und dort
Um deiner Marter Ehre.

An alten Reisewegen und Wanderstraßen stehen viele Christophorus-Kirchen und -Kapellen. Denn Sankt Christophorus galt als Patron der Fuhrleute, die ihn vor allem zum Schutz vor Unfall und Blitzschlag – vor dem »gachen Tod« – anriefen. Heute ist er Schutzpatron der Autofahrer. Die sogenannten Christophorus-Fahrten mit Autos an seinem Gedenktag (24. Juli) sind den Fuhrmännerwallfahrten vergangener Zeiten nachempfunden.

Jacobi

Wer das Elend bauen will,
Der mach sich auf und zieh dahin
Wohl auf Sankt Jakobs Straßen.
Zwei Paar Schuh, die muß er han,
Eine Schüssel bei der Flaschen.

Ein breiten Hut, den soll er han,
Und ohne Mantel soll er nit gahn,
Mit Leder wohlbesetzet;
Es schnei oder regn oder wehe der Wind,
Daß ihn die Luft nicht netzet.

Sack und Stab ist auch darbei.
Er lug, daß er gebeichtet sei,
Gebeichtet und gebüßet!
Kummt er in der Welschen Land,
Er findt kein deutschen Priester.

Ein deutschen Priester findt er wohl:
Er weiß nit, wo er sterben soll
Oder sein Leben lassen;
Stirbt er in dem welschen Land,
Man gräbt ihn bei der Straßen.

So ziehen wir durch Schweizerland ein,
Sie heißen uns gottwillkommen sein
Und geben uns ihre Speise;
Sie legen uns wohl und decken uns warm,
Die Straßen tun sie uns weisen.

So ziehen wir durch die welschen Land,
Die seind uns Brüdern unbekannt:
Das Elend müssen wir bauen.
Wir rufen Gott und Sant Jakob an
Und unser liebe Frauen.

So ziehen wir durch der arme Jecken Land.
Man gibt uns nicht dann Apfeltrank,
Die Berge müssen wir steigen.
Gäb man uns Äpfel und Birn genug,
Wir äßens für die Feigen.

So ziehen wir durch Soffeien hinein.
Man geit uns weder Brot noch Wein,
Die Säck stehn uns gar leere;
Wo ein Bruder zu dem andern kommt,
Der sagt ihm böse Märe.

So ziehen wir zu Sant ... ein.
Man gibt uns Brot und guten Wein:
Wir leben in reichem Schalle.
Langedoken und Hispanierland,
Das loben wir Brüder alle.

Es liegen fünf Berg im welschen Land,
Die seind uns Pilgram wohlbekannt:
Der erst heißt Runzevalle,
Und welcher Bruder darüber geht,
Sein Backen werden ihm schmale.

Der ander heißt der Monte Christein:
Der Pfortenberg mag wohl sein Bruder sein,
Sie sein einander fast gleiche;
Und welcher Bruder darüber geht,
Verdient das Himmelreiche.

Der vierte heißt der Ravenel,
Darüber laufen die Brüder und
Schwester schnell.
Der fünfte heißt ihn Alle Fabe:
Da leit viel manches Biedermanns Kind
Aus deutschem Land begraben.

Der König von Hispanien, der führt ein Kron,
Er hat gebauet drei Spital gar schon
In Sant Jakobs Ehren:
Und welcher Bruder darein kommt,
Man beweist ihm Zucht und Ehre.

Es war dem Spitalmeister nit genehm,
Vielen Brüdern hat er genommen das Leben.
Gott, laß nit ungerochen!
Zu Burges ward er an ein Kreuz geheft,
Mit scharfen Pfeilen durchstochen.

Der König, der was ein Biedermann:
Die Pilgramkleider legt er sich an,
Sein Spital wollt er beschauen:
Was ihm die deutschen Brüder sagten,
Das wollt er nit gelauben.

Da ging er in das Spital ein.
Er hieß ihm bringen Brot und Wein;
Die Supp, die was nit reine:
»Spittelmeister, lieber Spittelmeister mein,
Die Brot seind viel zu kleine!«

Der Spittelmeister was ein zornig Mann;
»Der Greulich hat dich herein getragn,
Das nimmt mich immer Wunder.
Und wärst du nit ein welscher Mann,
Ich vergäb dir wie den deutschen Hunden.«

Und da es an den Abend kam,
Die Brüder wollten schlafen gahn,
Der Pilgram wollt schlafen alleine:
»Spittelmeister, lieber Spittelmeister mein,
Die Bett seind gar nit reine!«

Er gab dem Pilgram einen Schlag,
Daß er von Herzen sehr erschrak,
Er tät zu dem Spittel aus laufen;
Die andern Brüder täten
Den Spittelmeister sehr raufen.

Da es an den Morgen kam,
Man sach viel gewappneter Mann
Zu dem Spital eindringen;
Man fing den Spittelmeister
Und all sein Hausgesinde.

Man band ihn auf ein hohes Roß,
Man führt ihn gen Burges auf das Schloß,
Man tät ihn in ein Eisen schließen:
Es tät dem Spittelmeister
Gar sehr und hart verdrießen.

Der Spittelmeister hätt ein Töchterlein,
Es mocht recht wohl ein Schälkin sein:
»Es nimmt mich immer Wunder,
Daß der liebste Vater mein
Soll sterben von wegen dieser Hunde.«

Es stund ein Bruder nahe darbei:
»Nun soll es nit verschwiegen sein,
Ich will es selber klagen.«
Da ward dasselbig Töchterlein
Unter den Galgen begraben.

Sieh Bruder, du sollst nit stille stahn!
Vierzig Meil hast du noch zu gahn,
Wohl in Sant Jakobs Münster,
Vierzehn Meil' hin hinter baß
Zu einem Stern, heißt Finster.

Den »Finstern Stern« wollen wir lan stahn
Und wollen zu Salvator eingahn,
Groß Wunderzeichen anschauen:
So rufen wir Gott und Sant Jakob an
Und unser liebe Frauen.

Bei Sant Jakob vergibt man Pein und Schuld,
Der liebe Gott sei uns allen hold
In seinem höchsten Throne!
Der Sant Jakob dienen tut,
Der lieb Gott soll ihm lohnen.

Der heilige Jakob ist der Patron der Pilger, die – wie es in der ersten Strophe heißt – »auf das Elend bauen« (in die Fremde ziehen) wollen. Sein Gedenktag (25. Juli) wird in den Alpenländern von Sennern und Sennerinnen gefeiert. Die wohl aus dem 12. Jahrhundert stammende Pilgerballade war einst außerordentlich populär und diente Pilgern als eine Art Reiseführer zu der vielbesuchten Begräbnisstelle des heiligen Jakob in Santiago de Compostela.

Die Ortsbezeichnungen sind verballhornt: Armagnac (Jeckenland), Savoyen (Soffeien), Roncesvalles (Runzevalle), St. Christina (Monte Christein), St. Pied de Port (Pfortenberg), Puerto del Balbaran (Ravenel), Val de Navia (Alle Fabe), Burgos (Burges), Finisterre (Finster und Finstern Stern). Die Ortsbezeichnung in der neunten Strophe ist im Original unleserlich.

Maria Himmelfahrt

O Königin, holdselige Frau,
Zu uns herab vom Himmel schau!

Mutter, du voll Barmherzigkeit,
Bitt für die ganze Christenheit!

Bitt, daß uns Gott barmherzig sei,
Bitt, daß uns Gott mach sündenfrei!

Bitt für das Feld und Ackerland,
Behüt uns auch vor Feuer und Brand!

Ach steh uns bei am letzten End,
O Mutter, dich nicht von uns wend!

Mariä Himmelfahrt (15. August) ist das bedeutendste und älteste Marienfest.

Marias Hilf

Die Königstochter harrt so lang,
Viel Kummer ihr das Herz bezwang,
Und das um einen Knaben.
Der Knabe, der war hübsch und fein,
Sie liebt ihn schon seit Jahren.

Als es wohl gegen Abend ging,
Der König kam gegangen.
Sie wußte den Knaben zu lassen nicht,
Er sprang wohl zu dem Fenster hinaus,
Recht in das tiefe Wasser.

Sie schaut ihm so barmherzig nach,
Die Träne in das Wasser rann.
»Jungfräulein, darfst nicht sorgen,
Das Tauchen und Schwimmen versteh
ich wohl
Vom Abend bis an den Morgen.«

Als er wohl auf die Mitte kam,
Rief er die heilige Jungfrau an,
Maria mit dem Kinde:
»Magst du mir Hilf und Beistand sein,
Meine Kunst ist gar geringe.«

Als er wohl an das Ufer kam,
Ein schneeweiß Hemdlein zog er an,
Zum Schloß kam er gegangen:
»Geduld, Geduld, es kommt der Tag,
Wo ich sie soll erlangen!«

Maria, o du Mutter mein

Maria, o du Mutter mein,
Beschütz, wie einst dein Jesulein,
Vor jedem Unheil liebreich mich
Und sorge für mich mütterlich!

Mein kindlich Herz noch einmal spricht:
Verschmähe meine Bitte nicht,
Sei meine Mutter für und für,
Ich bin dein Kind und folge dir!

Herbstlied

Bunt sind schon die Wälder,
Gelb die Stoppelfelder,
Und der Herbst beginnt.
Rote Blätter fallen,
Graue Nebel wallen,
Kühler weht der Wind.

Wie die volle Traube
Aus dem Rebenlaube
Purpurfarbig strahlt!
Am Geländer reifen
Pfirsiche mit Streifen
Rot und weiß bemalt.

Sieh! wie hier die Dirne
Emsig Pflaum und Birne
In ihr Körbchen legt,
Dort mit leichten Schritten
Jene goldnen Quitten
In den Landhof trägt!

Flinke Träger springen,
Und die Mädchen singen,
Alles jubelt froh!
Bunte Bänder schweben
Zwischen hohen Reben
Auf dem Hut von Stroh.

Geige tönt und Flöte
Bei der Abendröte
Und im Mondenglanz;
Junge Winzerinnen
Winken und beginnen
Deutschen Ringeltanz.

Johann Gaudenz von Salis-Seewis

Der Sankt-Lorenz-Tag

Sankt Lorenz, der viel heilige,
Der ist gar hoch geboren:
Gott hat ihn zum Leviten
Selber wohl auserkoren.

Sankt Sixtus war ein Papste,
Regiert gar fromm zu Rom.
Der fand Sankt Lorenzen sitzen
Unter einem Feigenbaum.

Er sprach: Folg Christi Straßen,
Mein allerliebster Sohn!
Die Welt sollst du verlassen
Mit allem ihrem Tun!

Alsbald das Lorenz hörte,
Er ging gar schnell mit ihm;
Er lernet Gottes Worte:
Das lag ihm stets im Sinn.

Groß Wunderzeichen er verbracht
An allen Christenleut:
Die Blinden er wieder sehend macht
Wohl mit dem heilgen Kreuz.

Als man Sankt Sixt ins Gefängnis führt,
Da rächt Sankt Lorenz laut:
»Ach Vater, nimb mich auch mit dir!
Ich wag dran Haar und Haut.

Wo gehst du hin, o Vater mein,
Laß deinen Diener hier?
Ich geh mit dir in Tod hinein:
Sterben ist mein Begier.«

Sankt Sixtus tät ihm sagen:
»Der Kirchen Schätz teil aus:
Darnach in dreien Tagen
Kommst du in Himmel hinauf.«

Sankt Lorenz sprach behende:
»Die Schätz versorget sein:
Ich hab sie ausgespendet
Den armen Christen gemein.«

Alsbald er nur der Schätz gedacht,
Gar bald man ihn auch fing;
Er ward wohl für den Kaiser gebracht,
Der war auf ihn ergrimmt.

Er wollt Sankt Lorenz nöten,
Er sollt werden ein Heid,
Sonst wollt er ihn lassen töten:
Ein Feuer war bereit.

Sankt Lorenz des Kaisers spottet,
Er sprach: »Du großer Tyrann,
Frag nit nach deinem Gotte:
Christum, den bet ich an.«

Der Kaiser ward gar zornig,
Er wüt und tobt gar fast;
Er ließ Sankt Lorenz braten
Auf einem glühendem Rost.

Sankt Lorenz sprach zum Kaiser:
»Ich leid hie ein kleine Zeit:
Du mußt brinnen und braten
Immer in Ewigkeit.

Mein halber Leib gebraten ist,
Komm her, Kaiser, und friß!
Den halben Teil laß kochen dir,
Kühl wohl dein Mut an mir!«

Er litt sein Marter gern,
Er nahm ein seligs End:
Befahl sich Christo dem Herrn,
Kam in den Himmel behend. –

Sankt Lorenz, lieber Herre,
Hilf uns aus Angst und Not!
Wann wir auch müssen sterben,
Sei unser Hülf bei Gott!

Der Tag des heiligen Lorenz (10. August) wird vor allem im süddeutschen Sprachraum gefeiert.

Das Hubertus-Fest

Im grünen Wald bin ich gewesen,
Sah ich ein Hirschelein stehn;
Das Hirschlein, das wollt ich
erschießen,
O Wunder, was hab ich gesehn.

Es tut mir die Flinte versagen,
Ein Kreuz tut das Hirschlein tragen,
Stolzierend auf seinem Gewicht,
Die Gnade zum Sünder wohl spricht.

Da tät ich zur Erden hinsinken
Wohl auf meine bogene Knie;
Tät mir es entgegen blinken,
Ein silbernes Kreuzlein schneeweiß.

Jetzt tu ich kein Hirschlein mehr
schießen,
Will lieber ins Kloster mich schließen;
Dem grünen Wald sag ich gut Nacht,
Die Gnade hat alles gemacht!

Der heilige Hubertus ist Patron der Jäger, die seinen Gedenktag (3. November) mit Festen und Feiern begehen. Die Ballade bezieht sich auf eine Legende, wonach Hubertus durch eine Kreuzerscheinung von seiner rücksichtslosen Jägerleidenschaft abkam und Priester wurde.

Der Sankt-Martins-Tag

Sankt Martin wöllen loben wir,
Der uns aus Most kann machen schier
Den Wein, den wir solln trinken.
Darum wölln wir mit ganzer Gier
Was unser ist in dem Revier
Des Wirtes Knecht her winken.

Daß er uns genug des Weins her trag
Und darnach in der Küchen frag
Die Köchin oder die Hausdiener,
Ob sie die Gans gebraten hab,
Darauf man dann wohl trinken mag
Und auf die Schweinebraten.

Herr Wirt, nun laßt uns fröhlich sein,
Und trag uns her ein guten Wein,
Keins argen, nur des besten!
Groß Kandel voll, das Fäßlein dein
Sollst du uns allzeit schenken ein,
So gwinnst du fröhlich Gäste.

Der Sankt-Martins-Tag (11. November) gilt im bäuerlichen Jahreslauf als Ende des Sommers und Anfang des Winters.

Der Winter ist ein scharfer Gast

Der Winter ist ein scharfer Gast,
Das merkt ich an dem Dache;
Mein Lieb gab mir ein Kränzlein
Von Perlen fein,
Das hab ich von ihr tragen
An meinem Bart und Kragen.

Der Sommer ist ein sanfter Gast,
Es tröpfelt von dem Dache;
Mein Lieb gab mir ein Kränzlein;
Im Sonnenschein,
Da ist es aufgetauet,
Von Eis war es erbauet.

Ja traue nur dem Schleicher nicht,
Viel lieber scharfe Worte:
Der Sommer gibt wohl Kränzlein
Von Blumen fein,
Zu ihr kann ich nicht gehen,
Vom langen Tag gesehen.

Zu Ostern, als die Fasten aus,
Da längerten die Tage;
Mein Lieb gab mir ein Unterpfand,
Zwen Ärmlein blank,
Darin sollt ich mich rüsten
Zu unsers Winters Lüsten.

Was acht ich der Waldvöglein Sang
Und aller Kläffer Zungen;
Lieg ich in meinen Ärmlein blank,
Ich weiß ihr Dank,
Ich kann von ihr dann träumen;
Wie lange wird sie säumen?

O saurer Winter

O saurer Winter, du bist kalt,
Du hast versauret den grünen Wald,
Du hast versauret die Blümlein an der Heide.

Die gelben Blümlein sein worden fahl,
Entflogen ist uns Frau Nachtigall,
Sie ist entflogen und wird uns nicht mehr singen.

Sie ist entflogen zu diesem neuen Jahr,
Ein steten Buhlen muß ich han,
Ein steten Buhlen muß ich allzeit haben.

Des Abends, wenn ich zu Bette will gahn
Und meinen schönen Buhlen nit han,
So trauert mein Herz und all mein Gemüte.

Ein Lied hinterm Ofen zu singen

Der Winter ist ein rechter Mann,
Kernfest und auf die Dauer;
Sein Fleisch fühlt sich wie Eisen an
Und scheut nicht süß noch sauer.

War je ein Mann gesund, ist er's;
Er krankt und kränkelt nimmer,
Weiß nichts von Nachtschweiß
noch Vapeurs
Und schläft im kalten Zimmer.

Er zieht sein Hemd im Freien an
Und läßt's vorher nicht wärmen
Und spottet über Fluß im Zahn
Und Kolik in Gedärmen.

Aus Blumen und aus Vogelsang
Weiß er sich nichts zu machen,
Haßt warmen Drang und warmen Klang
Und alle warmen Sachen.

Doch wenn die Füchse bellen sehr,
Wenn's Holz im Ofen knittert
Und um den Ofen Knecht und Herr
Die Hände reibt und zittert,

Wenn Stein und Bein vor Frost zerbricht
Und Teich' und Seen krachen,
Das klingt ihm gut, das haßt er nicht,
Denn will er sich tot lachen. –

Sein Schloß von Eis liegt ganz hinaus
Beim Nordpol an dem Strande;
Doch hat er auch ein Sommerhaus
Im lieben Schweizerlande.

Da ist er denn bald dort, bald hier,
Gut Regiment zu führen.
Und wenn er durchzieht, stehen wir
Und sehn ihn an und frieren.

Matthias Claudius

Das Fest der heiligen Elisabeth

Ihrer Hochzeit hohes Fest
Gräfin Elisabeth still verläßt,
Geht mit reich geschmücktem Haupt,
Wo die Waldkapell erbaut.

Bringet Blumen, preiset laut,
Ach wie oft sie da erbaut,
Preist Maria, Geberin
Ihres Glücks, in frommem Sinn.

Was sie hält an dem Altar,
Ist es Angst? Sie fühlt es klar,
Ihre Stunde geht vorbei,
Ihr Gebet strömt immer neu.

»O Maria, welches Leid,
Letzte Blumen bring ich heut,
Daß ich reise, schmerzet mich;
Ob ich wiedersehe dich?

O Maria, jetzt ist Zeit,
Daß ich wieder von dir scheid;
Fort ich muß, auf lange fort,
Ach Ade, du Gnadenort!

Schau Maria, Mutter mein,
Laß mich dir befohlen sein;
Ach es muß geschieden sein
Von dir und deinem Kindelein.

O du gnadenreiches Bild,
O Maria, Mutter mild;
O wie hart scheid ich von dir,
Wie so gern blieb ich allhier.

Meine Zunge ist mir schwer,
Meine Augen voller Zähr,
Nicht mehr hell ist meine Stimm,
Gute Nacht, ich Urlaub nimm.

O Maria, neue Pein
Spür ich in dem Herzen mein;
Daß ich jetzund scheiden soll,
Darum bin ich trauervoll.

O du mein lieb Herzelein,
Muß es so geschieden sein?
Ade nun mit der Mutter dein,
Gute Nacht, lieb Herzelein!

O Maria, noch die Bitt,
Mich im Tod verlasse nit;
Sei gegrüßet tausendmal,
Ach ade viel tausendmal!«

Also lange betet sie,
Und schon lange sahe sie
Über sich ein blankes Schwert;
Ihr Gebet doch ruhig währt.

Sie vergißt des Schwertes Tück,
In der Gnade schwebt ihr Blick.
Als der Räuber sie gehört,
Er sie im Gebet nicht stört.

Als er ihren Blick vernahm,
Schwere Reu ihn überkam,
Legte ab sein Schwert und Spieß,
Auf die Knie sich niederließ.

»Hoher Worte fromme Schar
Schützt den Schmuck in deinem Haar,
Schützt dein Leben gegen mich,
Edle Frau, ach bet für mich!«

»O Maria, noch die Bitt,
Diesen Sünder verlasse nit;
Löse ihn von Schuld und Qual,
Ach ade viel tausenmal!«

Und als sie nun von ihm ging,
Schien ihm alle Welt gering;
Büßt als frommer Bruder schwer:
Hört, sein Glöcklein schallet her.

Das Fest der heiligen Elisabeth (19. November) wurde vor allem in Bayern, Thüringen, Böhmen und Ungarn gefeiert.

Der Tag des heiligen Andreas

Andreas, lieber Schutzpatron,
Gib mir doch nur einen Mann!
Räche doch jetzt meinen Hohn,
Sieh mein schönes Alter an.
Krieg ich einen oder keinen? – Einen.

Einen krieg ich? Das ist schön!
Wird er auch beständig sein?
Wird er auch zu andern gehn?
Oder sucht er mir allein
Und sonst keiner zu gefallen? – Allen.

Allen? Ei, das wär nicht gut!
Ist er schön und wohlgestalt't?
Ist's ein Mensch, der viel vertut?
Ist's ein Witwer? Ist er alt?
Ist er hitzig oder kältlich? – Ältlich.

Ältlich? Aber doch galant!
Nun, so sage mir geschwind:
Wer ist ihm denn anverwandt,
Und wer seine Freunde sind?
Sind sie auch von meinesgleichen? –
Leichen.

Leichen? Ei, so erbt er viel!
Hat er auch ein eignes Haus,
Wenn er mich nun haben will:
Und wie sieht es drinnen aus?
Ist es auch von hübscher Länge? – Enge.

Enge? Ei, wer frägt darnach?
Wenn er nur ein größres schafft.
Und wie steht's ums Schlafgemach?
Ist das Bette auch von Taft,
Wo ich drinnen liegen werde? – Erde.

Erde? Das klingt wunderlich,
Ist ein sehr nachdenklich Wort!
Andreas, ach! ich bitte dich,
Sage mir doch auch den Ort,
Wo du ihn hast aufgehoben? – Oben.

Oben hat er seinen Platz?
Nun, so merk ich meine Not,
Der mir jetzt beschriebne Schatz
Ist vielleicht wohl gar schon tot!
Ist mir sonst nichts übrig blieben? – Lieben.

Lieben soll ich nun das Grab?
Ach! wie manches Herzeleid,
Weil ich keinen haben mag
Hier in dieser Sterblichkeit,
Keinen Krummen, keinen Lahmen. – Amen.

Dieses Lied mit Echo-Effekt bezieht sich auf den Volksglauben, daß der heilige Andreas an seinem Festtag (30. November) einem unverheirateten Mädchen zum Mann verhilft.

Der Nikolaustag

Sankt Nikolaus, du lieber Herr,
Getreuer, milder Nothelfer
Allen Bedrängten insgemein,
Ich empfehle mich der Treue dein!

Du Edelstein aller Tugend,
Im Alter und in der Jugend
Hast du Zeichen viel getan
An mancher Frau und manchem Mann.

Auch jetzt hilft Gott noch alle Tag
Der Welt von mancher Not und Plag;
Durch deine Stärke bringest du,
O Heiliger, Land und See zur Ruh.

Von Wassernot, von Feuer,
Von allem, was nicht geheuer,
Von Armut und von Schanden,
Von Eisen und von Banden.

Darum, getreuer Nothelfer,
Mein' Not, mein' Armut, mein' Beschwer,
Die ich am Herzen trage,
Mit Treuen ich dir klage.

Sei gnädig, lieber Herre,
Und alle Not verkehre,
Die immer mich umfangen hat,
Daß ich von meiner Missetat

Werd' gnädiglich entbunden
Und einstens dort erfunden,
Daß ich mit Gott die Himmelsfreud
Besitzen mög' in Ewigkeit.

Der Text bezieht sich auf die wenig bekannten Patronate des heiligen Nikolaus: Er galt als Nothelfer der Seeleute, Gefangenen, Straftäter und der Armen. Heute wird sein Gedenktag (6. Dezember) von den Kindern gefeiert.

Sankt Niklas ist ein braver Mann

Sankt Niklas ist ein braver Mann,
Bringt den kleinen Kindern was,
Die großen läßt er laufen,
Die können sich was kaufen.

Wunsch an Sankt Nikolaus

Heiliger Sankt Nikolaus,
Komm' in meines Vaters Haus;
Leg' mir schöne Sachen ein,
Dann will ich ein bravs Büble (Mädle) sein.

Niklas-Gespräch

Vater:
Es wird aus den Zeitungen vernommen,
Daß der heilige Sankt Niklas werde kommen
Aus Moskau, wo er gehalten wert
Und als ein Heiliger wird geehrt;
Er ist bereits schon auf der Fahrt,
Zu besuchen die Schuljugend zart,
Zu sehn, was die kleinen Mägdlein und Knaben
In diesem Jahre gelernet haben
In Beten, Schreiben, Singen und Lesen,
Auch, ob sie sind hübsch fromm gewesen.
Er hat auch in seinem Sack verschlossen
Schöne Puppen aus Zucker gegossen,
Den Kindern, welche hübsch fromm wären,
Will er solche schöne Sachen verehren.

Kind:
Ich bitte dich, Sankt Niklas, sehr,
In meinem Hause auch einkehr,
Bring Bücher, Kleider und auch Schuh
Und noch viel schöne gute Sachen dazu,
So will ich lernen wohl
Und fromm sein, wie ich soll.

Sankt Niklas:
Gott grüß euch lieben Kinderlein,
Ihr sollt Vater und Mutter gehorsam sein,
So soll euch was Schönes bescheret sein;
Wenn ihr aber dasselbe nicht tut,
So bringe ich euch den Stecken und die Rut.

Weihnachten

Markt und Straßen stehn verlassen,
Still erleuchtet jedes Haus,
Sinnend geh' ich durch die Gassen,
Alles sieht so festlich aus.

An den Fenstern haben Frauen
Buntes Spielzeug fromm geschmückt,
Tausend Kindlein stehn und schauen,
Sind so wunderstill beglückt.

Und ich wandre aus den Mauern
Bis hinaus ins freie Feld,
Hehres Glänzen, heil'ges Schauern!
Wie so weit und still die Welt!

Sterne hoch die Kreise schlingen,
Aus des Schnees Einsamkeit
Steigt's wie wunderbares Singen –
O du gnadenreiche Zeit!

Joseph Freiherr von Eichendorff

Der Christbaum ist der schönste Baum

Der Christbaum ist der schönste Baum,
Den wir auf Erden kennen.
Im Garten klein, im engsten Raum,
Wie lieblich blüht der Wunderbaum,
Wenn seine Lichter brennen, ja brennen!

Denn sieh: In dieser Wundernacht
Ist einst der Herr geboren,
Der Heiland, der uns selig macht;
Hätt' er den Himmel nicht gebracht,
Wär alle Welt verloren, verloren.

Doch nun ist Freud und Seligkeit,
Ist jede Nacht voll Kerzen:
Auch dir, mein Kind, ist das bereit;
Dein Jesus schenkt dir alles heut,
Gern wohnt er dir im Herzen, im Herzen.

O laß ihn nie, es ist kein Traum:
Er wählt dein Herz zum Garten,
Will pflanzen in den engen Raum
Den allerschönsten Wunderbaum
Und seiner treulich warten, ja warten.

O Tannenbaum

O Tannenbaum, o Tannenbaum,
Wie treu sind deine Blätter!
Du grünst nicht nur zur Sommerzeit,
Nein auch im Winter, wenn es schneit.
O Tannenbaum, o Tannenbaum,
Wie treu sind deine Blätter.

O Tannenbaum, o Tannenbaum!
Du kannst mir sehr gefallen.
Wie oft hat nicht zur Weihnachtszeit
Ein Baum von dir mich hoch erfreut!
O Tannenbaum, o Tannenbaum
Du kannst mir sehr gefallen!

O Tannenbaum, o Tannenbaum!
Dein Kleid will mich was lehren:
Die Hoffnung und Beständigkeit
Gibt Trost und Kraft zu jeder Zeit.
O Tannenbaum, o Tannenbaum!
Das soll dein Kleid mich lehren.

Dieses weltbekannte Weihnachtslied war ursprünglich ein Liebeslied, verfaßt von August Zarnack (1777–1827), Erziehungsdirektor am Militär-Waisenhaus zu Potsdam. Er dichtete die erste Strophe der heute verbreiteten Fassung, der drei weitere folgten, die in Vergessenheit geraten sind.

O Mägdelein, O Mägdelein,
Wie falsch ist dein Gemüte!
Du schwurst mir Treu in meinem Glück,
Nun arm ich bin, gehst du zurück.
O Mägdelein, O Mägdelein,
Wie falsch ist dein Gemüte!

Die Nachtigall, die Nachtigall
Nahmst du dir zum Exempel:
Sie bleibt so lang der Sommer lacht,
Im Herbst sie sich von dannen macht,
Die Nachtigall, die Nachtigall
Nahmst du dir zum Exempel.

Der Bach im Tal, der Bach im Tal
Ist deiner Falschheit Spiegel.
Er strömt allein, wenn Regen fließt
Bei Dürr' er bald den Quell verschließt,
Der Bach im Tal, der Bach im Tal
Ist deiner Falschheit Spiegel.

Zu einer alten Volksliedmelodie gesungen, war das Lied zunächst in Deutschland kaum bekannt. Weltberühmt wurde es erst, als Ernst Anschütz (1780–1861), ein Lehrer in Leipzig, zu der ersten Strophe des Liedes von Zarnack die heute viel gesungenen Weihnachtsstrophen hinzuschrieb. August Zarnack hat offenbar ein uraltes Tannenbaumlied aus mündlicher Überlieferung umgedichtet, das seit dem 16. Jahrhundert gelegentlich als schriftliches Fragment auftaucht, so etwa als nur zum Teil erhaltenes Fliegendes Blatt aus dem Jahre 1550. Dort heißt es: »O Tanne, du bist ein edler Zweig, / Du grünest Winter und die liebe Sommerzeit.« Im Bergliederbüchlein von 1740 (Freiberg, Sachsen) finden sich die ersten beiden der folgenden Strophen, die dritte stammt aus mündlicher Überlieferung.

Ach Tannebaum, ach Tannebaum,
Du bist ein edler Zweig!
Du grünest uns den Winter,
Die liebe Sommerzeit.

Wenn andre feine Bäumelein
In großen Trauren stehn,
So grünest du uns den Winter,
Du edler Tannenbaum!

Warum sollt ich nicht grünen,
Da ich noch grünen kann?
Ich hab weder Vater noch Mutter,
Der mich versorgen kann.

Bitte ans Christkind

Christkindchen, ich will artig sein,
Bescher mir was in mein Schüsselein,
Äpfel, Nüsse, eins zwei drei
Und ein Püppchen auch dabei.

Christkindchen, komm in unser Haus,
Leer' deine große Tasche aus,
Stell' dein' Schimmel untern Tisch,
Daß er Heu und Hafer frißt.

Heil'ger Christ, wir flöten,
Trommeln und trompeten:
Bring uns recht was Schönes mit,
Lieber, guter, heil'ger Christ!

Das Jesulein bin ich genannt

Das Jesulein bin ich genannt,
Den frommen Kinderlein bekannt,
Die ihren Eltern gehorsam sein,
Sich waschen und auch lernen fein,
Die früh aufstehn und beten gern,
Den' will ich all's bescheer'n.

Die aber solche Holzböck' sein,
Die schlagen ihre Schwesterlein
Und schmeißen ihre Brüderlein:
Die steckt Ruprecht in'n Sack hinein!

Eilet zum Krippelein

Kommet, ihr Vögelein,
Eilet zum Krippelein,
Flieget ins bethlehemitische Tal!
Euch lad ich alle ein
Zu meinem Jesulein,
So ganz verlassen dalieget im Stall.

Hier liegt das Kindelein
In z'rißnen Windelein,
So ganz erstarret vor Kälten und Wind.
Kommet, ihr Vögelein,
Eilends zum Krippelein!
Singet und klinget, bis schlafet das Kind!

Sollst, Mensch, nit schämen dich?
Legst dein Gott zu dem Viech!
Esel und Ochs seine Dienerschaft sein!
Das zuvor in dem Chor,
Komm, Lerchlein, du hervor!
Singe nur immer, bis Jesus schlaft ein!

Ist dann das Menschenherz
Härter als Stein und Erz?
Lasset Gott liegen aniezt auf dem Stroh.
Komm, Wachtel, du herbei!
Allhier die Wacht ausschrei!
Mache zu Schanden die menschlich Hoffart!

Das Kindlein weinet sehr;
Den Undank beklaget er,
Der doch aus Lieb für uns Mensch worden ist.
Guggu, wo bleibst so lang,
Daß du nit zeigest an,
Wieviel der Menschen das Kindlein verehrt?

Dem Kindlein zu Ehrn

Alle fangt an,
Wer singen kann,
Pfeifen und geigen!
Keiner soll schweigen!
Laßt euch nur hörn
Dem Kindlein zu Ehrn!

Jesulein süeß,
Von Herzen dich grüeß!
Tuest mir gefallen;
Lieb dich vor allen.
Du bist ganz mein:
Schließ mich ins Herz ein!

Maria, sitz zue!
Leg's Kindlein in d' Rue,
Daß es tuet schlafen
Und nit erwachen!
Denn es liegt hart,
Ist klein und ist zart.

Öchslein, nit brüll,
Wann's Kind schlafen will!
Den Atem laß gehn
Übers Kindelein schön,
Daß es tuet nit erfriarn!
Der Joseph soll's wiagn!

Stille Nacht, heilige Nacht

Stille Nacht, heilige Nacht,
Alles schläft, einsam wacht
Nur das traute hochheilige Paar.
Holder Knabe im lockigen Haar,
Schlaf in himmlischer Ruh'!
Schlaf in himmlischer Ruh'!

Stille Nacht, heilige Nacht,
Hirten erst kund gemacht!
Durch der Engel Halleluja
Tönt es laut von fern und nah:
Christ, der Retter ist da!
Christ, der Retter ist da!

Stille Nacht, heilige Nacht!
Gottes Sohn, o wie lacht
Lieb' aus deinem göttlichen Mund,
Da uns schlägt die rettende Stund',
Christ, in deiner Geburt!
Christ, in deiner Geburt!

Das mit diesen drei Strophen in aller Welt berühmt gewordene Weihnachtslied ist die vom Volk zersungene und gekürzte Fassung eines Gedichts, das der Hilfspriester und spätere Vikar Joseph Mohr am Vormittag des 24. Dezember 1818 in Oberndorf bei Salzburg schuf. Am Nachmittag komponierte der im benachbarten Arnsdorf lebende Lehrer Franz Gruber die Melodie dazu. Der ursprüngliche Text lautet so:

Stille Nacht! Heilige Nacht,
Alles schläft, einsam wacht
Nur das traute heilige Paar.
Holder Knab' im lockigen Haar,
Schlafe in himmlischer Ruh'!
Schlafe in himmlischer Ruh'!

Stille Nacht! Heilige Nacht!
Gottes Sohn, o wie lacht
Lieb' aus deinem göttlichen Mund,
Da uns schlägt die rettende Stund':
Jesus in deiner Geburt.
Jesus in deiner Geburt.

Stille Nacht! Heilige Nacht!
Die der Welt Heil gebracht,
Aus des Himmels goldenen Höh'n
Uns der Gnade Fülle läßt sehn:
Jesum in Menschengestalt.
Jesum in Menschengestalt.

Stille Nacht! Heilige Nacht!
Wo sich heut' alle Macht
Väterlicher Liebe ergoß,
Und als Bruder huldvoll umschloß
Jesus die Völker der Welt.
Jesus die Völker der Welt.

Stille Nacht! Heilige Nacht!
Lange schon uns bedacht,
Als der Herr, vom Grimme befreit,
In der Väter urgrauer Zeit
Aller Welt Schonung verhieß.
Aller Welt Schonung verhieß.

Stille Nacht, heilige Nacht,
Hirten erst kundgemacht!
Durch der Engel Halleluja
Tönt es laut von Ferne und Nah:
»Jesus, der Retter ist da!«
»Jesus, der Retter ist da!«

Joseph Mohr

Weihnachtslied

O du fröhliche, o du selige,
Gnadenbringende Weihnachtszeit!
Welt ging verloren,
Christ ist geboren:
Freue, freue dich, o Christenheit!

O du fröhliche, o du selige,
Gnadenbringende Weihnachtszeit!
Christ ist erschienen,
Uns zu versöhnen,
Freue, freue dich, o Christenheit!

O du fröhliche, o du selige,
Gnadenbringende Weihnachtszeit!
Himmlische Heere
Jauchzen dir Ehre:
Freue, freue dich, o Christenheit!

Siehe Fußnote Seite 197.

Der Weihnachtsmann

Morgen kommt der Weihnachtsmann,
Kommt mit seinen Gaben.
Trommel, Pfeifen und Gewehr,
Fahn' und Säbel, und noch mehr,
Ja, ein ganzes Kriegesheer
Möcht' ich gerne haben!

Bring uns, lieber Weihnachtsmann,
Bring auch morgen, bringe
Musketier und Grenadier,
Zottelbär und Panthertier,
Roß und Esel, Schaf und Stier,
Lauter schöne Dinge!

Doch du weißt ja unsern Wunsch,
Kennst ja unsre Herzen.
Kinder, Vater und Mama,
Auch sogar der Großpapa,
Alle, alle sind wir da,
Warten dein mit Schmerzen.

August Heinrich
Hoffmann von Fallersleben

Alle Jahre wieder kommt das Christuskind

Alle Jahre wieder
Kommt das Christuskind
Auf die Erde nieder,
Wo wir Menschen sind.

Kehrt mit seinem Segen
Ein in jedes Haus,
Geht auf allen Wegen
Mit uns ein und aus.

Ist auch mir zur Seite
Still und unerkannt,
Daß es treu mich leite
An der lieben Hand.

Wilhelm Hey

Der Dichter war Gothaer Hofprediger und schuf den Text im Jahre 1837. Die bekannte Melodie dazu stammt von Ernst Anschütz.

Ihr Kinderlein kommet

Ihr Kinderlein kommet, o kommet doch all,
Zur Krippe herkommet in Bethlehems Stall
Und seht, was in dieser hochheiligen Nacht
Der Vater im Himmel für Freude uns macht.

Da liegt es, ihr Kinder, auf Heu und auf Stroh:
Maria und Joseph betrachten es froh;
Die redlichen Hirten knien betend davor,
Hoch oben schwebt jubelnd der Engelein Chor.

O beugt wie die Hirten anbetend die Knie;
Erhebet die Hände und danket wie sie!
Stimmt freudig, ihr Kinder, wer soll sich nicht freu'n?
Stimmt freudig zum Jubel der Engel mit ein.

Was geben wir Kinder, was schenken wir dir,
Du bestes und liebstes der Kinder dafür?
Nichts willst du von Schätzen und Freuden der Welt,
Ein Herz nur voll Unschuld allein dir gefällt.

So nimm unsre Herzen zum Opfer denn hin,
Wir geben sie gerne mit fröhlichem Sinn,
Und mache sie heilig und selig wie deins,
Und mach sie auf ewig mit deinem vereint!

Dichter unbekannt, möglicherweise Christoph von Schmid (1768–1854). Die Melodie dazu schuf Abraham Peter Schulz.

Ein Kinderlied auf die Weihnachten Christi

Vom Himmel hoch, da komm ich her,
Ich bring euch gute, neue Mär,
Der guten Mär bring ich so viel,
Davon ich singen und sagen will.

Euch ist ein Kindlein heut gebor'n.
Von einer Jungfrau auserkor'n,
Ein Kindelein so zart und fein,
Das soll eu'r Freud und Wonne sein.

Es ist der Herr Christ, unser Gott,
Der will euch führ'n aus aller Not.
Er will eu'r Heiland selber sein,
Von allen Sünden machen rein.

Er bringt euch alle Seligkeit,
Die Gott, der Vater, hat bereit,
Daß ihr mit uns im Himmelreich
Sollt leben nun und ewiglich.

Des laßt uns alle fröhlich sein
Und mit den Hirten gehn hinein,
Zu sehn, was Gott uns hat beschert,
Mit seinem lieben Sohn verehrt.

Lob, Ehr' sei Gott im höchsten Thron,
Der uns schenkt seinen eig'nen Sohn!
Des freuet sich der Engel Schar
Und singet uns solch neues Jahr.

Zersungene und nur noch in dieser Verkürzung allgemein bekannte Fassung eines Weihnachtsliedes, das einst Martin Luther für seine Kinder schrieb. Das Original hat 15 Strophen, die hier in ihrer ursprünglichen Form wiedergegeben werden, wie sie durch die kritische Weimarer Gesamtausgabe überliefert sind:

Ein kinder lied auff die Weinacht Christi

Vom himel hoch da kom ich her,
Ich bring euch gute newe mehr,
Der guten mehr bring ich so viel,
Davon ich singen und sagen wil.

Euch ist ein kindlin heut geborn,
Von einer jungfraw auserkorn,
Ein kindelein so zart und fein,
Das sol ewr freud und wonne sein.

Es ist der Herr Christ unser Gott,
Der wil euch fürn aus aller not,
Er will ewr Heiland selber sein,
Von allen sunden machen rein.

Er bringt euch alle seligkeit,
Die Gott der Vater hat bereit,
Das jr mit uns jm himel Reich
Solt leben nu und ewiglich.

So mercket nu das zeichen recht,
Die krippen windelin so schlecht,
Da findet jr das kind gelegt,
Das alle welt erhelt und tregt.

Des lasst uns alle frölich sein
Und mit den hirten gehn hinein,
Zu sehn was Gott uns hat beschert,
Mit seinem lieben Son verehrt.

Merck auff mein hertz und sich
dort hin,
Was ligt doch inn dem krippelin,
Wes ist das schöne kindelin?
Es ist das liebe Jhesulin.

Bis willekom du Edler gast,
Den sunder nicht verschmehet hast,
Und kompst jns elend her zur mir,
Wie sol ich jmer dancken dir?

Ach Herr du Schöpffer aller ding,
Wie bistu worden so gering,
Das du da ligst auff dürrem gras,
Davon ein rint und esel ass.

Und wer die welt viel mal so weit,
Von eddelstein und gold bereit,
So wer sie doch dir viel zu klein
Zu sein ein enges wigelein.

Der sammet und die seiden dein,
Das ist grob hew und windelein,
Darauff du König so gros und reich
Her prangst als wers dein himel Reich.

Das hat also gefallen dir
Die warheit anzuzeigen mir,
Wie aller welt macht, ehr und gut
Für dir nichts gilt, nichts hilfft
noch thut.

Ach mein hertzliebes Jhesulin
Mach dir ein rein sanfft bettelin,
Zu rugen jnn meins hertzen schrein,
Das ich nimmer vergesse dein.

Davon ich alzeit frölich sey
Zu springen, singen jmer frey
Das rechte Susaninne schon,
Mit hertzen lust den süssen thon.

Lob, ehr sey Gott im höchsten thron,
Der uns schenckt seinen eingen Son,
Des frewen sich der Engel schar
Und singen uns solch newes jar.

Worterklärungen:
sich = sieh; bis willekom = sei willkommen; jns elend = in die Fremde; Susaninne schon = Wiegenlied schön

Neujahrslied

Mit der Freude zieht der Schmerz
Traulich durch die Zeiten.
Schwere Stürme, milde Weste,
Bange Sorgen, frohe Feste
Wandeln sich zur Seiten.

Und wo eine Träne fällt,
Blüht auch eine Rose.
Schon gemischt, noch eh wir's bitten,
Ist für Thronen und für Hütten
Schmerz und Lust im Lose.

War's nicht so im alten Jahr?
Wird's im neuen enden?
Sonnen wallen auf und nieder,
Wolken gehn und kommen wieder,
Und kein Wunsch wird's wenden.

Gebe denn, der über uns
Wägt mit rechter Waage,
Jedem Sinn für seine Freuden,
Jedem Mut für seine Leiden
In die neuen Tage,

Jedem auf des Lebens Pfad
Einen Freund zur Seite,
Ein zufriedenes Gemüte
Und zu stiller Herzensgüte
Hoffnung ins Geleite!

Johann Peter Hebel

Poesie
der Kalendermacher

Januar, Jänner oder Hartmond

Neujahrsnacht still und klar
Deutet auf ein gutes Jahr.

*

Regen im Januar
Bringt der Saat Gefahr.

*

Gibt's im Januar viel Regen,
Bringt's den Früchten keinen Segen.

*

Im Januar viel Regen, wenig Schnee,
Tut Saaten, Wiesen und Bäumen weh.

*

Januar warm,
Gott erbarm!

*

Ist der Januar feucht und lau,
Wird das Frühjahr kalt und rauh.
Ist er aber hell und weiß,
Wird der Sommer sicher heiß.

*

Tanzen die Mücken im Januar,
Werden Futter und Butter rar.

*

Zu Dreikönig *(6. Januar)* Eis und Schnee
Tut Saaten, Wiesen, Bäumen weh.

*

Ist's zu Dreikönig grün,
Werden Korn und Hafer blühn.

Heilig Dreikönig sonnig und still,
Der Winter vor Ostern nicht weichen will.

*

Zu Fabian und Sebastian *(20. Januar)*
Fängt der rechte Winter an.

*

Fabian mit Nebelhut
Tut den Früchten gut.

*

Wenn zu Fabian und Sebastian tanzen die Mücken,
Muß man den Kühen das Futter bezwicken.

*

An Pauli Bekehrungstag *(25. Januar)*
Des Wetters solche Rechnung trag:
So die Sonne tut scheinen klar,
Das bedeutet ein gutes Jahr,
Ein Nebel auch, groß oder klein,
Der bringt ein Sterben allgemein.
Nimmt aber der Wind überhand,
Darauf erfolget Krieg im Land.
Durch Regen aber oder Schnee
Sollst du 'ne teure Zeit versteh'.

*

Zu Pauli Bekehr
Kommt der Storch wieder her.

*

Pauli bekehr di –
Winter, wehr di!

Februar, Hornung oder Eismond

Singt die Lerche jetzt schon hell,
Geht's dem Bauer an das Fell.

*

Wenn im Februar die Stürme fackeln,
Daß dem Ochs die Hörner wackeln,
Das haben die Bauern von Bern
Sehr gern.

*

Wer den Hafer säet im Horn,
Der hat viel Korn,
Wer ihn säet im Mai,
Hat viel Spreu.

*

Scheint an Lichtmess *(2. Februar)* die
Sonne heiß,
So kommen bald Schnee und Eis.

*

Lichtmess hell und klar
Gibt ein schlechtes Jahr.

*

Ist's zu Lichtmess hell und rein,
Wird ein langer Winter sein,
Wenn es stürmt und schneit,
Ist der Frühling nicht mehr weit.

*

Lieber das Weib auf der Bahr
Als Lichtmess hell und klar.

Um Lichtmess kalbt die Kuh,
Dann legt das Huhn,
Dann zickelt die Geis,
Das freut den Bauern allermeist.

*

Sankt Dorothe *(6. Februar)*
Bringt den meisten Schnee.

*

Mattheis *(24. Februar)* bricht's Eis,
Findt er keins, so macht er eins.

*

Wenn neues Eis Matthias bringt,
So friert's noch vierzig Tage.
Wenn noch so schön die Lerche singt,
Die Nacht bringt neue Plage.

*

Tritt Matthias stürmisch ein,
Wird's bis Ostern Winter sein.

*

Die Regel gilt zu jeder Zeit:
Daß es am 30. Februar nicht schneit.

*

Der Februar baut Brücken,
Der März schlägt sie zu Stücken.

März, Heimmond oder Lenz

Heitrer März
Erfreut des Landmanns Herz.

*

Feuchter März
Ist des Bauern Schmerz.

*

Märzgewitter zeigen an,
Daß große Stürme ziehn heran.

*

Wenn's donnert in den März hinein,
Wird der Roggen gut gedeihn.

*

März und April und Mai,
Sind sie trocken und kalt alle drei,
Und der Juni bringt dann
warmen Regen,
Das bedeutet Gottessegen.

*

Märzenferkel, Märzenfohlen
Alle Bauern haben wollen.

*

Lachende Kunigunde *(3. März)*
Bringt frohe Kunde.
Kunigunde tränenschwer,
Bleibt gar oft die Scheune leer.

*

Geht um Gregor *(12. März)* der Wind,
So geht er, bis Sankt Jörgen
(2. April) kimmt.

*

Es führt Sankt Gertraud *(17. März)*
Die Kuh zum Kraut,
Die Bienen zum Flug
Und die Pferde zum Zug.

*

Wenn's einmal Josephi *(19. März)* is',
Endet auch der Winter g'wiss.

*

Zu Marie Verkündigung *(25. März)*
Kommen die Schwalben wiederum.

*

Sterne am Marienmorgen
Bringen Ernte ohne Sorgen.

*

Ist's Marien schön und rein,
Wird das Jahr sehr fruchtbar sein.

*

Lein gesät Marientag,
Wohl dem Nachtfrost trotzen mag.

*

Rupert *(27. März)* kommt munter
Und wirft die Raupenbrut runter.

April, Regenmond oder Ostermond

Aprilwetter und Frauensinn
Ist veränderlich von Anbeginn.

*

Liebes Herz, sei mäuschenstill,
Wenn dir was die Quere geht,
Weißt du nicht, wie's im April
Rot und schwarz geschrieben steht:
Heute reint's und schneit's, daß's pufft,
Morgen han wir klare Luft.

*

Ist der April auch noch so gut,
Er schneit dem Bauern auf den Hut.

*

April, April,
Der weiß nicht, was er will.

*

Aprilwetter und Kartenglück
Wechseln jeden Augenblick.

*

Bald trüb und rauh, bald licht und mild,
April – des Menschen Ebenbild.

*

Gebärdet sich April wie toll,
Wird Scheuer und auch Keller voll.

*

Viel Nebel im April und Höhenrauch
im Mai,
Die führen wohl die Pest und
Hungersnot herbei.

Wer an Christian *(3. April)* säet Lein,
Bringt schönen Flachs in seinen Schrein.

*

Bringt Rosamunde *(3. April)* Sturm
und Wind,
So ist Sibylle *(29. April)* uns gelind.

*

Tiburtius *(14. April)* kommt mit Ruf
und Schall,
Er bringt den Kuckuck und die Nachtigall.

*

Regnet's stark zu Albinus *(16. April)*,
Macht's dem Bauer viel Verdruß.

*

Ist Georgi *(23. April)* warm und schön,
Wird man rauhes Wetter sehn.

*

Kommt Sankt Georg auf dem
Schimmel geritten,
So ist das Frühjahr wohl gelitten.

*

Bis zum Tage von Sankt Jürgen
Soll man den Lein in die Erde würgen.

*

Wenn vor Georgi Regen fehlt,
Wird man hernach damit gequält.

Palmsonntag im Klee,
Ostern im Schnee.

*

Ist Palmsonntag klar und rein,
Soll's ein gutes Zeichen sein.

*

Kommen die Palmkätzchen
trocken heim,
Wird's ein gutes Heujahr sein.

*

Ist der Gründonnerstag weiß,
So wird der Sommer heiß.

*

Der Karfreitag schön und rein,
Bringst du reichlich Ernte ein.

Oster- und Karfreitagsregen
Bringen selten Erntesegen.

*

Woher zu Ostern der Wind
kommt gekrochen,
Dorther kommt er die nächsten
sieben Wochen.

*

Regen auf Walpurgisnacht
(30. April – 1. Mai)
Hat stets ein gutes Jahr gebracht.

Mai, Blütenmond, Wonnemond

Mairegen auf Saaten,
Dann regnet's Dukaten.

*

Viel Gewitter im Mai,
Singt der Bauer juchhei.

*

Ist's im Mai sehr naß,
Füllt's dem Bauer Scheun und Faß.

*

Maifröste
Sind böse Gäste.

*

Der Bauer von der alten Art
Trägt seinen Pelz bis Himmelfahrt,
Und tut ihm dann die Gicht noch weh,
So trägt er ihn bis Bartholomä
(24. August).

*

Der Florian, der Florian *(4. Mai)*
Noch einen Schneehut setzen kann.

*

Pankrazi *(12. Mai)*, Servazi *(13. Mai)*,
und Bonifazi *(14. Mai)*,
Das sind drei rechte Lumpazi,
Sie holen alle drei
Noch einmal den Frost herbei.

*

Pankrazi, Servazi, Bonifazi,
Das sind drei frostige Bazi.
Und zum Schluß fehlt nie
Die kalte Sophie *(15. Mai)*.

*

Lacht zu St. Nepomuk *(16. Mai)*
die Sonne,
Gerät der Wein zur Wonne,
Bringt er Regenschwaden,
So nimmt der Wein noch Schaden.

*

Wer Hafer säet an Petronell *(31. Mai)*,
Dem wächst er gut und schnell.

Juni, Brachmond, Rosenmond, Heumond

Nicht zu naß und nicht zu kühl,
Nicht zu trocken und nicht zu schwül,
Warm und naß und kühl und trocken,
Dann gibt der Brachmond in die Milch
zu brocken.

*

Wenn naß und kalt der Juni war,
Verdirbt er meist das ganze Jahr.

*

Juni trocken mehr als naß,
Füllt mit gutem Wein das Faß.

*

Wenn Barnabas *(11. Juni)* gibt Regen,
So gibt's viel Traubensegen.

*

Regen am Johannistag *(24. Juni)*
Nasse Ernte bringen mag.

Vor Johanni bet um Regen
Hernach kommt er ungelegen.

*

Wenn die Siebenschläfer *(27. Juni)*
Regen kochen,
So regnet es ganze sieben Wochen.

*

Peter und Paultag *(29. Juni)*
Da heckt der Has,
Da jungt die Kuh,
Da legt das Huhn,
Da hat die Hausfrau viel zu tun.

*

Schön zu Sankt Paul
Füllt Tasche und Maul.

*

Wenn's zu Pfingsten regnet,
Ist die Erde wohl gesegnet.

Juli, Heumond, Wärmemond

Nie noch war der Bauer arm,
War's im Juli schön und warm.

*

Regnet's an Maria Heimsuchtage
(2. Juli),
Hat man sechs Wochen Regenplage.

*

Gegen Margarethen *(13. Juli)* und
Jakoben *(25. Juli)*
Werden die Gewitter toben.

*

Wie Maria fortgegangen,
Wird Magdalena *(22. Juli)* sie
empfangen.

Magdalena weinet um ihren Herrn,
Drum regnet's an diesem Tage gern.

*

Ist's vor Sankt Jakob drei Tage schön,
Wird gut Korn getragen auf die Böd'n.
Wenn's aber zu Jakobi regnen wird,
Das Erdreich wenig Korn gebiert.

*

Hundstage hell und klar
Deuten auf ein gutes Jahr,
Doch wenn Regen sie begleiten,
Kommen bald sehr schlechte Zeiten.

August, Erntemond, Hitzemond

Wenn's im August stark tauen tut,
So bleibt das Wetter meistens gut.

*

Wenn's heiß ist an Dominikus
(*4. August*),
Ein strenger Winter folgen muß.

*

Sankt Lorenz (*10. August*) mit
heißem Hauch
Füllt dem Winzer Faß und Schlauch,
Füllt dem Bauer Scheune und Bauch.

*

Schlechten Wein gibt's heuer,
Wenn Sankt Lorenz ohne Feuer.

*

Maria Himmelfahrt (*15. August*),
das wisse,
Gibt's die ersten Nüsse.

Schönwetter an Maria Himmelfahrt
Verkündet Wein von guter Art.

*

Wenn Sankt Rochus (*16. August*)
trübe schaut,
Kriecht die Raupe in das Kraut.

*

Bartholomä (*24. August*) –
Wer Korn hat, der sä',
Wer Gras hat, der mäh',
Wer Hafer hat, der rech',
Wer Äpfel hat, der brech'.

*

Am Barthltag bau's Korn
Und warte nicht bis mor'n.

*

Bartholomä –
Wenn's regnet, o weh.

September, Herbstmond, Obstmond

Septemberregen –
Dem Bauer Segen,
Dem Winzer Gift,
Wenn er ihn trifft.

*

Tritt der Herbstmond stürmisch ein,
Wird's bis Ostern Winter sein.

*

Donnert's im September noch,
Liegt der Schnee zu Weihnacht hoch.

*

Wird Mariä Geburt *(8. September)*
gesät,
Ist's nicht zu früh und nicht zu spät.

*

An Marie Geburt
Fliegen die Schwalben furt,
Bleiben sie da,
Ist der Winter noch nicht nah.

Wenn Lambertus *(17. September)* weint
statt lacht,
Er Essig aus dem Weine macht.

*

Die Fröste vor Sankt Wenzeslaus
(28. September)
Zahlen sich nach Gallus *(16. Oktober)* aus.

*

Wenn Michaeli *(29. September)* das
Wetter ist gut,
Steckt der Schäfer 'ne goldne
Feder an'n Hut.

*

Ist die Nacht vor Michel hell,
Kommt der Winter gach (schnell) zur Stell'.

*

Bringt Michel Wind aus Nord und Ost,
Bedeutet's starken Winterfrost.

OKTOBER, WEINMONAT, REIFMOND

Nichts kann mehr vor Raupen schützen
Als Oktober-Eis mit Pfützen.

*

Regnet's an Sankt Dionys *(9. Oktober)*,
So regnet's den ganzen Winter g'wiss.

*

Zu Sankt Gall *(16. Oktober)*
Erntet man die Rüben all'.

*

Zu Sankt Gallen
Muß der Apfel fallen.

Sankt Gall
Treibt die Kuh in den Stall.

*

Ist Sankt Lukas *(18. Oktober)* mild
und warm,
Dann kommt ein Winter, daß Gott erbarm.

*

Sankt Ursula *(21. Oktober)* muß das
Kraut herein,
Sonst schneit der heilige Simon
(28. Oktober) drein.

November, Wintermond, Nebelmond

Novemberschnee
Tut der Saat nicht weh.

*

Wenn der November regnet und frostet,
Dies der Saat ihr Leben kostet.

*

Sitzt im November noch an den Bäumen
das Laub,
So kommt ein harter Winter, das glaub.

*

An Allerheiligen *(1. November)* geh in
den Wald,
Nimm von der Birke einen Span,
Dem siehst du es gleich an,
Ob der Winter warm wird oder kalt:
Ist der Span trucken,
Wird warmer Winter anrucken,
Ist er aber naß genommen,
Wird ein kalter Winter kommen.

*

Nach der Allerheiligen Mess
Sind wir des Winters gewiß;
Wenn er dann nicht kommen mag,
Dauert's bis Martinitag *(11. November)*.

Wenn auf Martini Regen fällt,
Ist's mit dem Weizen schlecht bestellt.

*

Sankt Martin mit trübem Gesicht
Bringt dir die Gicht.
Läßt er sich aber fröhlich sehn,
Brauchst du nicht zum Bader gehn.

*

Hat Martin einen weißen Bart,
So wird der Winter streng und hart.

*

Um Martini schlachtet der Bauer
sein Schwein,
Das muß bis zu Lichtmess *(2. Februar)*
gegessen sein.

*

Ist das Brustbein der Martinsgans braun,
Wirst du warmes Winterwetter schaun,
Ist es aber weiß,
Gibt es Schnee und Eis.

Dezember, Schneemond, Christmond

Dezember kalt mit Schnee
Gibt Korn auf jeder Höh'.

*

Wenn Donner im Dezember hausen,
Im nächsten Jahr viel Winde brausen.

*

Regnet's an Sankt Nikolausen
(6. Dezember),
So wird's dir vor dem Winter grausen.

*

Kommt das Christkind im Klee,
So kommt der Osterhas im Schnee.

Weihnachten naß
Leert Speicher und Faß.

*

Heilig Abend hell und klar
Gibt ein segensreiches Jahr.

*

Friert's an Silvester zu Berg und Tal
Geschah's dieses Jahr zum letzten Mal.

Poesie der Natur

Einkehr

Bei einem Wirte wundermild,
Da war ich jüngst zu Gaste;
Ein goldner Apfel war sein Schild
An einem langen Aste.

Es war der gute Apfelbaum,
Bei dem ich eingekehret;
Mit süßer Kost und frischem Schaum
Hat er mich wohl genähret.

Es kamen in sein grünes Haus
Viel leichtbeschwingte Gäste;
Sie sprangen frei und hielten Schmaus
Und sangen auf das Beste.

Ich fand ein Bett zu süßer Ruh'
Auf weichen, grünen Matten;
Der Wirt, er deckte selbst mich zu
Mit seinem kühlen Schatten.

Nun fragt' ich nach der Schuldigkeit,
Da schüttelt' er den Wipfel.
Gesegnet sei er alle Zeit
Von der Wurzel bis zum Gipfel!

Ludwig Uhland

Abendlied

Der Mond ist aufgegangen,
Die goldnen Sternlein prangen
Am Himmel hell und klar;
Der Wald steht schwarz und schweiget,
Und aus den Wiesen steiget
Der weiße Nebel wunderbar.

Wie ist die Welt so stille
Und in der Dämmrung Hülle
So traulich und so hold,
Als eine stille Kammer,
Wo ihr des Tages Jammer
Verschlafen und vergessen sollt.

Seht ihr den Mond dort stehen? –
Er ist nur halb zu sehen
Und ist doch rund und schön!
So sind wohl manche Sachen,
Die wir getrost belachen,
Weil unsre Augen sie nicht sehn.

Wir stolze Menschenkinder
Sind eitel arme Sünder
Und wissen gar nicht viel;
Wir spinnen Luftgespinste
Und suchen viele Künste
Und kommen weiter von dem Ziel.

Gott, laß uns dein Heil schauen,
Auf nichts Vergänglichs trauen,
Nicht Eitelkeit uns freun!
Laß uns einfältig werden
Und vor dir hier auf Erden
Wie Kinder fromm und fröhlich sein!

Wollst endlich sonder Grämen
Aus dieser Welt uns nehmen
Durch einen sanften Tod!
Und, wenn du uns genommen,
Laß uns in Himmel kommen,
Du unser Herr und unser Gott!

So legt euch denn, ihr Brüder,
In Gottes Namen nieder;
Kalt ist der Abendhauch.
Verschon uns, Gott! mit Strafen,
Und laß uns ruhig schlafen
Und unsern kranken Nachbar auch!

Matthias Claudius

Gefunden

Ich ging im Walde
So für mich hin,
Und nichts zu suchen,
Das war mein Sinn.

Im Schatten sah ich
Ein Blümchen stehn,
Wie Sterne leuchtend,
Wie Äuglein schön.

Ich wollt es brechen,
Da sagt' es fein:
Soll ich zum Welken
Gebrochen sein?

Ich grub's mit allen
Den Würzlein aus,
Zum Garten trug ich's
Am hübschen Haus.

Und pflanzt es wieder
Am stillen Ort;
Nun zweigt es immer
Und blüht so fort.

Johann Wolfgang Goethe

Mondnacht

Es war, als hätt' der Himmel
Die Erde still geküßt,
Daß sie im Blütenschimmer
Von ihm nun träumen müßt.

Die Luft ging durch die Felder,
Die Ähren wogten sacht,
Es rauschten leis die Wälder,
So sternklar war die Nacht.

Und meine Seele spannte
Weit ihre Flügel aus,
Flog durch die stillen Lande,
Als flöge sie nach Haus.

Joseph Freiherr von Eichendorff

Schäfers Tageszeiten

Ach wie sanft ruh ich hie
Bei meinem Vieh!
Da schlaf ich süß im Moos,
Dem Glücke in dem Schoß,
Ganz sorgenlos.
Wenn ich die prächtigen Schlösser beschau,
Sind sie doch nur mir
So zu sagen schier
Ein kühler Tau.

Kommt denn das Morgenrot,
So lob ich Gott.
Denn mit der Feldschalmei
Ruf ich das Lämmerg'schrei
Ganz nah herbei;
Da ist kein Seufzen, kein trauriger Ton;
Denn die Morgenstund
Führt Gold im Mund,
Baut mir ein' Thron.

Kommt dann die Mittagszeit,
Bin ich voll Freud;
Da grast das liebe Vieh,
Geis, Lämmer, Schaf und Küh
Auf grüner Heid.
Setz mich in Schatten hin, esse mein Brot
Bei meinem Hirtenstab
Schwör ich, daß ich hab
Niemals ein Not.

Endlich seh ich von fern
Den Abendstern;
Dort drauß' am Wasserfall
Schlaget die Nachtigall,
Gibt Widerhall.
Freiheit in Armut gibt Reichtum und Sieg,
Allem Pomp und Pracht
Sag ich gute Nacht
Und bleib ein Hirt.

Gewitterabend

Es dämmert und dämmert den See herab,
Die Wasser sind gar so dunkel;
Doch wenn ob den Bergen der Blitzstrahl zuckt,
Was ist das für ein Gefunkel!

Dann tun dem Schiffer die Augen weh,
Er sputet sich ängstlich zu Lande,
Wo gaffend der Feierabend steht
Am grell erleuchteten Strande.

Die Leute freuen und fürchten sich
Und wünschen ein gutes Ende
Und daß der Herr kein Hagelgericht
In ihren Krautgarten sende.

Jetzt zischt der Strahl in die laue Flut,
Rings spannen sich feurige Ketten;
Der blöde Haufen ergreift die Flucht,
Sie verkriechen sich in die Betten.

Wenn Gott einen guten Gedanken hat,
Dann raunt man: es wetterleuchtet!
Paß auf Gesindel, daß nicht einmal
Er in die Wirtschaft dir leuchtet!

Gottfried Keller

Die Forelle

In einem Bächlein helle,
Da schoß in froher Eil'
Die launige Forelle
Vorüber wie ein Pfeil.
Ich stand vor dem Gestade
Und sah in süßer Ruh'
Des muntern Fischleins Bade
Im klaren Bächlein zu.

Ein Fischer mit der Rute
Wohl an dem Ufer stand.
Und sah's mit kaltem Blute,
Wie sich das Fischlein wand.
So lang' dem Wasser Helle,
So dacht' ich, nicht gebricht,
So fängt er die Forelle
Mit seiner Angel nicht.

Da plötzlich ward dem Diebe
Die Zeit zu lang: er macht'
Das Bächlein tückisch trübe,
Und eh' ich es gedacht,
So zuckte seine Rute:
Das Fischlein zappelt' dran;
Und ich mit regem Mute
Sah die Betrogne an.

Die ihr an gold'nem Quelle
Der Jugend sicher weilt,
Denkt doch an die Forelle:
Seht ihr Gefahr, so eilt!
Meist fehlt ihr nur aus Mangel
Der Klugheit, Mädchen seht
Verführer mit der Angel!
Sonst blutet ihr zu spät!

Christian Friedrich Daniel Schubart

Vertont von Franz Schubert

Guter Mond, du gehst so stille

Guter Mond, du gehst so stille
In den Abendwolken hin,
Bist so ruhig, und ich fühle,
Daß ich ohne Ruhe bin.
Traurig folgen meine Blicke
Deiner stillen heitern Bahn.
O wie hart ist mein Geschicke,
Daß ich dir nicht folgen kann!

Guter Mond, dir darf ich's klagen,
Was mein banges Herze kränkt
Und an wen mit bittern Klagen
Die betrübte Seele denkt!
Guter Mond, du sollst es wissen,
Weil du so verschwiegen bist,
Warum meine Tränen fließen
Und mein Herz so traurig ist.

Dort in jenem kleinen Tale,
Wo die dunkeln Bäume stehn,
Nah bei jenem Wasserfalle
Wirst du eine Hütte sehn!
Geh durch Wälder, Bach und Wiesen.
Blicke sanft durch's Fenster hin,
So erblickest du Elisen,
Aller Mädchen Königin.

Nicht in Gold und nicht in Seide
Wirst du dieses Mädchen sehn;
Nur im schlichten netten Kleide
Pflegt mein Mädchen stets zu gehn,
Nicht vom Adel, nicht vom Stande,
Was man sonst so hoch verehrt,
Nicht von einem Ordensbande
Hat mein Mädchen seinen Wert.

Nur ihr reizend gutes Herze
Macht sie liebenswert bei mir;
Gut im Ernste, froh im Scherze,
Jeder Zug ist gut an ihr;
Ausdrucksvoll sind die Gebärden,
Froh und heiter ist ihr Blick;
Kurz, von ihr geliebt zu werden
Scheinet mir das größte Glück.

Mond, du Freund der reinen Triebe,
Schleich dich in ihr Kämmerlein;
Sage ihr, daß ich sie liebe,
Daß sie einzig und allein
Mein Vergnügen, meine Freude,
Meine Lust, mein alles ist,
Daß ich gerne mit ihr leide,
Wenn ihr Aug' in Tränen fließt.

Daß ich aber schon gebunden
Und nur, leider! zu geschwind
Meine süßen Freiheitsstunden
Schon für mich verschwunden sind;
Und daß ich nicht ohne Sünde
Lieben könne in der Welt,
Lauf' und sag's dem guten Kinde,
Ob ihr diese Lieb' gefällt.

Wohin?

Ich hört ein Bächlein rauschen
Wohl aus dem Felsenquell,
Hinab zum Tale rauschen
So frisch und wunderhell.

Ich weiß nicht, wie mir wurde,
Nicht, wer den Rat mir gab,
Ich mußte gleich hinunter
Mit meinem Wanderstab.

Hinunter und immer weiter
Und immer dem Bache nach,
Und immer frischer rauschte
Und immer heller der Bach.

Ist das denn meine Straße?
O Bächlein, sprich, wohin?
Du hast mit deinem Rauschen
Mir ganz berauscht den Sinn.

Was sag ich denn von Rauschen?
Das kann kein Rauschen sein:
Es singen wohl die Nixen
Dort unten ihren Reihn.

Laß singen, Gesell, laß rauschen
Und wandre fröhlich nach!
Es gehn ja Mühlenräder
In jedem klaren Bach.

Wilhelm Müller

Wer hat die schönsten Schäfchen?

Wer hat die schönsten Schäfchen?
Die hat der goldne Mond,
Der hinter unsern Bäumen
Am Himmel droben wohnt.

Er kommt am späten Abend,
Wenn alles schlafen will,
Hervor aus seinem Hause
Zum Himmel leis' und still'.

Dann weidet er die Schäfchen
Auf seiner blauen Flur:
Denn all' die weißen Sterne
Sind seine Schäfchen nur.

Sie tun sich nichts zuleide,
Hat eins das andre gern,
Und Schwestern sind und Brüder
Da droben Stern an Stern.

Wenn ich gen Himmel schaue,
So fällt mir immer ein:
O laßt uns auch so freundlich
Wie diese Schäfchen sein!

August Heinrich
Hoffmann von Fallersleben

Des Knaben Berglied

Ich bin vom Berg der Hirtenknab',
Seh' auf die Schlösser all' herab;
Die Sonne strahlt am ersten hier,
Am längsten weilet sie bei mir;
Ich bin der Knab' vom Berge!

Hier ist des Stromes Mutterhaus;
Ich trink' ihn frisch vom Stein heraus:
Er braust vom Fels in wildem Lauf,
Ich fang' ihn mit den Armen auf;
Ich bin der Knab' vom Berge!

Der Berg, der ist mein Eigentum,
Da ziehn die Stürme rings herum;
Und heulen sie von Nord und Süd,
So überschallt sie doch mein Lied:
Ich bin der Knab' vom Berge!

Sind Blitz und Donner unter mir,
So steh' ich hoch im Blauen hier;
Ich kenne sie und rufe zu:
Laßt meines Vaters Haus in Ruh!
Ich bin der Knab' vom Berge!

Und wann die Sturmglock' einst erschallt,
Manch Feuer auf den Bergen wallt,
Dann steig' ich nieder, tret' ins Glied,
Und schwing' mein Schwert, und sing' mein Lied:
Ich bin der Knab' vom Berge!

Ludwig Uhland

Hört ihr nicht den Jäger blasen?

Hört ihr nicht den Jäger blasen
In dem Wald auf grünem Rasen,
Den Jäger mit dem grünen Hut,
Der die Mädchen lieben tut?

In den Garten wolln wir gehen,
Wo die schönen Rosen stehen.
Da stehn Rosen gar zu viel:
Brech' mir eine, wo ich will.

Wir haben gar oft beisammen gesessen,
Wie ist mein Schatz so treu gewesen!
Hätt' mir nicht gebildet ein,
Daß mein Schatz so falsch könnt' sein.

Arm bin ich, das muß ich bekennen,
Darf mich aber reicher nicht nennen,
Wär ich reich und hätte viel Geld,
Liebte mich die ganze Welt.

Du brauchst nicht so stolz zu ziehen,
Weil du bist so hoch gestiegen;
Was du bist, das bin auch ich,
Du bleibst für dich und ich für mich.

Hört ihr nicht den Jäger blasen
In dem Wald auf grünem Rasen,
Den Jäger mit dem grünen Hut,
Der meinen Schatz verführen tut?

Ein Jäger aus Kurpfalz

Ein Jäger aus Kurpfalz,
Der reitet durch den grünen Wald,
Er schießt sein Wild daher,
Gleich wie es ihm gefällt.

Auf sattelt mir mein Pferd
Und legt darauf den Mantelsack,
So reit ich weit umher
Als Jäger von Kurpfalz.

Hubertus auf der Jagd,
Der schoß' ein Hirsch und einen Has';
Er traf ein Mägdlein an
Und das war achtzehn Jahr.

Des Jägers seine Lust,
Das hatt' der Herr noch nicht gewußt,
Wie man das Wildbret schießt:
Man schießt es in die Bein.

Jetzt geh ich nicht mehr heim,
Bis daß er Kuckuck kuckuck schreit,
Er schreit die ganze Nacht
Allhier auf grüner Heid'.

Im Wald und auf der Heide

Im Wald und auf der Heide,
Da such' ich meine Freude,
Ich bin ein Jägersmann,
Die Forsten treu zu pflegen,
Das Wildbret zu erlegen,
Mein Lust hab' ich daran.

Trag' ich in meiner Tasche,
Ein Trünklein in der Flasche,
Zwei Bissen schwarzes Brot.
Brennt lustig meine Pfeife,
Wenn ich den Wald durchstreife,
Da hat es keine Not.

Im Walde hingestrecket,
Den Tisch mit Moos mir decket
Die freundliche Natur.
Den treuen Hund zur Seite
Ich mir das Mahl bereite
Auf Gottes freier Flur.

Das Huhn im schnellen Fluge,
Die Schnepf' im Zickzackzuge
Treff' ich mit Sicherheit.
Die Sauen, Reh' und Hirsche
Erleg' ich auf der Pirsche,
Der Fuchs läßt mir sein Kleid.

Und streich' ich durch die Wälder,
Und zieh' ich durch die Felder,
Einsam den ganzen Tag.
Doch schwinden mir die Stunden
Gleich flüchtigen Sekunden,
Tracht' ich dem Wilde nach.

Wenn sich die Sonne neiget,
Der feuchte Nebel steiget,
Mein Tagwerk ist getan,
Dann zieh' ich von der Heide
Zur häuslich stillen Freude,
Ein froher Jägersmann.

Wilhelm Bornemann

Text aus dem Jahre 1816.
Die Melodie komponierte F. W. Gehricke im Jahre 1827.

Auf, auf zum fröhlichen Jagen

Auf, auf zum fröhlichen Jagen,
Auf in die grüne Heid!
Es fängt schon an zu tagen,
Es ist die höchste Zeit!
Auf, bei den frohen Stunden,
Mein Herz, ermuntre dich!
Die Nacht ist schon verschwunden,
Und Phöbus zeiget sich.

Seht, wie das Heer der Sterne
Den schönen Glanz verliert
Und wie sie sich entfernen,
Wenn sich Aurora rührt!
Die Vöglein in den Wäldern
Sind schon vom Schlaf erwacht
Und haben auf den Feldern
Ihr Morgenlied gebracht.

Das edle Jägerleben
Vergnüget meine Brust;
Den kühnen Fang zu geben
Ist meine größte Lust.
Wo Reh und Hirsche springen,
Wo Rohr und Büchse knallt,
Wo Jägerhörner klingen,
Da ist mein Aufenthalt.

Frischauf, zum fröhlichen Hetzen,
Fort in das grüne Feld!
Wo man mit Garn und Netzen
Das Wild gefangen hält.
Auf, ladet eure Röhren
Mit Pulver und mit Blei,
Und macht der Jagd zu Ehren
Ein fröhlich Jagdgeschrei!

Das Gras ist unser Bette,
Der Wald ist unser Haus;
Wir trinken um die Wette
Das klare Wasser aus.
Kann man dem Schlaf nicht weichen,
So ruht man in dem Klee,
Das Laub der hohen Eichen
Ist unser Kanapee.

Gottfried Benjamin Hancke

Text aus dem Jahre 1724. Die Melodie ist eine französische Volksweise.

Weisst du, wieviel Sternlein stehen?

Weißt du, wieviel Sternlein stehen
An dem blauen Himmelszelt?
Weißt du, wieviel Wolken gehen,
Weithin über alle Welt?
Gott der Herr hat sie gezählet,
Daß ihm auch nicht eines fehlet
An der ganzen großen Zahl.

Weißt du, wieviel Mücklein spielen,
In der heißen Sonnenglut?
Wieviel Fischlein auch sich kühlen
In der hellen Wasserflut?
Gott der Herr rief sie mit Namen,
Daß sie all ins Leben kamen,
Daß sie nun so fröhlich sind.

Weißt du, wieviel Kinder frühe
Stehn aus ihrem Bettlein auf?
Daß sie ohne Sorg und Mühe
Fröhlich sind im Tageslauf?
Gott im Himmel hat an allen
Seine Lust, sein Wohlgefallen,
Kennt auch dich und hat dich lieb.

Wilhelm Hey

Poesie der Sprichwörter

Den Kopf halt kühl, die Füße warm,
Das macht den besten Doktor arm.

*

Früh zu Bett und früh auf
Ist der beste Lebenslauf.

*

Früh mit den Hühnern zu Bette
Und auf mit dem Hahn um die Wette.

*

Salz und Brot
Macht Wangen rot.

*

Mäßig wird alt,
Zuviel stirbt bald.

*

Iß wie die Katze,
Und trink wie der Hund,
Dann bleibst du
Ein Leben lang gesund.

*

Was bitter ist im Mund,
Ist innerlich gesund.

*

Wein auf Bier,
Das rat ich dir,
Bier auf Wein,
Das laß sein.

*

Tausend trinken sich zu Tod,
Eh einer stirbt an Durstes Not.

Besser Wasser getrunken und erworben,
Als Wein getrunken und verdorben.

*

Wer nicht liebt Wein, Weib, Gesang,
Der bleibt ein Narr sein Leben lang.

*

Alt werden ist Gottes Gunst,
Jung bleiben ist Lebens Kunst.

*

Was einer in der Jugend tut,
Kommt ihm im Alter dann zugut.

*

Was du in der Jugend verbrochen,
Wirft Gott auf deine alten Knochen.

*

Zu zäh
Bringt Weh.

*

Fröhlich Gemüt,
Gesundes Geblüt.

*

Lustig gelebt und selig gestorben
Heißt, dem Teufel die Rechnung
verdorben.

*

Wer's Alter nicht ehrt,
Ist des Alterns nicht wert.

Wer den Pfennig nicht ehrt,
Ist des Talers nicht wert.

*

Reichtum vergeht,
Kunst besteht.

*

Kunst
Macht Gunst.

*

Das Ich und Mich,
Das Mir und Mein
Regieren in der Welt allein.

*

Wer an die Liebe seiner Erben glaubt,
Dem ist wohl der Verstand geraubt.

*

Wer sich verläßt auf's Erben,
Bleibt ein Narr bis zum Sterben.

*

Unrecht Gut hat kurze Währ,
Doch der Erbe sieht's nicht mehr.

*

Wer allzeit säuft und schlemmt,
Verliert zuletzt sein letztes Hemd.

*

Wie gewonnen,
So zerronnen.

Wer länger schläft als sieben Stund,
Verschläft sein Leben wie ein Hund.

*

Der Faulenz und der Lüderli,
Das sind zwei rechte Brüderli.

*

Müßiggang
Ist aller Laster Anfang.

*

Morgen, morgen, nur nicht heute
Sagen alle faulen Leute.

*

Was du heute kannst besorgen,
Das verschiebe nicht auf morgen.

*

Fleiß bringt Brot,
Faulheit Not.

*

Borgen
Macht Sorgen.

*

Ehre kannst du nirgends borgen,
Mußt schon selber dafür sorgen.

*

Wer borgt ohne Bürgen und Pfand,
Dem sitzt der Wurm im Verstand.

Heute im Putz,
Morgen im Schmutz.

*

Außen fix,
Innen nix.

*

Außen hui,
Innen pfui.

*

Wer nichts Gutes tut,
Tut Böses schon genug.

*

Ein böser Gesell
Führt den andern zur Höll.

*

Wenn man den Teufel nennt,
Kommt er g'rennt.

*

Sobald Gesetze ersonnen,
Wird Betrug schon gesponnen.

*

Kein Schalk ist so verlogen,
Daß er nicht selbst wird betrogen.

*

Mit gefangen,
Mit gehangen.

Wer zum Stehlen wird geboren,
Ist für den Galgen auserkoren.

*

Hinter dem Gitter
Schmeckt auch Honig bitter.

*

Der Hehler
Ist so schlecht wie der Stehler.

*

Die Dümmsten
Sind die Schlimmsten.

*

Pack schlägt sich,
Pack verträgt sich.

*

Kleiner Zank,
Groß Gestank.

*

Kommt ein Bettler auf den Gaul,
Wird er stolz wie König Saul.

*

Wer einmal lügt, dem glaubt man nicht,
Und wenn er auch die Wahrheit spricht.

*

Einmal
Ist keinmal.

Einmal ist nicht immer,
Zweimal ist schon schlimmer,
Dreimal ist nicht wohlgetan,
Viermal: fangt die Sünde an.

*

Es ist nichts so fein gesponnen,
Es kommt doch ans Licht der Sonnen.

*

Überfluß
Bringt Überdruß.

*

Übermut
Tut selten gut.

*

Der Horcher an der Wand
Hört seine eigne Schand.

*

Wo das Aug nicht sehen will,
Helfen weder Licht noch Brill.

*

Morgenstund
Hat Gold im Mund.

*

Mit Wachen und mit Wagen
Muß man das Glück erjagen.

*

Wer nicht will wagen,
Bekommt weder Pferd noch Wagen.

Gott gibt die Kuh,
Aber nicht den Strick dazu.

*

Wer nicht wirbt,
Der verdirbt.

*

Fleißige Hand
Ernährt Leute und Land.

*

Ein Löffel voll Tat
Ist besser als eine Schaufel voll Rat.

*

Es lautet aller Meister Lehr:
Man gewinnt mit Güte mehr.

*

Ein gutes Gewissen
Ist ein sanftes Ruhekissen.

*

Ein Zaun dazwischen
Mag die Lieb erfrischen.

*

Dankbarsein
Bricht kein Bein.

*

Höflich mit dem Mund und hurtig
mit dem Hut
Kostet nichts und ist doch gut.

Mit dem Hut in der Hand
Kommt man durch das ganze Land.

*

Weis' ist der und wohlgelehrt,
Der alle Ding' zum besten kehrt.

*

Wenn Herz und Mund stimmen
überein,
So mag' die beste Musik sein.

*

Ein freundlich Gesicht
Ist das beste Gericht.

*

Wo eine liebende Frau im Haus,
Dort lacht die Freude zum
Fenster hinaus.

*

Liebe ist arm und reich,
Fordert und gibt zugleich.

*

Die Minne
Verwirrt Sinne.

*

Einen Kuß in Ehren
Darf niemand verwehren.

*

Ist die Mutter gut von Sitten
Magst du um die Tochter bitten.

Willst du die Tochter han,
Schau dir erst die Mutter an.

*

Freie deines Nachbarn Kind,
Kaufe deines Nachbarn Rind.

*

Freien ist wie Pferdekauf,
Freier, tu die Augen auf.

*

Gleiches Gut,
Gleiches Blut,
Gleiche Jahre
Ergibt die besten Paare.

*

Müllers Henn und Witwers Magd
Hat selten über Not geklagt.

*

Aus Kindern werden Leute,
Aus Jungfern werden Bräute.

*

Schönheit vergeht,
Tugend besteht.

*

In Häusern, wo heute noch herrscht Sitte,
Da folgen die Männer der Frauen Schritte.

*

Treue ist ein seltener Gast,
Halt ihn fest, wenn du ihn hast.

Alte Lieb und alter Span
Brennen leichthin wieder an.

*

Lieben und meiden,
Schweigen und scheiden,
Trauern und lachen,
Das ist schwer zu machen.

*

Es ist kein Weg zu weit,
Wenn die Liebe treibt.

*

Wer freit und achtet nicht aufs Herz,
Hat hinterher viel Reu und Schmerz.

*

Die Ehen werden im Himmel gemacht,
Auf Erden erfüllt und zu Ende gebracht.

*

Früh aufstehn und früh freien
Tut niemanden gereuen.

*

Jung gefreit,
Nie gereut.

*

Jung gefreit,
Spät gereut.

*

Wie wohl und wie wehe
Wird manchem die Ehe.

Wer entbehrt die Ehe,
Der lebt weder wohl noch wehe.

*

Es steht dem Ehstand übel an,
Wenn die Henne kräht vor dem Hahn.

*

Wenn Frauen viel putzen und backen,
Haben sie den Teufel im Nacken.

*

Weiberregiment
Nimmt selten ein gut End.

*

Wer Lieb erzwingt, wo keine ist,
Der bleibt ein Narr zu aller Frist.

*

Liebe und Singen
Lassen sich nicht erzwingen.

*

Eifersucht
Ist eine Leidenschaft,
Die mit Eifer sucht,
Was Leiden schafft.

*

Dein Pferd, dein Schwert, dein Gewehr
Und dein Weib leih niemals her.

*

Wenn Frauen nicht schon eitel wären,
Die Männer könnten sie's noch lehren.

Wie der Acker, so die Rüben,
Wie der Vater, so die Büben,
Wie der Baum, so die Birn,
Wie die Frau, so die Dirn.

*

Wie du mir,
So ich dir.

*

Andere Städtchen,
Andere Mädchen.

*

Einer Frau und einem Glas
Droht zu jeder Stunde was.

*

Glück und Glas,
Wie schnell bricht das.

*

Frauen und Geld
Regieren die Welt.

*

Wer neidet,
Der leidet.

*

Wenn der Meister kommt daher,
Gilt das Meisterlein nichts mehr.

*

Wie der Herr,
So das G'scherr.

Wenn der Herr kommt zum
gemeinen Mann,
Dann will er was han.

*

Grobheit und Stolz
Sind aus einem Holz.

*

Zorn
Macht verworrn.

*

Zorn ohne Macht
Wird verlacht.

*

Am Zorn
Erkennt man den Tor'n.

*

Mancher nimmt mit Scheffeln
Und gibt nur mit Löffeln.

*

Wer voller Tücken,
Dem kann nichts glücken.

*

Steig immer auf und denk daran,
Daß auch der Höchste fallen kann.

*

Der eine pflanzt den Baum,
Der andre ißt die Pflaum.

Fürs Hörensagen und Wiedersagen
Wird man zu Recht aufs Maul geschlagen.

*

Scharfe Schwerter schneiden sehr,
Scharfe Zungen noch viel mehr.

*

Der Freunde Fehler soll man kennen,
Aber nicht nennen.

*

Freunde in der Not
Gehen zehn auf ein Lot.

*

Eigenlob stinkt,
Freundeslob hinkt,
Feindeslob klingt.

*

Wer den Mann will kennen von Grund,
Der schlage seine Frau oder seinen
Hund.

*

Schmeichler sind wie Katzen,
Die vorne lecken, hinten kratzen.

*

Das Glück ist eine blinde Kuh,
Es läuft dem dümmsten Ochsen zu.

*

Der Esel und die Nachtigall
Singen stets ungleichen Schall.

Es ist ein wunderlicher Streit,
Wenn ein Esel den anderen reit'.

*

Je höher der Affe steigt,
Je mehr er den Hintern zeigt.

*

Der Gast ist wie ein Fisch,
Er bleibt nicht lange frisch.

*

Den ersten Tag ein Gast,
Den zweiten Tag 'ne Last,
Am dritten stinkt er fast.

*

Setz einen Frosch auf den goldenen
Stuhl –
Er springt doch zurück in den Pfuhl.

*

Alte Leute, alte Ränke,
Junge Füchse, neue Schwänke.

*

Einem geschenkten Gaul
Schaut man nicht ins Maul.

*

Der Landsknecht und das
Bäckerschwein
Wollen stets gemästet sein.

*

Im Krieg und in der Lotterie:
Wer gewinnt, das weiß man nie.

Wie die Menschen werden gescheiter,
Macht der Teufel die Hölle weiter.

*

Es würd ein jeder Doktor sein,
Wenn's Wissen einging wie der Wein.

*

Wer zuviel kann,
Wird Bettelmann.

*

Probieren
Geht über studieren.

*

Je gelehrter,
Desto verkehrter.

*

Der Inhalt einer Wurscht
Bleibt immer unerfurscht.

*

Was ich nicht weiß,
Macht mich nicht heiß.

*

Wer will haben gute Ruh,
Der hör und seh – und schweig dazu.

*

Iß, was gar ist,
Trink, was klar ist,
Sprich, was wahr ist.

Was du nicht willst, daß man dir tu,
Das füg auch keinem anderen zu.

*

Quäle nie ein Tier zum Scherz,
Denn es fühlt wie du den Schmerz.

*

Mancher geht nach Wolle aus
Und kehrt selbst geschorn nach Haus.

*

Jedes Ämtlein
Hat sein Schlämplein.

*

Würden
Sind Bürden.

*

Große Ehr
Ist groß Beschwer.

*

Träume
Sind Schäume.

*

Wer nicht kommt zur rechten Zeit,
Muß nehmen, was noch übrigbleibt.

*

Eile
Mit Weile.

Guter Rat
Kommt meist zu spat.

*

Guter Rat
Kommt nie zu spat.

*

Wer keinen Spaß kann verstehn,
Der soll nicht unter Leute gehn.

*

Im Dunkeln
Ist gut munkeln.

*

Aufgeschoben
Ist nicht aufgehoben.

*

Es fällt keine Eiche
Vom ersten Streiche.

*

Wie die Alten sungen,
So zwitschern die Jungen.

*

Norden, Süden, Osten, Westen,
Daheim – daheim ist es am besten.

Wer lange droht,
Macht dich nicht tot.

*

Liebe und Not
Kennt kein Gebot.

*

Not
Kennt kein Gebot.

*

Wenn du glaubst, es geht nicht mehr,
Kommt irgendwo ein Lichtlein her.

*

Wenn die Not am größten,
Ist Gottes Hilf am nächsten.

*

Auf Leid
Folgt Freud.

*

An Gottes Segen
Ist alles gelegen.

*

Zufrieden sein ist große Kunst,
Zufrieden scheinen großer Dunst,
Zufrieden werden großes Glück,
Zufrieden bleiben Meisterstück.

Allzeit fröhlich, ist gefährlich.
Allzeit traurig, ist beschwerlich.
Allzeit glücklich, ist betrüglich.
Eins ums andre ist vergnüglich.

*

Kinderaugen, Maientag,
Das sind zwei Himmelsgaben,
An denen Menschenherzen sich mag
In Ewigkeit erlaben.

*

Ehr und Pracht
Sind ohne Macht,
Der Welten Ruhm
Ist eine Wiesenblum.

*

Warum?
Darum!

Poesie des Schicksals

Der Räuber und der Heimkehrer

Es wollt ein Mann in seine Heimat reisen,
Er sehnte sich nach seinem Weib und Kind.
Er aber mußte einen Wald durchstreifen,
Wo plötzlich ihn ein Räuber überfiel.

»Gib mir dein Geld, ansonsten bist du verloren,
Gib mir dein Geld, dein Leben ist sonst hin,
Gib mir dein Geld, sonst muß ich dich durchbohren,
Das sage ich, so wahr ich Räuber bin.«

»Ich hab kein Geld, kann leider keins dir geben,
Willst du mein Leben, nimm's und kühle deine Lust,
Willst du es haben, so will ich es dir geben,
Ich öffne dir von selber meine Brust.«

»Und wenn du Geld, ach Geld hättest so vieles,
Nein, dich zu morden hab ich keine Lust.
Denn ach, ja ach, was muß ich bei dir sehen,
Was trägst du da auf deiner bloßen Brust?

Was trägst du da, um deinen Hals gebunden,
Es glänzt wie Gold und weiße Stickerei?
Das ist das Bild von meiner treuen Mutter,
Die ich geliebt in alle Ewigkeit.«

Da fiel der Räuber plötzlich vor ihm nieder;
»Verzeih, verzeih, daß ich dein Bruder bin.
Zwölf Jahre sind's, seit wir uns nicht gesehen,
Und nun muß ich als Räuber vor dir stehn.

Zwölf Jahre haben wir uns nicht gesehen.
In diesen Wäldern trieb ich mich umher.
Als Räuber mußte ich dich wiedersehen,
Komm, laß uns reisen übers weite Meer.«

Der Ritter und die treue Maid

Es stand eine Lind im tiefen Tal,
War oben breit und unten schmal,

Worunter zwei Verliebte saß'n,
Und die vor Lieb ihr Leid vergaß'n.

»Feinslieb, wir müssen von einander,
Ich muß noch sieben Jahre wandern.«

»Mußt du noch sieben Jahre wandern,
Heirat ich doch keinen andern!«

Und als die sieben Jahre umme war'n,
Sie meint, ihr Liebchen käme bald.

Sie ging wohl in den Garten,
Ihr Feinslieb zu erwarten.

Sie ging wohl in das grüne Holz,
Da kam ein Reiter geritten stolz.

»Gott grüß dich, du Hübsche, du Feine!
Was machst du hier alleine?

Ist dir dein Vater und Mutter gram,
Oder hast du heimlich einen Mann?«

»Mein Vater und Mutter sind mir nicht gram,
Ich hab auch heimlich keinen Mann.

Heut sind's drei Wochen und sieben Jahr,
Daß mein Feinslieb gewandert war.«

»Gestern bin ich geritten durch eine Stadt,
Da dein Feinslieb Hochzeit gehabt;

Was tust du ihm denn wünschen an,
Daß er seine Treue nicht gehalten hat?«

»Ich wünsch ihm all das Beste,
So viel der Baum hat Äste.

Ich wünsch ihm so viel gute Zeit,
So viel Stern am Himmel sein.

Ich wünsch ihm so viel Glück und Segen,
Als Tröpflein von dem Himmel regnen.«

Was zog er von dem Finger sein?
Einen Ring von rotem Golde fein.

Er warf den Ring in ihren Schoß,
Sie weinte, daß das Ringlein floß.

Was zog er aus seiner Taschen?
Ein Tuch, schneeweiß gewaschen.

»Trock'n ab, trock'n ab dein Äugelein:
Du sollst fürwahr mein eigen sein!

Ich tät dich ja nur versuchen,
Ob du würdest schwören oder fluchen.

Hättst du mir einen Fluch oder Schwur getan,
So wär ich gleich geritten davon.«

Die Treulose

Ein Knab in fremde Land wohl ging,
Gedacht gleich wieder heim:
»Ach wäre ich doch daheim geblieben,
Von Herzen tut mir's leid!«

Wie er gleich wieder daheime kam,
Schöns-Lieb stand unter der Tür,
Er grüßt sie so hübsch, grüßt sie fein:
»Von Herzen gefällst du mir.«

»Ich darf dir ja nicht gefallen,
Ich habe ja längst einen Mann;
Der ist so hübsch, der ist so fromm,
Kein andern mag ich han.«

Was zog er aus der Tasch hervor?
Ein Messer scharf gespitzt,
Er stach's schöns Lieb ins Herze 'nein,
Und daß das Blut herspritzt.

Er zog das Messer wieder raus,
Von Blut war es so rot:
»O großer Gott im Himmelreich,
Was hab ich mir gedacht!«

Was zog er von dem Finger?
Ein rot Goldringelein;
Das schmiß er ins fließend Wasser,
Das gab klaren Schein.

»Schwimm hin, schwimm hin,
Goldringelein,
Bis in den tiefen See!
Mein Lieb ist mir gestorben,
Jetzt hab ich kein Liebchen mehr!«

Zwei Bürschle, die ein Mädle lieben,
Das tut ja selten gut;
Sie haben's erfahrn, die arme beid,
Was falsche Liebe tut.

Die gebrochene Treu

Müde kehrt ein Wanderer zurück,
Nach der Heimat seiner Liebe Glück.
Doch zuvor tritt er ins Gärtnerhaus
Und kauft für sie noch einen
Blumenstrauß.

Und die Gärtnerin, so hold und schön,
Tritt zu ihren Blumenbeeten hin,
Und bei jedem Blümlein, das sie bricht,
Rollen Tränen ihr vom Angesicht.

»Warum weinst du, holde Gärtnersfrau?
Weinst du um das Veilchen dunkelblau
Oder um die Rose, die dein
Finger bricht?«
»Nein, um diese Rose wein ich nicht.

Ach, ich wein um den Geliebten mein,
Der gezogen in die Welt hinein,
Dem ich ewig Treu versprochen hab,
Die ich als Gärtnersfrau gebrochen hab.

Warum fällt dein Blick auf meinen Ring,
Den ich einst aus seiner Hand empfing?«
»Warum warst du untreu vor der Zeit,
Hast gebrochen den geschwornen Eid?

Mit dem Blumenstrauße in der Hand
Muß ich ziehen durch das ganze Land,
Bis dereinst mein müdes Auge bricht, –
Schatz leb wohl, vergiß mein nicht.«

Verfasser umstritten, möglicherweise Leberecht Drewes (1816–1870), ein Hamburger Advokat.

Susanna und der Schwoleger

Es war einmal ein Schwoleger,
Der kam vor eines Reichen Tür.

Da saß ein schönes Mädchen da,
Mit Namen hieß sie Susanna.

Susanna sprang zur Tür hinaus,
Sie sprang in ihres Bruders Haus.

»Hör Bruder, gib mir einen Rat,
Es geht mir ein stolzer Reiter nach.

Er trachtet mir nach meiner Ehr,
Der Schwoleger, der Schwoleger!«

»Ach Schwester, setz auf dein'
Jungfernkranz,
Wir gehn nach Augsburg zu dem Tanz.

Alsdann stell ich mich hinten an,
Will sehen, wie d' Schwester
tanzen kann.«

Der Schwoleger zog den Beutel raus
Und zahlt der Lieb ein Halstuch aus.

Der Bruder zog das Messer raus
Und stach's dem Reiter durch den Bauch.

»Ach Bruder, warum hast du das getan:
Du hast dem Kind seinen Vater ermordt!«

Dem Schwoleger läutet das Glöckelein,
Dem Bruder singen die Vögelein.

Der Schwoleger ward ins Grab gelegt,
Der Bruder ward aufs Rad gelegt.

Schwoleger ist die mundartliche Verballhornung von »Chevauleger«: Kavallerist der leichten Reiterei.

Susännchen und der Hammerschmiedsohn

Es war einmal ein Hammerschmiedsohn,
Der freit die arme Dienstmagd schon,
Er freite sie wohl sieben Jahr,
Bis daß das Mädchen schwanger war.

Susännchen sprang zum Tor hinaus,
Es sprang wohl in seines Vaters Haus:
»Ach Vater, gib mir einen Rat,
Es geht mir ein stolzer Hammerschmied nach!«

»Ach Tochter, ich bin ein alter Mann,
Der keinen Rat mehr geben kann!« –
»Er geht mir nach um meine Ehr,
Ich wollt, daß ich seiner ledig wär.«

Susännchen sprang zum Tor hinaus,
Es sprang wohl in seines Schwesters Haus:
»Ach Schwester, gib mir einen Rat,
Es geht mir ein stolzer Hammerschmied nach.«

»Ach Schwester, ich bin ein jung frisch Blut,
Mein Raten tut wohl selten gut.« –
»Er geht mir nach um meine Ehr,
Ich wollt, daß ich seiner ledig wär.«

Susännchen sprang zum Tor hinaus,
Es sprang wohl in seines Bruders Haus:
»Ach Bruder, gib mir einen Rat,
Es geht mir ein stolzer Hammerschmied nach!«

»Ach Schwester, nimm deinen Perlenkranz,
Wir gehn nach Freudenberg zum Tanz.« –
»Dort geht er mir nach um mein Ehr,
Ich wollt, daß ich seiner ledig wär.«

Und wie sie zu dem Tanze kam,
Der Schusterknab stellt sich oben an:
»Ach Hammerschmied, stell dich unten an,
Daß ich und meine Schwester tanzen kann!«

»Warum soll ich denn unten stehn?
Ich bin ein reicher Hammerschmiedsohn!«
»Du bist ein reicher Hammerschmiedsohn,
Du hast meiner Schwester die Ehr genomm'n!«

Was zog er heraus? Ein blendend' Schwert,
Das stößt er dem Hammerschmied durch das Herz.
Dem wird der Mund wie der Schnee so weiß,
Dem wird die Hand so kalt wie Eis.

»Ach Bruder, du hast nicht wohlgetan,
Du hast meinem Kinde seinen Vater erschla'n.«
Dem Hammerschmied läuten die Glocken nach,
Dem Schusterknab weinen die Kinder nach.

Die ermordete Schwester

Schön Adelheid beim Feuer saß
Und wärmt' das kleine Kindlein naß.

»Ich wärm dich hin, ich wärm dich her,
Ich wärm dich nun und nimmermehr.«

Wie Adelheid das Wort aussprach,
Ihr Bruder zu der Tür eintrat.

»Willkomm, willkomm, lieb Schwester mein!
Wie geht es mit deinem Kindelein?«

»Ich hab kein Kind, weiß von keinem Kind!
Ach Bruder, was führst du in deinem Sinn?«

Er faßte die Schwester und hielt sie so lang,
Bis die Milch aus ihren Brüsten sprang.

Er schlug Adelheid drei Tag und Nacht,
Bis gar kein Leben mehr in ihr war.

»Das Kind, das schönste im weiten Land,
Das war dem Könige von Engeland.«

»O Schwester, hätt'st du es mir eher gesagt,
So hätte ich dich nicht umgebracht!«

Wie nur das Wort vom Munde kam,
Der König zu der Tür eintrat:

»Willkomm, willkomm, lieb Schwager mein!
Wie geht es dem jungen Bräutelein?«

»Ich hab sie zu Tode geschlag'n,
Helft mir sie zu Grabe tragen!«

»Eh daß ich sie zu Grab will tragen,
Will ich dich aus dem Lande jagen.«

Der Adelheid klangen die Glocken nach,
Dem Bruder sangen die Raben nach.

Was ist nun besser, der Glockenklang?
Oder ist es wohl der Rabengesang?

Die unschuldige Magd

Zu Frankfurt an der Brücke,
Da zapften sie Wein und Bier;
Da hab'n sie ein Mädchen betrogen,
Betrogen um ihr Ehr.

Der Vater ging über die Gassen,
Er ging nach der Hebamme hin:
»Könnt ihr meiner Tochter
nicht helfen,
Daß sie als ein Jungfrau besteht?«

»Eurer kann ich wohl helfen,
Daß sie als eine Jungfrau besteht:
Wir wollen das Kind umbringen
Und legen der Magd ins Bett.«

Die Magd ging waschen
und scheuern,
Kam abends spät nach Haus.
Sie wollt ihr Bett aufschütteln,
Was fand sie da im Stroh?

Was hat sie im Stroh gefunden?
Ermordet ein kleines Kind;
Die Magd war sehr erschrocken
Und rief die Tochter geschwind.

Die Tochter kam voll Listen
Und rief der Mutter zu:
»Die Magd hat ein Kind geboren
Und hat es umgebracht.«

»Hat sie ein Kind geboren
Und hat es umgebracht,
So wollen wir sie lassen hängen
Zu Frankfurt vor dem Tor.«

Die Magd hatt' einen Freier,
Kam alle Samstag zu ihr:
»Wo ist mein Herzallerliebste,
Sie kommt entgegen nicht mir.«

»Wir hab'n sie lassen hängen
Zu Frankfurt vor dem Tor:
Sie hat ein Kind geboren
Und hat es umgebracht.«

Er gab dem Pferd die Sporen
Und ritt zum Galgen heran:
»Wie hängst du hier so hoche,
Daß ich dich kaum sehen kann?«

»Ich hänge fürwahr nicht hoche,
Ich steh in Gottes Hand:
Die Engel aus dem Himmel,
Die bringen mir Speis und Trank.«

Er gab dem Pferd die Sporen
Und ritt nach der Obrigkeit:
»Ihr Herren, was habt ihr gerichtet!
Der Unschuld tatet ihr Leid!«

»Haben wir unrecht gerichtet
Und Leide ihr getan,
So wollen wir sie abschneiden,
Und hängen die andre dran!«

Der Vater ward enthauptet,
Die Tochter wurde geköpft,
Die Hebamme wurde gerädert
Zu Frankfurt in der Stadt.

Die Ballade wurde mit wechselnden Ortsnamen auf Jahrmärkten vorgetragen.

Der Ritter und die Königstochter

Es ritt ein Ritter wohl durch das Ried,
Er hob wohl an ein neues Lied,
Gar schöne tät er singen,
Daß Berg und Tal erklingen.

Das hört' des Königs sein Töchterlein
Auf ihrs Vaters Schloß im Kämmerlein.
Mit dem Ritter wollte sie reiten,
Mit dem Ritter wollte sie fort.

Er nahm sie bei ihrem seidenen Schopf
Und schwung sie hinter sich auf
sein Roß.
Sie ritten in einer kleinen Weilen
Wohl vier und zwanzig Meilen.

Und da sie zu dem Wald 'naus kamen,
Das Rößlein, das will Futter han.
»Feins Liebchen, hier wollen wir ruhen,
Das Rößlein, das will Futter.«

Er spreit sein Mantel ins grüne Gras,
Er bat sie, daß sie zu ihm saß:
»Komm Liebchen, du sollst mich lausen,
Mein gelbkraus Härlein durchzausen!«

So manche Scheitel als sie las,
So manche Träne sie fallen ließ,
Er schaut ihr wohl unter die Augen,
»Feins Liebchen, was bist du so traurig!«

»Warum sollt ich nicht weinen und
traurig sein,
Ich bin ja des Königs sein Töchterlein;
Hätt ich meins Vaters seinem Rate gefolgt,
Frau Kaiserin wär ich geworden.«

Kaum hätt sie das Wörtlein ausgesagt,
Ihr Häuptlein auf der Erden lag:
»Jungfräulein, hättst du geschwiegen,
Dein Häuptlein wär dir geblieben.«

Er kriegt sie bei ihrem seidenen Schopf
Und schlenkert sie hinter den Hollerstock:
»Da liege, feins Liebchen, und faule,
Um dich wird keiner trauern.«

Und als es nun kam an den dritten Tag,
Da gingen die Pfeifen und Trommeln an,
Pfeifen und Trommeln, ja Trommeln,
Ein ander Weib hat er genommen.

Der Herzog und die Bernauerin

Es reiten drei Herren zu München hinaus,
Sie reiten wohl vor der Bernauerin ihr Haus:
»Bernauerin, bist du darinnen, ja darinnen?

Bist du dann darinnen, so reite heraus!
Der Herzog ist draußen vor ihrem Haus,
Mit allem seinem Hofgesinde, ja Hofgesinde.«

Sobald die Bernauerin die Stimme vernahm,
Ein schneeweißes Hemd zog sie gar bald an,
Wohl vor den Herzog zu treten, zu treten.

Sobald die Bernauerin vors Tor hinaus kam,
Drei Herrn gleich die Bernauerin vernahm'n:
»Bernauerin, was willst du machen, ja machen?

Ei willst du lassen den Herzog entweg'n,
Oder willst du lassen dein jung frisches Leb'n
Ertrinken im Donauwasser, ja Wasser?«

»Und eh ich will lassen mein'n Herzog entweg'n,
So will ich lassen mein jung frisches Leb'n
Ertrinken im Donauwasser, ja Wasser!

Der Herzog ist mein, und ich bin sein,
Der Herzog ist mein, und ich bin sein:
Sind wir gar treu versprochen, ja versprochen.«

Die Bernauerin wohl auf dem Wasser schwamm,
Maria Mutter Gottes hat sie gerufet an,
Sollt ihr aus dieser Not helfen, ja helfen.

»Hilf mir, Maria, aus dem Wasser heraus,
Mein Herz läßt dir bauen ein neues Gotteshaus,
Von Marmorstein ein Altar, ja Altar!«

Sobald sie dieses hat gesprochen aus,
Maria Mutter Gottes hat geholfen aus
Und von dem Tod sie errettet, ja errettet.

Sobald die Bernauerin auf die Brucken kam,
Drei Henkersknecht zur Bernauerin kam'n:
»Bernauerin, was willst machen, ja machen?

Ei, willst du werden ein Henkersweib,
Oder willst du lassen dein jung stolzen Leib
Ertrinken im Donauwasser, ja Wasser!«

»Und eh ich will werden ein Henkersweib,
So will ich lassen mein jung stolzen Leib
Ertrinken im Donauwasser, ja Wasser!«

Es stunde kaum an den dritten Tag,
Dem Herzog kam ein traurige Klag:
Bernauerin ist ertrunken, ja ertrunken.

»Auf, rufet mir alle Fischer daher,
Sie sollen fischen bis in das rote Meer,
Daß sie mein feines Lieb suchen, ja suchen!«

Es kamen gleich alle Fischer daher,
Sie haben gefischt bis in das rote Meer,
Bernauerin haben sie gefunden, ja gefunden.

Sie legen's dem Herzog wohl auf den Schoß,
Der Herzog wohl viel tausend Tränen vergoß,
Er tät gar herzlich weinen.

»So rufet mir her fünftausend Mann!
Einen neuen Krieg will ich fangen an
Mit meinem Herrn Vater eben, ja eben.

Und wär mein Herr Vater mir nicht so lieb,
So ließ ich ihn aufhenken als wie einen Dieb;
Wär aber mir eine groß Schande, ja Schande.«

Es stunde kaum an den dritten Tag,
Dem Herzog kam eine traurige Klag:
Sein Herr Vater ist gestorben, ja gestorben.

»Die mir helfen meinen Herrn Vater begrabn,
Rote Mänteln müssen sie hab'n,
Rot müssen sie sich tragen, ja tragen.

Und die mir helfen mein feines Lieb begraben,
Schwarze Mäntel müssen sie haben,
Schwarz müssen sie tragen, ja tragen.

So wollen wir stiften ein ewige Mess,
Daß man der Bernauerin nicht vergess,
Man wölle für sie beten, ja beten!«

Ballade aus dem Mittelalter, erstmals gedruckt auf einem Fliegenden Blatt aus dem Jahre 1710. Der Text bezieht sich auf das Schicksal der Augsburger Baderstochter Agnes Bernauer, die Herzog Albrecht von Bayern-München heimlich geheiratet hatte. Als Albrecht im Oktober 1435 auf Jagd ging, ließ sein Vater – Herzog Ernst – Agnes Bernauer als Hexe anklagen, verurteilen und in der Donau ertränken. Daraufhin kam es zwischen Vater und Sohn zu einem Krieg, der auf auf Anordnung von Kaiser Sigismund beendet wurde.

Der Stoff dieser Ballade hat die Phantasie zahlreicher Künstler beschäftigt. Am bekanntesten sind wohl Friedrich Hebbels Tragödie »Agnes Bernauer«, die er, angeregt durch August von Törrings »Agnes Bernauerin« (1780), 1851 schrieb, sowie Carl Orffs Oper »Die Bernauerin« (1947).

Der Knab und das adlig Mädchen

Es ging ein Knab spazieren,
Spazieren durch den Wald;
Da begegnet ihm ein Mägdlein,
War achtzehn Jahre alt,
Gar schön war sie gestalt'.

Er nahm das Mädchen gefangen,
Gefangen mußt du sein;
Er zog ihr aus die Kleider
Und schlug sie also sehr,
Hat ihr genommen die Ehr.

Zu Augsburg in dem Wirtshaus
Saß er bei Speis und Trank;
Da kam dasselbige Mägdlein,
Griff ihn an seine Hand,
Schloß ihn in Ketten und Band.

Zu Augsburg auf dem Turme,
Wo er gefangen saß,
Da kam seine liebste Mutter:
»Mein Sohn, was sitzest du hier?
Mein Sohn, was fehlet dir?«

»Warum ich hier muß sitzen,
Das kann ich sagen dir:
Ich hab ein adlig Mädchen
Geschlagen also sehr,
Gebracht wohl um die Ehr.«

»Ach großer Gott im Himmel,
Ist das nicht Schand und Spott,
Daß ein so reicher Kaufmannssohn
Muß sterben solchen Tod,
Der Welt zum Hohn und Spott!«

»Ist denn der Brief schon kommen,
Daß ich jetzt sterben muß?
So bestellt mir Roß und Wagen,
Ich geh nicht mehr zu Fuß,
Weil ich doch sterben muß.

Ihr lieben Herren von Augsburg,
Ich hab an euch ein Bitt:
Den Kirchhof tut mir schenken,
Dazu ein seiden Kissen,
Darauf gut Ruhen ist.«

»Ach Jüngling, liebster Jüngling,
Das geht nicht bei der Stadt;
Dein Kopf gehört dem Galgen,
Dein Leib gehört aufs Rad,
Weil du's verschuldet hast.«

Der Schwanewirt und Anne Katherei

Der Schwanewirt sprung zum Tor hinaus,
Er sprung dem Goldschmied in sei's Haus:
»Ach Goldschmied, lieber Goldschmied mein,
Mach's Uhrmachers Mädglein ein Ringelein;
Mach er es frei hübsch und mach er es frei fein:
's Uhrmachers Mägdli muß im Schwanewittli sein!«

Der Schwanewirt sprung zum Tor hinaus
Und sprang dem Schuhmacher in sein Haus:
»Ach Schuhmacher, lieber Schuhmacher mi,
Mach's Uhrmachers Mägdli Pantöffeli;
Mach em 's frei hübsch und mach em 's frei fein:
's Uhrmachers Mägdli muß im Schwanewittli sein.«

Der Schwanewirt sprung zum Tor hinaus
Und sprang dem Apotheker in sei's Haus:
»Apotheker, lieber Apotheker mein,
Mach mir für ein Krüzer Gift dari.«
»O nei, o nei, das chan nit sei,
Du vergebest deiner Liebste, der Anne Katherei.«

Der Schwanewirt sprung zum Tor hinaus
Und sprung dem Schreiner in das Haus:
»Ach Schreiner, lieber Schreiner mi,
Mach du mir iez eis Bäumeli;
Mach mer's frei hübsch und mach mer's frei fein,
's Uhrmachers Mägdli muß begraben sein.«

Die Ballade schildert eine Mordtat, die sich Anfang des 19. Jahrhunderts in Rapperswil, Schweiz, zugetragen haben soll. Die Giftmordgeschichte ist weithin bekannt geworden, wie der folgende, in Norddeutschland entdeckte Text beweist:

Der Schwanenwirt und Kathrinchen

Es war in einer schönen Stadt,
Da hatte der Schwanenwirt eine Magd.

Sie hatte zwei Äugelein wie zwei Sterne,
Drum hatte der Schwanenwirt die Magd so gerne.

Der Schwanenwirt stellt ein Gastmahl an,
Kathrinchen war eben auch daran.

Er schüttet ihr ein ein volles Glas Wein,
Da tat er Gift und Galle hinein.

Als Kathrinchen es halb ausgetrunken,
Da ist sie hinter den Tisch gesunken.

»Kathrinchen, liebes Kathrinchen mein,
Bist du krank zum Kindelein?«

»Ich bin nicht krank zum Kindelein,
Du hast mir's vergeben in diesem Wein!«

»Ich hab dir's vergeben in diesem Wein,
Da tat ich Gift und Galle hinein.«

Dem Kathrinchen haben die Glocken geklungen,
Dem Schwanenwirt haben die Raben gesungen.

Der schlechte Sohn

In der Stadt Hagenau genannt,
Da wohnten zwei Ehleut wohlbekannt:
Sie hatten einen einzigen Sohn,
All Übels sie ihm gestatten dohn.

Der Knab war alt schon vierzehn Jahr,
Kein Vaterunser konnt er führwahr,
Aber alle Sünde und Räuberei,
Die trieb er täglich sonder Scheu.

Die Mutter hatt' ihr Freud dabei,
Wenn ihr Söhnlein trieb Schelmerei:
Sie gab dem Knaben alles Recht,
Er sollte tuen, was er möcht.

Wenn die Mutter was befehlen tut,
Er immer darwider murren tut;
Er schlug auch auf sein Mutter los,
Viel harte Worte er ausstoßt:

»Du Sau, du krummer alter Bär,
Du Hex, du Aas«, und noch viel mehr,
Daß Gott der Herr es wurde müd
Und macht' ein Ende diesem Lied.

Er ward totkrank, kam auf das Bett,
Darauf er nichts als schreien tät:
»O weh, o weh, was Angst und Schmerz!
Wie tut mir jetzt so weh mein Herz!«

Und eh der dritte Tag anbrach,
Da schied er hin in Ungemach;
Erschrecklich er gestorben ist. –
Hört weiter, was geschehen ist:

Am selbigen Tag um die Abendzeit,
Da kam seine Seele kohlschwarz bekleidt,
In der Hand ein feurig Rut,
Seinen Eltern verweisen tut.

Er fing gar laut zu brüllen an:
»Ihr Eltern, ihr seid schuld daran,
Vermaledeit in Ewigkeit
Seid ihr mit mir, wie ich anheut!

Wenn ihr die Rute nicht gespart
In meinen jüngsten Tag zart,
Wär ich ein Kind der Seligkeit:
Ihr habt's verfehlet in der Zeit!«

Die Mordeltern

Es warn einmal zwei Bauernsöhn,
Die hatten Lust, ins Feld zu gehn,
Die hatten Lust zu streiten.

Sie ritten ein, sie ritten aus,
Sie ritten vor das Gastwirtshaus,
Die guten Kameraden.

Und als sie an dem Wirtshaus warn,
Frau Wirtin an dem Fenster stand
Mit ihren schwarzbraun Augen.

»Frau Wirtin, hat sie die Gewalt,
Zwei Reiter über Nacht zu b'halt,
Zwei Reiter zu quartieren?«

»Sollt ich nicht haben die Gewalt,
Zwei Reiter über Nacht zu b'halt,
Zwei Reiter zu logieren?«

Der eine in die Stuben trat,
Sein Geld und Gold herunter tat,
Die Wirtin sollt's aufheben.

Nun setzten sie sich an den Tisch
Und ließen auftragen gebackne Fisch
Und auch ein sauren Braten.

»Ihr dürft uns auftragen, was ihr wollt,
Wir haben Silber und blankes Gold
Und ungrische Dukaten!«

Und als die Mitternacht hub an,
Da sprach die Frau zu ihrem Mann:
»Wolln wir den Reiter morden?«

»O nein, o nein, das kann nicht sein,
Laß du den Reiter Reiter sein,
Es bleibt uns nicht verborgen.«

Frau Wirtin auf der Ecken steht,
Bis daß die Leut warn in dem Bett,
Bis daß sie feste schliefen.

Sie macht das Fett im Pfännlein heiß
Und goß's ihm in den Hals so weiß,
Dem wackerlichen Reiter.

Sie nahm ihn bei der weißen Hand
Und grub ihn in den Kellersand:
»Da lieg und bleib verschwiegen!«

Das Pferd mußt aus dem Stall hinaus,
Das Pferd, es will nicht bleiben draus,
Es kommt halt immer wieder.

Und als der frühe Tag anbrach,
Der andre zu der Wirtin sprach:
»Ist mein Kamerad da drinnen?«

»Ach nein, wie könnt er drinnen sein!
Geritten ist er fort allein
Und ist nicht hier geblieben.«

»Der Reiter kann nicht weiter sein,
Sein Pferd steht in dem Stall allein,
Er ist nicht fortgeritten.«

Da suchte er durch das ganze Haus,
Daneben auch das Kellerhaus,
Und mußt ihn drinnen finden.

»Habt ihr dem Reiter was Leids getan,
So habt ihr's eurem Sohn getan,
Der von dem Krieg ist kommen!«

»Ach Gott, ach Gott, was große Sünd!
Hab selbst ermordt mein eigen Kind,
Hab ihn gebracht ums Leben!«

O du verfluchtes Gold und Geld,
Du bringst so manchen in der Welt
Noch um sein junges Leben!

Die einst sehr populäre und in verschiedenen Textvarianten erhaltene Ballade berichtet von einer Mordtat, die sich Anfang des 17. Jahrhunderts in Leipzig zugetragen haben soll.

Das verhungerte Kind

»Mutter, ach Mutter! es hungert mich,
Gib mir Brot, sonst sterbe ich.«
»Warte nur, mein liebes Kind!
Morgen wollen wir säen geschwind.«

Und als das Korn gesäet war,
Rief das Kind noch immerdar:
»Mutter, ach Mutter! es hungert mich,
Gib mir Brot, sonst sterbe ich!«
»Warte nur, mein liebes Kind!
Morgen wollen wir schneiden geschwind.«

Und als das Korn geschnitten war,
Rief das Kind noch immerdar:
»Mutter, ach Mutter! es hungert mich,
Gib mir Brot, sonst sterbe ich.«
»Warte nur, mein liebes Kind!
Morgen wollen wir dreschen geschwind.«

Und als das Korn gedroschen war,
Rief das Kind noch immerdar:
»Mutter, ach Mutter! es hungert mich,
Gib mir Brot, sonst sterbe ich.«
»Warte nur, mein liebes Kind,
Morgen wollen wir mahlen geschwind.«

Und als das Korn gemahlen war,
Rief das Kind noch immerdar:
»Mutter, ach Mutter! es hungert mich,
Gib mir Brot, sonst sterbe ich!«
»Warte nur, mein liebes Kind,
Morgen wollen wir backen geschwind.«

Und als das Brot gebacken war,
Lag das Kind auf der Totenbahr.

Der Todespfeil

Eine Heldin wohlgezogen
Mit Namen Isabell,
Die schoß mit Pfeil und Bogen
So gut wie Wilhelm Tell.

Ein Ritter jung an Jahren
Mit Namen Eduard,
Der sich beim Ritterspiele
In sie verliebet hat,

Der schenkt ihr Papageien,
Den schönsten Ritterstrauß,
Doch nichts, das war ihr Wille,
Sie schlug ihm alles aus.

»Du bist so stolz und spröde:
Dein Stolz wird dich noch reu'n;
Denn eh ich sterben werde,
Wirst du noch um mich wein'n!«

Einst ritt sie eine Strecke
Als Jägerin ins Holz,
Da erblickt sie in der Hecke
Eine Bärin, die war stolz.

Sie wollt die Flucht ergreifen,
Doch nein, das kühne Weib,
Sie schoß mit Pfeil und Bogen
Ihr mutig durch den Leib.

Und als der Schuß gefallen,
Eilt sie zum Wildbret hin:
Da erblickt sie – Eduarden
In eine Bär'nhaut eingehüllt.

Sie jammert, zittert, zaget,
Sie reißt sich die Haar' bald aus,
Sie schwingt sich auf ihr Rosse,
Und reit' betrübt nach Haus.

Und nach Verlauf von sechs Wochen –
Was doch die Liebe tut!
Da begrub man ihre Knochen
Dorthin, wo Eduard ruht.

Zersungene Fassung einer Ballade,
als deren Verfasser Konrad Gottlieb Pfeffel
(1736–1809) gilt.

Der Unglücksschuss

Es ging einmal bei Mondenschein
Ein Waidmann hübsch und rot.
Er ging in seinen Wald hinein,
Er ging in seinen Tod.
Sein Mädchen, das ihm lieber war,
Als alles auf der Welt,
Ging ohne Furcht vor der Gefahr
Ihm heimlich nach ins Feld.

Sie ging ihm nach und ging umher,
Wohl über Busch und Flur.
Von Forst zu Forst, von Wald zu Wald,
Kam immer näher hinzu.
Auf einmal sprang des Waidmanns Hund
Ein'm jungen Rehe nach,
Das kaum vor einer Viertelstund
Im Mutterschoß noch lag.

Das Rehlein sprang bald hinter sich,
Bald vorwärts und blieb stehn
Und dachte doch wohl sicherlich
Dem Hunde zu entgehn.
Doch leider fand es keine Ruh,
War überall verhaßt.
Auf einmal sprang's dem Busche zu,
Wo's Jägerliebchen saß.

Der Jäger kam herbeigeeilt
Und merkt was in dem Busch
Und schoß sein mörderisches Blei
Dem Mädchen durch die Brust.
»Ach Bester, was hast du getan?
Komm her und schau mein Sterben an!«
Er ging und fand sein Liebchen
Im Blute schwimmend an.

Er faßte sie bei ihrem Arm
Und drückte sie ans Herz:
»O Himmel, was hab ich getan!
Was ist das für ein Schmerz!
Die dunkle Nacht war schuld daran,
Daß du nun sterben mußt.«
Drauf nahm der Jäger sein Gewehr
Und schoß sich durch die Brust.

Die wiedergefundene Schwester

Es kam ein Abenteurer zu reiten
Vor einer Frau Wirtin Tür:
»Frau Wirtin, hat sie Bier und Wein
Und Futter für die Pferde?«

Der Reiter schaut bald hie, bald da,
Er schaut sich an die schöne Magd:
»Frau Wirtin, ist das Euer Töchterlein,
Oder ist es ein schönes Jungfräulein?«

»Es ist das eine gedungene Magd,
Die wohl den Gästen den Wein auftragt.«
»Und ist es eine gedungene Magd,
Die Euren Gästen den Wein auftragt,

So könnt Ihr stille schweigen,
Daß ich bei Eurer Magd könnt bleiben,
Eine Stund' oder zwei, eine Nacht dabei,
So lang ich will Eu'r Gast hier sein.«

»Ach ja, mein Herr, ich könnt wohl schweigen,
Daß Ihr bei meiner Magd mögt bleiben,
Eine Stund' oder zwei, eine Nacht dabei,
So lang Ihr hier zu Gast wollt sein!«

Und als es war des Abends spat,
Da sagt die Wirtin zu ihrer Magd:
»Der Herr will nun schon schlafen gehn,
Du wackres Mägdlein sollst mit ihm gehn!«

So manchen Tritt die Magd da tät,
So floß ihr auch manche Trän';
Sie rief die heil'ge Jungfrau mild,
Zu wahren ihr Ehr', zu sein ihr Schild.

Es begab sich da zur halben Nacht,
Der Held wohl an sein' Lieb' gedacht:
»Wohlan, mein Kind, und kehr dich herum,
Daß ich kann küssen den roten Mund!«

»Wie könnt ich, mein Herr, herum mich drehn,
Mein arm' jung' Herz tut mir so weh,
Meine Blutsfreund wohnen so fern im Land,
Sie sind dem Herrn ganz unbekannt.«

»Und wohnen deine Freund so fern im Land
Und sind sie mir ganz unbekannt,
So nenne der Freunde zwei oder drei,
Daß ich sie mag kennen und gehn dabei!«

»Mein' Mutter ist Frau Bertha genannt,
Meine Schwester heißet die schön Joland,
Mein Vater schreibt sich von Straßburg, der Herr,
Und Konrad heißt der Bruder mein.«

»So bist du mein' Schwester, die schöne Wallreit,
Die ich sieben Jahre gesuchet so weit?
So bist du mein' Schwester! Nun Gott sei Dank!
Daß ich dich endlich gefunden han.«

Als morgens früh der Tag anbrach,
Da fing der Wirt zu rufen an:
»Steh auf, steh auf, du faule Magd,
Es hat schon lang gekräht der Hahn!«

»Es ist fürwahr keine faule Magd,
Sie ist edel wie eine im Land:
Es ist meine Schwester, die schöne Wallreit,
Um die ich sieben Jahre geritten so weit.«

Er hatte sie lieb, er hatte sie wert,
Er nahm sie vor sich auf sein Pferd,
Er ritt mit ihr über Berg und Tal,
Bis daß sie zu ihrer Frau Mutter kam.

Frau Mutter nahm sie wohl in den Arm,
Herr Vater nahm sie bei der Hand,
Die Schwester lief zum Keller hinein
Und holte sogleich eine Kanne mit Wein.

Die Rückkehr des Rächers

Es stand auf hohen Bergen
Eine alte Burg am Rhein.
Sie lud die müden Pilger
Von weitem zu sich ein.

Um jede Mittagsstunde
Trat aus dem Gittertor
Ein schönes, holdes Fräulein
Im schwarzen Gewand hervor.

Es kannten viele Arme
Die Stunde und den Ort:
Die Maid gab reiche Spenden,
Sie gab ein tröstend Wort.

Einst sah sie an der Pforte
Ein'n jungen Pilgersmann.
Sie begegnet seinem Blicke,
Sie meint, er fleh' sie an.

Doch von den vielen Gaben
War schon die Tasche leer;
Sie sucht und sucht und findet
Nicht einen Heller mehr.

Wohl trägt sie auf dem Busen
Der Jungfrau holdes Bild.
Sie reicht es hin dem Pilger
Und lächelt himmlisch mild.

Das Fräulein bebt wie Espen,
Sie senkt den schüchtern Blick:
Sie eilt ins Schloß, doch zieht es
Sie wieder bald zurück.

Der Pilger stand noch immer
Gelehnt an seinen Stab,
Er drückt an seine Lippen
Des Mädchens holde Gab.

»Wer bist du, junger Pilger?
Kommst du aus fernem Land?
Oder deckt dich bloß zum Scheine
Dies friedliche Gewand?«

»Mein Schloß, es steht dort unten,
Ich führ ein gutes Schwert.
Ich will den Vater rächen,
Denn ihn deckt blut'ge Erd.

Den Tod hat er empfangen,
Nicht ehrlich im Gefecht,
Drum schwor ich, auszuüben
Streng der Vergeltung Recht.«

»Ein tückisch Mördereisen
Nahm auch den Vater mir:
Du siehst des Schmerzens Zeichen
Noch am Gewande hier.

Er tauchte meine Finger
In seine Wunde ein.
Ich tat den Schwur der Rache
Am Haus von Falkenstein.«

Es zog sein Schwert der Pilger
Und reicht's der schönen Maid:
»Ich bin der Falkensteiner,
Vollbringe deinen Eid!

Lang war der Haß der Väter,
Das Schicksal es gebot:
Sie trafen sich im Forste
Und gaben sich den Tod.

In Haß sind sie geschieden,
Mein Haus mag untergehn;
Mein' Rache ist geschwunden,
Seitdem ich dich gesehn!«

Dem Mädchen klopft's im Busen,
Das Herz ist ihm so schwer.
Es möcht die Tränen bergen
Und kann es doch nicht mehr.

Sie reicht die Hand dem Jüngling:
»Gott schenk dir seine Huld!
Laß sühnen uns durch Liebe
Der Väter schwere Schuld!

Laß am Altar uns sprechen
Das heilge, süße Wort:
Die Hand, die wir uns reichen,
Die reichen sie sich dort.«

Und bald nach wenig Tagen
Führt er sie zum Altar.
In ihrer Burgkapelle
Reicht sie die Hand ihm dar.

Und als der Priester segnet,
Erhellet sich der Chor:
Zwei weiße Ritter steigen
Wie aus der Erd hervor.

Sie wallen Arm in Arme
Bei süßer Melodie,
Und mit den fremden Tönen
Im Nu verschwinden sie.

Die Braut sank tief erschaudert
An des Geliebten Herz:
Sie schwuren dann noch einmal
Sich Treu in Leid und Schmerz.

Die Ballade stammt wahrscheinlich aus dem Rheinland.

Herr und Knecht

Es ritt ein Herr und auch sein Knecht
Den schmalen Steg, den breiten Weg.

Und wie sie auf die Heid 'naus kam'n,
Da stand ein schöner Lindenbaum,

Darauf da saß ein' Turteltaub',
Die Taub' war ihres Gleichen wert.

»Ei Knecht, ich nehm das Roß
beim Zaum,
Steig du auf diesen Lindenbaum.«

»Ach nein, mein Herr, das tu ich nicht,
Die Äste sind dürr, sie halten nicht.«

»Ei Knecht, nimm du mein Roß
beim Zaum,
Ich steig hinauf den Lindenbaum.«

Und wie er auf die Mitte kam,
Der Baum, der fing zu brechen an.

Er fiel herunter auf einen Stein,
Schlug ihm das Herz im Leib entzwei.

»O weh, o weh, mein Herr ist tot!
So bleib ich Armer unbelohnt.«

»Ei Knecht, nimm du mein graues Roß,
Und reit zu meiner Frau ins Schloß!«

»Ach nein, mein Herr, das tu ich nicht,
Die Frau ist edel, sie begehrt mein nicht.«

»Ei Knecht, so nimm mein silbern Schwert,
Es ist schon deines Lohnes wert.«

»Ach nein, mein Herr, das nehm ich nicht,
Das Schwert ist silbern, es gehört mir
nicht.«

»Ei Knecht, zieh an das Hemdlein weiß
Und zieh mit mir ins Paradeis!«

»Ach ja, mein Herr, das tu ich schon,
Das will ich hab'n zu meinem Lohn.«

Der Knecht zog an das Hemdlein weiß,
Zog mit dem Herrn ins Paradeis.

Das Lied vom braven Mann

Hoch klingt das Lied vom braven Mann,
Wie Orgelton und Glockenklang.
Wer hohen Muts sich rühmen kann,
Den lohnt nicht Gold, den lohnt Gesang.
Gottlob! daß ich singen und preisen kann:
Zu singen und preisen den braven Mann.

Der Tauwind kam vom Mittagsmeer,
Und schnob durch Welschland, trüb und feucht.
Die Wolken flogen vor ihm her,
Wie wann der Wolf die Herde scheucht.
Er fegte die Felder; zerbrach den Forst!
Auf Seen und Strömen das Grundeis borst.

Am Hochgebirge schmolz der Schnee;
Der Sturz von tausend Wassern scholl;
Das Wiesental begrub ein See;
Des Landes Heerstrom wuchs und schwoll;
Hoch rollten die Wogen entlang ihr Gleis,
Und rollten gewaltige Felsen Eis.

Auf Pfeilern und auf Bogen schwer,
Aus Quaderstein von unten auf,
Lag eine Brücke drüber her,
Und mitten stand ein Häuschen drauf.
Hier wohnte der Zöllner, mit Weib und Kind. –
»O Zöllner! O Zöllner! Entfleuch geschwind!«

Es dröhnt' und dröhnte dumpf heran,
Laut heulten Sturm und Wog' ums Haus.
Der Zöllner sprang zum Dach hinan
Und blickt' in den Tumult hinaus. –
»Barmherziger Himmel! Erbarme dich!
Verloren! Verloren! Wer rettet mich?« –

Die Schollen rollten, Schuß auf Schuß,
Von beiden Ufern, hier und dort,
Von beiden Ufern riß der Fluß
Die Pfeiler samt den Bogen fort.
Der bebende Zöllner, mit Weib und Kind,
Er heulte noch lauter als Strom und Wind.

Die Schollen rollten, Stoß auf Stoß,
An beiden Enden, hier und dort,
Zerborsten und zertrümmert, schoß
Ein Pfeiler nach dem andern fort.
Bald nahte der Mitte der Umsturz sich. –
»Barmherziger Himmel! Erbarme dich!« –

Hoch auf dem fernen Ufer stand
Ein Schwarm von Gaffern, groß und klein;
Und jeder schrie und rang die Hand,
Doch mochte niemand Retter sein.
Der bebende Zöllner, mit Weib und Kind,
Durchheulte nach Rettung den Strom und Wind. –

Wann klingst du, Lied vom braven Mann,
Wie Orgelton und Glockenklang?
Wohlan! So nenn' ihn, nenn' ihn dann!
Wann nennst du ihn, mein schönster Sang?
Bald nahet der Mitte der Umsturz sich.
O braver Mann! braver Mann! zeige dich!

Rasch galoppiert ein Graf hervor,
Auf hohem Roß ein edler Graf.
Was hielt des Grafen Hand empor?
Ein Beutel war es, voll und straff. –
»Zweihundert Pistolen sind zugesagt
Dem, welcher die Rettung der Armen wagt.«

Wer ist der Brave? Ist's der Graf?
Sag an, mein braver Sang, sag an!
Der Graf, beim höchsten Gott! war brav!
Doch weiß ich einen bravern Mann. –
O braver Mann! braver Mann! zeige dich!
Schon naht das Verderben sich fürchterlich. –

Und immer höher schwoll die Flut;
Und immer lauter schnob der Wind;
Und immer tiefer sank der Mut. –
O Retter! Retter! Komm geschwind! –
Stets Pfeiler bei Pfeiler zerborst und brach.
Laut krachten und stürzten die Bogen nach.

»Hallo! Hallo! Frisch auf gewagt!«
Hoch hielt der Graf den Preis empor.
Ein jeder hört's, doch jeder zagt,
Aus Tausenden tritt keiner vor.
Vergebens durchheulte, mit Weib und Kind,
Der Zöllner nach Rettung den Strom und Wind. –

Sieh, schlecht und recht, ein Bauersmann
Am Wanderstabe schritt daher,
Mit grobem Kittel angetan,
An Wuchs und Antlitz hoch und hehr.
Er hörte den Grafen, vernahm sein Wort,
Und schaute das nahe Verderben dort.

Und kühn in Gottes Namen sprang
Er in den nächsten Fischerkahn;
Trotz Wirbel, Sturm und Wogendrang
Kam der Erretter glücklich an:
Doch wehe! der Nachen war allzuklein,
Der Retter von allen zugleich zu sein.

Und dreimal zwang er seinen Kahn,
Trotz Wirbel, Sturm und Wogendrang;
Und dreimal kam er glücklich an,
Bis ihm die Rettung ganz gelang.
Kaum kamen die letzten in sichern Port,
So rollte das letzte Getrümmer fort. –

Wer ist, wer ist der brave Mann?
Sag an, sag an, mein braver Sang!
Der Bauer wagt' ein Leben dran:
Doch tat er's wohl um Goldesklang?
Denn spendete nimmer der Graf sein Gut,
So wagte der Bauer vielleicht kein Blut. –

»Hier«, rief der Graf, »mein wackrer Freund!
Hier ist dein Preis! Komm her! Nimm hin!« –
Sag an, war das nicht brav gemeint? –
Bei Gott! der Graf trug hohen Sinn. –
Doch höher und himmlischer, wahrlich! schlug
Das Herz, das der Bauer im Kittel trug.

»Mein Leben ist für Gold nicht feil.
Arm bin ich zwar, doch ess' ich satt.
Dem Zöllner werd' Eu'r Gold zuteil,
Der Hab' und Gut verloren hat!«
So rief er, mit herzlichem Biederton,
Und wandte den Rücken und ging davon. –

Hoch klingst du, Lied vom braven Mann,
Wie Orgelton und Glockenklang!
Wer solchen Muts sich rühmen kann,
Den lohnt kein Gold, den lohnt Gesang.
Gottlob! daß ich singen und preisen kann,
Unsterblich zu preisen den braven Mann.

Gottfried August Bürger

Poesie der Kinder

Liebe Kindlein, kaufet ein

Liebe Kindlein, kaufet ein,
Hier ein Hündlein, hier ein Schwein,
Trommel und Schlägel,
Kugel und Kegel,
Kästchen und Pfeifer.
Kutschen und Läufer,
Husaren und Schweizer,
Um ein paar Kreuzer
Ist alles dein:
Kindlein, kauf ein!

Der Mann mit dem Schwamm

Es war einmal ein Mann,
Der hatte einen Schwamm.
Der Schwamm war ihm zu naß,
Da ging er auf die Gass'.
Die Gass' war ihm zu kalt,
Da ging er in den Wald.
Der Wald war ihm zu grün,
Da ging er nach Berlin.
Berlin war ihm zu groß,
Da wurd' er ein Franzos'.
Franzos' wollt' er nicht sein,
Da ging er wieder heim
Zu seiner Frau Elise,
Die kocht' ihm grün Gemüse.
Da mußt' er dreimal niesen:
Hazzi! Hazzi! Hazzi!

Die Kinderpredigt

Ein Huhn und ein Hahn,
Die Predigt geht an,
Ein' Kuh und ein Kalb,
Die Predigt ist halb,
Ein Katz und ein Maus,
Die Predigt ist aus,
Geht alle nach Haus
Und haltet ein'n Schmaus.
Habt ihr was, so eßt es,
Habt ihr nichts, vergeßt es,
Habt ihr ein Stückchen Brot,
So teilt es mit der Not,
Und habt ihr noch ein Brosämlein,
So streuet es den Vögelein.

Alt ist nicht neu

Eins zwei drei,
Alt ist nicht neu,
Neu ist nicht alt,
Warm ist nicht kalt,
Kalt ist nicht warm,
Reich ist nicht arm,
Arm ist nicht reich,
Schön ist nicht gleich,
Gleich ist nicht schön,
Spinnen ist nicht nähn,
Nähn ist nicht spinnen,
Schoten sind kein Linsen,
Linsen sind kein Schoten,
Mäuse sind kein Ratten,
Ratten sind kein Mäuse,
Flöh sind kein Läuse,
Läuse sind kein Flöhe,
Hirsche sind kein Rehe,
Reh ist kein Hirsch,
Faul ist nicht frisch,
Frisch ist nicht faul,
Ochs ist kein Gaul,
Gaul ist kein Ochs,
Has ist kein Fuchs,
Fuchs ist kein Hase,
Zung ist kein Nase,
Nase ist kein Zunge,
Leber ist kein Lunge,
Lung ist kein Leber,
Schneider ist kein Weber,
Weber ist kein Schneider,
Bauer ist kein Schreiber,
Schreiber ist kein Bauer,
Süß ist nicht sauer,
Sauer ist nicht süß,
Hände sind kein Füß,
Füß sind kein Hände,
Das Lied nimmt ein Ende.

Vögel, die nicht singen

Vögel, die nicht singen,
Glocken, die nicht klingen,
Pferde, die nicht springen,
Pistolen, die nicht krachen,
Kinder, die nicht lachen:
Was sind das für Sachen?

Mei Mutter hat me g'schlagn

Mei Mutter hat me g'schlagn,
Mit Hagebuchereis:
Ich kann der's net versage,
Wie mi mei Buckel beißt.

Heile, heile, Segen

Heile, heile, Segen,
Drei Tage Regen,
Drei Tage Schnee –
Tut schon nimmer weh.

Liebe Mutter, 's wird finster

Liebe Mutter, 's wird finster,
Zünd's Lämplein nun an,
Mach Feuer in d'n Ofen
Und setz dich mit dran!

Klage um den kleinen Jakob

Wo ist der kleine Jakob geblieben?
Hatte die Kühe waldein getrieben,
Kam nimmer wieder,
Schwestern und Brüder
Gingen ihn suchen in'n Wald hinaus –
Kleiner Jakob, kleiner Jakob, komm zu Haus!

Wo ist der kleine Jakob gegangen?
Es hat ihn ein Unterirdscher gefangen,
Muß unten wohnen,
Trägt goldne Kronen,
Gläserne Schuh, hat ein gläsern Haus.
Kleiner Jakob, kleiner Jakob, komm zu Haus!

Was macht der kleine Jakob da unten?
Streuet als Diener das Estrich mit bunten
Blumen und schenket
Wein ein und denket:
Wärest du wieder zum Wald hinaus!
Kleiner Jakob, kleiner Jakob, komm zu Haus!

So muß der kleine Jakob dort wohnen,
Helfen ihm nichts seine güldenen Kronen,
Schuhe und Kleider,
Weinet sich leider –
Ach! armer Jakob! – die Äuglein aus.
Kleiner Jakob, kleiner Jakob, komm zu Haus!

Ernst Moritz Arndt

Hänschen klein

Hänschen klein ging allein
In die weite Welt hinein.
Stock und Hut stehn ihm gut,
Ist gar wohlgemut.
Aber Mutter weinet sehr,
Hat ja nun kein Hänschen mehr.
Da besinnt sich das Kind,
Kommt zurück geschwind.

Taler, Taler, du mußt wandern

Taler, Taler, du mußt wandern,
Von dem einen zu dem andern.
Das ist schön, das ist schön,
Niemand darf den Taler sehn.

Ringlein, Ringlein, du mußt wandern,
Von dem einen zu dem andern.
Ei wie schön, ei wie schön
Ist das Ringlein anzusehn.

Guten Abend, gut' Nacht

Guten Abend, gut' Nacht,
Mit Rosen bedacht,
Mit Näglein besteckt,
Schlupf unter die Deck:
Morgen früh, wenn Gott will,
Wirst du wieder geweckt.

Guten Abend, gut' Nacht,
Von Englein bewacht,
Die zeigen im Traum
Dir Christkindleins Baum.
Schlaf nun selig und süß,
Schau im Traum 's Paradies!

Die erste Strophe ist unbekannter Herkunft, die zweite wurde von Georg Scherer (1828–1909) hinzugedichtet. Die Melodie dazu schuf Johannes Brahms.

Müde bin ich ...

Müde bin ich, geh zur Ruh,
Schließe beide Äuglein zu;
Vater, laß die Augen dein
Über meinem Bette sein!

Hab ich Unrecht heut getan,
Sieh es, lieber Gott, nicht an!
Deine Gnad und Jesu Blut
Macht ja allen Schaden gut.

Alle, die mir sind verwandt,
Gott, laß ruhn in deiner Hand!
Alle Menschen, groß und klein,
Sollen dir befohlen sein.

Kranken Herzen sende Ruh,
Nasse Augen schließe zu;
Laß den Mond am Himmel stehn
Und die stille Welt besehn.

Luise Hensel

Schlafe, mein Prinzchen

Schlafe, mein Prinzchen! es ruhn
Schäfchen und Vögelchen nun.
Garten und Wiese verstummt,
Auch nicht ein Bienchen mehr summt;
Luna mit silbernem Schein
Gucket zum Fenster herein.
Schlafe beim silbernen Schein,
Schlafe, mein Prinzchen, schlaf ein!

Auch in dem Schlosse schon liegt
Alles in Schlummer gewiegt;
Reget kein Mäuschen sich mehr,
Keller und Küche sind leer.
Nur in der Zofe Gemach
Tönet ein schmelzendes Ach!
Was für ein Ach mag das sein?
Schlafe, mein Prinzchen, schlaf ein!

Wer ist beglückter als du?
Nichts als Vergnügen und Ruh!
Spielwerk und Zucker vollauf
Und noch Karessen im Kauf!
Alles besorgt und bereit,
Daß nur mein Prinzchen nicht schreit!
Was wird das künftig erst sein?
Schlafe, mein Prinzchen, schlaf ein!

Friedrich Wilhelm Gotter

Abends, wenn ich schlafen geh

Abends, wenn ich schlafen geh,
Vierzehn Engel mit mir gehn,
Zwei zu meiner Rechten,
Zwei zu meiner Linken,
Zwei zu meinen Häupten,
Zwei zu meinen Füßen,
Zwei, die mich decken,
Zwei, die mich wecken,
Zwei, die mich weisen
In das himmlische Paradeise.

Gott, der heute mich bewacht

Gott, der heute mich bewacht,
Beschütze mich auch diese Nacht!
Ich bin dein Kind, du liebest auch mich,
Ich danke dir und hoff' auf dich.

Schlaf, Kindchen, schlaf!

Schlaf, Kindchen, schlaf!
Dein Vater hüt't die Schaf,
Die Mutter hütet die Lämmerchen,
Schlaf in deinem Kämmerchen.
Schlaf, Kindchen, schlaf!

Maikäfer flieg!

Maikäfer flieg!
Dein Vater ist im Krieg!
Die Mutter ist in Pommerland,
Pommerland ist abgebrannt.
Maikäfer flieg!

Kinderlein, geht in euer Bett hinein

Kinderlein,
Geht in euer Bett hinein.
Schlaft in Ruh,
Tut euch tüchtig decken zu.
Ruhet gut,
Bis man euch morgen wecken
Tu – – t!

Morgens früh um sechs

Morgens früh um sechs
Kommt die alte Hex,
Morgens früh um sieben
Schabt sie rote Rüben,
Morgens früh um achte
Geht sie auf die Wachte,
Morgens früh um neune
Geht sie in die Scheune,
Morgens früh um zehne
Holt sie alte Späne,
Morgens früh um elfe
Geht sie ins Gewölbe,
Morgens früh um zwölfe
Kommt sie wieder heraus,
Und nun ist die Geschichte aus.

Auf dem Berge Sinai

Auf dem Berge Sinai
Wohnt der Schneider Kikriki.
Seine Frau, die Margarete,
Saß auf dem Balkon und nähte.
Fiel herab, fiel herab,
Und das linke Bein brach ab.
Kam der Doktor hergerannt
Mit der Nadel in der Hand,
Näht es an, näht es an,
Daß sie wieder laufen kann.

Lirum, larum Löffelstiel

Lirum, larum Löffelstiel,
Alte Weiber essen viel,
Junge müssen fasten.
's Brot liegt im Kasten,
's Messer liegt daneben,
Ei, welch ein lustig Leben!

Lirum, larum Löffelstiel,
Wer nichts lernt, der kann nicht viel.
Reiche Leute essen Speck,
Arme Leute haben Dreck.
Lirum, larum Leier,
Die Butter, die ist teuer.

Allerlei Schabernack

Gestern Abend auf dem Ball
Tanzte Herr von Zwiebel
Mit der Frau von Petersil:
Ach, das war nicht übel!

*

Ich bin der Geigelmann,
Du bist der Tanzer,
Ich bin ein halber Narr,
Du bist ein ganzer.

*

Fräulein von Adel
Hat Strümpf' ohne Wadel
Hat Schuh' ohne Hacken,
So ist's Fräulein gebacken.

*

Mein Schatz isch vun Adel,
Heißt Annemarie:
Hät drackige Wadel
Un schmutzige Knie.

*

Erbsen ess ich lieber
Wie der Herr von Biber.
Linsen ess ich grad so gern
Wie der Herr von Lilienstern.

*

Denkt ihr denn, denkt ihr denn,
Mädchen wären teuer?
Fünfe für ein Pfennigstück,
Fünfzehn für 'nen Dreier.

Denkt ihr denn, denkt ihr denn,
Jungens sind so teuer?
Fünfzehn für ein'n Flederwisch,
Sechzehn für ein'n Dreier.

*

A B C,
Die Katze lief in Schnee,
Als sie wieder heraus kam,
Hatt' sie weiße Stiefeln an,
Daß sie nimmer laufen kann.

*

A B C,
Beißen mich die Flöh',
Beißen mich die Wanzen,
Kann ich nicht mehr tanzen.
(Beißen mich die Stiegelitzen,
Kann ich nimmer stille sitzen.)

*

A B C, Kopf in die Höh'!
D E F, wart', ich treff'!
G H I, das macht Müh'!
J K L, nicht so schnell!
M N O, lauft nicht so!
P Q R, das ist schwer!
S T U, hör mir zu!
V W X, mach 'nen Knix!
Ypsilon Z, geh zu Bett.

*

Was?
Altes Faß.
Wenn's regnet, wird's naß,
Wenn's schneit, wird's weiß,
Wenn's friert, gibt's Eis,
Wenn's taut, wird's grün,
Werden alle kleinen Jungfern schön.

Ich möcht für tausend Taler nicht,
Daß mir der Kopf ab wär.
Da spräng ich mit dem Rumpf herum
Und wüßt nicht, wo ich wär.
Die Leut schrien all und blieben stehn:
Ei guck einmal den! Ei guck einmal den!

*

Leiere, leiere, zick zick zick,
Morgen wer'n die Tauben flügg,
Übermorgen die Hühner.
Gehorsamer Diener!

Rätsel

Ein Männlein steht im Walde
Ganz still und stumm,
Es hat von lauter Purpur
Ein Mäntlein um.
Sagt, wer mag das Männlein sein,
Das da steht im Wald allein
Mit dem purpurroten Mäntelein?

Das Männlein steht im Walde
Auf einem Bein,
Und hat auf seinem Haupte
Schwarz Käpplein klein.
Sagt, wer mag das Männlein sein,
Das da steht im Wald allein
Mit dem kleinen schwarzen Käppelein?

Das Männlein dort auf einem Bein,
Mit seinem roten Mäntelein
Und seinem schwarzen Käppelein
Kann nur die Hagebutte sein!

August Heinrich
Hoffmann von Fallersleben

Was machen Ihre Hühner?

Gehorsamer Diener!
Was machen Ihre Hühner?
Legen sie brav Eier?
Hat die Magd auch Freier?
Was macht denn Ihr Hund?
Ist die Katze noch gesund?
Was macht der Herr Sohn?
Ist auf und davon?
Sagt, ich lass ihn grüßen
Vom Kopf bis zu den Füßen,
Von den Füßen bis zum Bauch:
So ist es mein Gebrauch.

Marienwürmchen, setze dich

Marienwürmchen, setze dich
Auf meine Hand, auf meine Hand.
Ich tu dir nichts zu Leide.
Es soll dir nichts zu Leid geschehn,
Will nur deine bunten Flügel sehn,
Bunte Flügel, meine Freude.

Marienwürmchen, fliege weg,
Dein Häuschen brennt, die Kinder schrein
So sehre, wie so sehre!
Die böse Spinne spinnt sie ein,
Marienwürmchen, flieg hinein,
Deine Kinder schreien sehre.

Marienwürmchen, fliege hin
Zu Nachbars Kind, zu Nachbars Kind,
Sie tun dir nichts zu Leide;
Es soll dir da kein Leid geschehn,
Sie wollen deine bunten Flügel sehn,
Und grüß sie alle beide!

Aus der Kindheit

»Ja, das Kätzchen hat gestohlen,
Und das Kätzchen wird ertränkt.
Nachbars Peter sollst du holen,
Daß er es im Teich versenkt!«

Nachbars Peter hat's vernommen,
Ungerufen kommt er schon;
»Ist die Diebin zu bekommen,
Gebe ich ihr gern den Lohn!«

»Mutter, nein, er will sie quälen,
Gestern warf er schon nach ihr,
Bleibt nichts andres mehr zu wählen,
So ertränk ich selbst das Tier.

Sieh, das Kätzchen kommt gesprungen,
Wie es glänzt im Morgenstrahl!«
Lustig hüpft's dem kleinen Jungen
Auf den Arm zu seiner Qual.

»Mutter, laß das Kätzchen leben;
Jedesmal, wenn's dich bestiehlt,
Sollst du mir kein Frühstück geben;
Sieh nur, wie es artig spielt!«

»Nein, der Vater hat's geboten,
Hundertmal ist ihr verziehn!« –
»Hat sie doch vier weiße Pfoten!« –
»Einerlei! Ihr Tag erschien!« –

»Nachbarin, ich folg ihm leise,
Ob er es auch wirklich tut!«
Peter spricht es häm'scher Weise,
Und der Knabe hört's mit Wut.

Unterwegs auf manchem Platze
Bietet er sein Liebchen aus,
Aber keiner will die Katze,
Jeder hat sie längst im Haus.

Ach, da ist er schon am Teiche,
Und sein Blick, sein scheuer, schweift,
Ob ihn Peter noch umschleiche –
Ja, er steht von fern und pfeift.

»Nun, wir alle müssen sterben,
Großmama ging dir vorauf,
Und dir wirst den Himmel erben,
Kratze nur, sie macht dir auf!«

Jetzt, um sie recht tief zu betten,
Wirft er sie mit aller Macht,
Doch zugleich, um sie zu retten,
Springt er nach, als er's vollbracht.

Eilte Peter nicht, der lange,
Gleich im Augenblick herzu,
Fände er – es ist mir bange –
Hier im Teich die ewge Ruh'.

In das Haus zurückgetragen,
Hört er auf die Mutter nicht,
Schweigt auf alle ihre Fragen,
Schließt die Augen trotzig dicht.

Von dem Zucker, den sie brachte,
Nimmt er zwar zerstreut ein Stück,
Doch den Tee, den sie ihm machte,
Weist er ungestüm zurück.

Welch ein Ton! Er dreht sich stutzend,
Und auf einer Fensterbank,
Spinnend und sich emsig putzend,
Sitzt sein Kätzchen blink und blank.

»Lebt sie, Mutter?« – »Dem Verderben
Warst du näher, Kind, als sie!« –
»Und sie soll auch nicht mehr sterben?« –
»Trinke nur, so soll sie's nie!«

Friedrich Hebbel

Fuchs, du hast die Gans gestohlen

Fuchs, du hast die Gans gestohlen,
Gib sie wieder her, gib sie wieder her,
Sonst wird dich der Jäger holen mit dem Schießgewehr,
Sonst wird dich der Jäger holen mit dem Schießgewehr.

Seine große lange Flinte
Schießt auf dich den Schrot, schießt auf dich den Schrot,
Daß dich färbt die rote Tinte, und dann bist du tot.
Daß dich färbt die rote Tinte, und dann bist du tot.

Liebes Füchslein, laß dir raten,
Sei doch nur kein Dieb, sei doch nur kein Dieb,
Nimm, du brauchst nicht Gänsebraten, mit der Maus vorlieb.
Nimm, du brauchst nicht Gänsebraten, mit der Maus vorlieb.

Ernst Anschütz

Eia popeia, was raschelt im Stroh?

Eia popeia, was raschelt im Stroh?
Die Gänschen gehn barfuß und hab'n keine Schuh,
Der Schuster hat Leder, kein Leisten dazu,
So kann er den Gänslein auch machen keine Schuh.

Drei Gäns im Haberstroh

Drei Gäns im Haberstroh
Saßen da und waren froh,
Da kam ein Bauer gegangen
Mit einer langen Stangen,
Ruft: Wer do! Wer do!
Drei Gäns im Haberstroh
Saßen da und waren froh!

Alle meine Entchen

Alle meine Entchen
Schwimmen auf dem See,
Köpfchen unters Wasser,
Schwänzchen in die Höh'.

Wettstreit

Der Kuckuck und der Esel,
Die hatten großen Streit,
Wer wohl am besten sänge
Zur schönen Maienzeit.

Der Kuckuck sprach: »Das
kann ich!«
Und hub gleich an zu schrei'n.
»Ich aber kann es besser!«
Fiel gleich der Esel ein.

Das klang so schön und lieblich,
So schön von fern und nah;
Sie sangen alle beide:
Kuku kuku ia!

August Heinrich
Hoffmann von Fallersleben

Die bekannte Melodie dazu
schrieb Karl Friedrich Zelter.

Kuckucks Harem

Der Kuckuck ist ein braver Mann,
Der sieben Weiber brauchen kann.
Die erste kehrt die Stube aus,
Die zweite wirft den Unflat 'naus,
Die dritte nimmt den Flederwisch
Und kehrt dem Kuckuck seinen Tisch,
Die vierte bringt ihm Brot und Wein,
Die fünfte schenkt ihm fleißig ein,
Die sechste macht sein Bettlein warm,
Die siebente schläft in seinem Arm.

Frühlingsbotschaft

Kuckuck, Kuckuck ruft aus
dem Wald:
Lasset uns singen,
Tanzen und springen!
Frühling, Frühling wird es nun bald.

Kuckuck, Kuckuck läßt nicht
sein Schrei'n:
Komm in die Felder,
Wiesen und Wälder!
Frühling, Frühling, stelle dich ein!

Kuckuck, Kuckuck, trefflicher Held!
Was du gesungen,
Ist dir gelungen:
Winter, Winter räumet das Feld.

August Heinrich
Hoffmann von Fallersleben

Die Vögel wollten Hochzeit machen

Die Vögel wollten Hochzeit machen
In dem grünen Walde.

Der Stieglitz war der Bräutigam,
Er singt zu Gottes Gloriam.

Die Amsel war die Braute,
Trug einen Kranz von Raute.

Der Sperber, der Sperber,
Der war der Hochzeitswerber.

Die Lerche, die Lerche,
Die führt die Braut zur Kerche.

Der Auerhahn, der Auerhahn,
Das war der würd'ge Herr Kaplan.

Die Meise, die Meise,
Die singt das Kyrieleise.

Der Seidenschwanz, der Seidenschwanz,
Der bracht der Braut den Hochzeitskranz.

Die Anten, die Anten,
Das war'n die Musikanten.

Der Pfau mit seinem bunten Schwanz
Macht mit der Braut den ersten Tanz.

Die Puten, die Puten,
Die machten breite Schnuten.

Die Taube, die Taube,
Die bracht der Braut die Haube.

Brautmutter war die Eule,
Nahm Abschied mit Geheule.

Das Finkelein, das Finkelein,
Das führt das Paar zur Kammer rein.

Der Uhu, der Uhu,
Der macht die Fensterläden zu.

Die Fledermaus, die Fledermaus,
Die zieht der Braut die Strümpfe aus.

Frau Kratzefuß, Frau Kratzefuß,
Gibt allen einen Abschiedskuß.

Der Hahn, der krähet: »Gute Nacht«,
Jetzt wird die Kammer zugemacht.

Nun ist die Vogelhochzeit aus,
Und alle ziehn vergnügt nach Haus.

Vogelhochzeit

Es wollt gut Reiher fischen,
Er fischt auf breiter Heide;
Da kam der Storch, da kam der Storch
Und stahl ihm seine Weide.

Der Habicht kam auch here
Und bracht viel neue Märe,
Wie daß dort auch vor jenem Holz
Ein Vogelhochzeit wäre.

Die Amsel war der Bräutigam,
Die Drossel war die Braute.
Die war gar schön gezieret,
Trug ob ein Kranz von Raute.

Was tut die gute Lerche frisch?
Sie setzt die Braut wohl an den Tisch.
Der Phönix und der Greifen
Mußt auf der Hochzeit pfeifen.

Der Kuckuck, der Kuckuck
Schlug die Lauten und geigt dazu:
Den Geiren, den Geiren
Ordnet man zu der Leiren.

Der Gockelhahn, der Gockelhahn,
Derselbig war der Kapelan;
Die Meise, die Meise,
Die sang das Kyrieleise.

Der Stare, der Stare
War g'wiß ein rechter Pfarre;
Der Grünspecht, der Grünspecht,
Der führt die Braut zur Kirche recht.

Zum Hochzeitsknecht ward bestellt
der Specht,
Auch zur Fahnen der Adler hoch;
Die Ente, die Ente
Die führt das Regimente.

Die Gans mit ihren Kragen,
Die bracht der Braut den Wagen;
Die Tauben, die Tauben
Legt an der Braut die Schauben.

Der Hämmerling, der Hämmerling,
Der bracht der Braut den Fingerring;
Der Stiegelitz, der Stiegelitz
Sagt zur Braut: Du zum Tische sitz!

Die Finken, die Finken
Brachten der Braut zu trinken;
Der Uhu, der Uhu
Schlug's Instrument und sang dazu.

Danach kam auch die Eulen,
Die tät dazu eins heulen;
Der Kauzen, der Kauzen
Fing gleich an zu jauchzen.

Der schwarze Rab, der war der Koch,
Das sieht man an sein Kleidern noch;
Der Spatz, der war der Küchenknecht,
Der tät der Sachen eben recht.

Der Pfau mit seinem langen Schwanz,
Der führt die Braut wohl zu dem Tanz;
Die Meise und der Auerhahn,
Die tanzten hübsch der Braut voran.

Der Falke, der Falke
Wollt die Fledermaus abwalken;
Der Fasan, der Fasan,
Der fing viel krumme Händel an.

Die Wachtel, die Wachtel,
Gab ihm gar bald ein Dachtel,
Das Rebhuhn, das Rebhuhn
Wollt bei der Hochzeit gar nichts tun.

Das Zeisle, das Zeisle
Das bückt sich wie ein Mäusle;
Der Gimpel, der Gimpel,
Der gab sich gar so simpel.

Der Grünling, der Grünling
Setzt sich wiederum an den Tisch;
Kreuzschnabel frech, Kreuzschnabel
frech
Tummelt sich weidlich bei der Zech.

Den Rotkropf, den Rotkropf
Füllt man voll wie ein Hafners Topf;
Der Krammetsvogel, klug und weis,
Bracht abermalen neue Speis.

Die Tache feist, die Tache feist,
Sie allsamt fröhlich lachen heißt;
Der Sittich grün, der Sittich grün,
Der war ganz übermaßen schön.

Die Krähen, die Krähen,
Die tät man auch ausspähen;
Die Elster, die Elster
Den Kranich fragt: »Wie g' fällst mir?«

Noch weiß ich einen Vogel gut,
Den will ich euch nicht nennen:
Wenn ihr ihn sächt, wenn ihr ihn sächt,
So würd't ihr ihn wohl kennen.

Also hat man vernommen,
Wer auf d' Hochzeit ist kommen;
Die waren fröhlich bei dem Fest,
Zuletzt flog jeder in sein Nest.

Wer ist, der uns dies Liedlein sang,
Von vielen Vögeln g'sungen?
Hat's wohl gemacht; wer's nit glauben will,
Mag selbst auf d' Hochzeit kommen.

Worterklärungen:
Schauben = Überröcke; Dachtel = Ohrfeige

Frühlings Ankunft

Alle Vögel sind schon da,
Alle Vögel, alle!
Welch ein Singen, Musiziern,
Pfeifen, Zwitschern, Tireliern!
Frühling will nun einmarschiern,
Kommt mit Sang und Schalle.

Wie sie alle lustig sind,
Flink und froh sich regen!
Amsel, Drossel, Fink und Star
Und die ganze Vogelschar
Wünschet uns ein frohes Jahr,
Lauter Heil und Segen.

Was sie uns verkündet nun,
Nehmen wir zu Herzen:
Wir auch wollen lustig sein,
Lustig wie die Vögelein,
Hier und fort, feldaus, feldein
Singen, springen, scherzen!

August Heinrich
Hoffmann von Fallersleben

Storch, Storch, Langbein

Storch, Storch, Langbein,
Wann fliegst du ins Land herein,
Bringst dem Kind ein Brüderlein?
Wenn der Roggen reifet,
Wenn der Frosch pfeifet,
Wenn die goldnen Ringen
In der Kiste klingen,
Wenn die roten Appeln
In der Kiste rappeln.

Allerlei Auszählreime

Adam isch in'n Garten ganga,
Wieviel Vögele hat er g'fanga?
Eins, zwei, drei,
Du bist frei.

*

Eins, zwei, drei,
Rischerasche rei,
Rische, rasche,
Plaudertasche.

*

Eins, zwei, drei, vier, fünf,
sechs, sieben,
Eine alte Bauersfrau kocht Rüben,
Eine alte Bauersfrau kocht Speck,
Ich oder du mußt weg.

*

Eins, zwei, drei,
Butter auf den Brei,
Salz auf den Speck:
Du mußt weg!

*

Eins, zwei, drei,
Die andern sind vorbei.
Rips, raps, 'raus,
Du bist drauß'.

*

Eins, zwei, drei,
Du bist frei,
Vier, fünf, sechs,
Du bist nex,
Sieben, acht, neun,
Du mußt's sein.

*

Ich ging einmal aufs Rathaus,
Ich zählte meine Hühner aus,
Da fehlte mir ein' Kapp'.
Wide wide wapp,
Du bist ab!

*

Ich und du,
Müllers Kuh,
Müllers Esel,
Der bist du!

*

Wir wollen wandern
Von einer Stadt zur andern,
Hand in Hand durchs ganze Land
Wolln wir beide wandern.
Wir wollen wetten
Um drei goldne Ketten,
Um ein Schöppchen Wein:
Du mußt's sein!

*

Wollt ein Schmied ein Pferd
beschlagen,
Wieviel Nägel muß er haben.
Drei, sechs, neun,
Jung', hol Wein!
Knecht, schenk ein!
Herr, trink aus,
Du bist drauß'.

*

Amtmanns Bär
Schickt mich her:
Ich solle holen
Zwei Pistolen.
Eine für dich,
Eine für mich,
Ich bin ab
Und du noch nicht.

Der Bauer schickt' den Jockel aus

Der Bauer schickt' den Jockel aus,
Er sollt' den Hafer schneiden.
Der Jockel, der wollt' den Hafer nicht schneiden,
Wollt' lieber zu Hause bleiben.

Der Bauer schickt' den Knecht hinaus,
Er sollt' den Jockel holen.
Der Knecht, der wollt' den Jockel nicht holen,
Der Jockel, der wollt' den Hafer nicht schneiden.

Der Bauer schickt' den Hund hinaus,
Er sollt' den Knechte beißen.
Der Hund, der wollt' den Knecht nicht beißen,
Der Knecht, der wollt' den Jockel nicht holen,
Der Jockel, der wollt' den Hafer nicht schneiden.

Der Bauer schickt' den Knippel 'naus,
Er sollte den Hund schlagen.
Der Knippel, der wollt' den Hund nicht schlagen,
Der Hund, der wollt' den Knecht nicht beißen ...

Der Bauer schickt' das Feuer 'naus,
Es sollt' den Knippel brennen.
Das Feuer, das wollt' den Knippel nicht brennen,
Der Knippel, der wollt' den Hund nicht schlagen ...

Der Bauer schickt' das Wasser 'naus,
Es sollt' das Feuer löschen.
Das Wasser, das wollt' das Feuer nicht löschen,
Das Feuer, das wollt' den Knippel nicht brennen ...

Der Bauer schickt' den Ochsen 'naus,
Er sollt' das Wasser saufen.
Der Ochs, der wollt' das Wasser nicht saufen,
Das Wasser, das wollt' das Feuer nicht löschen ...

Der Bauer schickt' den Fleischer 'naus,
Er sollt' den Ochsen schlachten,
Der Fleischer, der wollt' den Ochsen nicht schlachten,
Der Ochse, der wollt' das Wasser nicht saufen ...

Der Bauer schickt' den Geier 'naus,
Er sollt' den Fleischer holen.
Der Geier, der wollt' den Fleischer nicht holen,
Der Fleischer, der wollt' den Ochsen nicht schlachten ...

Der Bauer schickt' die Hexe 'naus,
Sie sollt' den Geier bannen.
Die Hexe, die wollt' den Geier nicht bannen,
Der Geier, der wollt' den Fleischer nicht holen ...

Der Bauer schickt' den Henker 'naus,
Er sollt' die Hexe verbrennen.
Der Henker, der wollt' die Hexe nicht verbrennen,
Die Hexe, die wollt' den Geier nicht bannen ...

Der Bauer schickt' den Vater 'naus,
Er soll den Henker töten.
Eh' ich mich will töten lassen, will ich die Hexe verbrennen.
Eh' ich mich will verbrennen lassen, will ich den Geier bannen.
Eh' ich mich will bannen lassen, will ich den Fleischer holen.
Eh' ich mich will schlachten lassen, will ich den Ochsen schlachten.
Eh' ich mich will schlachten lassen, will ich das Wasser saufen.
Eh' ich mich will saufen lassen, will ich das Feuer löschen.
Eh' ich mich will löschen lassen, will ich den Knippel brennen.
Eh' ich mich will brennen lassen, will ich den Hund schlagen.
Eh' ich mich will schlagen lassen, will ich den Knecht beißen.
Eh' ich mich will beißen lassen, will ich den Jockel holen.
Eh' ich mich will holen lassen, will ich den Hafer schneiden.

Eine sogenannte Zählgeschichte,
die heute noch bei den Kindern sehr beliebt ist.
Ihr Ursprung ist unbekannt.

Allerlei Spielerei

Ri-ra-rutsch, wir fahren mit der Kutsch.
Wir fahren über Stock und Stein,
Da bricht das Schimmelchen ein Bein.
Ri-ra-rutsch, es ist nichts mit der Kutsch.

*

Es tanzt ein Bi-Ba-Butzemann
In unserm Haus herum di dum,
Er rüttelt sich, er schüttelt sich,
Er wirft sein Säckchen hinter sich,
Es tanzt ein Bi-Ba-Butzemann
In unserm Haus herum.

*

Spannenlanger Hansel, nudeldicke Dirn,
Gehen wir in'n Garten, schütteln wir die Birn.
Schüttel ich die großen, schüttelst du die klein'.
Wenn das Säckel voll ist, gehn wir wieder heim.

*

Ringa, ringa, reia,
Sein mar unsa dreia
Sitz mar unta'n Hollabaum,
Schauen, was die Vögerl tan.
Vögerl tan schön singa,
Kinder tan schön singa,
Kikeriki!

*

Ist die schwarze Köchin da?
Nein, nein, nein!
Dreimal muß ich 'rummarschier'n,
Das viertemal den Kopf verlier'n,
Das fünftemal: komm mit!
Ist die schwarze Köchin da?
Ja, ja, ja!

Backe, backe Kuchen,
Der Bäcker hat gerufen.
Wer will guten Kuchen backen,
Der muß haben sieben Sachen:
Eier und Schmalz,
Butter und Salz,
Milch und Mehl,
Safran macht den Kuchen gehl.
Schieb, schieb in'n Ofen rein!

*

Jakob hat kein Brot im Haus,
Jakob macht sich gar nichts draus,
Jakob hin, Jakob her,
Jakob ist ein Zottelbär!

*

Kling, klang, Gloria!
Wer sitzt in diesem Doria?
Eine kleine Königin,
Die man nicht zu sehen kriegt.
Die sitzt in festen Mauern.
Die Mauern woll'n wir brechen,
Steine woll'n wir stechen.
Salzfisch, Schmalzfisch,
Kumm heraus und friß mich!

*

Hopp, hopp, hopp!
Pferdchen lauf Galopp
Über Stock und über Steine,
Aber brich dir nicht die Beine.
Hopp, hopp, hopp, hopp, hopp,
Pferdchen lauf Galopp.

Hoppa, hoppa Reiter,
Wenn er fällt, dann schreit er!
Fällt er in den Teich,
Find't ihn keiner gleich.
Fällt er in die Hecken,
Fressen ihn die Schnecken,
Fressen ihn die kleinen Mücken,
Die ihn vorn und hinten zwicken.
Fällt er in den Schnee,
Tut's ihm mächtig weh,
Fällt er in den Graben,
Fressen ihn die Raben.
Fällt er in den Sumpf,
Macht der Reiter plumps!

*

Hopp, hopp, ho!
Das Pferdchen frißt kein Stroh,
Muß dem Pferdchen Haber kaufen,
Daß es kann im Trabe laufen.
Hopp, hopp, ho!
Das Pferdchen frißt kein Stroh.

Tross, tross, trill

Troß, troß, trill,
Der Bauer hat ein Füll',
Das Füllen will nicht laufen,
Der Bauer will's verkaufen,
Verkaufen will's der Bauer,
Das Leben wird ihm sauer,
Sauer wird ihm das Leben,
Der Weinstock, der trägt Reben,
Reben trägt der Weinstock,
Hörner hat der Ziegenbock,
Der Ziegenbock hat Hörner,
Im Wald, da wachsen Dörner,
Dörner wachsen im Wald,
Der Winter, der ist kalt,
Kalt ist der Winter,
Vor der Stadt wohnt der Schinder,
Wenn der Schinder 'gessen hat,
So ist er satt.

Da kann er lustig reiten

Ein Reitersmann muß haben:
Ein Pferdchen, um zu traben,
Den Bügel, auf zu steigen,
Den Zügel, aus zu weichen,
Den Sattel, fest zu sitzen,
Den Sporen, um zu wecken,
Den Helm, das Haupt zu decken,
Die Lanze, um zu spießen,
Pistolen, um zu schießen,
Den Säbel an den Seiten;
Da kann er lustig reiten.

Husaren kommen reiten

Husaren kommen reiten,
Den Säbel an der Seiten!
Hau dem Schelm ein Ohr ab,
Hau's ihm nicht zu dicht ab,
Laß ihm noch ein Stücklein dran,
Daß man den Schelm erkennen kann.

Wer will unter die Soldaten

Wer will unter die Soldaten,
Der muß haben ein Gewehr,
Das muß er mit Pulver laden
Und mit einer Kugel schwer.

Der muß an der linken Seiten
Einen scharfen Säbel han,
Daß er, wenn die Feinde streiten,
Schießen und auch fechten kann.

Einen Gaul zum Galoppieren
Und von Silber auch zwei Sporn,
Zaum und Zügel zum Regieren,
Wenn er Sprünge macht im Zorn.

Einen Schnurrbart an der Nasen,
Auf dem Kopfe einen Helm:
Sonst, wenn die Trompeten blasen,
Ist er nur ein armer Schelm.

Doch vor allem muß Courage
Haben jeder, jeder Held.
Sonst erreicht ihn die Blamage,
Zieht er ohne sie ins Feld.

Friedrich Wilhelm Güll

Erstmals gedruckt in »Kinderheimath«, 1836.
Vertont von Friedrich Kücken, 1855.

Poesie der Soldaten

Ihr lustigen Soldaten

Ihr lustigen Soldaten,
Seid ihr alle beisamm'n?
Ei, so lasset uns fahren
Mit Roß und mit Wagen
Aus unserm Quartier.
Soldaten sind wir.

Nun hat sich ja das Trömmlein
Schon zweimal gerühret,
Schon zweimal gerühret,
So heißt es: Marschieret
Hinaus vor die Stadt,
Was der Feind gegen uns hat!

Und was ein lust'ger Soldat will sein,
Muß auch haben Courage dabei;
Gut'n Getrank müssen wir haben
Als Fürsten und Grafen,
Guten Wein und gut Bier:
Soldaten sind wir.

Und was ein lust'ger Soldat will sein,
Ein festes Herz muß auch dabei sein.
Auch Gott müssen wir trauen
Und fest auf ihn bauen
Alle Tage und alle Stund:
Soldaten, bleibt gesund!

Aus Bayern, etwa um 1815

Das ist das schönste Leben

Ei, soll ich denn heiraten,
Und anders kann's nicht sein,
Heirat ich ein'n Soldaten:
Ein Soldat muß es sein!

Sie sind von Qualitäten
Und reden also fein;
Ich lass mir's nicht ausreden,
Ein Soldat muß es sein!

Wie pudern sie die Haare
Und machen sich so schön!
Sie machen uns zu Narren:
Wenn doch nur einer käm!

Sie tragen schöne Kleider
Von blau und weißem Tuch,
Sie haben wenig Weiber,
Aber Jungfern haben sie g'nug.

Für Brot dürfen sie nicht sorgen,
Wenn's noch so teuer wär'.
Der Bauer, der muß borgen,
Muß alles schaffen her.

Der König auch darneben,
Der gibt uns auch das Geld;
Das ist das schönste Leben
Wohl auf der ganzen Welt.

Wir sind die sieben Letzten

In Böhmen liegt ein Städtchen,
Das kennt fast jedermann,
Drin sind die schönsten Mädchen,
Die man sich denken kann.

In diesem schönen Städtchen
Liegt eine Garnison
Von lauter schmucken Jägern,
Ein ganzes Bataillon.

Ein jeder von den Jägern,
Der liebt ein Mädchen fein,
Und jedes von den Mädchen
Möcht sich ein'n Jäger frei'n.

Für Vater und für Mutter
Ist das ein' große Ehr'.
Und so ein schmucker Jäger
Mit seiner blanken Wehr.

So lebten in dem Städtchen
Die guten Leute fort,
Viel' Jahre hielten die Jäger
Den Mädchen getreulich Wort.

Sie holten sich den Segen
Im väterlichen Haus,
Nachdem sie treu gedienet
Und ihre Zeit war aus.

Im Jahre neunundfünfzig,
Da ging der Jammer los:
Da weinten alle Mädchen,
Da weinte Klein und Groß.

Zum Abmarsch ward geblasen
Hinaus zum blut'gen Krieg
Zu streiten für den Kaiser,
Zu kämpfen für den Sieg.

Vom Abmarsch laßt uns schweigen,
Von diesem Trauertag,
Trotz aller Kränz' und Bänder
Daran man denken mag.

Am Tag bei Montebello
Grub man ein tiefes Grab
Und senkte dann die Braven,
Die Tapfern all' hinab.

Dort liegen sie beisammen,
Wohl tausend an der Zahl,
Und schlafen, bis ertönet
Einst der Posaunenschall.

Noch sieben sind am Leben,
Die kehren jetzt zurück
In die verlass'ne Heimat
Mit wehmutsvollem Blick.

Und zwei Hornisten drunter,
Die blasen hell und laut,
Da freut sich jede Mutter,
Da freut sich jede Braut.

Sie laufen bis zum Tore
Und drängen sich hinaus,
Denn jede sucht zu finden
Den Langersehnten drauß'.

Doch blaß vor Todesschrecken
Die Hände ringend sie stehn,
Als sie das kleine Häuflein
Von Invaliden sehn.

Die zwei Hornisten blasen
In einem Trauerton:
»Wir sind die sieben letzen
Vom ganzen Bataillon!«

Die Ballade bezieht sich auf die Schlacht von Montebello bei Magenta am 4. Juni 1859, als die Österreicher von der franko-sardinischen Armee geschlagen wurden. In den folgenden Jahrzehnten wurde der Text vor allem in Sachsen, Preußen und Hessen zu einer Volksliedmelodie gesungen.

Von der Kriegsleut Orden

Gott gnad dem großmächtigen Kaiser frumme,
Maximilian! Bei dem ist aufkumme
Ein Orden, durchzeucht alle Land
Mit Pfeifen und mit Trummen:
Landsknecht sind sie genannt.

Fasten und Beten lassen sie wohl bleiben
Und meinen, Pfaffen und Münnich sollen's treiben,
Die haben davon ihren Stift,
Daß mancher Landsknecht frumme
Im Gartsegel umbschifft.

In Wammes und Halbhosen muß er springe,
Schnee, Regen, Wind, alles achten geringe
Und hart liegen für gute Speis,
Mancher wollt gern schwitzen,
Wenn ihm möcht werden heiß.

Also muß er sich in dem Land umbkehren,
Bis er hört von Krieg und Feindschaft der Herren,
Darnach ist ihm kein Land zu weit,
Darein lauft er mit Ehren,
Bis er auch findt Bescheid.

Erstlich muß er ein Weib und Flaschen haben,
Darbei ein Hund und einen Knaben:
Das Weib und Wein erfreut den Mann,
Der Knab und Hund soll spüren,
Was in dem Haus tut stan.

Das was der Brauch, Gewohnheit bei den Alten,
Also soll es ein jeder Landsknecht halten.
Würfel und Karten ist ihr Geschrei,
Wo man hat guten Weine,
Sollen sie sitzen bei.

Da sollen sie von Stürmen, Schlachten sage,
Des müssen sie warten Nacht und Tage,
Darumb so tut ihn' Lermens Not,
Wie man mit langen Spießen
Processiones hat.

Wenn sie dann ihr Capitel wollen halte
Mit Spieß und Helleparten sieht man's balde
Zum Fähnlein in die Ordnung stan,
Dann tut der Hauptmann sagen:
»Die Feind wöll wir greifen an!«

Darnach hört man groß Geschütz und kleine,
»Her, her!« schreien die Frummen allgemeine.
So hebt sich an das Ritterspiel.
Mit Spießen und Helleparten
Sieht man ihn fechten viel.

»Lerman, lerman!« hört man die Trummen spechte,
Darbei setzens die ihren Rechte;
Ein grüne Heid ist's Richters Buch,
Darein schreibt man die Urteil,
Bis eim rinnt's Blut in d' Schuch.

In dem Orden findt man gar seltsam Knaben,
Sie laufen an Städt und Schloß und Graben,
Des muß man ietzund haben Acht:
Wo der Orden regieret,
Werden leer Hofstätt g'macht.

Wie möchtens doch ein härtern Orden trage?
Sie leiden groß Not bei Nacht und Tage,
Bis sie überkummen eins Herren Huld,
Darbei bleibt mancher Tote,
Wollt b'halten seins Herrn Huld.

Erst hebt sich an die Klag der treuen Frauen,
Ein jede tut nach ihrem Mann umbschauen;
Welcher der ihr ist blieben tot,
Darf nit vor Schanden lachen,
Bis sie ein andern hat.

Darnach helfen sie das Requiem singen,
Sie spricht: »Junger Mann, ich will's Euch bringen!«
So hat dann alte Lieb ein End,
In dem Confessione
Wird ein neues Regiment.

Das ist der Kriegsleut Observanz und Rechte,
Sang Jörg Graff, ein Bruder aller Landsknechte;
Unfall hat ihm sein Freud gewendt,
Wär sunst im Orden blieben
Willig bis an sein End.

Eines der bekanntesten Landsknechtlieder, vermutlich um 1518 gedichtet, erstmals dokumentiert auf einem Fliegenden Blatt, »Gedruckt zu Nürnberg durch Kunigunde Hergotin«, um 1530. Der Originaltitel: »Von der Kriegßleut Orden«.

In der sogenannten Verfasserstrophe am Schluß des Liedes stellt sich der Dichter vor: Jörg Graff, von dem wir wissen, daß er Landsknecht war, verwundet wurde und danach als Volkssänger von Jahrmarkt zu Jahrmarkt zog.

Die Fußtruppen der besoldeten Landsknechte galten im Gegensatz zu den im Sattel kämpfenden und adligen Rittern als Angehörige des niederen Standes und versuchten, durch die selbstgewählte Bezeichnung »Kriegsorden« ihre soziale Reputation zu heben. Mit wenig Erfolg freilich, denn Landsknechte galten schon zu Kriegszeiten als sprichwörtliche Rabauken, und wenn die Friedensglocken läuteten, gingen die Probleme erst los: Verarmt und gewissermaßen verwaist streunten viele von ihnen – die sogenannten Schwartenhälse – plündernd, raubend, mordend und bettelnd durchs Land – so lange, bis die Kriegstrommeln wieder dröhnten und sicherer Sold verheißen wurde.

Der Name Landsknecht tauchte erstmals 1485 für die Söldnertruppen Kaiser Maximilians I. – des letzten Ritters – auf und verschwand zu Beginn des Dreißigjährigen Krieges mit der Gründung stehender Heere.

Worterklärungen: Stift = gestiftetes Geld; im Gartsegel umbschifft = auf die Gart gehen, also betteln; Bescheid = Sold; Lermen oder Lerman = Verballhornung von Alarm; spechten = Klopfen, auch: sagen.

Der Schwartenhals

Ich kam für einer Frau Wirtin Haus,
Man fragt mich: wer ich wäre?
»Ich bin ein armer Schwartenhals,
Ich eß und trink so geren.«

Man führt mich in die Stuben ein,
Da bot man mir zu trinken,
Mein Augen ließ ich umher gan,
Den Becher ließ ich sinken.

Man setzt mich oben an den Tisch,
Als ich ein Kaufherr wäre;
Und da es an ein Zahlen ging,
Mein Seckel stund mir leere.

Da ich zu Nachts wollt schlafen gan,
Man wies mich in die Scheure;
Da ward mir armen Schwartenhals
Mein Lachen viel zu teure.

Und do ich in die Scheure kam,
Do hub ich an zu nisten,
Da stachen mich die Hagedorn,
Darzu die rauhen Distel.

Do ich des Morgens früh aufstund,
Der Reif lag auf dem Dache,
Do muß ich armer Schwartenhals
Meins Unglücks selber warten.

Ich nahm mein Schwert wohl in die Hand
Und gürt' es an die Seiten.
Ich Armer muß zu Füßen gan,
Das macht: Ich hatt' nicht z' reiten.

Ich hub mich auf und ging davon
Und macht mich auf die Straßen;
Mir kam ein's reichen Kaufmanns Sohn:
Sein Täsch mußt er mir lassen.

Dieses Landsknechtlied aus der ersten Hälfte des 16. Jahrhunderts wurde auch vom Volk gesungen und blieb lange Zeit populär. Heinrich Heine zu diesem Lied: »Welch ein ehrlicher Kerl ist der arme Schwartenhals, obgleich er Straßenraub treibt ...!

Worterklärungen: Schwartenhals = herumstromernder Landsknecht; nisten = Nest (Schlafstelle) bauen.

Warumb sollen wir trauren?

Warumb sollen wir trauren
Und weinen überall?
Haben wir doch dicke Mauren
Und liegen hinterm Wall.
Blanker Soldat
In unserm Ornat,
Frisch auf, Soldat,
Gott helf uns früh und spat!

Wir haben brav Gelde,
Darzu frisch junge Leut,
Ziehen damit zu Felde
Und machen frische Beut.

Viel Regiment mit Ehren,
Viel tausend Musquetier
Wollen sich ritterlich wehren
Gegen Feind für und für.

Wir wollen gern sterben
Nach Reputation,
Unser Leben wollten wir wagen,
Den Feind frisch greifen an.

Die Trommeten tät man hören,
Die Trummen und Pfeifen gut,
Ein jeder wollt sich wehren
Mit frischem freiem Mut.

Ihr Capitäne alle,
Ihr Cavalierer gut,
Euer Ruhm geht jetzt mit Schalle
Habt all einen guten Mut!

Der König von Schweden bekannte.
Dem großen General,
Dienen wir zu Wasser und Lande,
Verlassen uns auf ihn all.

Was er uns kommandieret
Bei Tag oder bei Nacht,
Demselben wir parieren,
Das Leben frisch gewagt.

Den guten Pautis behend
Dem Marschall in dem Feld,
Dem soll man billig gehorsam sein,
Die Schlacht hat er bestellt.

Gestürmet bei der Reuterei
Und bei den Musquetier,
Bei Offiziern und G'freiten
Erlangen wir Preis und Ehrn.

Ade! noch eins gesoffen,
Der Schwede, der führt den Krieg,
Der Sachs ist aufgebrochen,
Gott geb ihm Glück und Sieg!

Ade! ihr braven Soldaten,
Ihr lieben Damen all.
Heut essen wir G'sottens
und Bratens
In unsers Feindes Saal.

Wir wollen treten zusammen
Und liefern eine Schlacht.
Ein jeglicher sein Namen
Groß Lob und Ehre macht.

Wann andere Leute schlafen
Und ruhen in der Nacht,
So ziehen wir an die Waffen
Und schießen drauf, daß es kracht.

Auf Christum wolln wir bauen,
Der unser Obrister ist,
Ihm wollen wir vertrauen,
Er braucht kein arge List.

Der Schwed tut es frisch wagen
Mit etlich tausend Mann
Mit seinem Feind zu schlagen:
Gott wolle ihm beistahn!

Dem Sachsen wollen wir dienen
Zum Lob der Christenheit,
Wir wollen uns ritterlich wehren
Im Fechten und im Streit.

Die Kartaunen hört man brummen
In dem Feld klein und groß,
Und in den Lüften donnern
Die grausame Hagelsg'schoß.

Dardurch wird hingerichtet
So manches junge Blut,
Damit man kein verschonet,
Hauptmann und Fähndrich gut.

Dies Lied ich euch sing eben,
Ihr Soldaten in gemein
Gott woll euch Glück und Heil geben.
Und stetig bei euch sein!
Blanker Soldat
In unserm Ornat,
Frisch auf, Soldat,
Gott helf uns früh und spat!

Aus dem Dreißigjährigen Krieg, in mehreren Textvarianten erhalten, erstmals dokumentiert auf einem Fliegenden Blatt, »Gedruckt im Jahre 1632«, ohne Ortsangabe.

Die Ballade entstand mit Sicherheit kurz vorher, nach Beginn des Schwedischen Krieges (1630–1635), als König Gustav Adolf von Schweden eingriff und deshalb der 1626 in Ungnade gefallene Wallenstein wieder zum Oberbefehlshaber berufen wurde.

Reiterlied

Wohlauf, Kameraden, aufs Pferd, aufs Pferd!
Ins Feld, in die Freiheit gezogen!
Im Felde, da ist der Mann noch was wert,
Da wird das Herz noch gewogen,
Da tritt kein anderer für ihn ein,
Auf sich selber steht er da ganz allein.

Aus der Welt die Freiheit verschwunden ist,
Man findet nur Herren und Knechte;
Die Falschheit herrscht, die Hinterlist
Bei dem feigen Menschengeschlechte;
Der dem Tod ins Angesicht schauen kann,
Der Soldat allein ist der freie Mann.

Des Lebens Ängste, er wirft sie weg,
Hat nicht mehr zu fürchten, zu sorgen;
Er reitet dem Schicksal entgegen keck,
Trifft's heute nicht, trifft es doch morgen;
Und trifft es morgen, so laßt uns heut'
Noch schlürfen die Neige der köstlichen Zeit.

Von dem Himmel fällt ihm sein lustig Los,
Braucht's nicht mit Müh zu erstreben;
Der Fröhner, der sucht in der Erde Schoß,
Da meint er, den Schatz zu erheben;
Er gräbt und schaufelt, so lang' er lebt,
Und gräbt, bis er endlich sein Grab sich gräbt.

Der Reiter und sein geschwindes Roß,
Sie sind gefürchtete Gäste!
Es flimmern die Lampen im Hochzeitsschloß,
Ungeladen kommt er zum Feste,
Er wirbt nicht lange, er zeigt nicht Gold,
Im Sturm erringt er den Minnesold.

Warum weint die Dirn' und zergrämt sich schier?
Laß fahren dahin, laß fahren!
Er hat auf Erden kein bleibend Quartier,
Kann treue Lieb' nicht bewahren.
Das rasche Schicksal, es treibt ihn fort,
Seine Ruhe läß er an keinem Ort.

Drum frisch, Kameraden, den Rappen gezäumt.
Die Brust im Gefechte gelüftet!
Die Jugend brauset, das Leben schäumt:
Frisch auf! eh der Geist uns verdüftet.
Und setzt ihr nicht das Leben ein,
Nie wird euch das Leben gewonnen sein.

Friedrich Schiller

Aus »Wallensteins Lager«. Die Melodie komponierte 1797 Christian Jakob Zahn.

Die Ermordung Wallensteins

Der Wallenstein, die eiserne Rut,
Hat nun auch geben dar sein Blut,
Zu Eger ist ermürdet.
Ein seltsamlich Gerüchte geht,
Sein kaiserliche Majestät
Hab ihn also bewirtet.

Er stieg dem Kaiser viel zu hoch
Und gab der Rechnung gar ein Loch,
Weil er's hielt mit den Schweden;
Alldarum war er in der Nacht
Samt Generalen umgebracht –
Verräterlohn trifft jeden.

War ein berühmter General,
An Siegen groß, an Worten kahl,
Hielt seinen Sinn verschlossen;
Hat in so mancher Feldschlacht heiß
Gesparet keine Mühn und Fleiß,
Sein ritterlich Blut vergossen.

Doch Feind und Freund übel traktiert,
Daran man lang gedenken wird,
Gebrandschatzt und geplündert,
Groß Reichtum auch an Gut und Geld
Erworben sich darmit im Feld,
Doch seinen Ruhm gemindert.

Es konnt ihn keiner nit bestehn;
Allein der Schweden König kühn;
Der lehret ihm die Moren;
Der hat dem Tilly geraubt den Kranz,
Dem Wallenstein geweist den Danz,
Drin er die Schanz verloren.

Er mocht den Hahn nit hören krähn,
Kein bellend Hündlein um sich sehn,
Und lacht doch der Kartonen,
Itzt hat er Ruh und langen Fried,
Kräht ihm kein Hahn und Hund ein Lied,
Und kann sein Ohren schonen.

So geht's, wann einer zu hoch will,
Da kommt der Teufel in der Still
Und tut ein Bein ihm stellen.
Kein Baum wachst in den Himmel 'nein,
Es ist die Axt schon hintendrein,
Tut ihn zu Boden fällen.

O Wallenstein, du allen ein Stein,
Der Tod tut dich der Not und Pein,
Der Weltpracht Last entheben.
Gott gnade deiner armen Seel,
Woll dir all Sündenschuld und Fehl
Um Christi Blut vergeben.

Die Ballade entstand bald nach Wallensteins Ermordung (1634).

Soldat musst du nun werden

Wo soll ich mich hinwenden
In der betrübten Zeit?
An allen Ort' und Enden
Ist nichts als Kampf und Streit.
Rekruten findet man,
So viel man haben kann:
Soldat muß alles werden,
Sei's Knecht oder Mann.

Mit List hat man mich gefangen,
Als ich im Bett schlief ein;
Strickreuter kam gegangen
Ganz leis zu mir herein,
Sprach: »Bruder, bist du da?
Ich bin von Herzen froh!
Soldat mußt du nun werden,
Das ist nun einmal so.«

»Ade, mein Vater und Mutter!« –
»Ade mein lieber Sohn;
Mußt dich zur Reis' begeben
Auf eine Festung zu.
's regiert jetzt in der Welt
Die Falschheit und das Geld;
Der Reiche kann sich helfen,
Der Arme muß ins Feld.«

Mein Mädchen stand von ferne,
Sah mich ganz traurig an;
Sie sagt' es allen Leuten,
Was sie mir Guts getan. –
»Ich danke dir dafür,
Weil ich jetzt fortmarschier
Und in den Tod muß gehen:
O wie leid tut es mir!

Ein'n Kuß will ich dir geben
Zum Zeichen meiner Treu;
Du gibst mir zwei darneben,
So lieb ich dich aufs neu.
Leb wohl! Gedenk an mich!
Glaub es mir sicherlich:
Wenn ich werd wiederkommen,
Gewiß heirat ich dich!«

Der Text stammt aus der Zeit vor der allgemeinen Wehrpflicht in Preußen (1814). Er schildert die sogenannte Aushebung, bei der junge Männer mit List als Rekruten verpflichtet wurden.

Die Trommel ruft

Es schaut mein Schatz so traurig drein,
Ach ja, es muß geschieden sein!
Die Trommel ruft, ade mein Lieb,
Und bleib mir treu, wie ich dir blieb.

Marschieren ist Soldatenlos,
Darum ist auch das Trauern groß.
Noch einen Kuß, und wein' nicht mehr,
Es ruft des Vaterlandes Ehr.

Bleib du nur immer lieb und fromm,
Bis daß ich vom Rheine wiederkomm;
Marschieren wollen, Seit an Seit,
Wir beide dann für alle Zeit!

Doch wenn dein Blick mich nicht mehr findt,
Wenn sie zurückgekehret sind,
So wisse, daß im Kampf ich blieb:
Ade mein Lieb! Ade mein Lieb!

Ach Herr Soldat, steh auf!

»Ach Bauer, ich tu dir sagen,
Daß mein Quartier ist aus,
Wenn die Trompeten blasen,
So komm und weck mich auf
Und sattle mir mein Pferd
Und leg zur Hand mein Schwert,
Den Mantel tu drauf binden,
Daß ich bald fertig werd!«

Der Tag kommt hergeschlichen,
Die Sonne blickt herfür,
Nachdem die Nacht verstrichen;
Der Bauer tritt an die Tür:
»Ach, Herr Soldat, steh auf!
Sie blasen tapfer drauf;
Das Pferd ist schon gesattelt,
Der Mantel gebunden drauf.«

»Ach Roß, ich tu dir sagen,
Mein Roß, ich sag es dir:
Du sollst mich heut noch tragen
Vor mein Feinsliebchens Tür,
Wohl vor das hohe Haus,
Da schaut mein Liebchen raus,
Mit ihrn schwarzbraunen
Äugelein,
Zum obersten Fenster raus.

Was gab ich ihr zu Ehren?
Ein'n Schuß wohl in die Luft,
Daß sie den Knall soll hören,
Wie meine Pistole pufft.
Ade, nun muß ich fort
Nach einem andern Ort,
Viel fremde Stadt zu schauen,
Mein Schatz, behüt dich Gott!«

Dieser vor 1806 gedichtete Text unbekannter Herkunft fand sich im Nachlaß Achim von Arnims. Zwei weitere Strophen sind dazu aus anderen Niederschriften überliefert:

Ei mußt du denn nun reisen
Zu Land und auch zu Meer,
Kommst du zu schönren Mädchen,
Verlieb dich nicht so sehr
Und denke stets an mich,
Die ich geliebet dich,
Und bleibst du mir getreu,
Will ich die Deine sein!

Reis' du in Gottes Namen
Zu Wasser und zu Land,
Kommst du zu jungen Damen,
Verlieb dich nicht so bald,
Halt meiner ins Gedenk
Unter dem, was ich dir schenk,
Trink die Gesundheit meins Wohls
In einem Gläschen Wein!

Der lust'ge Grenadier

Bin ein lust'ger Grenadier,
Niemals ich den Mut verlier,
Diene meinem König treu,
Meinem Mädchen auch dabei.

Morgens, wenn ich früh aufsteh
Und zum Exerzieren geh,
Dann beschau ich mir vorher
Meinen Säbel und Gewehr.

Der Sergeant tut inspizieren,
Säbel und Gewehr rev'dieren,
Jeden Knopf besieht er sich,
Schimpft dabei ganz fürchterlich.

Unser Leutnant spricht sodann:
»Kommt er mir noch 'mal so 'ran,
Schlägt, ich schwör's bei Stein und Bein,
Ein Kreuzmillionendonnerwetter drein!«

Unser Feldwebel Knickebein
Teilt die Kompanie dann ein,
Teilt die Züge groß und klein
Auch in Sektionen ein.

Unser Hauptmann, der ist gut,
Wenn er sein' Liesel reiten tut;
Aber wie wird's dann aussehn,
Wenn er muß zu Fuße gehn?

Auf dem Marsch ein lust'ges Lied,
Aus der Flasch' ein tücht'ger Hieb,
Der uns durch die Kehle pfeift –
Das macht das Marschieren leicht.

Aus Sachsen, vermutliche Entstehungszeit Anfang des 19. Jahrhunderts.

Die Grenadiere

Nach Frankreich zogen zwei Grenadier,
Die waren in Rußland gefangen.
Und als sie kamen ins deutsche Quartier,
Sie ließen die Köpfe hangen.

Da hörten sie beide die traurige Mär:
Daß Frankreich verloren gegangen,
Besiegt und zerschlagen das große Heer –
Und der Kaiser, der Kaiser gefangen.

Da weinten zusammen die Grenadier
Wohl ob der kläglichen Kunde.
Der eine sprach: Wie weh wird mir,
Wie brennt meine alte Wunde!

Der andre sprach: Das Lied ist aus,
Auch ich möcht mit dir sterben,
Doch hab ich Weib und Kind zu Haus,
Die ohne mich verderben.

Was schert mich Weib, was schert mich Kind,
Ich trage weit bessres Verlangen;
Laß sie betteln gehn, wenn sie hungrig sind –
Mein Kaiser, mein Kaiser gefangen!

Gewähr mir Bruder, eine Bitt:
Wenn ich jetzt sterben werde,
So nimm meine Leiche nach Frankreich mit,
Begrab mich in Frankreichs Erde.

Das Ehrenkreuz am roten Band
Sollst du aufs Herz mir legen;
Die Flinte gib mir in die Hand,
Und gürt mir um den Degen.

So will ich liegen und horchen still,
Wie eine Schildwach, im Grabe,
Bis einst ich höre Kanonengebrüll
Und wiehernder Rosse Getrabe.

Dann reitet mein Kaiser wohl über mein Grab,
Viel Schwerter klirren und blitzen;
Dann steig ich gewaffnet hervor aus dem Grab –
Den Kaiser, den Kaiser zu schützen.

Heinrich Heine

Ein preussischer Husar

Ein preußischer Husar fiel in Franzosen Hände,
Prinz Clermont sah ihn kaum, so frägt er ihn behende:
»Sag an, mein Freund, wie stark ist deines Königs Macht?«
»Wie Stahl und Eisen!« sprach der Preuße mit Bedacht.

»Nein, du verstehst mich nicht«, versetzt' Prinz Clermont wieder;
»Ich meine nur die Zahl, die Menge deiner Brüder.«
Drauf stutzte der Husar und sah wohl in die Höh'
Und sprach: »So viel ich Stern' am blauen Himmel seh.«

Der Prinz war ganz bestürzt, was dieser Preuße sagte
Und unter andern mehr mit diesen Worten fragte:
»Freund, hat der König mehr dergleichen Leut' wie du?«
»Jawohl« – sprach der Husar – »viel bess're noch dazu!

Ich bin der Schlechteste von seinen Leuten allen,
Sonst wär ich Euch gewiß nicht in die Händ' gefallen.«
Darauf reicht' ihm der Prinz wohl einen Louis blank;
Der Preuße nahm ihn an und ging dann seinen Gang.

Da sieht er ungefähr ein' Schildwach, die ganz mager
Und im Gesichte fast als wie der Tod so hager;
Derselben gab er flugs den blanken Taler hin
Und sprach: »Mein guter Freund, so wahr ich Preuße bin:

Du brauchst ihn nötiger als ich und meine Brüder,
Drum gebe ich dir das Geld von deinem Prinzen wieder,
Denn unser Friedrich versorgt uns alle gut;
Drum lassen wir für ihn den letzten Tropfen Blut.

Ich hab noch Geld genug, für mein' Pferd Heu und Hafer
Und wenn ich keins mehr hab', was frag' ich nach dem Taler!
Ich klopf' mir auf die Tasch' und denk' mir was dazu,
Und setz' mich auf mein Pferd, reit' meinem König zu.«

Der Rückzug Napoleons

Mit Roß und Mann und Wagen,
So hat sie Gott geschlagen.
Es irrt durch Schnee und
Wald umher
Das große mächt'ge Franzenheer;
Der Kaiser auf der Flucht,
Soldaten ohne Zucht.
Mit Mann und Roß und Wagen,
So hat sie Gott geschlagen.

Jäger ohne Gewehr,
Kaiser ohne Heer,
Heer ohne Kaiser,
Wildnis ohne Weiser.
Mit Mann und Roß und Wagen,
So hat sie Gott geschlagen.

Trommler ohne Trommelstock,
Kürassier im Weiberrock,
Ritter ohne Schwert,
Reiter ohne Pferd.
Mit Mann und Roß und Wagen,
So hat sie Gott geschlagen.

Fähnrich ohne Fahn,
Flinten ohne Hahn,
Büchsen ohne Schuß,
Fußvolk ohne Fuß.
Mit Mann und Roß und Wagen,
So hat sie Gott geschlagen.

Feldherrn ohne Witz,
Stückleut ohne Geschütz,
Flüchter ohne Schuh,
Nirgends Rast und Ruh.
Mit Mann und Roß und Wagen,
So hat sie Gott geschlagen.

Mit Mann und Roß und Wagen,
So hat sie Gott geschlagen.
Speicher ohne Brot,
Aller Orten Not,
Wagen ohne Rad,
Alles müd und matt;
Kranke ohne Wagen, –
So hat sie Gott geschlagen.

Der Text – erstmals gedruckt auf einem Fliegenden Blatt aus dem Jahr 1813 – bezieht sich auf Napoleons Rückzug aus Rußland (1812).

Frisch auf gewagt, Soldatenblut

Frisch auf gewagt, Soldatenblut!
Frisch auf mit unverzagtem Mut!
Es muß einmal gewaget sein,
Kömmst du davon, das Glück ist dein.

Wenn vorher geht Trompetenschall,
Trommel und Pfeifen allzumal,
Wenn die Kartaunen den Baß tun sing'n,
Da sieht man manchen herunter spring'n.

Wenn die Feld-Knäbelein kläglich pfeif'n,
Feld-Schlangen tun weit um sich greif'n:
Küßt mancher Musketier die Erd,
Fällt mancher Reiter von seinem Pferd.

Wenn die Erde mit Blut begoss'n,
Manch braver Soldat darniedergeschoss'n,
Schreit einer zum andern: Ach wehe der Not,
Mein Kamerad ist blieben tot!

Da hebt sich an groß Weinen der Damen:
»Ach weh! Ach weh, ach weh mir Armen,
Mein feines Lieb ist nun dahin!
Groß Lamentieren hab ich zum G'winn.«

Wer nun Lust hat zum Soldatenleb'n,
Der darf sich zu Hause kein Weib nicht nehmen;
Muß Tag und Nacht in Schnee, Regen und Wind
Beständig sein bis an sein End.

Um 1740

Die Soldaten

Ein Schifflein sah ich fahren,
Kapitän und Leutenant,
Darinnen waren geladen
Drei brave Kompanien Soldaten.

Was sollen die Soldaten *essen*?
Kapitän und Leutenant?
Gebratene Fisch mit Kressen,
Das sollen die Soldaten essen.

Was sollen die Soldaten *trinken*?
Kapitän und Leutenant?
Den besten Wein, der zu finden,
Den sollen die Soldaten trinken.

Wo sollen die Soldaten *schlafen*?
Kapitän und Leutenant?
Bei ihren Gewehren und Waffen,
Da sollen die Soldaten schlafen.

Wo sollen die Soldaten *tanzen*?
Kapitän und Leutenant?
Auf ihren Mauern und Schanzen,
Da sollen die Soldaten tanzen.

Wie kommen die Soldaten in
den *Himmel*,
Kapitän und Leutenant?
Auf einem weißen Schimmel,
Da reiten die Soldaten in den Himmel.

O Strassburg

O Straßburg, o Straßburg,
Du wunderschöne Stadt,
Darinnen liegt begraben
Ein manicher Soldat.

Ein mancher, ein schöner,
Auch tapferer Soldat,
Der Vater und lieb Mutter
Böslich verlassen hat.

Verlassen, verlassen,
Es kann nicht anders sein;
Zu Straßburg, ja zu Straßburg
Soldaten müssen sein.

Der Vater, die Mutter
Die ging'n vor's Hauptmanns Haus:
»Ach Hauptmann, ach Hauptmann,
Gebt unsern Sohn heraus!«

»Euern Sohn kann ich nicht geben
Für noch so vieles Geld;
Euer Sohn und der muß sterben
Im weiten breiten Feld!

Im weiten, im breiten,
All vorwärts vor den Feind,
Wenn gleich sein schwarzbraun Mädel
So bitter um ihn weint.« –

Sie weinet, sie greinet,
Sie klaget allzusehr:
»Gut Nacht, mein herzigs Schätzchen!
Ich seh dich nimmermehr!«

Dies ist die leicht zersungene, heute noch populäre Fassung einer im »Sesenheimer Liederbuch« von 1771 erstmals aufgezeichneten Ballade.

Prinz Eugen vor Belgrad

Prinz Eugen, der edle Ritter,
Wollt' dem Kaiser wied'rum kriegen
Stadt und Festung Belgerad.
Er ließ schlagen einen Brucken,
Daß man kunnt' hinüber rucken
Mit d'r Armee wohl für die Stadt.

Als der Brucken nun war geschlagen,
Daß man kunnt' mit Stuck und Wagen
Frei passieren den Donaufluß:
Bei Semlin schlug man das Lager,
Alle Türken zu verjagen,
Ihn'n zum Spott und zum Verdruß.

Am einundzwanzigsten August soeben
Kam ein Spion bei Sturm und Regen,
Schwur's dem Prinz'n und zeigt's
ihm an,
Daß die Türken futragieren,
So viel als man kunnt' verspüren,
An die dreimal hunderttausend Mann.

Als Prinz Eugenius dies vernommen,
Ließ er gleich zusammen kommen
Sein'n Gen'ral und Feldmarschall.
Er tät sie recht instrugieren,
Wie man sollt' die Truppen führen
Und den Feind recht greifen an.

Bei der Parole tät er befehlen,
Daß man sollt' die zwölfe zählen
Bei der Uhr um Mitternacht;
Da sollt' all's zu Pferd aufsitzen,
Mit dem Feinde zu scharmützen,
Was zum Streit nur hätte Kraft.

Alles saß auch gleich zu Pferde,
Jeder griff nach seinem Schwerte,
Ganz still ruckt' man aus der Schanz'.
Die Musk'tier wie auch die Reiter,
Täten alle tapfer streiten.
's war fürwahr ein schöner Tanz!

»Ihr Konstabler auf der Schanzen,
Spielet auf zu diesem Tanzen
Mit Kartaunen groß und klein,
Mit den großen, mit den kleinen
Auf die Türken, auf die Heiden,
Daß sie laufen all' davon.«

Prinz Eugenius wohl auf der Rechten
Tät als wie ein Löwe fechten
Als General und Feldmarschall.
Prinz Ludewig ritt auf und nieder:
»Halt't euch brav, ihr deutschen
Brüder,
Greift den Feind nur herzhaft an!«

Prinz Ludewig, der mußt' aufgeben
Seinen Geist und junges Leben,
Ward getroffen von dem Blei.
Prinz Eugen war sehr betrübet,
Weil er ihn so sehr geliebet.
Ließ ihn bring'n nach Peterwardein.

Nach dem Sieg Prinz Eugens in Belgrad (1717) dichtete ein unbekannter Soldat diese Ballade, die sogleich zu einer bekannten Volksliedmelodie gesungen wurde.
Die Entstehung dieses Prinz-Eugen-Liedes hat Ferdinand Freiligrath zu folgender Ballade angeregt:

Prinz Eugen, der edle Ritter

Zelte, Posten, Werda-Rufer!
Lustge Nacht am Donauufer!
Pferde stehn im Kreis umher,
Angebunden an den Pflöcken;
An den engen Sattelböcken
Hangen Karabiner schwer.

Um das Feuer auf der Erde,
Vor den Hufen seiner Pferde
Liegt das östreichsche Pikett.
Auf dem Mantel liegt ein jeder,
Von den Tschakos weht die Feder,
Leutnant würfelt und Kornett.

Neben seinem müden Schecken
Ruhet auf einer wollnen Decken
Der Trompeter ganz allein:
»Laßt die Knöchel, laßt die Karten!
Kaiserliche Feldstandarten
Wird ein Reiterlied erfreun!

Vor acht Tagen die Affäre
Hab ich, zu Nutz dem ganzen Heere,
In gehörgen Reim gebracht;
Selber auch gesetzt die Noten;
Drum, ihr Weißen und ihr Roten!
Merket auf und gebet acht!«

Und er singt die neue Weise
Einmal, zweimal, dreimal leise
Denen Reitersleuten vor;
Und wie er zum letzten Male
Endet, bricht mit einem Male
Los der volle, kräftge Chor:

»Prinz Eugen, der edle Ritter!«
Hei, das klang wie Ungewitter
Weit ins Türkenlager hin.
Der Trompeter tät den Schnurrbart
streichen
Und sich auf die Seite schleichen
Zu der Marketenderin.

Ferdinand Freiligrath

Worterklärung: Knöchel = Würfel, die früher aus Knochen geschnitzt wurden.

Austerlitz

O Wandrer, stehe still
In diesem heil'gen Schatten!
Hier zeigt sich ein Monument,
So du noch nie gesehn:
Die Friedensgöttin kam,
Mit Mars sich zu begatten
In diesem schönen Tal,
Wo West und Zephyr wehn.

Ein mörderischer Krieg,
So selbst die Höll erschaffen,
Versammelt sich ein Volk
Von ferner Region:
Auf Östreichs stiller Flur
Erschien ein Heer mit Waffen,
Beinah von jeder Sekt,
Von jeder Nation.

Wie mancher fand den Tod
In diesem Himmelsstriche,
Und seine Leiche ruht
Hier in der Erde Schoß,
Der Ungar beim Kroat,
Der Böhme bei dem Griechen,
Der Deutsche beim Kosak,
Beim Russen der Franzos.

Hier ruht der Freund und Feind,
Die sich gemordet haben,
Der Freund starb vor dem Feind
Den Tod fürs Vaterland;
Und wenn sie sich aus Mut
Und Pflicht ein Beispiel gaben,
So reichen sie sich jetzt
Versöhnt die Bruderhand.

Verschonet diesen Ort,
Wo Greul und Hader schwinden,
Bis daß uns einst die Auf-
Erstehung wieder weckt.
Dann werdet ihr die wahre
Gleichheit wieder finden
Und eine Gleichheit, die
Kein Brudermord befleckt.

Der Text, in verschiedenen Varianten auf Fliegenden Blättern gedruckt, bezieht sich auf die Dreikaiserschlacht bei Austerlitz am 2. Dezember 1805.

Lützows wilde Jagd

Was glänzt dort vom Walde im Sonnenschein?
Hör's näher und näher brausen.
Es zieht sich herunter in düstern Reihn
Und gellende Hörner erschallen darein,
Erfüllen die Seele mit Grausen.
Wenn ihr die schwarzen Gesellen fragt:
Das ist Lützows wilde, verwegene Jagd.

Was zieht dort rasch durch den finstern Wald,
Und streift von Bergen zu Bergen?
Es legt sich in nächtlichen Hinterhalt;
Das Hurrah jauchzt und die Büchse knallt,
Es fallen die fränkischen Schergen.
Und wenn ihr die schwarzen Jäger fragt:
Das ist Lützows wilde, verwegene Jagd.

Wo die Reben dort glühen, dort braust der Rhein,
Der Wütrich geborgen sich meinte;
Da naht es schnell mit Gewitterschein,
Und wirft sich mit rüst'gen Armen hinein,
Und springet ans Ufer der Feinde.
Und wenn ihr die schwarzen Schwimmer fragt:
Das ist Lützows wilde, verwegene Jagd.

Was braust dort im Tale die laute Schlacht,
Was schlagen die Schwerter zusammen?
Wildherzige Reiter schlagen die Schlacht,
Und der Funke der Freiheit ist glühend erwacht,
Und lodert in blutigen Flammen.
Und wenn ihr die schwarzen Reiter fragt:
Das ist Lützows wilde, verwegene Jagd.

Was scheidet dort röchelnd vom Sonnenlicht,
Unter winselnde Feinde gebettet?
Es zuckt der Tod auf dem Angesicht;
Doch die wackern Herzen erzittern nicht;
Das Vaterland ist ja gerettet!
Und wenn ihr die schwarzen Gefall'nen fragt:
Das war Lützows wilde, verwegene Jagd.

Die wilde Jagd und die deutsche Jagd,
Auf Henkersblut und Tyrannen!
Drum, die ihr uns liebt, nicht geweint und geklagt;
Das Land ist ja frei und der Morgen tagt,
Wenn wir's auch nur sterbend gewannen!
Und von Enkel zu Enkel sei's nachgesagt:
Das war Lützows wilde, verwegene Jagd.

Theodor Körner

Nach Adolf Freiherr von Lützow (1782–1834) war das 1813 gegründete preußische Freikorps benannt, dem unter anderem die Dichter Theodor Körner und Joseph Freiherr von Eichendorff angehörten. Die Melodie komponierte Carl Maria von Weber.

Schwertlied

Du Schwert an meiner Linken,
Was soll dein heitres Blinken?
Schaust mich so freundlich an,
Hab' meine Freude dran.
Hurrah!

Mich trägt ein wackrer Reiter,
Drum blink' ich auch so heiter,
Bin freien Mannes Wehr;
Das freut dem Schwerte sehr.
Hurrah!

Ja, gutes Schwert, frei bin ich
Und liebe dich herzinnig,
Als wärst du mir getraut
Als eine liebe Braut.
Hurrah!

Dir hab' ich's ja ergeben,
Mein lichtes Eisenleben.
Ach, wären wir getraut!
Wann holst du deine Braut?
Hurrah!

Zur Brautnachts-Morgenröte
Ruft festlich die Trompete;
Wenn die Kanonen schrein,
Hol' ich das Liebchen ein.
Hurrah!

O seliges Umfangen!
Ich harre mit Verlangen
Du Bräut'gam, hole mich,
Mein Kränzchen bleibt für dich.
Hurrah!

Was klirrst du in der Scheide,
Du helle Eisenfreude,
So wild, so schlachtenfroh?
Mein Schwert, was klirrst du so?
Hurrah!

Wohl klirr' ich in der Scheide;
Ich sehne mich zum Streite,
Recht wild und schlachtenfroh.
Drum, Reiter, klirr ich so.
Hurrah!

Bleib' doch im engen Stübchen!
Was willst du hier, mein Liebchen?
Bleib' still im Kämmerlein,
Bleib', bald hol' ich dich ein.
Hurrah!

Laß mich nicht lange warten!
O schöner Liebesgarten,
Voll Röslein blutigrot
Und aufgeblühtem Tod!
Hurrah!

So komm denn aus der Scheide,
Du Reiters Augenweide.
Heraus, mein Schwert, heraus!
Führ' dich ins Vaterhaus.
Hurrah!

Ach, herrlich ist's im Freien,
Im rüst'gen Hochzeitsreihen!
Wie glänzt im Sonnenstrahl
So bräutlich hell der Stahl!
Hurrah! –

Wohlauf, Ihr kecken Streiter,
Wohlauf, Ihr deutschen Reiter!
Wird Euch das Herz nicht warm?
Nehmt's Liebchen in den Arm!
Hurrah!

Erst tat es an der Linken
Nur ganz verstohlen blinken;
Doch an die Rechte traut
Gott sichtbarlich die Braut.
Hurrah!

Drum drückt den liebeheißen
Bräutlichen Mund von Eisen
An Eure Lippen fest.
Fluch! wer die Braut verläßt!
Hurrah!

Nun laßt das Liebchen singen,
Daß helle Funken springen!
Der Hochzeitsmorgen graut. –
Hurrah, du Eisenbraut!
Hurrah!

Theodor Körner

Theodor Körner schrieb diese Strophen im Morgengrauen des 26. August 1813, unmittelbar vor der Schlacht von Gadebusch, und las sie einigen Soldaten vor. Drei Stunden später wurde er von einer Kugel tödlich getroffen. Sein Freund, Graf Dohna, zog das Manuskript aus der Uniformtasche des Toten und ließ es noch im selben Jahr in dem Band »Zwölf freie deutsche Gedichte von Theodor Körner« veröffentlichen. Carl Maria von Weber vertonte am 13. September 1814 sowohl das »Schwertlied« als auch »Lützows wilde, verwegene Jagd«.

Reiters Morgenlied

Morgenrot!
Leuchtest mir zum frühen Tod?
Bald wird die Trompete blasen,
Dann muß ich mein Leben lassen,
Ich und mancher Kamerad!

Kaum gedacht,
War der Lust ein End gemacht!
Gestern noch auf stolzen Rossen,
Heute durch die Brust geschossen,
Morgen in das kühle Grab.

Doch! Wie bald
Welket Schönheit und Gestalt!
Prangst du gleich mit deinen Wangen,
Die wie Milch und Purpur prangen,
Ach, die Rosen welken all!

Und was ist
Aller Mannsbild Freud und Lüst?
Unter Kummer, unter Sorgen
Sich bemühen früh am Morgen,
Bis der Tag vorüber ist.

Darum still
Füg ich mich, wie Gott es will,
Und so will ich wacker streiten,
Und sollt ich den Tod erleiden,
Stirbt ein braver Reitersmann.

Wilhelm Hauff

Der gute Kamerad

Ich hatt' einen Kameraden,
Einen bessern findst du nit.
Die Trommel schlug zum Streite,
Er ging an meiner Seite
In gleichem Schritt und Tritt.

Eine Kugel kam geflogen,
Gilt's mir oder gilt es dir?
Ihn hat es weggerissen,
Er liegt mir vor den Füßen,
Als wär's ein Stück von mir.

Will mir die Hand noch reichen,
Derweil ich eben lad:
»Kann dir die Hand nicht geben,
Bleib du im ewgen Leben
Mein guter Kamerad!«

Ludwig Uhland

Ein Vergleich des Originaltextes mit der inzwischen populär gewordenen Fassung zeigt zwei interessante Beispiele des Zersingens, die beweisen, daß das Volk selbst die Werke bedeutender Dichter dem eigenen Sprachgefühl entsprechend abänderte, wenn sich ihm bildhaftere Formulierungen aufdrängten. Im Original lautet die zweite Zeile der zweiten Strophe: »Gilt's mir oder gilt es dir?«, in der zersungenen Fassung hingegen: »Gilt sie mir oder gilt sie dir?«. Und in der vierten Zeile der selben Strophe heißt es im Original: »Er liegt mir vor den Füßen«, in der zersungenen Fassung hingegen: »Er liegt vor meinen Füßen«. Die Melodie zum Text komponierte Friedrich Silcher, wahrscheinlich in Anlehnung an eine alte Volksweise.

Poesie zum Nachdenken

Die Gedanken sind frei

Die Gedanken sind frei,
Wer kann sie erraten?
Sie fliehen vorbei
Wie nächtliche Schatten;
Kein Mensch kann sie wissen,
Kein Jäger erschießen.
Es bleibet dabei:
Die Gedanken sind frei.

Ich denke, was ich will
Und was mich beglücket,
Doch alles in der Still
Und wie es sich schicket.
Mein Wunsch, mein Begehren
Kann niemand mir wehren.
Es bleibet dabei:
Die Gedanken sind frei.

Und sperrt man mich ein
Im finsteren Kerker,
Das alles sind rein
Vergebliche Werke;
Denn meine Gedanken
Zerreißen die Schranken
Und Mauern entzwei:
Die Gedanken sind frei.

Drum will ich auf immer
Den Sorgen absagen
Und will mich auch nimmer
Mit Grillen mehr plagen.
Man kann ja im Herzen
Stets lachen und scherzen
Und denken dabei:
Die Gedanken sind frei.

Ich liebe den Wein,
Mein Mädchen vor allen,
Sie tut mir allein
Am besten gefallen.
Ich sitz nicht alleine
Bei meinem Glas Weine,
Mein Mädchen dabei:
Die Gedanken sind frei.

Die Ursprünge dieses Gedichts lassen sich nach dem Stand der gegenwärtigten Forschung in dem Lied »Sind doch die Gedanken frei« des Minnesängers Walther von der Vogelweide (etwa 1170–1230) erkennen. Seit Jahrhunderten wird der Text zu einer alten Volksliedmelodie gesungen. Die italienische Sängerin Milva machte das Lied in unseren Tagen weltberühmt.

Wer nie sein Brot mit Tränen ass

Wer nie sein Brot mit Tränen aß,
Wer nie die kummervollen Nächte
Auf seinem Bette weinend saß,
Der kennt euch nicht, ihr
himmlischen Mächte.

Ihr führt ins Leben uns hinein,
Ihr laßt den Armen schuldig werden,
Dann überlaßt ihr ihn der Pein:
Denn alle Schuld rächt sich auf Erden.

Johann Wolfgang Goethe

Der Friedensheld

Ganz unverhofft an einem Hügel
Sind sich begegnet Fuchs und Igel.
»Halt!« rief der Fuchs. »Du Bösewicht!
Kennst du des Königs Ordre nicht?
Ist nicht der Friede längst verkündigt,
Und weißt du nicht, daß jeder sündigt,
Der immer noch gerüstet geht? –
Im Namen seiner Majestät:
Geh her und übergib dein Fell!«
Der Igel sprach: »Nur nicht so schnell!
Laß dir erst deine Zähne brechen,
Dann wollen wir uns weiter sprechen!«
Und alsogleich macht er sich rund,
Schließt seinen dichten Stachelbund
Und trotzt getrost der ganzen Welt,
Bewaffnet, doch als Friedensheld.

Wilhelm Busch

Wahre Freundschaft

Wahre Freundschaft soll nicht wanken,
Wenn man gleich entfernet ist,
Lebet fort noch in Gedanken,
Und der Treue nicht vergißt.

Keine Ader soll mir schlagen,
Wo ich nicht an dich gedacht;
Für dich werd ich Liebe tragen
Bis in tiefe Todesnacht.

Wenn der Mühlstein traget Reben
Und daraus fließt süßer Wein,
Wenn der Tod mir nimmt das Leben,
Hör ich auf, dein Freund zu sein.

Jetzo schlägt die Trennungsstunde,
Reißt gewaltsam mich von dir;
Es schlägt zu früh die Scheidestunde,
Ach, ich fand mein Glück in dir!

So nimm denn hin vom blassen Munde
Den Abschiedskuß, der weinend spricht,
Und denk an diese Trennungsstunde,
O einz'ger Freund, vergiß mein nicht!

Im Stillen werd ich Tränen weinen
Und träumend dir zur Seite stehn,
Und seh ich Gottes Sonne scheinen,
Werd ich für dich um Segen flehn.

Das Heimatland

Kein schöner Land in dieser Zeit
Als hier das unsre weit und breit,
Wo wir uns finden
Wohl unter Linden zur Abendzeit.

Da haben wir so manche Stund
Gesessen da in froher Rund
Und taten singen;
Die Lieder klingen im Eichengrund.

Daß wir uns hier in diesem Tal
Noch treffen so vielhundertmal,
Gott mag es schenken,
Gott mag es lenken, er hat die Gnad.

Nun, Brüder, eine gute Nacht!
Der Herr im hohen Himmel wacht;
In seiner Güten
Uns zu behüten, ist er bedacht.

Anton Wilhelm Florentin
von Zuccalmaglio

Der alte Landmann an seinen Sohn

Üb immer Treu und Redlichkeit
Bis an dein kühles Grab
Und weiche keinen Finger breit
Von Gottes Wegen ab;
Dann wirst du wie auf grünen Aun
Durchs Pilgerleben gehn,
Dann kannst du sonder Furcht
und Graun
Dem Tod ins Auge sehn.

Dann wird die Sichel und der Pflug
In deiner Hand so leicht,
Dann singest du beim Wasserkrug,
Als wär dir Wein gereicht.
Dem Bösewicht wird alles schwer,
Er tue, was er tu.
Der Teufel treibt ihn hin und her
Und läßt ihm keine Ruh.

Der schöne Frühling lacht ihm nicht,
Ihm lacht kein Ährenfeld;
Er ist auf Lug und Trug erpicht
Und wünscht sich nichts als Geld.
Der Wind im Hain, das Laub am Baum
Saust ihm Entsetzen zu;
Er findet nach des Lebens Traum
Im Grabe keine Ruh.

Dann muß er in der Geisterstund
Aus seinem Grabe gehn
Und oft als schwarzer Kettenhund
Vor seiner Haustür stehn.
Die Spinnerinnen, die, das Rad
Im Arm, nach Hause gehn,
Erzittern wie ein Espenblatt,
Wenn sie ihn liegen sehn.

Und jede Spinnestube spricht
Von diesem Abenteur
Und wünscht den toten Bösewicht
Ins tiefste Höllenfeur.
Der alte Kunz war bis ans Grab
Ein rechter Höllenbrand;
Er pflügte seinem Nachbar ab
Und stahl ihm vieles Land.

Nun pflügt er als ein Feuermann
Auf seines Nachbars Flur
Und mißt das Feld hinab, hinan
Mit einer glühnden Schnur;
Er brennet wie ein Schober Stroh
Dem glühnden Pfluge nach
Und pflügt und brennet lichterloh
Bis an den hellen Tag.

Der Amtmann, der im Weine floß,
Der Bauern schlug halbkrumm,
Trabt nun auf einem glühnden Roß
In jenem Wald herum.
Der Pfarrer, der aufs Tanzen schalt
Und Filz und Wuchrer war,
Steht nun als schwarze Spukgestalt
Am nächtlichen Altar.

Üb immer Treu und Redlichkeit
Bis an dein kühles Grab,
Und weiche keinen Finger breit
Von Gottes Wegen ab;
Dann suchen Enkel deine Gruft
Und weinen Tränen drauf,
Und Sommerblumen, voll von Duft,
Blühn aus den Tränen auf.

Ludwig Christoph Heinrich Hölty

Der Text wurde mit der Papageno-Melodie aus Mozarts »Zauberflöte« zum bekannten Volkslied.

Da streiten sich die Leut' herum

Da streiten sich die Leut' herum
Oft um den Wert des Glücks,
Der eine nennt den andern dumm,
Am End' weiß keiner nix.
Da ist der allerärmste Mann
Dem andern viel zu reich:
Das Schicksal setzt den Hobel an
Und hobelt beide gleich.

Die Jugend will halt mit Gewalt
In allem klüger sein;
Doch wird man erst ein bissel alt,
Dann find't man sich schon drein.
Oft zankt mein Weib mit mir, o Graus!
Das bringt mich nicht in Wut:
Ich klopfe meinen Hobel aus
Und denk: »Du brummst halt gut.«

Zeigt sich der Tod einst, mit Verlaub,
Und zupft mich: »Brüderl, kumm!«
Da stell' ich mich im Anfang taub
Und schau mich gar nicht um.
Doch sagt er: »Lieber Valentin,
Mach' keine Umständ', geh!«
Da leg ich meinen Hobel hin
Und sag' der Welt adje!

Ferdinand Raimund

Aus dem Zaubermärchen »Der Verschwender«. Die bekannte Melodie dazu komponierte Konradin Kreutzer.

Die Zufriedenheit

Was frag ich viel nach Geld und Gut,
Wenn ich zufrieden bin!
Gibt Gott mir nur gesundes Blut,
So hab ich frohen Sinn
Und sing aus dankbarem Gemüt
Mein Morgen- und mein Abendlied.

So mancher schwimmt im Überfluß,
Hat Haus und Hof und Geld
Und ist doch immer voll Verdruß
Und freut sich nicht der Welt.
Je mehr er hat, je mehr er will;
Nie schweigen seine Klagen still.

Da heißt die Welt ein Jammertal
Und deucht mir doch so schön,
Hat Freuden ohne Maß und Zahl,
Läßt keinen leer ausgehn.
Das Käferlein und Vögelein
Darf sich ja auch des Maien freun.

Und uns zuliebe schmücken ja
Sich Wiese, Berg und Wald;
Und Vögel singen fern und nah,
Daß alles widerhallt. –
Bei 'r Arbeit singt die Lerch uns zu,
Die Nachtigall bei 'r süßen Ruh.

Und wenn die goldne Sonn aufgeht
Und golden wird die Welt
Und alles in der Blüte steht
Und Ähren trägt das Feld,
Dann denk ich: Alle diese Pracht
Hat Gott zu meiner Lust gemacht.

Dann preis ich Gott und lobe Gott
Und schweb in hohem Mut
Und denk, es ist ein lieber Gott
Und meint's mit Menschen gut.
Drum will ich immer dankbar sein
Und mich ob seiner Güte freun!

Johann Martin Miller

Der Lindenbaum

Am Brunnen vor dem Tore
Da steht ein Lindenbaum.
Ich träumt in seinem Schatten
So manchen süßen Traum.

Ich schnitt in seine Rinde
So manches liebe Wort,
Es zog in Freud und Leide
Zu ihm mich immer fort.

Ich muß auch heute wandern
Vorbei in tiefer Nacht,
Da hab ich noch im Dunkel
Die Augen zugemacht.

Und seine Zweige rauschten,
Als riefen sie mir zu:
Komm her zu mir Geselle,
Hier findest du deine Ruh!

Die kalten Winde bliesen
Mir grad ins Angesicht,
Der Hut flog mir vom Kopfe,
Ich wendete mich nicht.

Nun bin ich manche Stunde
Entfernt von jenem Ort,
Und immer hör ich's rauschen:
Du fändest Ruhe dort!

Wilhelm Müller

Die Melodie dazu komponierte Franz Schubert.

Die Sternseherin Lise

Ich sehe oft um Mitternacht,
Wenn ich mein Werk getan
Und niemand mehr im
Hause wacht,
Die Stern' am Himmel an.

Sie gehn da hin und her
zerstreut,
Als Lämmer auf der Flur.
In Rudeln auch und aufgereiht,
Wie Perlen an der Schnur.

Und funkeln alle weit und breit
Und funkeln rein und schön;
Ich seh' die große Herrlichkeit
Und kann nicht satt mich sehn.

Dann saget unterm Himmelszelt
Mein Herz mir in der Brust:
Es gibt was Bess'res in der Welt,
Als all' ihr Schmerz und Lust.

Ich werf' mich auf mein Lager hin
Und liege sanft und wach
Und suche es in meinen Sinn
Und sehne mich danach.

Matthias Claudius

Wer will's verwehren?

Ein Lied in Ehren,
Wer will's verwehren?
Singt's Vöglein nicht im Blütenkranz
Und Engel nicht im Sternenglanz?
Ein guter froher Mut,
Ein frisches leichtes Blut,
Geht über Geld und Gut.

Ein Trunk in Ehren:
Wer will's verwehren?
Trinkt's Blümlein nicht den Morgentau?
Und wächst die Traube denn zur Schau?
Nein, wer am Werktag schafft,
Dem bringt der Rebensaft
Am Sonntag neue Kraft.

Ein Kuß in Ehren:
Wer will's verwehren?
Küßt's Blümlein nicht sein Schwesterlein,
Und's Sternlein küßt sein Nachbarlein?
Ich sag', in Ehrbarkeit,
Mit Unschuld zum Geleit,
Und Zucht und Sittsamkeit.

Ein frohes Stündchen,
Ist's nicht ein Fündchen?
Jetzt haben wir's, jetzt sind wir da;
Doch kommt's vielleicht bald anders ja!
's währt alles kurze Zeit,
Der Kirchhof ist nicht weit,
Und 's Grab gar bald bereit!

Das Leben endet,
Bald ist's vollendet!
O geb' uns Gott 'nen sanften Tod!
Ein gut Gewissen geb' uns Gott,
Wenn's Leben heiter lacht,
Wenn alles blitzt und kracht
Und in der letzten Nacht.

Dies ist die heute allgemein populäre, von Friedrich Girardet 1821 ins Hochdeutsche übertragene Fassung eines Gedichtes, das Johann Peter Hebel 1803 in alemannischem Dialekt geschrieben hatte. Dort hieß die erste Strophe:

Ne Gesang in Ehre,
Wer will's verwehre?
Singt's Thierli nit in Hurst und Rast,
Der Engel nit im Sternen-Glast?
E freie frohe Muth,
E gsund und fröhlich Blut
Goht über Geld und Gut.

Es murmeln die Wellen

Es murmeln die Wellen, es säuselt der Wind,
Sie schaukeln im Spiele den Nachen gelind.
Wir gleiten hinunter das Ufer entlang
Und singen am Ruder den Morgengesang.

Der Himmel ist heiter, das Wasser ist hell,
Es springen die Lämmer am rauschenden Quell.
Wir hören die Vögel im sonnigen Grün,
Wo duftend die Blumen zu Tausenden blühn.

Wir folgen den Wellen mit lachendem Sinn,
Die plätschernden wissen am besten wohin;
Noch strahlt uns der Morgen mit rosigem Licht:
Wir kennen die Sorgen des Lebens noch nicht.

O Morgen, o Jugend, wie eilst du vorbei.
Gleich singenden Kindern im blühenden Mai;
Wie spielende Lüfte, wie Wellen im Tal,
Wie Blüten und Düfte enteilet dein Strahl!

Und wachsen die Schatten und nahet die Nacht
In ernster, in stiller erhabener Pracht,
Dann kehren wir wieder dem Unterhaus zu
Und landen am Ufer und kehren zur Ruh.

Franz von Pocci

Wanderers Nachtlied

Über allen Gipfeln
Ist Ruh,
In allen Wipfeln
Spürest du
Kaum einen Hauch;
Die Vöglein schweigen im Walde.
Warte nur, balde
Ruhest du auch!

Johann Wolfgang Goethe

Gedichtet im Jahre 1780

Unter allen Wipfeln ist Ruh

Unter allen Wipfeln ist Ruh;
In allen Zweigen hörest du
Keinen Laut.
Die Vöglein schlafen im Walde:
Warte nur, bald schläfst auch du!

Unter allen Monden ist Plag
Und alle Jahr und alle Tag
Jammerlaut.
Das Laub verwelket in
dem Walde:
Warte nur, balde welkst auch du!

Unter allen Sternen ist Ruh;
In allen Himmeln hörest du
Harfenlaut.
Die Englein spielen, das schallte:
Warte nur, balde spielst auch du!

Johann Daniel Falk

Gedichtet im Jahre 1817

Eine Hand voll Erde

Eine Hand voll Erde
Deckt mich einstens zu;
Wenn ich müde werde,
Geh ich ein zur Ruh.
Dann stört mich kein Kummer,
Sanft in kühler Gruft
Schlaf ich Todesschlummer,
Bis mich Jesus ruft.

Eine Hand voll Erde
Wird zuletzt auch mir.
Ob ich hier Beschwerde
Litte für und für,
Ob mich Armut quälte
Oder ob ich reich,
Ob ich Ahnen zählte,
Ist der Welt dann gleich.

Eine Hand voll Erde
Wirft vielleicht mein Freund,
Traurig von Gebärde,
Auf mein Grab und weint.
Wenn ich den nur habe,
Der zum Hügel schleicht:
O dann wird im Grabe
Gottes Hügel leicht.

Wo?

Wo wird einst des Wandermüden
Letzte Ruhestätte sein?
Unter Palmen in dem Süden?
Unter Linden an dem Rhein?

Werd ich wo in einer Wüste
Eingescharrt von fremder Hand?
Oder ruh ich an der Küste
Eines Meeres in dem Sand?

Immerhin! Mich wird umgeben
Gotteshimmel, dort wie hier,
Und als Totenlampen schweben
Nachts die Sterne über mir.

Heinrich Heine

Es ist ein Schnitter, heisst der Tod

Es ist ein Schnitter, heißt der Tod,
Hat G'walt vom großen Gott.
Heut wetzt er das Messer,
Es schneid't schon viel besser,
Bald wird er drein schneiden,
Wir müssen's nur leiden.
Hüt dich, schön's Blümelein!

Was heut' noch grün und frisch dasteht,
Wird morgen schon hinweg gemäht:
Die edlen Narzissen,
Die Zierden der Wiesen,
Die schön' Hyazinthen,
Und türkischen Winden.
Hüt dich, schön's Blümelein!

Viel hunderttausend ungezählt,
Was nur unter die Sichel fällt:
Ihr Rosen, ihr Lilien,
Euch wird er austilgen,
Auch die Kaiserkronen
Wird er nicht verschonen.
Hüt dich, schön's Blümelein!

Das himmelfarbe Ehrenpreis,
Die Tulipanen gelb und weiß,
Die silbernen Glocken,
Die goldenen Flocken,
Sinkt alles zu Erden:
Was wird draus werden?
Hüt dich, schön's Blümelein!

Ihr hübsch Lavendel, Rosmareien,
Ihr vielfarbigen Röselein,
Ihr stolzen Schwertlilien,
Ihr krausen Basilien,
Ihr zarten Violen,
Man wird euch bald holen.
Hüt dich, schön's Blümelein!

Trotz' Tod! Komm' her! Ich fürcht' dich nit!
Trotz'! Eil daher in einem Schritt!
Wer' ich nur verletzet,
So werd' ich versetzet
In den himmlischen Garten,
Auf den wir alle warten.
Hüt dich, schön's Blümelein!

Der vermutlich aus dem 17. Jahrhundert stammende Text ist in mehreren Varianten überliefert und auf Fliegenden Blättern gedruckt. Melodien dazu schrieben unter anderm Felix Mendelssohn Bartholdy und Robert Schumann.

Rüst dich zum Sterbe

O Mensch, steh ab von deiner Sünd!
Rüst dich zum Sterbe,
Tracht zu erwerbe
E seligs End!
Wann der Tod kommt mit sinem Pfil
Und er bald tut schieße,
Wir sterbe müeße
In schneller Il.

Mathusalem, den ältist Mann,
Nün hundert Jahre
Nünundsechzig zware,
Der Tod hinnahm.
Die Engeli Gottes die wölle mit Fliß
Uf min Seel warte
Im schöne Garte,
Im Paradies.

Aus dem Kanton Thurgau

Der Schlüssel zum Himmel

Der Schlüssel zum Himmel
Ist Marter und Pein,
Und wer ihn nicht versuchet,
Der kommt nicht hinein.

Ach Mensch, wie getraust dir
In'n Himmel hinein?
Die Straßen sind gefährlich,
Die Pforten sind klein.

O Sonne, o Monde:
Es freut sich die Welt,
Die Sterne von ferne
Am Himmelsgezelt.

Wir alle am jüngsten Tag,
Wir müssen vergehn:
Der Himmel alleine
Bleibt ewiglich stehn.

Der grimmig Tod mit seinem Pfeil

Der grimmig Tod mit seinem Pfeil
Tut nach dem Leben zielen.
Sein'n Bogen schießt er ab mit Eil
Und läßt mit sich nicht spielen.
Das Leben schwind't wie Rauch im Wind,
Kein Fleisch mag ihm entrinnen,
Kein Gut noch Schatz find't bei ihm Platz,
Du mußt mit ihm von hinnen.

Kein Mensch auf Erd uns sagen kann,
Wann wir von hinnen müssen;
Wann der Tod kommt und klopfet an,
So muß man ihm aufschließen.
Er nimmt mit G'walt hin Jung und Alt,
Tut sich vor niemand scheuen:
Des Königs Stab bricht er bald ab
Und führt ihn an den Reihen.

Vielleicht ist heut der letzte Tag,
Den du noch hast zu leben;
O Mensch, veracht nicht, was ich sag:
Nach Tugend sollst du streben!
Wie mancher Mann wird müssen dran,
So hofft noch viel der Jahren,
Und muß doch heint, weil d' Sonne scheint,
Zur Höll hinunter fahren.

Darumb, mein Seel, sei stets bereit,
Tu allzeit männlich wachen;
Wenn der Tod kommt zu jeder Frist,
Will dir den Garaus machen,
So kannst du dich frei ritterlich
Mit ihm in'n Kampf begeben;
Ein' große Kron trägst du davon,
Wenn er dir nimmt das Leben.

O Kreatur, laß fahren hin,
Den Schöpfer, sollst du lieben!
Was d' hier verleurst, ist dorten G'winn,
Kein Schad laß dich betrüben!
Mit Seel und Leib dich ihm verschreib,
Alsdann so laß ihn walten,
So wird er dich, glaub's sicherlich,
In seinem Schutz erhalten.

Himmel und Hölle

Es sterben zwei Brüder in einem Tag,
Ein armer und ein reicher:
Der reiche der wird in die Hölle begrabn,
Der arme in den Himmel.

Und da der reiche begraben ward,
Saß er in großer Hitze,
Sah er seinen herzgeliebten Bruder
In der ewigen Freude sitzen.

»Ach Bruder, herzliebster Bruder mein,
Reich mir ein Tröpflein Wasser
Wohl auf meine Zunge, wohl auf
meinen Mund,
Das mich erquicken möge!«

»Ach Bruder, herzliebster Bruder mein!
Kein Tröpflein soll dir werden,
Du hast den Armen das Brot versagt,
Hast's Hunden und Schweinen gegeben.«

»Hab ich den Armen das Brot versagt,
Hab's Hunden und Schweinen gegeben,
Mein großes Gut trieb Übermut,
Kann es nicht mit mir nehmen.

Wenn Berg und Tal aufeinander ständ,
Viel lieber wollt ich sie tragen,
Als daß ich soll stehn vor dem
jüngsten Gericht,
Soll alle meine Sünden beklagen.

Und käm alle Jahr ein Vögelein
Und nähm nur ein Schnäblein voll Erden,
So wollt ich doch die Hoffnung han,
Daß ich könnt selig werden.«

Amen, Amen steht auch dabei:
Gott helf uns allen zusammen
Wohl hier und dort aus aller Not
Durch Jesum Christum! Amen.

Gottes Gericht

Es sprach eine Mutter zu ihrem Sohn:
»Mußt heiraten, was sagst du davon?
Du mußt eine andre heiraten,
Dein feines Lieb mußt du nun lassen.«

»Ach nein, ach nein, das kann nicht sein,
Daß ich muß scheiden von
meinem Schätzelein;
Wir haben einander genommen,
Können nicht mehr voneinander kommen.«

»Habest du genommen, wen du willt,
Du bist mein Kind und folgest mir nit?«
»Ei Mutter, jetzt will ich dir folgen,
Ei geh es mir, wie es auch wolle.«

Und da es war am Hochzeitstag
Und alle Leut so lustig warn,
Der gute Gesell war so betrübet
Von wegen seiner andern Herzliebsten.

Es stand nicht länger als drei Tage an,
Der gute Gesell so tödlich krank war,
Er kam seiner Liebsten vor den Laden,
Ein Gott behüt' will er von ihr haben.

Sie aber gab einen harten Fluch,
Davon er schon hatte zu viel und genug:
»Ich will ihn meinen Eltern aufladen,
Ich will beide aufs jüngste Gericht laden.

In zweien Monden, und das werd' wahr,
Ich lad' sie vor Gottes Gericht so gar.«
In zweien Monden sie starben zusammen,
Ihr Weinen tät löschen die
höllischen Flammen.

Die armen Seelen vor dem Himmelstor

Es starben zwei Schwestern an einem Tag,
Sie wurden gelegt mitsamt ins Grab.

Und als sie kamen vors himmlische Tor,
Sankt Petrus sprach: »Wer ist davor?«

»Es sind davor zwei arme Seelen,
Sie möchten gern bei Gott einkehren.«

»Die erste, die soll zu ihm gehn,
Die zweite soll den breiten Weg gehn.«

Der breite Weg gar böse steht,
Der zu der leidigen Höll eingeht.

Und da sie den breiten Weg auße kam,
Begegnet ihr die heilige Frau.

»Wohinaus, wohin, du arme Seel?
Wir wollen jetzt bei Gott einkehrn.«

»Ich hab ja schon bei Gott eingekehrt,
Er hat mir hinausgewehrt.«

»Was hast du denn für Sünd getan,
Daß du nicht darfst in'n Himmel gan?«

»Ich hab ja alle Samstag Nacht
Ein Reigentänzlein mitgemacht.«

»Hast du sonst keine Sünd getan,
Darfst du mit mir in'n Himmel gan.«

Und als sie kamen vors himmlische Tor,
Sankt Petrus sprach: »Wer ist davor?«

»Es ist davor eine arme Seel,
Sie möchte gern bei Gott einkehrn.«

Maria nahm sie bei der Hand
Und führte sie ins gelobte Land.

Da ward ihr gleich ein Stuhl bereit
Von nun an bis in Ewigkeit.

Der Jüngste Tag

Wenn der Jüngste Tag will werden,
Da falln die Sternlein auf die Erden,
Da beugen sich die Bäumelein,
Da singen die Waldvögelein,
Da kommt der liebe Gott gezogen
Auf einem großen Regenbogen:
»Ihr Toten, ihr sollt auferstehn!
Ihr sollt vor Gottes Gerichte gehn!
Ihr sollt treten auf die Spitzen,
Da die lieben Englein sitzen!
Ihr sollt treten auf die Bahn!«
Der liebe Gott nehm uns all' in Gnaden an.

Poesie
der Inschriften

Inschriften auf Häusern

Grüß Gott, tritt ein,
Bring Glück herein.

*

Ich und mein Weib sind Herr im Haus,
Wer dreinschwätzt, der fliegt hinaus.

*

Wer nicht will fromm und friedlich sein,
Kommt nicht zu dieser Tür herein.

*

Wer guter Meinung kommt herein,
Der soll mir lieb und willkomm' sein,
Wer aber anders kommt herfür,
Den werf ich lieber vor die Tür.

*

Wenn Neider dieses Haus umringen,
Denk ich an Götz von Berlichingen.

*

Wer sonst nichts kann und weiß
Als andre Leute schmähen,
Ein solches Lästermaul
Soll in mein Haus nicht gehen.

*

Wer eingeht zu der Stubentür,
Der stelle sich zugleich auch für,
Ob er dereinstens auch besteht,
Wenn er zur Himmelstür eingeht.

*

Wenn dieses Haus so lang' nur steht,
Bis aller Neid und Haß vergeht,
Dann bleibt's fürwahr so lange stehn,
Bis daß die Welt wird untergehn.

*

Laß den Neider neiden
Und den Hasser hassen;
Was mir Gott bescheren tut,
Muß man mir doch lassen.

*

Wer baut, der hat der Hasser viel,
Der Neider auch nicht minder,
Ich bau mein Haus, so viel ich will,
Für mich und meine Kinder.

*

Klein,
Aber mein!

*

Einer acht's,
Der andre verlacht's,
Der dritte betracht's,
Was macht's?

*

Wer besser kehren will
Als ich vor meinem Haus,
Der kehre stets in der Still
Sein Gewissen aus.

*

Was steht ihr da und tut gaffen?
Geht an eure Arbeit und tut schaffen.

Was stehst du hier und gaffst?
Wär besser, daß du schaffst;
Anstatt hier zu stehn,
Könntest du weiter gehn.

*

Was stehst du da und tust
mich schelten?
Geh deine Straß' und laß mich gelten.

*

Was stehst du hier vor diesem Haus
Und läßt dein böses Maul dran aus?
Ich hab' gebaut, wie mir's gefällt,
Es kostet mein und nicht dein Geld.

*

Bauen war eine Lust,
Aber was es gekost't,
Hab' ich vorher nicht gewußt.

*

Das Bauen wär' eine feine Kunst,
Wenn einer hätt' das Geld umsunst.

*

Dieses Haus steht in Gottes Hand.
1799 wurden die Schindeln gewandt.
Wird mir Gott das Herz erwecken
Und der Schwager das Geld vorstrecken,
So laß ich's noch mit Ziegeln decken.

*

Ich lach' auf die Welt,
Mein Haus ist bestellt,
Mein Haus ist bezahlt,
Ich hab' nicht geprahlt,
Ich stell' mein Haus in Gottes Hand,
Der wird es hüten vor Schand
und Brand.

Die Maurer und die Zimmerleut'
Hab' ich mit schwerem Geld erfreut;
Jetzt freu' ich mich mit leichtem Sinn,
Daß ich im eignen Hause bin.

*

Behüt' uns Gott vor Feuersbrunst,
Vor Mißwachs und vor teurer Zeit,
Vor Maurern und vor Zimmerleut'.

*

Wann die Esel Flöten blasen
Und Schnecken springen wie die Hasen,
Wenn mein Weib tut nimmer zanken,
Dann erst soll dieser Giebel wanken.

*

Gott bewahr' das Haus, Vieh und Säu,
Bittet der Hausherr, Sebastian Bräu.

*

O heiliger Sankt Florian,
Verschon' mein Haus, zünd' andre an.

*

Dies Haus baut' ich mit eigner Hand,
Da ist es dreimal abgebrannt.
Nun hab' ich's dem heiligen Florian vertraut
Und hoffe, daß er besser danach schaut.

*

Dies Haus steht in Gottes Hand,
Ach, behüt's vor Feu'r und Brand,
Vor Sturm und Wassersnot,
Mit ein'm Wort, laß stoh' (stehn) wie's stoht.

Ohn' Gottes Gunst
All Bau'n umsunst.

*

Nicht Kunst, nicht Fleiß, nicht
Arbeit nützt,
Wenn Gott, der Herr, den Bau
nicht schützt.

*

Gottes Ruh' und Frieden
Sei diesem Haus beschieden.

*

Kein Sturm, kein Ungewitter,
Kein Feind, kein Trug und List
Kann dieses Haus erschüttern,
Wenn Gott der Schützer ist.

*

Gott des Himmels und der Erden,
Verwalt dies Haus, daß es mög' werden
Bewohnt in Ruh' und Sicherheit
Von nun an bis zur letzten Zeit.

*

O Maria mit deinem Kind,
Segne mein Haus, Vieh und Gesind'.
Und bewahr mich vor Hungersnot,
Und führ mich zu Jesu nach dem Tod.

Der göttliche Segen erfülle das Haus
Und die da gehen ein und aus.

*

Herr, in diesem Namen geh' ich aus,
Bewahr' allzeit das ganze Haus.
Mein' Hausfrau und auch die Kinder mein
Laß dir, o Gott, befohlen sein.

*

Gott behüte mit seiner Hand
Mein Haus, den Kaiser, das Vaterland.

*

Gott hat es mir auch anvertraut,
Daß ich ein Haus hab' an der Straß' gebaut,
Darin will ich leben fromm,
Bis ich zu Gott in den Himmel komm.'

Inschriften an Wirtshäusern

Hast du Geld, so setz' dich nieder,
Hast du keins, so pack dich wieder.

*

Die ohne Geld hier gehen ein,
Breche der Teufel Hals und Bein.

*

Gesegnet sei dein Eingang,
Kommst du mit voller Tasche,
Gesegnet sei dein Ausgang,
Bezahlst du deine Flasche.

*

Rede wenig, rede wahr,
Trinke mäßig, zahle bar.

*

Rede wenig, rede wahr,
Was du zehrst, bezahle bar;
Fürchte Gott und sei verschwiegen,
Was nicht dein ist, das laß liegen.

*

Zahl und sauf
Oder lauf.

*

Ein solcher Gast ist ehrenwert,
Der sein Geld mit Lust verzehrt,
Nicht zankt und keine Händel macht
Und auf Bezahlung ist bedacht.

*

Ein solcher Gast ist lieb und wert,
Der fleißig zahlt, was er verzehrt.

Ich bitte euch, ihr lieben Leut',
Seid so gut und zahlet gleich;
Es ist nicht möglich aufzuschreiben;
Wir wollen gute Freunde bleiben.

*

Solche Gäste liebe ich,
Die ehrbar diskutieren,
Essen, trinken, bezahlen mich
Und frühsam fortspazieren.

*

Ein fröhlich Gemüt und edler Wein,
Die mögen hier oftmals beisammen sein.

*

Ein großes Haus und nichts darin,
Bringt manchen Wirten von dem Sinn,
Aber ein kleines Haus und alle Winkel voll,
Das zieret Wirt und Wirtin wohl.

*

Es freuet sich ein Wandersmann,
Wenn er trifft ein gut' Wirtshaus an.
Wo Wirt und Wirtin freundlich sein,
Kehrt man am allerliebsten ein.

*

Noah baut' ihm selbst den Kasten,
Vor der Sündflut drin zu rasten:
Niklas Schulze baut' dies Haus,
Drin zu ruh'n vor allem Graus.

*

Wenn Rippe und Schinken
Im Sauerkraut winken,
Dann denke in Liebe und Treu
An die geschlachteten Säu.

Inschriften auf Trinkgläsern

Ein guter Trunk
Macht Alte jung.

*

Ich trau' auf Gott und fürcht' den
Teufel nicht;
Bisweilen krieg' ich auch die Gicht.

*

A Viertel macht durstig,
Und a Halbe macht warm,
Und a Liter macht lustig
Und macht di net arm.

*

Wollt ihr leben hoch gesund,
So trinket aus bis auf den Grund.

*

Dem Ochsen gibt das Wasser Kraft,
Dem Menschen Bier und Rebensaft,
Drum laßt uns trinken Bier und Wein,
Denn keiner will ein Rindvieh sein.

*

Iß, was gar ist,
Trink, was klar ist,
Sprich, was wahr ist,
Zahl, was bar ist.

Wer Geld hat, der sauft den Wein,
Und wer keins hat, läßt es sein.

*

Das Wasser ist zu jeder Zeit
Die beste aller Gottesgaben.
Mich aber lehrt Bescheidenheit:
Ich muß nicht stets vom Besten haben.

*

Ein jeder liebt, was ihm behagt,
Ich halt' es mit der Kellermagd.

*

Zerfällt auch dieses Glas
Zerbricht auch Stahl und Stein
Das Kaiserhaus
Muß immerwährend sein.

Inschriften auf Tellern und Schüsseln

Läßt man mich zu Boden fallen,
Hört man meine Scherben schallen.

*

Die Schüssel ist aus Erd' gemacht,
Wenn sie zerbricht, der Töpfer lacht.

*

In der allergrößten Not
Schmeckt die Wurst auch ohne Brot.

*

Geräuchert' Speck und Sauerkraut
Füllt manchem Schelmen seine Haut.

Rüben, Rindfleisch, Sulz und Reis
Das ist eine gute Speis'.

*

Wildbret in der sauren Brüh'
Ess' ich gern schon morgens früh.

*

Schweinefleisch und Leberwürscht
Haben mich schon oft erfrischt.

Inschriften auf Uhren

Die Leut' vertreiben nit die Zeit,
Die Zeit vertreibt die Leut'.

*

Je leichter das Gewicht,
Je länger es verweilet,
Je schwerer meine Last,
Je schneller es auch eilet.

*

An jedem Tag zwölf Stunden
Bringen Wonne und Wunden.

Ohn' Säumen fliegt die Zeit
Immer nach der Ewigkeit.

*

Die Zeit
Eilt
Weilt
Heilt.

*

Mach es wie die Sonnenuhr,
Zähl die heit'ren Stunden nur.

Inschriften auf Grabmälern

Ich war ein ledig's Kind,
Die hier so verachtet sind;
Jetzt führt mich Gott
ins Himmelreich
Und macht mich auch den
andern gleich.

*

Eine Rose soll entsprießen
Deiner Asche, liebes Kind,
Und die Quelle sie begießen,
Die aus der Mutter Augen rinnt.

*

Schlaf Kindlein schlaf!
Du weißt nicht, was uns traf.
Wenn wir's gewußt, wie bald der Tod
dich streckt,
Wir hätten dich für diese Welt nicht
aufgeweckt.

*

Vater, wenn die Mutter weinet,
Tröste sie an diesem Grab,
Mutter, wenn der Vater weinet,
Trockne ihm die Tränen ab,
Denn wir seh'n nach kurzer Zeit
Uns jenseits in der Ewigkeit.

Was wollt ihr euch betrüben,
Daß ich zur Ruh gebracht?
Seid still, ihr meine Lieben,
Ich wünsch' euch gute Nacht!

*

Beweint mich nicht, ihr Lieben,
Ich sterbe, Gott mit euch,
Was wollt ihr euch betrüben
Ich bin in Gottes Reich.

*

Wenn's möglich ist,
Mein lieber Christ,
So bet' für mich,
Ich bet' für dich.

*

Es liegt hier unter diesem Stein,
Ein mag'res, dürres Schneiderlein,
Und stehen einst die Toten auf,
So hilf ihm, lieber Gott, herauf,
Und reich' ihm deine starke Hand,
Denn er allein ist's nicht im Stand.

*

Hier liegt begraben unser Organist,
Warum? Weil er gestorben ist;
Er lobte Gott zu jeder Zeit
Und singt jetzt in der Ewigkeit!

*

Hier ruht mein lieber Arzt, Herr Grimm,
Und die er heilte, neben ihm.

Hier ruhen meine Gebeine,
Ich wollt' es wären deine!

*

Hier ruht mein Ehweib, Gott sei Dank,
So lang sie lebte, war nur Zank,
Geh Wanderer, geh flugs von hier,
Sonst steht sie auf und zankt mit dir.

*

Hier liegt ein Lehrer unterm Gras,
Der Wurst und Kraut so gerne aß,
Er lehrte die Knaben das ABC.
Gott gnade ihm! Er kommt nit meh.

Hier liegt der Lehrer Krug,
Der Kinder, Weib und Orgel schlug.

*

Hier ruht ein rechter Grobian,
Ein Klotz, wie's einen geben kann,
Läg' er nicht ohne Hut im Grab,
Er zög ihn selbst vor Gott nicht ab.

*

Allhier in diesem stillen Grab
Da liegt begraben ein echter Schwab',
Hat er erlangt das Himmelreich,
So war's sein bester Schwabenstreich.

*

Hier ruhet Wenzel Podibrat,
Leibkutscher beim Grafen Kolowrat,
Über sein Bauch ging Wagenrad.
Weil er immer war so brav,
Ließ Stein ihm setzen der Herr Graf.

Inschriften auf Marterltafeln

Er fiel in diese Schlucht,
Wo er Heilkräuter sucht'
Gegen Krankheit und Wunden,
Das Kräutlein vor dem Tod,
Das hat er nicht gefunden.

*

Auf dem Weg zu einem Kranken
Ging ich in Eil',
Aber Gott setzt' hier die Schranken
Mir mit seinem Todespfeil.

*

Hier siehst du wieder, lieber Christ,
Wie für den Tod kein' Bürgschaft ist.
Schießen war meine größte Freud',
Absonders in der Winterszeit.
Gesund und fröhlich ging ich aus,
Kam nicht mehr heim ins Vaterhaus.
Empfehl' mich der Barmherzigkeit
Und sei selbst auf den Tod bereit.

*

Scherzweis' hüpfte dieser Greis
Allhier auf dem Eis,
Als der See einbrach, da war
Es mit seinem Leben gar.

*

Durch einen Ochsenstoß
Kam ich in den Himmelsschoß;
Mußte ich auch gleich erblassen
Und das Weib und Kind verlassen.
So ging ich doch ein zur ewigen Ruh',
Durch dich, du Rindvieh, du!

*

Ich, ein treuer Hirtenknab'
Stieg die Berge auf und ab;
Gesucht hab' ich die Schafe hier
Und fand man frühes Grab dafür.

*

Hier kam er beim Holzen unter
die Prügel,
Er war ein guter Holzknecht, der
Johann Riegl!

*

Er lebte fromm und recht,
Der hier derdruckte Bauernknecht;
Zum Glücke war er ledig,
Gott im Himmel sei ihm gnädig.

*

Wanderer, vernimm die Kunde,
Daß hier ging ein Mensch zu Grunde;
Danke Gott als guter Christ.
Daß du's nicht selber g'wesen bist.

Poesie der Heiterkeit

Dunkel war's, der Mond schien helle

Dunkel war's, der Mond schien helle,
Schneebedeckt die grüne Flur,
Als ein Wagen blitzesschnelle
Langsam um die Ecke fuhr.
Drinnen saßen stehend Leute,
Schweigend ins Gespräch vertieft,
Während ein erschossner Hase
Auf der Wiese Schlittschuh lief.
Und auf einer roten Bank,
Die blau angestrichen war,
Saß ein blondgelockter Jüngling
Mit kohlrabenschwarzem Haar.
Neben ihm 'ne alte Schachtel,
Die kaum zählte sechzehn Jahr.
Und sie aß ein Butterbrot,
Das mit Schmalz bestrichen war.
Droben auf dem Apfelbaume,
Der sehr süße Birnen trug,
Hing des Frühlings letzte Pflaume
Und an Nüssen noch genug.

Stumpfsinn, Stumpfsinn ...

Refrain:
Stumpfsinn, Stumpfsinn,
du mein Vergnügen,
Stumpfsinn, Stumpfsinn,
du meine Lust!
Gäb's keinen Stumpfsinn,
gäb's kein Vergnügen,
Gäb's keinen Stumpfsinn,
gäb's keine Lust.

Ach wie so brav
Ist doch das Schaf,
Vor allen Tieren der Erde.
Es zeichnet sich aus,
Jahrein und jahraus,
Durch Stumpfsinn und
heit're Gebärde.

Der Eskimo
Lebt irgendwo,
Denn irgendwo muß er ja leben.
Und lebt' er nirgendwo,
Der Eskimo,
Dann tät's keinen Eskimo geben.

Im Sommer, das weiß
Ein jedes Kind,
Da bringen die Störche die Kinder,
Im Herbste, da zieh'n
Die Störche weg,
Wer besorgt das Geschäft dann
im Winter?

Der Ziegelstein
Ist nie allein,
Man findet ihn meistens zu vielen,
Und wär er allein,
So ist er wahrschein –
Lich irgendwo liegengeblieben.

Der Elefant
Hat hinten den Schwanz
Und vorne, da hat er den Rüssel.
Er ist nie allein
Im Käfige sein,
Denn der Wärter, der hat ja
den Schlüssel.

Das treue Kamel
Sieh' an niemals scheel.
Am Herzen, da laß es dir liegen,
Von früh bis spat
Zwei Höcker es hat,
Mit dem Schwanz vertreibt es
die Fliegen.

Der Papagei
Macht viel Geschrei,
Und manchmal, da ist er auch stille.
Die Mamagei,
Die legt ihr Ei
Und gebraucht dazu keine Brille.

Das Zebra ist,
Wie ihr alle wißt,
Eins der gestreiftesten Tiere,
Es hat nicht zwei,
Nicht Beine drei,
Sondern hat der Beine viere.

Der Frosch ist schön
Ganz unbedingt,
Man kennt ihn besonders
am Hupfen,
Ins kalte Wasser
Er gerne springt
Und bekommt doch nie
einen Schnupfen.

Schön ist ein Zylinderhut

Schön ist ein Zylinderhut,
Wenn man ihn besitzen tut,
Doch von ganz besondrer Güte
Sind stets zwei Zylinderhüte.

Hat man der Zylinder drei,
Hat man einen mehr als zwei;
Vier Zylinder, das sind grad
Zwei Zylinder zum Quadrat.

Fünf Zylinder sind genau
Für drei Kinder, Mann und Frau;
Sechs Zylinder, das ist toll,
Mach'n das halbe Dutzend voll.

Sieben Zylinder sind genug,
Für 'nen kleinen Leichenzug;
Hat man der Zylinder acht,
Wird der Pastor auch bedacht.

Hat man der Zylinder neun,
Kriegt der Küster auch noch ein'n:
Zehn Zylinder sind bequem
Für das Dezimalsystem.

Elf Zylinder, o wie fein,
Sind zwölf Zylinder minus ein'n;
Zwölf Zylinder, o wie schön,
Würden den Aposteln stehn.

Klapphornverse

Zwei Knaben gingen durch das Korn,
Der eine hint', der andre vorn,
Doch keiner ging in der Mitte,
Man sieht daraus, es fehlt der Dritte.

Zwei Knaben gingen durch das Korn,
Die gingen alle beide vorn,
Denn hinten konnte keiner gehn,
Da hinten war die Luft nicht schön.

Zwei Knaben gingen durch das Korn,
Der zweite hat seinen Hut verlor'n,
Der erste würde ihn finden,
Ging er statt vorne hinten.

Zwei Knaben gingen durch das Korn,
Die sind noch immer Assessor'n,
Amtsricht' wären sie schon heute,
Gäb's nicht so viele Vorderleute.

Zwei Knaben gingen durch das Korn,
Dem einen war die Nase erfrorn.
Wie kam denn das im Sommer?
Das war ja grad der Kommer.

Zwei Knaben gingen durch das Korn,
Die waren beide Feger des Schorn'.
Der eine konnte gar nicht fegen,
Der andre fog brillant dagegen.

Zwei Knaben gingen an dem Strand;
Der andre eine Muschel fand.
Der eene, der fand keene:
Da hatten sie beide nur eene.

Zwei Knaben gingen durch die Nacht,
Der eine leis, der andre sacht.
Man konnte sie weder sehen noch hören –
Wenn sie's nun gar nicht gewesen wären?

Zwei Knaben machten einen Bummel
Und fanden 'nen Zigarrenstummel.
Sie rauchten beide gravitätisch,
Das weitere ist unästhetisch.

Zwei Knaben stiegen auf 'nen Gletscher,
Sie wurden matsch und immer mätscher.
Da sprach der Mätschere zum Matschen:
»Jetzt woll'n wir wieder abihatschen.«

Zwee Knaben gingen uf der Stroß'
Und stritten, wer hätt' die scheenste Hos'.
Der Gröschte haut solang' de Kleenschte,
Bis der dann sagt: »Du hoscht
die scheenschte.«

Zwee Knaben loofen im Galobb,
Dem eenen reißt ä' Hosenknobb;
Der andre schreit: »Herjehs,
Wo's Knebbchen liegt – wer weeß.«

Zwei Knaben suchten emsiglich
Am Baume nach einem Appel.
Sie fanden keinen Appel nich,
Der Baum, das war 'ne Pappel.

Wie gut ist's, daß die beiden Knaben
Den Appel nicht gefunden haben.
Das Krabbeln tät kein Ende nehmen
Nach Äppeln auf den Pappelbeemen.

Zwei Knaben an 'nem Waldessaum,
Die maßen sich im Purzelbaum;
Dem einen wollt' es nimmer gelingen,
Den Baum des Purzels fertigzubringen.

Zwei Knaben fanden eine Zwiebel,
Die roch ganz beschreiblich übel,
Ganz unbeschreiblich übel roch sie,
Die Knaben aßen aber doch sie.

Zwei Knaben rauchten lange Pfeifen,
Sie konnten beide nicht begreifen,
Daß aus so langen Pfeifen man
Auch kurze Züge machen kann.

Zwei Knaben haben hinter dem Ofen
Gedichtet hundert Klapphornstrophen,
Besonders dichtete einer, nämlich
Der andere war viel zu dämlich.

Zwei Knaben rieten kreuz und quer,
Wo kommen Klapphornverse her?
Da sprach der andre: »Horch,
Die bringt der Klapphornstorch.«

Die Ballade vom Wolf und der Gans

Im Winter ist ein kalte Zeit,
Daß man nicht viel zu Felde leit.
Ich sah ein Wolf sehr traben
Für eines reichen Bauern Hof,
Ein Gans trug er beim Kragen.

Er setzt sich nieder in den Schnee,
Der bittre Hunger tät ihm weh,
Die Gans wollt er verzehren;
Do dacht die Gans in ihrem Mut:
Möcht ich mich's Wolfs erwehren!

Die Gans, die bat den Wolf gar sehr,
Ob ihres Lebens nimmer wär,
Daß er's ein Lied ließ singen,
Das fröhlich nach ihrem Tode jäh
Von Tanzen und von Springen.

Die Gans, die rauft die Federn aus
Und macht dem Wolf ein Kränzchen draus,
Der besten Federn eine,
So sie in ihrem Flügel trug;
War besser denn sunst keine.

Und do der Kranz gemachet war,
Dem Wolf setzet sie's auf sein Haar,
Des tät sich der Wolf freuen;
Er sprach: »Wir wöllen tanzen tun
Ein kleinen kurzen Reihen.«

Sie tanzten hin und tanzten her,
Gleich ob es vor der Fastnacht wär,
Der Tanz was mancherleie;
Ich stund dabei und sah ihn'n zu,
Der Wolf, der führt den Reihen.

Und do der Tanz am besten was,
Das Gänslein da sein nit vergaß,
Stund auf und flog von dannen:
»G'segen dich, Wolf, du scheußlich Tier,
Nach mir hab kein Verlangen!«

Der Wolf, der stund und sah ihr nach:
»Der Teufel mir das riet und sprach,
Daß ich tät nüchtern tanzen;
Bescheißt mich kein Gans nimmermehr,
Sei's Gänsin oder Ganser.«

Der Wolf, der schwur bei seinem Eid:
»Es soll viel Gänsen werden leid,
Ich will's ihn's nicht vertragen;
Den Winter und den Sommer will
Ich erst viel Gänsen zwagen.«

»Ja, Wolf, du bist ein listigs Tier,
Betrogen bist worden von mir
Wohl durch ein Kränzeleine;
Sant Mert errettet' mich von dir,
Der treu Nothelfer meine.

Der mir von dir, Wolf, helf aus der Not
Und mir auch gab den treuen Rat,
Dess' bin ich nicht vergessen;
Der heilig Sant Merten hat
Mein'n Leib auch helfen essen.

Der riet, daß ich ein G'schäft sollt ton;
Ich folget' dem heiligen Mann
Und was in des Gewähren;
Allweg wohl an Sant Martestag
Ißt man uns Gänslein geren.

Wohl zu dem trüben neuen Wein,
Den beschert Gott und Sant Martein,
Ist die Gans dazu geben,
Demselben ißt man uns zu Ehr,
Gott im ewigen Leben.«

Die vermutlich aus dem Mittelalter überlieferte Ballade ist in mehreren Textvarianten erhalten und wurde erstmals auf einem Fliegenden Blatt gedruckt. »Durch Hans Guldenmundt, 1530, Wien und Basel«. Der Titel: »Ein newes Lied, von einem Wolff und einer Ganß«.

Ein Hund kam in die Küche

Ein Hund kam in die Küche
Und stahl dem Koch ein Ei,
Da nahm der Koch den Löffel
Und schlug den Hund entzwei.
Da kamen viele Hunde
An seines Grabes Rand
Und setzten ihm ein Denkmal,
Worauf geschrieben stand:
»Ein Hund kam in die Küche...«

(von vorne)

Der Kuckuck ist ein kluger Mann

Der Kuckuck ist ein kluger Mann,
Er schaffte sich zehn Weiber an.
Die erste Frau, die fegt das Haus,
Die zweite trägt den Dreck hinaus.

Die dritte kocht den Haferbrei,
Die vierte trägt die Butter herbei,
Der fünften schmeckt es gar zu gut,
Die sechste kriegt den Zuckerhut.

Die siebent' macht das Bette warm,
Die achte schläft in Kuckucks Arm.
Die neunte deckt das Bettchen zu,
Die zehnte wünscht ihm gute Ruh.

Das Krokodil

Im heil'gen Teich zu Singapur,
Da liegt ein altes Krokodil
Von äußerst grämlicher Natur
Und kaut an einem Lotosstiel.
Es ist ganz alt und völlig blind,
Und wenn es einmal friert des Nachts,
So weint es wie ein kleines Kind,
Doch wenn ein schöner Tag ist, lacht's.

Hermann Lingg

Nach diesem Gedicht wurde der Münchner Dichterkreis »Gesellschaft der Krokodile« benannt, dem unter anderem Emanuel Geibel, Paul Heyse und Felix Dahn angehörten.

Die Schneider und der Schneck

Es seind einmal drei Schneider gewesn
Und haben n' Schnecken für'n Bären angsehn.

Sie waren dessen so voller Sorgn
Und haben sich hinter ein Zaun verborgn.

Und als sie seind zusammen kommn,
So hat ein jeder 's Gewehre genommn.

Nadel, Pfriem und Eisenstab –
Nichts geht als Kuraschi ab.

Und als es kame zu dem Streit,
Da macht ein jeder Reu und Leid.

Und als sie wollten auf ihn hin,
Da ging es ihnen durch den Sinn.

Der erste sagt: »Geh du voran!«
Der andre sagt: »Ich trau mir nicht dran.«

Der dritte war wohl auch dabei
Und sagt: »Er frißt uns alle drei!«

»Heraus mit dir, du Teuxels-Viech,
Wenn du willt haben einen Stich!«

Der Schneck, der streckt die Hörner aus,
Die Schneider zittern, 's ist ein Graus!

Und als der Schneck das Haus bewegt,
So habn die Schneider 's Gewehr gestreckt.

Der Schneck, der kriecht zum Haus heraus
Und jagt die Schneider zum Tempel hinaus.

Worterklärung: Teuxel = Teufel

Schneider und Teufel

Ein Schneider wollte wandern,
Am Montag in der Fruh;
Begegnet ihm der Teufel,
Hat weder Strumpf noch Schuh:
»Hehe, du Schneiderg'sell!
Du mußt mit mir in d' Höll,
Du mußt uns Teufel kleiden,
Es gehe, wie es wöll.«

Sobald der Schneider in die Höll 'neinkam,
Nahm er sein' Ellenstab,
Er schlug den Teufeln die Buckel voll,
Die Höll wohl auf und ab.
»Hehe, du Schneiderg'sell!
Mußt wieder aus der Höll!
Wir brauchen nicht das Messen,
Es gehe, wie es wöll.«

Nachdem er all' gemessen hatt'
Nahm er sein' lange Scher
Und stutzt den Teufeln d' Schwänzeln ab,
Sie hupften hin und her.
»Hehe, du Schneiderg'sell,
Pack dich nur aus der Höll!
Wir brauchen nicht das Stutzen,
Es gehe, wie es wöll.«

Da zog er's Bügeleisen 'raus
Und warf's ins Höllenfeuer;
Er strich den Teufeln die Falt'n aus,
Sie schrien ungeheu'r:
»Hehe, du Schneiderg'sell,
Geh du nur aus der Höll;
Wir brauchen nicht das Bügeln,
Es geh' halt, wie es wöll.«

Er nahm den Pfriemen aus dem Sack
Und stach sie in die Köpf,
Er sagt: Halt't still, ich bin schon da!
So setzt man bei uns die Knöpf.
»Hehe, du Schneiderg'sell,
Geh einmal aus der Höll:
Wir brauchen keine Kleider,
Es gehe, wie es wöll.«

Drauf nahm er Nadel und Fingerhut
Und fing zu stechen an;
Er näht den Teufeln die Nasen zu,
So eng er immer kann,
»Hehe, du Schneiderg'sell,
Pack dich nur aus der Höll!
Wir können nimmer schnaufen,
Es geh' nun, wie es wöll.«

Darauf fängt er zu schneiden an,
Das Ding hat ziemlich brennt,
Er hat den Teufeln mit Gewalt
Die Ohren abgetrennt,
»Hehe, du Schneiderg'sell,
Marschier nur aus der Höll!
Sonst brauchen wir den Bader,
Es geh' nun, wie es wöll.«

Nach diesem kam der Luzifer
Und sagt: »Es ist ein Graus!
Kein Teufel hat kein' Wedel mehr,
Jagt ihn zur Höll hinaus!
Hehe, du Schneiderg'sell,
Pack dich nur aus der Höll!
Wir brauchen keine Kleider,
Es geh' halt, wie es wöll.«

Nachdem er nun hat aufgepackt,
Da ward ihm erst recht wohl,
Er hüpft und springet unverzagt,
Lacht sich den Buckel voll:
Ging eilends aus der Höll
Und blieb ein Schneiderg'sell.
Drum holt der Teufel kein' Schneider mehr,
Er stehl' so viel er wöll.

Freien ist kein Pferdekauf

Freien ist kein Pferdekauf;
Wer sich hier nicht will bedenken,
Der muß sich vergeblich kränken
Durch den ganzen Lebenslauf:
Freien ist kein Pferdekauf.

Weiber gehn nicht immer ab
Wie die jährigen Kalender
Oder ein Paar Hosenbänder,
Nein, sie bleiben bis ins Grab:
Weiber gehn nicht immer ab.

Jungfern sind stets fromm und fein;
Aber wenn sie Weiber werden,
Können sie dem Mann auf Erden
Wohl ein Fegefeuer sein:
Jungfern sind stets fromm und fein.

Alle sind von einer Art,
Freund- und höflich mit dem Munde,
Aber in des Herzens Grunde
Sitzet oft der Schalk verwahrt:
Alle sind von einer Art.

Witwen sind vom besten Schlag,
Denn sie haben viel erfahren.
Weil man auch in diesen Jahren
Kluge Leute leiden mag:
Witwen sind vom besten Schlag.

Freien ist kein Pferdekauf.
Wer sich einmal will erneuen
Und ein junges Mädchen freien,
Oh, der tu' die Augen auf:
Freien ist kein Pferdekauf.

Die Krähwinkler Landwehr

Nur immer langsam voran, nur immer langsam voran,
Daß die Krähwinkler Landwehr nachkommen kann!

Hätt' der Feind unsre Stärke schon früher gekannt,
Wär er sicher schon früher zum Kuckuck gerannt.

Jetzt marschiern wir grad nach Paris hinein,
Dort, Kinder, soll das Rochen nicht verboten sein.

Kein Säbel hängt uns an der Seit,
Weil's g'fährlich wär für hitzige Leut.

Keinen Mantel habens uns mitgegeb'n,
Weils gewußt haben, daß wir all nit lange leb'n.

Das Marschiern, das nimmt auch gar kein End,
Das macht, weil der Hauptmann die Landkart nicht kennt.

Herr Hauptmann, mein Hintermann, der läuft so im Trab,
Er tritt mir beinah die Hinterbacken ab.

Hat denn keiner den Fähndrich mit der Fahne gesehn?
Man weiß ja gar nicht, wie der Wind tut wehn!

Unser Fähnlein, das ist drei Ellen Taft,
So'n Ding ist bald wieder angeschafft.

Tambour! Strapazier doch die Trommel nicht so sehr,
Alleweil sind die Kalbsfell so wohlfeil nicht mehr!

Unser Hauptmann ist 'n gar braver Mann,
Nur schad, daß er gar kein Pulver riechen kann.

Unser Leutnant ist ein g'waltiger Held,
Wenn's drauflos geht, hat er hinter die Front sich gestellt.

Der Herr General hat doch die mehrste Courage,
Wenn's schießt, versteckt er sich hinter die Bagage.

Bei Lützen, da ist 'ne Bombe geplatzt,
Potz Wetter! wie sind wir da ausgekratzt!

Denn wenn so'n Biest am Ende einen trifft,
Hilft einem, weiß Gott, der ganze Feldzug nischt.

Da lob ich mir so 'nen bayerischen Kloß,
So'n Ding geht doch so leicht nicht los.

Bei Leipzig, in der großen Völkerschlacht,
Da haben wir beinah een Gefangenen gemacht.

In der Festung war's doch gar zu schön:
Da konnt man den Feind durch die Gucklöcher sehn.

Und schlich sich mal ein Feind herein,
So konnt man doch um Hilfe schrein.

Du, Barthel, gib mir mal die Kümmelpulle her!
Im Kriege, da durstet einen gar zu sehr.

Ach, wie wird's uns in Frankreich ergehn!
Dort soll kein Mensch das Deutsch verstehn.

Und was da klug die Leute sind:
Da spricht Französisch ein jedes Kind!

Am Ende gehn wir noch nach Spanien hinein,
Da soll der Schnaps ganz bitter sein!

Was geht denn da im Busch herum?
Das ist gewiß der Napoleum!

Herr Hauptmann, mit allergnädigstem Permiß,
Was ich Sie bitt, erlauben Sie gewiß.

Reißt aus, Kameraden, reißt alle alle aus!
Dort steht ein französisches Schilderhaus.

Und kommt der Feind doch angeruckt,
Dann alle flink ins Kartoffelfeld geduckt!

Jetzt, Bauern, kochts Knödel und Hirsenbrei,
Wenn die Landwehr kommt, wird sie hungrig sei!

Immer lustig voran, nur immer lustig voran,
Daß mer brav in die Knödel einhauen kann!

Romanze vom nützlichen Soldaten

Rieke näht auf die Maschine,
Nischke ist beis Militär,
Dennoch aber ließ sie ihne
Niemals nahe bei sich her.

Wozu, fragte sie verächtlich,
Wozu hilft mich der Soldat,
Wenn man bloß durch ihn
hauptsächlich
So viel hohe Steuern hat.

Einstmals ging sie in das Holze,
Nischke wollte gerne mit;
Aber nein, partu nicht wollt se,
Daß er ihr dahin beglitt.

Plötzlich springt aus dem Gebüsche
Auf ihr zu ein alter Strolch;
Stiere Augen, wie die Fische,
Kalte Hände, wie der Molch.

Runter, schreit er, mit die Kleider,
Denn Sie lebt im Überfluß,
Da ich ein Fabrikarbeiter,
Der sich was verdienen muß.

Weinend fällt das Kleid und Röckchen,
Zitternd löst sich der Turnür,
Nur ein kurzes Unterglöckchen
Schützt vor Scham und Kälte ihr.

Bauz! Da fällt ein Schuß mit Schroten.
Fluchend läuft der Vagabund
Mit verletztem Hosenbund
In des Waldes Hintergrund.

Das tat Nischke, der trotz allen
Rieken heimlich nachgeschleicht,
Die sich unter Dankeslallen
Jetzt um seinen Hals verzweigt.

Oh, ihr Mädchens, laßt euch raten,
Ehrt und liebet den Soldat;
Weil er sonst vor seine Taten
Nicht viel zu verzehren hat.

Wilhelm Busch

Die Ohrfeige

Hier strotzt die Backe voller Saft;
Da hängt die Hand, gefüllt mit Kraft.
Die Kraft, infolge von Erregung,
Verwandelt sich in Schwungbewegung.
Bewegung, die in schnellem Blitze
Zur Backe eilt, wird hier zur Hitze.
Die Hitze aber, durch Entzündung
Der Nerven, brennt als Schmerzempfindung
Bis in den tiefsten Seelenkern,
Und dies Gefühl hat keiner gern.

Ohrfeige heißt man diese Handlung,
Der Forscher nennt es Kraftverwandlung.

Wilhelm Busch

Lügen, Lügen . . .

Die Donau ist ins Wasser gefall'n,
Der Rheinstrom ist verbrannt.
Ein altes Weib ist drüber gegang'n
Und hat die Schürz verbrannt.

In Frankfurt ist ein Spaß passiert,
Der Geisbock hat's erzählt:
Sie hab'n ein'n toten Schneidergesell'n
Zum Bürgermeister erwählt.

Wer mit Katzen ackern will,
Der spann die Mäus' voran,
Dann geht's die ganze Furch hinauf
Die Hetz, die Hetz, die Hetz!

Der Stiefel und der Stiefelknecht,
Die führten ein'n Prozeß,
Der Esel fährt im Luftballon,
Der Ochse fährt Kalesch.

Das Kräuterweib von Luxemburg,
Das handelt mit Spinat:
Jetzt wird der alte Stephansturm
In Wien sogar Soldat.

Ein sogenanntes Lügenmärchen;
Herkunft unbekannt.

Das Wirtshaus an der Lahn

Es steht ein Wirtshaus an der Lahn,
Da halten alle Fuhrleut an.
Die Wirtin sitzt am Ofen,
Die Gäste sitzen um den Tisch,
Den Wein will niemand loben.

Frau Wirtin hat auch einen Mann,
Der spannt den Fuhrleut'n selber an;
Er schenkt vom allerbesten
Ulrichsteiner Fruchtbranntwein,
Den setzt er vor den Gästen.

Frau Wirtin hat auch einen Knecht,
Und was er tut, das ist ihr recht,
Er tät gern karessieren;
Des Morgens, wenn er früh aufsteht,
Kann er kein Glied nicht rühren.

Frau Wirtin hat auch eine Magd,
Die sitzt im Garten und pflückt Salat;
Sie kann es kaum erwarten,
Bis daß das Glöcklein zwölfe schlägt,
Da kommen die Soldaten.

Als das Glöcklein zwölfe schlug,
Da hatte sie noch nicht genug,
Da fing sie an zu weinen
Mit ei, ei, ei und ach, ach, ach:
»Nun hab ich wieder keinen!«

Rheinisches Studentenlied, das von
Stegreifdichtern durch meist unanständige
Verse ergänzt wurde.

Doktor Eisenbart

Ich bin der Doktor Eisenbart,
Kurier' die Leut' nach meiner Art.
Kann machen, daß die Blinden gehn
Und daß die Lahmen wieder sehn.

In Wimphen accouchierte ich
Ein Kind zur Welt gar meisterlich.
Dem Kind zerbrach ich sanft das G'nick,
Die Mutter starb zum guten Glück.

In Potsdam trepanierte ich
Den Koch des großen Friederich:
Ich schlug ihm mit dem Beil vor'n Kopf,
Gestorben ist der arme Tropf.

Zu Ulm kuriert' ich einen Mann,
Daß ihm das Blut vom Beine rann:
Er wollte gern gekuhpockt sein,
Ich impft' ihn mit dem Bratspieß ein.

Des Küsters Sohn in Dideldum,
Dem gab ich zehn Pfund Opium;
Drauf schlief er Jahre, Tag und Nacht,
Und ist bis jetzt noch nicht erwacht.

Sodann dem Hauptmann von der Lust
Nahm ich drei Bomben aus der Brust;
Die Schmerzen waren ihm zu groß:
Wohl ihm! Er ist die Bomben los.

Es hatt' ein Mann in Langesalz
Ein'n zentnerschweren Kropf am Hals,
Den schnürt' ich mit dem Heuseil zu:
Probatum est, er hat jetzt Ruh'.

Zu Prag, da nahm ich einem Weib
Zehn Fuder Steine aus dem Leib;
Der letzte war ihr Leichenstein:
Sie wird wohl jetzt kurieret sein.

Das ist die Art, wie ich kurier'.
Sie ist probat, ich bürg' dafür;
Daß jedes Mittel Wirkung tut,
Schwör' ich bei meinem Doktorhut.

Spottlied auf Johann Andreas Eysenbarth (1663–1727), den wohl populärsten Augen- und Wundarzt seiner Zeit, der seine Künste auch auf Jahrmärkten feilbot. Er war kein Quacksalber, wie vielfach überliefert, sondern ein für damalige Verhältnisse erfolgreicher »Königlich Großbritannischer und Kurfürstlich Braunschweigisch-Lüneburgischer privilegierter Landarzt«, »Königlich Preußischer Rat« und »Hofoculist von Magdeburg«. Die bekannte Melodie zu diesem Text ist eine alte Volksweise.

Worterklärungen: accouchieren, von Accouchement = Entbindung; trepanieren = den Schädel aufbohren.

Noah

Als Noah aus dem Kasten war,
Da trat zu ihm der Herre dar;
Der roch des Noahs Opfer und sprach:
»Ich will dir gnädig sein,
Und weil du ein so frommes Haus,
So bitt' dir eine Gnade aus!«

Fromm Noah sprach: »Ach lieber Herr,
Das Wasser schmeckt mir gar nicht mehr,
Dieweil darin ersäufet sind
All sündhaft Vieh und Menschenkind:
Drum möcht' ich armer alter Mann,
Ein anderweit' Getränke ha'n!«

Da griff der Herr ins Paradies
Und gab ihm einen Weinstock süß
Und gab ihm guten Rat und Lehr'
Und sprach: »Den sollst du pflegen sehr.«
Und wies ihm alles so und so;
Der Noah ward ohn' Maßen froh.

Und rief zusammen Weib und Kind,
Darzu sein ganzes Hausgesind',
Pflanzt' Weinberg rings um sich herum:
Der Noah war fürwahr nicht dumm!
Baut' Keller dann und preßt' den Wein
Und füllt ihn gar in Fässer ein.

Der Noah war ein frommer Mann,
Stach ein Faß nach dem andern an
Und trank es aus zu Gottes Ehr':
Das macht' ihm eben kein Beschwer.
Er trank, nachdem die Sündflut war,
Dreihundert noch und fünfzig Jahr'.

Ein kluger Mann hieraus ersieht,
Daß Weins Genuß ihm schadet nicht;
Und item, daß ein guter Christ
In Wein niemalen Wasser gießt:
Dieweil darin ersäufet sind
All sündhaft Vieh und Menschenkind.

August Langbein

Ein Mann, der sich Kolumbus nannt

Ein Mann, der sich Kolumbus nannt,
War in der Schiffahrt wohlbekannt,
Es drückten ihn die Sorgen schwer,
Er suchte neues Land im Meer.

Als er den Morgenkaffee trank,
Da rief er fröhlich: »Gott sei Dank!«
Denn schnell kam mit der ersten Tram
Der span'sche König bei ihm an.

»Kolumbus«, sprach er, »lieber Mann,
Du hast schon manche Tat getan!
Eins fehlt noch unsrer Gloria:
Entdecke mir Amerika!«

Gesagt, getan, ein Mann, ein Wort,
Am selben Tag fuhr er noch fort.
Und eines Morgens schrie er: »Land!
Wie deucht mir alles so bekannt!«

Das Volk am Land stand stumm und zag,
Da sagt' Kolumbus: »Guten Tag!
Ist hier vielleicht Amerika?«
Da schrien alle Wilden: »Ja!«

Die Wilden waren sehr erschreckt
Und schrien all: »Wir sind entdeckt!«
Der Häuptling rief ihm: »Lieber Mann,
Alsdann bist du Kolumbus dann!«

Wenn der Vater mit dem Sohne

Wenn der Vater mit dem Sohne
Auf dem Zündloch der Kanone
Ohne Sekundanten paukt
Und die kleinste Kreature
In dem Zentrum der Nature
Thymian zu wittern glaubt
Refrain:
Dann ade, ade, ade,
Dann ade, ade, ade,
Dann ade Schatz, lebe wohl!

Wenn die Sonn' am Firmamente
Mit dem Mond im Viereck rennte
Und ihm treue Liebe schwört
Und die Menschheit hochbeklommen
Ob der Dinge, die da kommen,
Tiefe Seufzer fahren hört

Dann ergreift die Hyanzinthe,
Ach! voll Wehmut ihre Flinte,
Und der Harung, auch nicht faul,
Nimmt, das Vaterland zu retten,
Nebst zehntausend Bajonetten
Noch ein Trommelfell ins Maul

Wenn der Engel mit dem Teufel
Auf dem Schneegebirg' der Eifel
An der Schnapsflasch' sich ergötzt
Und St. Petrus dann im Himmel
Wie ein Erzphilisterlümmel
Hunde auf die Jungfraun hetzt

Wenn die Mosel mit dem Rheine
In dem finstern Sonnenscheine
Überschwemmt der Tugend Pfad
Und der Senior der Westfalen
Alle Pümper soll bezahlen,
Die die Krone Englands hat

Wenn das Meer mit allen Flüssen
Unter Regenwolkengüssen
Sich in Bierstoff umgestalt't
Und der Vesuv mit der Hölle
Sich zur köderreichen Quelle
Schaffen läßt durch Dampfgewalt

Wenn das Krokodil mit Freuden
Ob der christkathol'schen Leiden
Ab del Kadern harangiert
Und der Floh mit dreien Läusen
Nebst zwei englisierten Mäusen
Der Walhalla Fronten ziert

Verfasser unbekannt; möglicherweise Friedrich Theodor Vischer.

Wenn jemand eine Reise tut

Wenn jemand eine Reise tut,
So kann er was erzählen;
Drum nahm ich meinen Stock und Hut
Und tät das Reisen wählen.
Refrain:
Da hat Er gar nicht übel dran getan;
Verzähl Er doch weiter, Herr Urian!

Zuerst ging's an den Nordpol hin;
Da war es kalt, bei Ehre!
Da dacht' ich denn in meinem Sinn,
Daß es hier besser wäre.

In Grönland freuten sie sich sehr,
Mich ihres Orts zu sehen,
Und setzten mir den Trankrug her;
Ich ließ ihn aber stehen.

Die Esquimaux sind wild und groß,
Zu allem Guten träge;
Da schalt ich Einen einen Kloß
Und kriegte viele Schläge.

Nun war ich in Amerika;
Da sagt' ich zu mir: Lieber!
Nordwestpassage ist doch da;
Mach dich einmal darüber!

Flugs ich an Bord und aus ins Meer,
Den Tubus festgebunden,
Und suchte sie die Kreuz und Quer,
Und hab sie nicht gefunden.

Von hier ging ich nach Mexiko;
Ist weiter als nach Bremen,
Da, dacht' ich, liegt das Gold wie Stroh;
Du sollst 'n Sack voll nehmen.

Allein, allein, allein, allein,
Wie kann ein Mensch sich trügen!
Ich fand da nichts als Sand und Stein
Und ließ den Sack da liegen.

Drauf kauft' ich etwas kalte Kost
Und Kieler Sprott und Kuchen
Und setzte mich auf Extrapost,
Land Asia zu besuchen.

Der Mogul ist ein großer Mann
Und gnädig über Maßen
Und klug; er war itzt eben dran,
'n Zahn ausziehn zu lassen.

Hm! dacht' ich, der hat Zähnepein,
Bei aller Größ' und Gaben!
Was hilft's denn auch noch:
Mogul sein?
Die kann man so wohl haben.

Ich gab dem Wirt mein Ehrenwort,
Ihn nächstens zu bezahlen;
Und damit reist' ich weiter fort
Nach China und Bengalen.

Nach Java und nach Otaheit
Und Afrika nicht minder
Und sah bei der Gelegenheit
Viel Städt' und Menschenkinder;

Und fand es überall wie hier,
Fand überall 'n Sparren,
Die Menschen grade so wie wir
Und eben solche Narren.
Da hat Er übel dran getan;
Verzähl Er nicht weiter, Herr Urian!

Matthias Claudius

Die bekannte Melodie dazu komponierteKarl Friedrich Zelter.

Auf de schwäb'sche Eisebahne

Auf de schwäb'sche Eisebahne
Gibt's gar viele Haltstatione,
Schtuegart, Ulm und Biberach,
Mekkebeure, Durlesbach.

Auf de schwäb'sche Eisebahne
Gibt es viele Restauratione,
Wo ma esse, trinke ka,
Alles, was der Mage ma.

Auf de schwäb'sche Eisebahne
Braucht man keine Postillione.
Was uns sonst das Posthorn blies,
Pfeift jetzt die Lokomotiv.

Auf de schwäb'sche Eisebahne
könne Kuh und Ochse fahre,
D' Studente fahre erste Klass',
Sie mache das halt nur zum Spaß.

Auf de schwäb'sche Eisebahne
Wollt amal a Bäurle fahre,
Geht an'n Schalter, lüpft de Hut:
»Oi Billettle, seid so gut!«

Eine Geiß hat er sich kaufet,
Und daß die ihm nit entlaufet,
Bindet sie de gute Ma
Hinte an de Wage a.

»Böckli, tu nur woidle springe,
's Futter werd i dir scho bringe.«
Setzt si zu seim Weible na
Und brennt's Tabakpfeifle a.

Auf de nächste Statione,
Wo er will sei Böckle hole,
Find't er nur no Kopf und Soil
An dem hintre Wagetoil.

Do kriegt er en große Zorne,
Nimmt de Kopf mitsamt dem Horne,
Schmeißt en, was er schmeiße ka,
Dem Konduktör an'n Schädel na:

»So, du kannst de Schade zahle,
Warum bis d' so schnell gefahre!
Du alloin bis schuld dara,
Daß i d' Goiß verlaure ha!«

So, jetzt wär das Lied gesunge,
's hätt euch wohl in d' Ohr geklunge,
Wer's no nit begreife ka,
Fangt's no mal von vorne a!

Schtuegart = Stuttgart;
Mekkebeure = Meckenbeuren

Schwäbische Serenade

Du wohnscht in meiner Bruscht,
Du guter holder Geischt,
Der mir zur höchschten Luscht
Den Weg zum Himmel weischt.

Du bischt es, Allerbescht',
Die jeder Dichter preischt,
So wie ein sanfter Wescht
Gern um die Rose kreischt.

Ich hab' nicht Ruh und Rascht,
Wenn du nicht bei mir bischt;
Ich werd' mir selbscht zur Lascht,
Wo nicht dein Wesen ischt.

Vor deinem Fenschter fescht
Gefroren steh' ich fascht;
Darum laß ein, du Bescht',
Den halberstarrten Gascht. –

Arthur von Ramberg

An die Geliebte

Göttin mit dem Rosenmunde,
Mein ganzes Ich ist eine einz'ge Wunde,
Mein Herz ein Apfel, wo der Liebe Made
Sitzt drinnen und zerfrißt es ohne Gnade.

Den Teig deiner Reize knet' ich stets in meinen Sinnen,
Hoch geht er auf, als wäre Hefe drinnen;
Du bist ein Löschpapier, das meine Sinnen trinket,
Du bist ein Teich, worin mein Herz versinket.

Von hartem Pockholz ist dein Herz gedrechselt,
Meine Seele hast du zu Spreu zerhexelt,
Mein Tränenstrom könnt' einen Fixstern löschen,
Doch kalt bleibst du, wie gesäugt von Fröschen.

Auf deinen Wangen läßt sich's botanisieren,
Weil Rosen und Lilien dort florieren,
Und von der Lippen rotem Unterkissen
Hat Amor mich mit seinem Pfeil geschmissen.

Wie den Schneemann sich die Straßenbengel,
So aus Äther webten dich die Engel,
All' ihre Schönheit schenkten sie der Einen,
Daß sie nun selbst wie schwarze Kater scheinen.

Wie Hunde nach dem Hafen lechzen,
Wie Raben nach dem Aase krächzen,
Wie nach dem Blute dürst't der Floh,
Nach deiner Liebe ächz' ich so.

Die Uhren laufen vor Liebesglut schneller,
Das Eis vor Sehnsucht schmilzt in dem Keller,
Vor Liebespein brüllen die Mücken wie Kühe,
Graubärtige Eichen fall'n auf die Knie.

Könnt' ich deine Liebe dadurch erhalten,
Die Erde wollt' ich wie einen Käse spalten,
Ich schlüge die Sonne mit Keulen tot
Und brächte sie dir zum Abendbrot.

Ich kröche zum Schornstein der Welt hinaus,
Ich brächte dir eine Engelslaus,
Ich prügelte dem Mond die Hucke voll
Und würde zuletzt vor Liebe toll.

Karl Herlossohn

Jucunde

1.

Wenn ich seh' die Holde, Traute,
Wird mir sonderbar zu Maute!

Welch ein Wesen, fein und duftig –
Und stets häuslich, still geschuftig!

O ich möcht' mit vollem Herzen
Gleich zu ihren Füßen sterzen!

Holdes Weib! O komm' geschwinde,
Sonst verblutet meine Winde!

Welche Lust, mit dir zu hausen,
Und zu ruh'n an deinem Bausen!

Spräch' dann, tät sie freundlich winken:
Willst mir deine Liebe schinken?

Würd' sie mich zum Besten haben –
Wär' es aus mit meinem Laben!

Gleich sucht' ich den Dolch, den stumpfen,
Denn mein Leben wär' beschumpfen!

Und noch vor dem nächsten Morgen
Würd' ich selber mich erworgen!

2.

Größer wird der Sorgen Haufen,
Keine Nacht kann ich mehr schlaufen.

Ach! umsonst des Herzens Dürsten,
Möcht vor Ärger jetzt schon bürsten!

In das Meer möcht' ich mich tauchen,
In die Erde mich verkrauchen!

Denn wie treu ich ihr auch diene,
Ach! sie wird doch nie die Miene!

Ach, man sagt die Engelsreine –
Sei 'nes andern Konkubeine!

3.

Was auch ruddelt das Gesindel,
Rein war stets ihr Lebenswindel.

Gähnen auch des Leumunds Schleusen,
Niemand kann ihr das beweusen!

Und je mehr ich sie betrachte,
Scheint sie mir die Rechte, achte!

Diese Hand, man liebt, je länger
Man sie sieht, die kleinen Fänger!

Herrlich wallen dunkle Locken
Auf dem blendend weißen Nocken!

Diese Stirn, o wer vergäße
Jemals diese kleine Näse!

Nicht erschuf Natur sie launisch,
Dieser Wuchs, er ist junaunisch.

Welch unendliches Ergötzen,
Dich, Geliebte, zu besetzen!

4.

Heute ist ihr Namensfüste,
Wer, was sie gebrauchte, wüßte!

Ob sie nötig einen Knicker
Oder einen Operngicker!

Oder ob vielleicht ihr Freude
Machte eine goldne Keite!

Wie, wenn ich sie überraschte
Mit Parfüms, 'ne ganze Kaschte!

Oder mach' ich ihr mich teuer
Mit 'nem kleinen Papageier!

Oder kauf' von Schultzens Muse
Ich ihr gleich die Zauberruse!

Oder Adolf Stahrs vermischte
Schriften, daß sie dran sich – freute!

So in Zweifel ganz versunken,
Werd' ich lieber gar nichts schunken.

Lustig ist das Zigeunerleben

Lustig ist das Zigeunerleben,
Braucht dem Kaiser kein Zins zu geben,
Lustig ist es im grünen Wald,
Wo sich der schwarze Zigeuner aufhalt.

Wenn uns der Hunger gleich tut plagen,
So tun wir auch ein Häslein jagen,
Kommt der Jäger aber nicht,
So fürchten wir auch sein Hündlein nicht.

Mädchen, willst du Tabak rauchen,
So mußt du erst ein Pfeifchen kaufen,
Dort in meinem Mantelsack
Steckt ein Pfeif und Rauchtabak.

Mädchen, willst du Kaffee trinken,
So mußt du erst die Schale schwenken;
Schwenkst du die Schale nicht,
So trinken wir auch den Kaffee nicht.

Die Tiroler sind lustig

Die Tiroler sind lustig,
Die Tiroler sind froh,
Sie verkaufen ihre Bettchen
Und schlafen im Stroh.

Nachwort des Herausgebers

Das Konzept dieses Buches bricht mit den editorischen Traditionen herkömmlicher Anthologien: Die Werke sind nicht chronologisch aneinandergereiht, sondern zu thematischen Sequenzen kombiniert, die es ermöglichen, Entdeckungsreisen zu unternehmen, Akkorde anklingen zu lassen, Entwicklungen aufzuzeigen und verblüffende Zusammenhänge erkennbar zu machen. So braucht der Leser nur von einer Seite zur anderen zu blättern, um zu erleben, wie die uralte Tannhäuserballade eines unbekannten Jahrmarktssängers die Tannhäuserballade Heinrich Heines beeinflußt hat. Oder er kann auf einen Blick die Stoffgeschichte des Weihnachtsliedes *O Tannenbaum* bis zu einem preußischen Liebeslied zurückverfolgen und von dort weiter bis zu einem Fragment aus dem 16. Jahrhundert.

Für das Verständnis der Textabfolge und stoffgeschichtlicher sowie literatursoziologischer Hintergründe war es erforderlich, alle Kommentare den Werken direkt anzufügen und sie nicht, wie üblich, in die Wüste der Anhangseiten zu verbannen.

Freilich steht nicht unter jedem Text ein Kommentar. Aus gutem Grund: Nicht immer gab es Wissenswertes zu erfahren und zu erzählen. Der Versuchung, durch Quantität zu brillieren und mit ermüdender Konsequenz überall Fußnoten zu setzen, wurde widerstanden.

In einem weiteren Punkt unterscheidet sich dieses Buch von anderen Anthologien: Die meisten der im Literaturverzeichnis aufgelisteten Dokumente, Drucke, Publikationen, Aufzeichnungen und Sammlungen sind nicht als Quellenangaben aufzufassen. Denn es gibt keinen editorischen Kanon für die Entstehungsgeschichte anonymer Werke der Volkspoesie. Die Gründe dafür sollen kurz erklärt werden.

Üblicherweise wurde ein Werk der Volkspoesie zu unbekannter Zeit an unbekanntem Ort von einem unbekannten Dichter geschrieben und – wie im Vorwort ausführlich erklärt – sogleich »zersungen«: Das Volk veränderte, pointierte, straffte oder streckte den Text, variierte ihn von Ort zu Ort entsprechend lokaler Sprachgewohnheiten und schmiegte ihn von Zeit zu Zeit dem sich wandelnden Stilgefühl an. Fleißige Sammler schnappten dann irgendwann und irgendwo die herumschwirrenden Varianten des verschollenen Urtextes auf und schrieben sie nieder.

Wenn diese Texte nun über Jahrhunderte hinweg immer wieder aufs neue in Liederbüchern, auf Fliegenden Blättern oder in Anthologien unterschiedlicher Qualität veröffentlicht wurden, so sind dies Momentaufnahmen einer literarischen Metamorphose, Schnappschüsse aus der Entwicklungsgeschichte eines Werkes – aber keine Quellenbelege. Deshalb ist es müßig, unter jedem einzelnen Werk – unter jeder Ballade, jedem Reim, jedem Rätsel, jedem Spruch und jedem Lied – alle zufällig erhaltenen Belege aus mehreren Jahrhunderten mit den entsprechenden Hinweisen auf Wortgleichheit und Textvarianten aufzulisten.

Und wer – was leider manchmal geschieht – eines dieser Dokumente herausgreift und als »Quelle« deklariert, verwechselt Niederschrift mit Quelle und provoziert irreführende Vorstellungen von einer Dichtung, die gerade dadurch charakterisiert wird, daß wir ihre Quellen nicht kennen. Die anonymen Werke der Volkspoesie sind nun einmal genausowenig zu fassen wie die Spatzen, die von den Dächern pfeifen.

Anders ist es mit den Texten der Volkspoesie, die von bekannten Dichtern verfaßt wurden. Hier sind die Angaben über Werkausgaben auch Quellenangaben im klassischen Sinn und, wie üblich, unter den Dichternamen im Literaturverzeichnis aufgelistet.

Orthographie und Interpunktion wurden unter Wahrung des Lautstandes behutsam modernisiert. Vor allem bei den in früheren Jahrhunderten populären, später verschollenen und jetzt wiederentdeckten Texten der anonymen Volkspoesie galt es, die zeitliche Charakteristik zu erhalten und die Lesbarkeit zu fördern. Die bis in unsere Zeit hinein populär gebliebenen Werke wurden in ihren heute allgemein bekannten, jedermann im Ohr klingenden Fassungen veröffentlicht, wobei sich erstaunlicherweise zeigte, daß sie sich seit früheren Zeiten kaum verändert haben; nur in Ausnahmefällen erwies es sich als zweckmäßig, auf interessante Formen des Zersingens hinzuweisen.

Oberstes Prinzip dieser Anthologie war es, die gesamte Volkspoesie in ihrer Vielfalt zu zeigen und alle Themen einzubeziehen. An der Auswahl einzelner Werke und Textvarianten freilich läßt sich ablesen, was der Herausgeber persönlich als interessant, charakteristisch und wirkungsvoll empfand.

Walter Hansen

Literaturverzeichnis

Albertus Magnus: Bewährte und approbierte sympathetische natürliche egyptische Geheimnisse für Menschen und Vieh. Bis daher im Verborgenen geblieben und zum Besten der Menschheit zum Druck befördert für Städter und Landleute, Teil 1–3. 1839–1852.

Arndt, Ernst Moritz: Gedichte. Vollständige Sammlung. Berlin 1860.

Arnim, Ludwig Achim von (Hrsg.): Des Knaben Wunderhorn. Alte deutsche Lieder gesammelt von L. A. Arnim und Clemens Brentano. Heidelberg 1806–1808.

Bardenklänge aus Deutschlands Wehmuthsschachtel. Genialkomische hyperbolische Poeten. Berlin 1867.

Beck, Reinhart: Sachwörterbuch der Politik. Stuttgart 1977.

Becker, Karl (Hrsg.): Rheinischer Volksliederborn. Neuwied 1892.

Becker, Rudolf Zacharias (Hrsg.): Mildheimisches Liederbuch von 518 lustigen und ernsthaften Gesängen. Gotha 1799.

Benzmann, Hans (Hrsg.): Die deutsche Ballade. Eine Auslese der gesamten deutschen Balladen-, Romanzen- u. Legenden-Dichtung unter besonderer Berücksichtigung des Volksliedes. 2 Bde. Leipzig 1913.

Birlinger, Anton (Hrsg.): So sprechen die Schwaben. Sprichwörter, Redensarten, Reime. Berlin 1868.

Böckel, Otto (Hrsg.): Deutsche Volkslieder aus Oberhessen. Marburg 1885.

Böhme, Franz Magnus (Hrsg.): Altdeutsches Liederbuch. Volkslieder der Deutschen nach Wort und Weise aus dem 12.–17. Jahrhundert. Leipzig 1877.

Böhme, Franz Magnus (Hrsg.): Volksthümliche Lieder der Deutschen im 18. und 19. Jahrhundert. Leipzig 1895.

Böhme, Franz Magnus (Hrsg.): Deutsches Kinderlied und Kinderspiel. Volksüberlieferungen aus allen Landen deutscher Zunge, gesammelt, geordnet und mit Angaben d. Quellen, erläut. Anmerkungen und den dazugehörigen Melodien. Leipzig 1897.

Böhme, Gabriele: Bänkelsängermoritaten, vornehmlich solche zu Anfang des 19. Jahrhunderts (Maschinenschrift.). München, Phil. Diss. v. 22. Dezember 1920 (1922).

Brauns Liederbuch für deutsche Studenten. Halle 1843, Berlin 1852.

Brentano, Clemens: Gesammelte Schriften. Hrsg. von Chr. Brentano. 7 Bde., Bd. 1–3. Frankfurt/Main 1852.

Bücher, Karl: Arbeit und Rhythmus. Leipzig 1896.

Büchmann, Georg: Geflügelte Worte. Der Citatenschatz des deutschen Volkes. 1.–4., umgearb. u. verm. Aufl. Berlin 1864–1867.

Bürger, Gottfried August: Gedichte (1789). In: Sämtliche Werke. Neue Ausg. in 7 Büchern, Bd. 1 und 2. Berlin 1905.

Büsching, Johann Gustav und F. H. von der Hagen (Hrsg.): Sammlung deutscher Volkslieder mit e. Anh. flammländ. u. französ. Berlin 1807.

Busch, Wilhelm: Hernach. München 1908.

Chamisso, Adelbert von: Werke. 6 Bde., Bd. 3 und 4. Leipzig 1836.

Deutsche Inschriften an Haus und Geräth. Zur epigrammatischen Volkspoesie. 5. verb. Aufl. Berlin 1888.

Ditfurth, Franz Wilhelm Freiherr von (Hrsg.): Fränkische Volkslieder mit ihren zweistimmigen Weisen, wie sie vom Volke gesungen werden. Leipzig 1855.

Ditfurth, Franz Wilhelm Freiherr von (Hrsg.): Volks- und Gesellschaftslieder des 17. und 18. Jahrhunderts. Stuttgart 1872.

Ditfurth, Franz Wilhelm Freiherr von (Hrsg.): 52 ungedruckte Balladen des 16., 17. und 18. Jahrhunderts. Aus fliegenden Blättern, handschriftl. Quellen und mündlichen Überlieferungen. Stuttgart 1874.

Düringsfeld, Ida von und Otto Freiherr von Reinsberg-Düringsfeld (Hrsg.): Sprichwörter der germanischen und romanischen Sprachen vergleichend zusammengestellt. 2 Bde. Leipzig 1872–1875.

Eichendorff, Joseph Freiherr von: Gedichte (1837). In: Sämtliche Werke. Historisch-kritische Ausgabe. In Verbindung mit Philipp August Becker, 15 Bde., Bd. 1 und 2. Regensburg 1923.

Erich, Oswald Adolf und Richard Beitl: Wörterbuch der deutschen Volkskunde. Begr. von Oswald A. Erich und Richard Beitl. Neubearb. von Richard Beitl unter Mitarb. von Klaus Beitl. 3. Aufl. Stuttgart 1974.

Erk, Ludwig (Hrsg.): Deutscher Liederhort. Auswahl der vorzügl. deutschen Volkslieder der Vorzeit und Gegenwart mit ihren eigenthüml. Melodien. 1. Bd. Berlin 1853–1855.

Erk, Ludwig und Franz Magnus Böhme: Deutscher Liederhort. Auswahl der vorzügl. deutschen Volkslieder, nach Wort und Weise aus der Vorzeit und Gegenwart gesammelt und erläutert von Ludwig Erk. Im Auftrage der preußischen Regierung nach Erks handschriftlichem Nachlaß und auf Grund eigener Sammlung neubearbeitet und fortgesetzt von Franz M. Böhme, 3 Bde. Leipzig 1893–94.

Fink, Wilhelm G. (Hrsg.): Musikalischer Hausschatz der Deutschen. Leipzig 1843.

Fliegende Blätter. Illustrierte humoristische Zeitschrift. München, Jg. 1878–1886.

Freiligrath, Ferdinand: Gesammelte Dichtungen. 6 Bde., Bd. 1 und 2. Stuttgart 1870.

Frischbier, Hermann: Hexenspruch und Zauberbann. Ein Beitrag zur Geschichte des Aberglaubens in der Provinz Preußen. Berlin 1870.

Geibel, Emanuel: Gesammelte Werke. 8 Bde., Bd. 3. Stuttgart 1883.

Gleim, Johann Wilhelm Ludwig: Sämmtliche Werke. Erste Originalausgabe aus d. Dichters Handschriften durch Wilhelm Körte. 8 Bde., Bd. 2. Halberstadt 1811.

Goedeke, Karl: Deutsche Dichtung im Mittelalter. Hannover 1854.

Göpels Deutsches Lieder- und Comers-Buch. Sammlung von gegen 500 der beliebtesten Lieder in ihren Singweisen. Hrsg. von Th. Täglichsbeck u. J. Müleisen. Stuttgart 1848.

Görres, Joseph (Hrsg.): Altdeutsche Volks- und Meisterlieder. Frankfurt 1871.

Goethe, Johann Wolfgang von: Sämmtliche Werke. 60 Bde., Bd. 1–3. Stuttgart, Tübingen 1827.

Grimm, Jakob: Deutsche Mythologie. 4. Ausgabe, besorgt von E. H. Meyer. Berlin 1878.

Grohmann, Joseph Virgil: Aberglauben und Gebräuche aus Böhmen und Mähren. Prag, Leipzig 1864.

Güll, Friedrich (Hrsg.): Kinderheimath in Bildern und Liedern. Mit einem Vorwort von Gustav Schwab. Stuttgart 1837.

Hansen, Walter (Hrsg.): Das große Hausbuch der Volkslieder. München 1978.

Hansen, Walter (Hrsg.): Das Buch der Balladen. Balladen und Romanzen von den Anfängen bis zur Gegenwart. München 1978.

Hansen, Walter (Hrsg.): Advents- und Weihnachtslieder zum Mitsingen für die ganze Familie. München 1979.

Hansen, Walter (Hrsg.): Das große Festtagsbuch zum Feiern, Tanzen und Singen. Freiburg 1984.

Hartmann, August (Hrsg.): Volkslieder. In Bayern, Tirol und dem Land Salzburg gesammelt. Mit vielen Melodien nach dem Volksmund aufgezeichnet von Hyacinth Abele. Leipzig 1884.

Hartmann, August (Hrsg.): Historische Volkslieder und Zeitgedichte vom 16. bis 19. Jahrhundert. Mit Melodien hrsg. von Hyacinth Abele. Bd. 1 bis 2, München 1907–1910; Bd. 3, 1913.

Hauff, Wilhelm: Sämmtliche Schriften, geordnet u. mit e. Vorw. versehen von Gustav Schwab, 36 Bdchn. Bd. 1–4. Stuttgart 1830.

Hebbel, Friedrich: Gedichte. Gesamt-Ausgabe. Stuttgart 1857.

Hebel, Johann Peter: Gesammelte Werke. 4 Bde., Bd. 1. München 1911.
Heine, Heinrich: Buch der Lieder (1827). In: Sämmtliche Werke. Hrsg.: Ernst v. Elster. 7 Bde., Bd. 1. Leipzig 1887.
Herder, Johann Gottfried (Hrsg.): Volkslieder. Teil 1: Leipzig 1778. Teil 2: Volkslieder. Nebst untermischten anderen Stücken. Leipzig 1779.
Herder, Johann Gottfried: Ausgewählte Werke. Hrsg. von Bernhard Suphan. 4 Bde., Bd. 2, 3: Ausgewählte Dichtungen (Volkslieder). Hrsg. von Carl Redlich. Berlin 1885–1887.
Hoffmann von Fallersleben, August Heinrich: Geschichte des deutschen Kirchenliedes bis auf Luthers Zeit. Ein literarhist. Versuch. Breslau 1832.
Hoffmann von Fallersleben, August Heinrich (Hrsg.): Schlesische Volkslieder mit Melodien. Leipzig 1842.
Hoffmann von Fallersleben, August Heinrich (Hrsg.): Die deutschen Gesellschaftslieder des 16. und 17. Jahrhunderts. Leipzig 1844.
Hoffmann von Fallersleben, August Heinrich: Gesammelte Werke. 8 Bde., Bd. 1–6. Berlin 1890–1892.
Hommel, Friedrich (Hrsg.): Christenlust in Liedern. Erlangen 1861.
Hommel, Friedrich (Hrsg.): Geistliche Volkslieder aus alter und neuerer Zeit. Leipzig 1864.
Hruschka, Alois und Wendelin Toischer (Hrsg.): Deutsche Volkslieder aus Böhmen. Hrsg. v. deutschen Vereine zur Verbreitung gemeinnütziger Kenntnisse in Prag, bearbeitet von A. Hruschka u. W. Toischer. Prag 1891.

Keller, Gottfried: Gesammelte Gedichte. 2. Aufl. Berlin 1884.
Körner, Theodor: Zwölf freie deutsche Lieder. Berlin 1813.
Kopisch, August: Gesammelte Werke, geordnet und herausgegeben von Carl Bötticher. 5 Bde., Bd. 1. Berlin 1856.
Kretzschmer, August, Anton Wilhelm v. Zuccalmaglio u. a.: Deutsche Volkslieder mit ihren Originalweisen. 2 Bde. Berlin 1840–1841.

Lieder für katholische Schulen. Werl, Arnsberg 1853.
Liliencron, Rochus Freiherr von (Hrsg.): Die historischen Volkslieder der Deutschen vom 13. bis 16. Jahrhundert. 4 Bde. u. Nachtrag. Leipzig 1865–1869.
Lipperheide, Franz Freiherr von (Hrsg.): Spruchwörterbuch. Sammlung deutscher und fremder Sinnsprüche, Wahlsprüche, Inschriften... Berlin 1907.
Luther, Martin: Werke. Kritische Gesamtausgabe. 57 Bde., Bd. 35. Weimar 1923.

Mörike, Eduard: Gesammelte Schriften. 4 Bde., Bd. 1. Stuttgart 1874.
Müllenhoff, Karl (Hrsg.): Sagen, Märchen und Lieder der Herzogthümer Schleswig, Holstein und Lauenburg. Kiel 1845.
Müllenhoff, Karl und W. Scherer (Hrsg): Denkmäler deutscher Poesie und Prosa aus dem VIII.–XII. Jahrhundert. 2. verm. u. verb. Aufl. Berlin 1873.
Müller, Martin: Über die Stilform der altdeutschen Zaubersprüche bis 1300. Gotha 1901. Kiel, Phil. Diss. vom 29. Juni 1901.
Müller, Wilhelm: Gedichte. Vollständige Ausgabe. Berlin 1906.
Musenklänge aus Deutschlands Leierkasten. Leipzig 1849.

Nicolai, Friedrich: Eyn/feyner/kleyner/Almanach/Vol schönerr echterr/lieblicherr Volckslieder, lustiger/Reyen vundt kleglicherr Mordgeschich/te... Berlin 1777.

Olrik, Axel: Epische Gesetze der Volksdichtung. In: Zeitschrift für deutsches Alterthum und deutsche Litteratur. Berlin, 51 = N. F., Bd. 39. 1909.

Peter, Anton (Hrsg.): Volksthümliches aus Oesterreichisch-Schlesien. 3 Bde. Troppau 1865, 1873.

Raimund, Ferdinand: Der Alpenkönig und der Menschenfeind. 1828.
Raimund, Ferdinand: Sämmtliche Werke. Hrsg. von Joh. N. Vogl. 4 Teile, Bd. 2. Wien 1837.
Rellstab, Ludwig: Gesammelte Schriften. 24 Bde., Bd. 12: Gedichte. Leipzig 1860/61.

Salis-Sewis, Johann Gaudenz von: Gedichte. Hrsg. v. Franz Matthisson. Zürich 1793.
Sammlung von Schweizer Kühreien und Volksliedern. Bern 1805.
Schade, Oskar (Hrsg.): Deutsche Handwerkslieder. Leipzig 1865.
Scherer, Georg (Hrsg.): Jungbrunnen. Berlin 1875.
Schiller, Friedrich: Wallenstein. Tübingen 1800.

Schiller, Friedrich: Gedichte. 2 Bde., Bd. 1. Leipzig 1800.
Schubart, Christian Friedrich Daniel: Sämmtliche Gedichte. Von ihm selbst herausgegeben. 2 Bde., Bd. 1. Frankfurt am Main 1787.
Schulze, Carl (Hrsg.): Die biblischen Sprichwörter der deutschen Sprache. Göttingen 1860.
Schuster, Friedrich Wilhelm (Hrsg.): Siebenbürgisch-sächsische Volkslieder, Sprichwörter, Räthsel, Zauberformeln und Kinder-Dichtungen. Hermannstadt 1865.
Simrock, Karl (Hrsg.): Die deutschen Volkslieder. Frankfurt am Main 1851.
Simrock, Karl (Hrsg.): Das deutsche Räthselbuch. 1. und 2. Sammlung. Frankfurt am Main 1853.
Strassburger Räthselbuch. Die erste zu Strassburg ums Jahr 1505 gedruckte deutsche Räthselsammlung, neu hrsg. von A. F. Butsch. Straßburg 1876.

Uhland, Ludwig: Der Mythus von Thor nach nordischen Quellen. (Auch unter dem Titel: Sagenforschung I. erschienen.) Stuttgart, Augsburg 1836.
Uhland, Ludwig (Hrsg.): Alte hoch- und niederdeutsche Volkslieder, mit Abhandlung und Anmerkung hrsg. von L. Uhland. Stuttgart 1844–1845.
Uhland, Ludwig: Schriften zur Geschichte der Dichtung und Sage. 7 Bde. Stuttgart 1865–1866.
Uhland, Ludwig: Uhlands gesammelte Werke in 6 Bdn., Bd. 1. Stuttgart 1892.

Vischer, Friedrich Theodor: Allotria. Stuttgart 1892.
Vulpius, Christian August: Rinaldo Rinaldini, der Räuberhauptmann; eine romant. Geschichte unseres Jahrhunderts. 4 Teile. 1798.

Wackernagel, Philipp (Hrsg.): Das deutsche Kirchenlied von der ältesten Zeit bis zum Anfang des 17. Jahrhunderst. 5 Bde. Leipzig 1864–1877.
Wackernagel, Philipp: Geschichte der deutschen Literatur. Ein Handbuch. 2. verm. und verb. Aufl. besorgt von Ernst Martin. 2 Bde. Basel 1877–1894.
Wander, Karl Friedrich Wilhelm (Hrsg.): Deutsches Sprichwörter-Lexikon. Ein Hausschatz für das deutsche Volk. 5 Bde. Leipzig 1865–1880.
Weller, Emil (Hrsg.): Die Lieder des Dreißigjährigen Krieges nach den Originalen abgedruckt. Zum ersten Male gesammelt. Mit einer Einleitung von W. Wackernagel. Basel 1858.
Wilpert, Gero von: Sachwörterbuch der deutschen Literatur. Stuttgart 1969.

Ziska, Franz und Julius Max Schottky (Hrsg.): Österreichische Volkslieder mit ihren Singweisen. Pesth 1819.

Alphabetisches Verzeichnis der namentlich bekannten Dichter und Komponisten

Alphabetisches Verzeichnis der Gedichtüberschriften und -anfänge

(Überschriften kursiv)